Hohenheim

Franz Herre

MARIE ANTOINETTE

Vom Königsthron zum Schafott

Hohenheim Verlag
Stuttgart · Leipzig

Die Deutsche Bibliothek – CIP Einheitsaufnahme
Ein Titeldatensatz für diese Publikation ist bei der
Deutschen Bibliothek erhältlich

Satz: Satz & mehr, Besigheim
Druck und Bindearbeiten:
Ludwig Auer GmbH, Donauwörth
Printed in Germany
ISBN 3-89850-118-3

Inhalt

Erstes Kapitel
Im Haus der Mutter

Maria Theresia, die Herrscherin Österreichs und Gemahlin des römisch-deutschen Kaisers Franz I., erwartete 1755 ihr fünfzehntes Kind. Sie werde eine Prinzessin bekommen, wettete sie mit einem Höfling, der auf einen Prinzen setzte. Am 2. November, dem Allerseelentag, gebar sie ein Mädchen. Der Verlierer beglich seine Wettschuld mit einem Gedicht:

„Die erhabene Tochter hat mich zum Zahlen verurteilt.
Doch wenn es wahr ist, daß sie Ihnen gleicht,
So hat die ganze Welt gewonnen."

„Sie sieht mir wie ein Wassertropfen dem anderen ähnlich", meinte die Mutter, die im Kind ihr Ebenbild zu sehen wünschte: eine ansehnliche und rechtschaffene Frau, die – wenn auch nicht, wie sie selbst, als Herrscherin – so doch als Gemahlin eines Herrschers mit der Würde der Monarchie im allgemeinen die Geltung Habsburgs im besonderen gewährleistete.

Die Tochter wurde auf den Namen Maria Antonia Josephine Johanna getauft. Die Paten, vertreten durch einen Erzherzog und eine Erzherzogin, waren der König und die Königin von Portugal. Einen Tag vor der Geburt des Mädchens, am Allerheiligentag 1755, hatte ein Erdbeben ihre Hauptstadt zu zwei Dritteln zerstört; unter den Trümmern Lissabons lagen über 30000 Menschen begraben. War dies ein böses Omen für die Zukunft des Patenkindes? Die Mutter, die bei aller Gläubigkeit zum Aberglauben neigte, wollte dies nicht annehmen. Eine Konsequenz zog die Katholikin aus der Katastrophe: Die „beste aller Welten", die Aufklärer auf Erden errichtet zu haben meinten, sei eben erst im Himmel zu erreichen. Diesen sich zu verdienen, setze ein Leben nach

Gottes Geboten voraus, zu deren Befolgung sie Maria Antonia, wie alle ihre Kinder, anzuhalten gedachte.

Maria Theresia „ist eine zärtliche und strenge Mutter", bemerkte ein preußischer Gesandter: zärtlich, weil sie ihre Kinder so oft wie möglich um sich haben wolle, um ihnen Zuneigung zu zeigen und Geborgenheit zu geben; und streng, weil sie das ihnen Abverlangte auch mit Strafen durchzusetzen suche. „Die Kinder sind geboren zu gehorchen, und sollten es mithin bei Zeiten gewöhnen", erklärte die Mutter, die alles und jedes verordnete: wann sie sich zu waschen, wie sie sich zu kleiden, was sie essen, was sie lernen und sich merken sollten. Morgengebet, Messe, Rosenkranz und Nachtgebet waren Fixpunkte im Tageslauf, dessen Stundenplan vorschrieb, was zu tun und zu lassen sei.

„Du kennst ja ihre Weise, ihre Kinder zu lieben, jederzeit ist eine Art Mißtrauen und anscheinender Kälte darein gemischt", schrieb Isabella von Parma, die 1760 die Schwiegertochter Maria Theresias geworden war, an deren Tochter Marie Christine. „Was ihre Kinder betrifft, so liebt die Kaiserin sie, doch geht sie von einem falschen Grundsatz aus, der in allzu großer Strenge besteht." Diese bekam auch Maria Antonia zu spüren. „Ich liebe die Kaiserin", bekannte sie 1774, als sie Königin von Frankreich wurde, „aber ich fürchte sie sogar aus der Ferne. Selbst wenn ich ihr schreibe, fühle ich mich ihr gegenüber nicht ungezwungen."

Den Vater konnte sie lieben, ohne ihn fürchten zu müssen. Mit dem Lothringer Franz Stephan waren lockere, fast französische Umgangsformen an den in strenge Etikette gezwängten Wiener Hof gekommen. Die Leichtfertigkeit ging der Gemahlin zu weit, wenn sie von seinen Seitensprüngen hörte, doch die Gattin wußte seine Lebenslust zu schätzen, die in erster Linie ihr zugute kam. Der Herrschsucht Maria Theresias trat Franz Stephan nicht zu nahe, der Prinzgemahl, der in Österreich nichts, und der Kaiser, der im Reich wenig zu sagen hatte. Der Kavalier fand sich damit ab, schwieg und genoß das, was ihm beschieden blieb: die Liebe seiner Frau und die Zuneigung seiner Kinder, denen er ein verständnisvoller Vater war, der sich bemühte, die Strenge der Mater familias durch Nachsicht des Pater familias auszugleichen. Sein Nesthäkchen, Maria Antonia, verhätschelte er in einer Weise, die der Mutter mißfiel und der zu sehr verwöhnten Tochter nicht gut bekam.

„Die kaiserliche Familie ist nichts als ein großes deutsches Bürgerhaus", meinte Goethe, den der Vergleich zwischen Wien und anderen Höfen zu dieser zustimmenden, wenn auch nicht ganz zutreffenden Bemerkung veranlaßte. Das Erzhaus blieb das Erzhaus, und auch seine Schlösser dienten vornehmlich der Repräsentation kaiserlicher Macht und der Präsentation monarchischer Pracht.

Doch mehr als anderswo blieb Raum für einen „ménage bourgeois". In Schönbrunn, dem Versailles Maria Theresias, lagen neben Sälen für Staatsaktionen Gemächer für das Familienleben, und im Park, in dessen Gartenparterre barockes Maiestoso erklang, war auch Raum für die Rokokotöne der „Giardini secreti", für einen mit Rosen bewachsenen Pavillon, in den sich das Kaiserpaar zurückziehen, und für Boskette, in denen sich die Kinder verstecken konnten. In Laxenburg ging es zwar nicht so zu, wie es der Name auszudrücken schien, doch ungezwungen genug, um allen Auslauf zu gestatten: dem Vater, der seiner Jagdleidenschaft frönte, der Mutter, die sich im Dianatempel dem Pharao, einem Glücksspiel, hingab, und den Kindern, die auf dem Schloßteich in Kähnen auf große Fahrt gingen.

Selbst die Wiener Hofburg, dieses Labyrinth von Prunksälen und Zimmerfluchten, bot Nischen für Idylle. Eines hat Marie Christine, die dreizehn Jahre ältere Schwester Maria Antonias 1763 auf dem Bild „Nikolobescherung in der kaiserlichen Familie“ festgehalten: In einem beinahe bürgerlichen Wohnzimmer hat es sich der Vater im Schlafrock und mit einer Art Zipfelmütze vor dem Kaminfeuer am Kaffeetisch bequem gemacht. Hinter seinem Lehnstuhl steht die Mutter, die auch hier im Reifrock, immerhin einem lichtblauen, erscheint. Die einundzwanzigjährige Marie Christine spielt Knecht Ruprecht, droht dem neunjährigen Ferdinand mit der Rute. Der siebenjährige Maximilian Franz, der jüngste und letzte Sproß, hat sich unter dem Tisch verkrochen, um Lebkuchen zu naschen. Die achtjährige Maria Antonia präsentiert freudestrahlend ihr Nikolausgeschenk: eine Puppe, die wie eine Rokokodame herausgeputzt ist.

Erzherzogin Marie Christine, die drei Jahre später eine Liebesheirat mit Herzog Albert Heinrich von Sachsen-Teschen eingehen durfte, hatte diese Gouache nach der Vorlage eines Kupferstichs von Jacobus Houbraken verfertigt, einem Holländer, in dessen bürgerlicher Heimat derartige Familienszenen naiv empfunden und nicht, wie im habsburgischen Erzhaus, sentimentalisch nachempfunden wurden.

In Hofmalermanier zeichnete der Franzose Jean Étienne Liotard 1762 zwölf Kinder des Kaiserpaares, eines nach dem anderen, nicht miteinander, sondern nebeneinander, jedes in seinem eigenen Rahmen und in Distanz zu den anderen, als sollte auf eine Bemerkung des Kronprinzen Joseph angespielt werden: Erzherzoginnen, eine Kaiserin, Erzherzöge und ein Kaiser „wohnen unter demselben Dach. Nichtsdestoweniger ist keine Spur von Gemeinschaft, kein vernünftiger, angenehmer oder gemeinsamer Punkt vorhanden. Jeder zieht auf seine Seite“.

Dies schien dem eigenbrötlerischen und aufmüpfigen Joseph weniger als seiner vierzehn Jahre jüngeren Schwester Maria Antonia gelungen zu sein. Auf Liotards Porträt in

Nikolaus-Bescherung in der kaiserlichen Familie. Gouache von Erzherzogin Marie Christine.

„deux crayons manier“ blickt die siebenjährige Prinzessin den Betrachter abschätzend an, als versuchte sie sich zu vergewissern, ob er zur Erfüllung ihrer Wünsche bereit wäre. Sie sitzt auf dem Stuhl wie auf einem Thron, als wollte sie von ihm herab ihren Willen kundtun und durchsetzen.

Eigensinn und Eigenwille, das war die eine Seite ihres Charakters, und die andere, sich selber bei der ersten Widrigkeit nachzugeben und anderen bis zur Selbstaufgabe entgegenzukommen. Die Flatterhaftigkeit ihres „Windkopfes“ bereitete der Mutter Sorgen und den Erzieherinnen Schwierigkeiten. Diesen war die erste, Gräfin Marie Judith Brandeis, nicht gewachsen. Sie suchte sich an die Reglements Maria Theresias zu halten, sie noch strenger auszuführen als sie vorgeschrieben waren. Wenn aber Maria Antonia sie verwundert, ja vorwurfsvoll aus ihren großen blauen Augen anblickte, ihren ganzen Charme verständnisheischend und verzeihungsfordernd einsetzte, dann wurde die Gouvernante weich, gab meistens nach und verzog das Kind immer mehr. Die Schwäche wußte Maria Antonia auszunützen; der Fratz trieb es manchmal so weit, daß die Mutter eingreifen mußte, sie einmal zu einem Entschuldigungsbrief anhielt. Die Zehnjährige hatte der „lieben Brandeis" zu versprechen, künftig durch Fügsamkeit sie für all die Mühe, die ihre Erziehung ihr bereitet habe, zu entschädigen.

„Fahren Sie fort wie bisher", ermunterte die „dankbare Schülerin" die überforderte Gouvernante, und meinte damit wohl auch, daß sie sich weiterhin um den Finger wickeln lassen sollte. Auf den Arm suchte sie Lehrer zu nehmen, die sie im Elementarunterricht an geistige Anstrengung und regelmäßiges Arbeiten gewöhnen sollten, aber ihr nicht viel beizubringen vermochten: Schreiben, das Kritzeln glich, Lesen, das sie nicht sonderlich schätzte, Rechnen, das sie nie richtig konnte, Klavierspielen, das über Klimpern kaum hinausging.

Ganz bei der Sache war sie in der Tanzstunde, gerne ging sie ins Theater, und am liebsten stand sie selbst auf der Bühne, so mit zehn als Flora in einer Hauptrolle des Schäferballetts „Le Triomphe de l'Amour". Dies sei „in der Tat und sans flatterie" eines der sehenswürdigsten Spektakel gewesen, notierte Obersthofmeister Fürst Khevenhüller, und ein unbekannter Künstler zeigte, wem dies in erster Linie zuzuschreiben war: der kleinen Erzherzogin Maria Antonia, die in bauschigem Reifrock, enggeschnürtem Leibchen, das Blondhaar kunstvoll frisiert, mit ausgebreiteten Armen dahinschwebte, die Szene beherrschte.

Im Spiel ging sie aus sich heraus, in der Schule wirkte sie verschlossen und unkonzentriert, zog jedenfalls, wie sich die Mutter beklagte, nicht hinreichend Nutzen aus den Bemühungen ihrer Lehrer. Im Religionsunterricht, den die Beichtväter erteilten, gab sie sich mehr Mühe, auch um die

Mutter zu besänftigen, die darauf den größten Wert legte. „Im Zimmer und in der Kirche sollen sie ihr Gebet mit Respekt verrichten“, gebot Maria Theresia ihren Kindern und hielt sie zu Gottesfurcht wie zu Nächstenliebe an. „Obwohl sie nicht viel zu verschenken haben, so sähe ich doch gern, daß sie bisweilen Almosen und Einem oder den Andern etwas geben.“ Als in einem strengen Winter viele Wiener darbten, übergab Maria Antonia der Mutter ihr Erspartes, 55 Dukaten, mit der Bitte, sie unter Bedürftigen zu verteilen.

Maria Theresia sah darin einen Beweis ihres guten Herzens und hoffte, daß sie sich zeitlebens durch gute Werke mit der Achtung der Menschen die Gnade Gottes verdienen würde. Die Mutter, die sechs ihrer Kinder ins Grab schauen mußte, welche die so oft den Tod bringenden Blattern als „Erbfeind der kaiserlichen Familie“ bezeichnete, betonte in der Erziehungsanweisung für ihre Töchter: „Vor keiner Krankheit ist ihnen Scheu zu machen, sondern ganz natürlich von Allem mit ihnen zu reden, auch von den Blattern und vom Tode; es ist allzeit gut, ihnen denselben bei Zeiten bekannt zu machen.“

Von solcher Unterweisung fühlte sich die zartbesaitete Maria Antonia peinlich berührt. Dissonanzen in ihr auf Harmonie gestimmtes Dasein brachte das Sterben ihrer Geschwister, des sechzehnjährigen Karl Joseph, der dreizehnjährigen Johanna und der sechzehnjährigen Josepha. Die erste seelische Erschütterung löste in ihr der Tod des Vaters aus.

Auf dem Weg von Laxenburg nach Innsbruck, zur Vermählung seines Sohnes Leopold, des Großherzogs von Toskana, mit Maria Ludovica von Spanien, ließ Franz Stephan die Kutsche in Schönbrunn anhalten, um seiner Lieblingstochter Maria Antonia auf Wiedersehen zu sagen. „Ich fühlte das Bedürfnis, dieses Kind zu umarmen“, sagte der Vater, der seinem Tod entgegenfuhr. Am 18. August 1765 raffte ihn in der Innsbrucker Hofburg ein Herzschlag dahin.

Franz I. hinterließ ein Privatvermögen von 18 Millionen Gulden, davon sechs Millionen zur Versorgung der Waisen, und die „Weisung für meine Kinder betreff des geistlichen wie des zeitlichen Lebens“. Auf ersteres legte er den größeren Wert; denn Gott allein könne „außer dem ewigen Heil, welches das einzige Glück ist, eine wahre Befriedigung auf dieser Welt verschaffen“. Der Himmelvater halte für Erdenbürger auch Erdenglück bereit, erlaube ihnen, „daß wir alles genießen, was seine Güter Zahlloses uns liefert zur Belustigung unserer Sinne“.

Dieser Passus gefiel Maria Antonia gut, später Marie Antoinette noch besser, weniger der folgende Hinweis: „Wir sind nicht auf dieser Welt, um uns bloß zu unterhalten.“ Auch eine weitere Mahnung schien sie sich nicht eingeprägt zu haben: Die Freundschaft, gab der Vater zu bedenken, sei „eine Versüßung des Lebens“; nur müsse man achtgeben, mit wem man sich befreunde. Denn „nicht jedermann macht guten Gebrauch davon, und oft finden sich falsche Freunde, die das ihnen geschenkte Vertrauen nur zu mißbrauchen versuchen“. Diesen zweiten Satz sollte Marie Antoinette nicht beachten, den ersten Satz beherzigte Maria Antonia sogleich.

Nachdem die Zehnjährige ihren Vater, der ein väterlicher Freund gewesen war, verloren hatte, schloß sie sich an die drei Jahre ältere Schwester Maria Karolina an. Sie steckten ständig zusammen, turtelten und tuschelten, hechelten Geschwister und Hofdamen durch und schienen sogar die Mutter davon nicht ausgenommen zu haben. Maria Theresia sah sich zum Eingreifen veranlaßt. Sie untersagte Maria Karolina einen zu vertraulichen Umgang mit Maria Antonia und erwartete von „der Älteren und damit Vernünftigeren“, daß sie die Jüngere „auf den rechten Weg“ zurückführe.

Trotzdem setzten die beiden Schwestern ihr Techtelmechtel fort, blieben ein Herz und eine Seele. Doch schon bald riß man sie auseinander. Maria Karolina wurde 1768 mit König Ferdinand IV. von Neapel vermählt. Eigentlich war ihre Schwester Johanna und dann ihre Schwester Josepha für diesen Thron bestimmt gewesen, aber die Erste starb mit dreizehn und die Zweite mit sechzehn an den Blattern. Maria Karolina, die dritte Wahl, sagte Maria Antonia unter Tränen Adieu, beschwor die Erzieherin Gräfin Maria Walburga Lerchenfeld, ihr über alles und jedes, was ihre Lieblingsschwester betreffe, eingehend zu berichten. Maria Antonia, für die nach dem Tod des Vaters die Trennung von Maria Karolina der zweite Schock in ihrem Dasein war, hätte zu gern Näheres über das Leben der Schwester in Neapel erfahren, doch glücklicherweise blieb sie von Einzelheiten verschont.

In der Hochzeitsnacht habe sich ihr Gatte sehr grob und sehr unanständig benommen, klagte Maria Karolina der Schwägerin Maria Beatrix, der Gemahlin ihres Bruders Ferdinand. „Ich gebe offen zu, daß ich lieber sterben würde, als alles das, was ich durchgemacht habe, noch einmal erleben zu müssen“, schrieb die Neuvermählte an Maria Theresia. „Du mußt Dich den Neigungen Deines Gemahls anpassen“, lautete der schwache Trost der Mutter. Die unglückliche Tochter resümierte: Sie bete, daß ihre „kleine Antonia“ niemals werde erdulden müssen, was sie in ihrer Ehe erduldet habe.

Maria Karolina sei „ein Opfer an die Politik“, befand Maria Theresia und schloß nicht aus, daß auch Maria Antonia ihr geopfert werden müßte. Nach dem Tod ihres Mannes ging sie nur noch in Schwarz, und das Leid, das sie selbst zu ertragen hatte, machte sie eher mitleidloser als mitfühlender mit den Schicksalen ihrer Kinder. Mit Joseph, dem Ältesten, hatte sie sich ohnehin nie verstanden, und mit seiner Politik als Mitregent in den habsburgischen Ländern war sie immer weniger einverstanden. Deren Staatsräson glaubte sie mehr denn je vertreten, auch nach der Maxime handeln zu müssen: „Bella gerant alii, zu felix Austria nube, nam quae Mars aliis, dat tibi regna Venus – Mögen andere Kriege führen, du, glückliches Österreich, freie, denn was den andern Mars, dir mehrt die Herrschaft der Venus."

Auf dem Schachbrett der Heiratspolitik war ihr nur eine Dame verblieben: die jüngste Tochter Maria Antonia. So wurde sie schon mit elf „für den Dauphin in Frankreich destinieret", den Kronprinzen, der eines nicht zu fernen Tages den erhabensten Königsthron besteigen, mit seiner habsburgischen Gemahlin das Ansehen und die Geltung Österreichs emporheben würde.

Zweites Kapitel
Schachfigur der Staatspolitik

Das Haus Habsburg stand nicht mehr so glänzend da wie unter Karl VI., dem Vater Maria Theresias. Die Tochter, die Männer nicht auf dem Thron sehen und andere Mächte um ihr Erbe bringen wollten, mußte im Österreichischen Erbfolgekrieg von 1740 bis 1748 ihre Länder gegen Frankreich, Spanien, Bayern, Sachsen und – in zwei Schlesischen Kriegen – gegen Preußen verteidigen. Alle konnte sie nicht behaupten: Friedrich II., der bald der Große genannt wurde, nahm ihr Schlesien weg, erhob sein deutsches Königreich zu einer europäischen Großmacht, die Schatten über das Erzhaus zu werfen begann.

Maria Theresia hätte noch mehr verloren, wenn ihr England nicht beigestanden wäre – freilich nicht aus Freundschaft zu Österreich, sondern aus Gegnerschaft zu Frankreich. In keiner der Hauptstädte war man mit den in Friedensschlüssen besiegelten Ergebnissen des Ringens zufrieden: in Berlin, das auf eine Revanche Österreichs gefaßt sein mußte, in London, das nur ein Unentschieden im Wettstreit um Überseegebiete mit Frankreich erreicht hatte, in Paris, das die eroberten österreichischen Niederlande herausgeben mußte und nicht an sein Hauptziel, eine nachhaltige Schwächung Österreichs und damit zu einer unangefochtenen Vormachtstellung auf dem Kontinent gelangt war. In Wien fühlte sich Maria Theresia von ihrem englischen Partner im Stich gelassen, von ihrem französischen Gegner nicht so sehr vor den Kopf gestoßen, als daß sie ein Übereinkommen mit ihm für ausgeschlossen gehalten hätte.

Für ein Arrangement zwischen Österreich und Frankreich warb der Diplomat Wenzel Anton Graf Kaunitz, seit 1750 ihr Gesandter in Paris und seit 1753 ihr Hof- und Staatskanzler in Wien. Zunächst fand er am Hof von Versailles wenig geneigte Ohren. Als aber der Kolonialkonflikt zwischen England und Frankreich in Nordamerika und Indien erneut aufflammte, begannen im September 1755 in Bellevue, dem Landsitz der Marquise de Pompadour, Geheimverhandlungen zwischen dem österreichischen Gesandten Starhemberg und dem französischen Diplomaten Bernis. Die Geburt eines Enkels Ludwigs XV., des nachmaligen Ludwig XVIII., und Maria Theresias Tochter Maria Antonia im November 1755 boten den Höfen Gelegenheit, sich gegenseitig zu gratulieren und die Unterhandlungen zu intensivieren.

Die Annäherung Englands an Preußen, von der sich beide Staaten mehr Vorteile als von einem Festhalten an ihren bisherigen Allianzen mit Österreich beziehungsweise Frankreich versprachen, räumte bei Ludwig XV. letzte Vorbehalte gegen ein Bündnis mit Maria Theresia aus. Am 1. Mai 1756 schlossen Frankreich und Österreich, die seit dem Ende des 15. Jahrhunderts Erbfeinde gewesen waren, eine Defensivallianz. Dieser Vertrag, der die „Umkehr der Bündnisse" besiegelte, sei der erste, den sie „de bon coeur" unterzeichne, erklärte Maria Theresia, der besonders dessen Geheimartikel gefiel: Ludwig XV. stellte ihr seine Mithilfe bei der Zurückgewinnung Schlesiens in Aussicht, falls Friedrich II. Österreich angreife. Das tat er, ohne Kriegserklärung, am 29. August 1756, mit dem Einfall in Sachsen, das ihm als Operationsbasis gegen das österreichische Böhmen dienen sollte.

Was Maria Theresia dachte, sprach Kaunitz aus: „Mit Gottes Hilfe werden wir dem hochmütigen König von Preußen so viele Feinde auf den Hals ziehen, daß er darüber erliegen muß." Die erste Erwartung traf ein: Mit den Österreichern zogen Franzosen, Russen, Schweden und die Mehrheit der deutschen Reichsstände ins Feld. Die damit verknüpfte zweite Hoffnung erfüllte sich nicht: Der von 1756 bis 1763 dauernde Siebenjährige Krieg endete damit, daß Friedrich der Große Schlesien behielt, sein Preußen nicht – wie im österreichisch-französischen Offensivbündnis von 1757 vorgesehen – geteilt wurde, vielmehr seine Großmachtstellung befestigte.

Mit Maria Theresia hatte Ludwig XV. den Siebenjährigen Krieg verloren, aus dem England als Hauptgewinner hervorging. Durch den Frieden von Paris büßte Frankreich mit Kanada seine Stellung in Nordamerika ein. Die Kriegskosten rissen ein Loch in die Staatskasse. Die Allianz mit Österreich hatte sich nicht ausgezahlt. Nun wurde wieder auf die Kritiker der Entente mit dem Erbfeind gehört; die Bande zwischen Paris und Wien begannen sich zu lockern.

Das abgekühlte politische Bündnis durch eine eheliche Verbindung aufzuwärmen, nahm sich Maria Theresia vor. Die Herrscherin setzte auf das „Tu felix Austria nube", die Frau, die Glück mit ihrem Mann gehabt hatte, schloß nicht aus, daß auch andere dynastische Verbindungen harmonisch verlaufen könnten, und die Mutter gönnte der Tochter den Erfolg, Königin am glänzendsten Hof Europas zu werden. Als Gemahl für Maria Antonia hatte sie den Dauphin von Frankreich in petto. Louis Auguste, der Enkel Ludwigs XV., war 1765 mit elf Thronfolger geworden. Ein Jahr jünger war Maria Antonia, die von der Mutter 1766, weil damit nicht früh genug begonnen werden konnte, ins Spiel gebracht wurde.

In Versailles sträubte sich Louis Augustes Mutter. Maria Josepha von Sachsen, die Witwe des 1765 verstorbenen Dauphin Louis, hatte ihrem Sohn eine sächsische Prinzessin zugedacht. Maria Theresia fand jedoch einen einflußreichen Fürsprecher im Herzog von Choiseul, dem Pariser Architekten der französisch-österreichischen Allianz, der diese durch die Einheirat einer Habsburgerin in das Bourbonenhaus festigen wollte.

Vorerst spielte er auf Zeit. Der französische Gesandte in Wien, Marquis de Durfort, wurde vom Minister Choiseul angewiesen, der österreichischen Monarchin entgegenzukommen, aber sich in der Heiratsangelegenheit zurückzuhalten. Maria Theresia suchte die Angelegenheit zu beschleunigen. Auf einer Soiree in Schönbrunn sorgte sie für eine Begegnung Durforts mit Maria Antonia. Er habe die Prinzessin komplimentiert, berichtete er nach Paris, doch nicht so sehr, um den Anschein zu erwecken, daß der Herzenswunsch der Mutter schon bald in Erfüllung gehen könnte. Der Gesandte hielt sich an seine Instruktion: Der König wünsche, „daß Sie weiterhin dieselbe Umsicht walten lassen, bis eine neue Order ergeht".

Dies dauerte und dauerte, aber ein günstiger Ausgang rückte immer näher. Der neue österreichische Gesandte am Hof von Versailles, Graf Florimund Mercy d'Argenteau, führte die Pourparlers seines Vorgängers Fürst Georg Adam Starhemberg mit dem Herzog von Choiseul fort und wußte Befriedigendes zu berichten. Mit einer Absage für die Tochter mußte die Mutter nicht mehr rechnen, nachdem Maria Antonia zu ihrem 12. Geburtstag am 2. November 1767 von den Franzosen einen Geschenkkorb bekommen hatte, der außer seltenen Früchten einen Delphin aus Porzellan enthielt – eine Andeutung, daß ihr bald auch der Dauphin genannte Kronprinz von Frankreich beschert werden würde.

Maria Theresia wurde bewußt, daß die für den französischen Thron bestimmte Tochter dafür nicht erzogen worden war. Nicht einmal die Sprache des Landes, über dem sie thronen sollte, beherrschte sie hinreichend, die Geschichte Frankreichs war ihr ein Buch mit sieben Siegeln, und in die Probleme der Gegenwart wollte man ihr jetzt und auch später ohnehin keine tieferen Einblicke gewähren. Zunächst war ihr beizubringen, wie sie sich am französischen Hof zu bewegen und zu benehmen habe.

Die Mutter besorgte ihr einen französischen Friseur und lehrte sie Cavagnole, ein in Paris in Mode gekommenes Glücksspiel. Der Tänzer Jean Georges Noverre, Ballettmeister in Wien, zeigte ihr, wie man in Versailles gehen müsse, in Trippelschritten, damit der Reifrock nicht in Unordnung geriete, und wie ein Menuett zu tanzen sei, in mäßigem Tempo, in graziöser Haltung, in höfischer Ordnung. Die in Wien gastierenden französischen Schauspieler Aufresne und Sainville machten es ihr vor, wie man à la Racines Iphigenie zu sprechen und à la Lullys Alceste zu singen habe. Über die beiden Akteure mochte sich die muntere Elevin noch mehr mokiert haben als über den Musiklehrer Christoph Willibald Gluck, der so feierlich wie eine seiner Opernfiguren auftrat, die in edler Einfalt und stiller Größe antiken Idealen nacheiferte.

An Gluck, der sich auch dem französischen Singspiel widmete, hatte man in Versailles kaum etwas auszusetzen und erst recht nichts an Noverre, der als der beste Choreograph Frankreichs galt. Keineswegs einverstanden war man mit der Heranziehung der beiden Komödianten, die man zwar auf der Bühne, aber nicht in der Hofgesellschaft sehen wollte. Sein König verlange, daß die künftige Kronprinzessin seriös à la française erzogen werde, bedeutete Choiseul dem österreichischen Gesandten. Mercy d'Argenteau suchte und fand in Frankreich den seriösesten Pädagogen, den er sich vorstellen konnte, jedenfalls einen in Versailles genehmen und in Wien nicht unwillkommenen: den Abbé de Vermond, Doktor der Sorbonne, Bibliothekar am Collège des Quatre-Nations und Großvikar des Erzbischofs von Toulouse.

Seine Frömmigkeit, Gelehrsamkeit und Höflichkeit standen außer Zweifel. Aber war ein geistlicher Herr, den dreißig Jahre, eine Generation von seinem Zögling trennte, der bisher nicht mit jungen Menschen umgegangen war, noch nie unterrichtet hatte, der richtige Hofmeister für die von ihrer Gouvernante verzogene und von ihren ersten Lehrern kaum herangebildete Maria Antonia? Der Abbé, geehrt durch den Auftrag, eine künftige Königin seines Landes erziehen zu dürfen, und geschmeichelt von dem Wohlwollen, das ihm Maria Theresia entgegenbrachte, nahm sich vor, sein Bestes zu geben. Wenn er bei weitem nicht alles erreichte, was von ihm erwartet worden war, so lag dies weniger am Lehrer als an der Schülerin, die den auf den hochgestellten Zögling Rücksicht nehmenden Abbé einzuwickeln wußte.

Ihrem einnehmenden Charme, der von Tag zu Tag zunahm, vermochte er nicht zu widerstehen. „Man findet Gesichter von regelmäßigerer Schönheit", schwärmte Vermond, „aber gewiß kein anziehenderes." In ihrer Haltung wie in ihrem Gang liege ein Ausdruck von Erhabenheit und Würde, der bei ihrem Alter erstaune.

Solche Komplimente schmeichelten der Mutter, aber sie fand, daß der Abbé weniger auf die Figur als auf den Geist der Tochter achten sollte. Maria Theresia billigte Vermonds Lehrplan: Vertiefung des Religionsunterrichts, Vervollkommnung der französischen Sprache, Einführung in die Literatur und in die Geschichte Frankreichs. Für diese war zunächst nur eine Stunde täglich vorgesehen, und diese ohnehin viel zu kurze Zeit vertat der Abbé, anstatt systematischen Unterricht zu geben, mit einer die Lehrgegenstände nur streifenden Konversation, weil er hoffte, dadurch die zu Oberflächlichkeit neigende und bisher kaum zu Lerndisziplin angehaltene Prinzessin für dieses oder jenes interessieren zu können.

Aber auch diese Methode fruchtete wenig. „Ein wenig Trägheit und viel Flüchtigkeit" erschwerten ihm seine Aufgabe, mußte Vermond seinen Auftraggebern eingestehen. Die „Frau Erzherzogin" könne zwar gut zuhören (jedenfalls den Anschein einer Anteilnahme zu erwecken), leicht auffassen und vieles richtig beurteilen. „Aber ich konnte sie nicht daran gewöhnen, in eine Materie gründlich einzudringen, obgleich ich fühlte, daß sie dazu gar wohl fähig war."

Ihre Aufsätze waren nicht unflott, aber in krakeliger Schrift verfaßt und mit orthographischen Fehlern gespickt, schon in Deutsch und erst recht in Französisch. Sie werde es vervollkommnen, hoffte Vermond, sobald sie kein Deutsch mehr höre und vor allem nicht „das schlechte Französisch, das in Wien gesprochen wird". Einigermaßen zufrieden war er mit ihren Fortschritten in französischer Geschichte, genau gesagt, der französischen Hofgeschichte. In erster Linie hatte sie sich mit der Genealogie der Bourbonendynastie und der großen Adelsfamilien vertraut zu machen. Über Ludwig XV. erfuhr sie wenig und schon gar nichts über seine Mätressen, die einflußreiche, verflossene Pompadour und deren Nachfolgerin, die Dubarry, die 1769 in das Schloß zu Versailles einzog. Das erste, was der König über Maria Antonia, die künftige Dauphine, wissen wollte, war, ob sie einen schönen Busen habe. Als sein Gesandter dies nicht zu bestätigen vermochte, bezeichnete er ihn als Dilettanten; denn der erste Blick auf eine Frau habe deren Busen zu gelten.

Von der in Versailles herrschenden Frivolität erhielt die Kronprinzessin in petto keine Kenntnis, und über ihren künftigen Gemahl bekam sie fast nichts zu hören. Dabei war man am Wiener Hof über den Dauphin nicht uninformiert, aber gerade deswegen wollte man der für ihn Auserwählten nichts Näheres mitteilen. „In seinem Auftreten und in seinen Äußerungen zeigt der Prinz viel Beschränktheit, wenig Anmut und keine Spur von Feinfühligkeit", berichtete der Gesandte Mercy d'Argenteau 1769 dem Staatskanzler Kaunitz. „Die Natur scheint ihm alles versagt zu haben."

Der nun fünfzehnjährige Louis Auguste hatte von den Eltern keine Liebe erfahren und war von seinem Erzieher, dem

Herzog von La Vauguyon, nicht richtig eingeschätzt und dementsprechend zurechtgeformt worden. Unverstanden und vereinsamt, war der Dauphin scheu und schüchtern geworden, blickte mit halbgeschlossenen, schwerlidrigen Augen auf seine Umgebung, die von ihm wenig zu halten schien, wagte keinem ins Gesicht zu schauen, machte kaum den Mund auf, weil er befürchtete, man würde sich über seine näselnde Stimme und seine gestammelten Worte lustig machen. Dieses Gehemmtsein drückte sich auch in seinem ungelenken Gang aus. Ungern bewegte er sich auf höfischem Parkett, lieber ging er in den Wald zum Jagen, und noch lieber zog er sich in seine Gemächer zurück, zu seinen Büchern und der kleinen Druckerpresse, mit der er sein Manuskript vervielfältigte: „Moralische und politische Grundsätze, dem Telemach entnommen, für das Wissen der Könige und das Glück der Völker."

Vorlage des Traktätchens war der Roman „Les Aventures de Télémaque, fils d'Ulysse" des französischen Schriftstellers Fénelon, in dem der Erzieher der Enkel Ludwigs XIV. den Absolutismus des Sonnenkönigs kritisierte und darlegte, wie sich ein wahrer Fürst zu verhalten habe: Zunächst müsse er der Sinnenlust wie der Gewalttätigkeit entsagen, um dann moralisch gefestigt der eigenen Befriedigung wie der Beglückung seiner Untertanen dienende Reformen einzuleiten. Fénelons Fürstenspiegel war von Ludwig XIV. unterdrückt worden, Louis Augustes Fürstenspiegelchen, in fünfundzwanzig gedruckten Exemplaren im Familienkreis verteilt, erregte das Mißfallen Ludwigs XV. „Monsieur le Dauphin. Ihr Werk ist beendet, lassen Sie nun die Druckplatten zerstören", gebot der König dem Kronprinzen, und einem Höfling bedeutete er: „Seht euch diesen aufgeblasenen Burschen an; er wird Frankreich und sich selbst ruinieren."

Der Enkel hatte dem Großvater zu gehorchen, distanzierte sich von den Maximen seines Telemach, die einem Thronfolger im aufgeklärten 18. Jahrhundert gut angestanden hätten. Ohne Widerspruch – der ohnehin nicht beachtet worden wäre – fügte er sich in die vom König getroffene Wahl seiner Zukünftigen. „Wenn sie nur gute Eigenschaften hat", meinte er, als man ihm sagte, daß er eine schöne Frau bekommen würde.

Ehe er sie persönlich zu Gesicht bekam, sollte er sich bildlich von ihrem Liebreiz überzeugen. Der Maler Joseph Ducreux wurde Anfang 1769 nach Wien geschickt, um die Braut zu porträtieren. Mit ihm kam ein Friseur, der ihr Haar à la française arrangierte, und ein Dentist, der ihre nicht ganz regelmäßig gewachsenen Zähne in die Reihe brachte. Die Dreizehnjährige mußte lange Sitzungen aushalten, eine Geduldsprobe bestehen, die mit einem Bildnis belohnt wurde, auf dem sie sich schöner fand, als wenn sie sich im Spiegel anschaute. Der Hofmaler hatte es verstanden, ihre ohnehin nicht sehr ausgeprägte Habsburgerlippe in ein Kußmündchen zu verwandeln und ihre etwas zu hohe Stirn durch ein Hervorheben ihrer faszinierenden blauen Augen übersehen zu lassen. Das Brautbild, mit Eilpost nach Versailles gebracht, wurde dort im Mai 1769 mit Befriedigung betrachtet. Der Herzog von Choiseul, der Heiratsvermittler, präsentierte im Kreise der Königsfamilie dem Dauphin das Porträt der Auserwählten. Dieser äußerte sein Entzücken in einer Weise, die von ihm erwartet wurde.

Versailles revanchierte sich Anfang 1770 mit einem Bild des Dauphin als „Ackermann hinter dem Pflug". Davon angetan war der Bruder der Braut, Kaiser Joseph II., der im Jahr zuvor in Mähren selbst den Pflug ergriffen und auf dem Acker des Bauern Trnka zwei Furchen gezogen hatte, um sich als Volksfreund darzustellen. Maria Antonia, seine Schwester, die gern die Rokoko-Schäferin spielte, doch sich nicht als Landfrau vorzustellen vermochte, fand den Dauphin als

Landwirt wenig anziehend. Dies schien man in Versailles eingesehen zu haben, denn es wurden zwei weitere Bildnisse nachgeschickt, die Louis Auguste in Hofgala zeigten. „Ich kann die Freude nicht beschreiben, die diese Porträts erregten“, berichtete der französische Gesandte; jedenfalls stellte die Braut diese Bilder in ihrem Zimmer auf.

Das Bett der Vierzehnjährigen wurde im Schlafzimmer Maria Theresias aufgeschlagen. Am 7. Februar 1770 war das Ereignis eingetreten, das man in Wien wie in Versailles herbeigesehnt hatte: Mit der ersten Menstruation war Maria Antonia mannbar, heiratsfähig geworden. Im gemeinsamen Schlafgemach, vor dem Einschlafen und nach dem Aufwachen, gab die Mutter der Tochter Hinweise auf die sie erwartenden ehelichen Obliegenheiten. Das „Règlement“, das sie Maria Antonia mit auf den Weg nach Frankreich gab, enthielt keine derartigen Empfehlungen, vornehmlich Ermahnungen in puncto Religion und Moral.

„Wenn Du am Morgen aufwachst, stehe gleich auf, bete auf den Knien Deine Morgengebete und lese etwas aus einem geistlichen Buch“, schärfte Maria Theresia der Tochter ein. In einem Land, unter dessen Büchern sich „viele im Hinblick auf Religion und gute Sitten verderbliche befinden“, dürfe sie sich nur der von ihrem Beichtvater empfohlenen Lektüre widmen. „Sammle Dich im Laufe des Tages, so oft Du kannst, besonders bei der heiligen Messe.“ Und: „Bleibe auf den Knien, so lange Du kannst, das ist die schicklichste Stellung, um ein gutes Vorbild zu geben.“

Nach Versailles schrieb Maria Theresia zwei Briefe. Im ersten an den König bat sie um Nachsicht für die Unzulänglichkeiten der vierzehnjährigen Braut. Im zweiten versicherte sie dem Dauphin. „Da sie meine Wonne gewesen ist, so hoffe ich, wird sie Ihr Glück sein... Ich habe ihr die Liebe zu ihren Pflichten Ihnen gegenüber eingeflößt, eine zärtliche

Brautbild Marie Antoinettes. Porträt von Wagenschön.

Zuneigung und die Fähigkeit, die Mittel, Ihnen zu gefallen, zu erkennen und anzuwenden... Seien Sie glücklich, machen Sie sie glücklich!“

In der Karwoche des Jahres 1770 hatte sich die Braut dreitägigen Exerzitien zu unterziehen. Das von der Mutter erhoffte Ergebnis der geistlichen Übungen bezweifelte der Exerzitienmeister Vermond von Anfang an, „aber diese drei Tage müssen nun einmal sein“. Der Abbé war geneigt, den erwarteten Fehlschlag der Pflichtübung der verständlichen Aufregung Maria Antonias zuzuschreiben. Denn ihre Vermählung per procurationem, mit einem Stellvertreter des Gemahls, und der Abschied von ihrer Familie standen unmittelbar bevor.

Am Ostersonntag, dem 15. April 1770, zog Marquis Durfort in Wien ein. Als ordentlicher Gesandter war er bereits dagewesen; nun hatte er die Stadt für eine Stunde verlassen, um – als käme er unmittelbar aus Frankreich – als außerordentlicher Gesandter und offizieller Brautwerber zurückzukehren.

Der feierliche Einzug, den sich Maria Antonia mit ihrer Oberhofmeisterin Gräfin Trauttmannsdorff vom Fenster aus ansah, gab ihr einen Vorgeschmack auf den Prunk, der sie in Versailles erwartete. Der große Aufwand, den die Franzosen trieben, mochte ihr geschmeichelt und bedeutet haben, daß sie, was die nicht zu verachtende materielle Seite anbelangte, eine glänzende Partie machen würde.

Achtundvierzig Karossen, einer jeder sechs Schimmel vorgespannt, rollten auf den Straßen der Haupt- und Residenzstadt durch ein Spalier von Wienern, die das Spektakel bestaunten und als Hommage für das Haus Österreich im allgemeinen und für eines seiner Mitglieder im besonderen zu würdigen wußten. Das größte Aufsehen erregten die beiden Prunkkarossen, die für die Reise der zur Dauphine beförderten Erzherzogin nach Frankreich vorgesehen waren. Die erste war mit rotem Samt, die zweite mit blauem Samt ausgeschlagen, die eine in der Farbe der Liebe und Leidenschaft, die zweite in der Farbe der Treue und der Beständigkeit. Auf dem Verdeck waren neben den Kronen Frankreichs und Navarras, unter die Maria Antonia gebracht wurde, Sträuße vergoldeter Blumen angebracht, die so elastisch waren, daß sie sich bei jedem Windhauch bewegten. Niemand schien sich zu sorgen, daß sie von Windstößen zerzaust oder gar davongeweht werden könnten.

Am Ostermontag, dem 16. April 1770, fand die offizielle Brautwerbung durch den außerordentlichen Gesandten statt. Der Marquis „wurde von den Großwürdenträgern empfangen", berichtete die „Gazette de France" aus Wien, „die Palastgarden bildeten auf der großen Treppe der Hofburg Spalier; die Leibgarde zu Fuß befand sich in der ersten Anticamera; die deutsche und ungarische adelige Garde bildeten in den übrigen Vorzimmern ein doppeltes Spalier, und der Hof war ebenso zahlreich wie glänzend". Durfort begab sich zuerst zu Joseph II., sodann zu Maria Theresia, „bei welcher er im Namen des Allerchristlichsten Königs um die Frau Erzherzogin anhielt. Nachdem Ihre kaiserliche und königliche Majestät ihre Zustimmung gegeben hatte, wurde Ihre königliche Hoheit in den Audienzsaal gerufen".

Im Nebenzimmer hatte Maria Antonia wie auf glühenden Kohlen gesessen, hatte immer wieder ihre Garderobe zurechtgezupft und sich vom exakten Sitz ihrer Frisur überzeugt. Nun zwang sie sich, mit kleinen raschen Schritten, wozu sie angehalten worden war, den Audienzsaal zu betreten. Sie verbeugte sich tief vor Maria Theresia, der Erzherzogin von Österreich, Königin von Ungarn und Böhmen und Witwe des römisch-deutschen Kaisers Franz I., „empfing von ihr die Zeichen der Einwilligung und nahm aus den Händen des Gesandten einen Brief von Monseigneur Dauphin und dessen

Porträt entgegen", in einem in Diamanten gefaßten Medaillon, das ihr die Oberhofmeisterin an die Brust heftete.

Am Abend wurde den Franzosen demonstriert, daß französische Kultur in Wien hoffähig geworden war: in der Galavorstellung eines Stückes von Marivaux: „La Mére Confidente". Dies war nicht das gelungenste Werk des Theaterdichters, aber eines, das besser zum Anlaß paßte als „Les Fausses Confidences" oder „La Double Inconstance". Alle handelten von Intrigen und vom Entstehen der Liebe. Vielleicht sollte der Braut durch die Blume gesagt werden, daß sie mit Ränken zu rechnen hätte und zur Amour erst finden müßte.

Am Osterdienstag, dem 17. April 1770, wurde Maria Antonia verdeutlicht, daß sie sich auf einen Weg begab, auf dem es kein Zurück in das Erzhaus gab. In der Geheimen Ratsstube der Hofburg hatte die künftige Königin von Frankreich vor dessen Gesandten und in Gegenwart Josephs II., Maria Theresias und der Minister auf ihre Erbfolge in Österreich zu verzichten und den Renunziationseid auf die Bibel abzulegen. Die von ihr unterschriebene, in Latein verfaßte Verzichtserklärung wurde später von König Ludwig XV. und dem Dauphin Louis Auguste gegengezeichnet.

Den Tag beschloß ein Fest im Belvedere, dem Schloß des Prinzen Eugen von Savoyen, der als Franzose geboren und als Österreicher gestorben war und in Wien das schönste Barockschloß und den prächtigsten Barockgarten hinterlassen hatte. Die Franzosen unterdrückten die Erinnerung an den Feldherrn, der ihre Heere besiegt, Ludwig XIV. in die Schranken verwiesen und Frankreichs Hegemonie in Europa vereitelt hatte. Nun wurde mit der Alliance zwischen einer Habsburgerin und einem Bourbonen die Allianz zwischen beiden Mächten in einem Fest gefeiert, mit dem die Österreicher zu beweisen suchten, daß Wien es Versailles auch mit Fêten gleichtun konnte.

In das Belvedere, dessen Name nun nicht nur auf den schönen Ausblick auf die Kaiserstadt, sondern auch auf die guten Aussichten der Entente verwies, waren 6000 Personen geladen, 1500 zum Diner und alle zum Ball. Der Weg vom Kärntner Tor zum Schloß war mit 500 Laternen beleuchtet. Im Belvedere und in dem zum Fest errichteten Anbau brannten 3500 Kerzen. Diese Lichterfülle bereitete dem Aufklärer Joseph II. viel Freude und der Landesmutter Maria Theresia einige Sorge; vorsichtshalber bot sie 800 Feuerwehrleute auf, die mit nassen Schwämmen bereitstanden, jeden Funkenflug zu ersticken. Das Fest ließ sie sich 103 734 Gulden und 23 Kreuzer kosten.

Am nächsten Tag, dem 18. April, lud der außerordentliche Gesandte der „Majesté très chrétienne" in das Palais Liechtenstein. Das „Wiener Diarium" berichtete: Auf einem Platz, „der bloß zur Belustigung des Pöbels" bestimmt war, hatte man vier Pyramiden errichten lassen, auf deren Spitzen funkensprühende Delphine prangten. An den „äußersten Enden des Platzes waren verschiedene Gezelte aufgeschlagen, unter deren jedem eine muntere Musik sich hören ließ, um das Volk auch mit Tanzen zu belustigen". Im Palais, das 2400 Lampen beleuchteten, waren zwei Tafeln mit 66 und 44 Couverts für die ganz hohen Herrschaften gedeckt, für die weniger hohen standen Büfetts bereit. „Die Zahl der dazu geladenen Gäste belief sich auf mehr denn 1000 Personen, wozu noch 300 oder 400 Zuschauer nebst 800 Mann zur Bedienung zu rechnen sind."

Dieses Fest der Franzosen habe „freilich auf das gestrige nicht parieren" können, notierte der österreichische Obersthofmeister Khevenhüller. Das wurmte den Marquis Durfort, aber ihm waren nicht genügend Mittel verblieben, um mit dem österreichischen Fest im Belvedere gleichzuziehen. Der pompöse Einzug in Wien hatte 350 000 Dukaten gekostet.

Weniger als die Hälfte dieser Summe war ihm für alle Veranstaltungen bewilligt worden. Der Gesandte sah sich genötigt, mit Ausnahme der beiden vom König für die Braut gestifteten Prunkkarossen, alle am Einzug beteiligten Kutschen samt Gespanne, 46 an der Zahl, zu verkaufen, um sich nicht gänzlich zu ruinieren. So viel Geld verblieb ihm, daß er sich zu seinem Fest im Palais Liechtenstein allegorische Darstellungen der bevorstehenden Vermählung leisten konnte: Amor befiehlt dem Dauphin, die habsburgische Venus zu heiraten; die Dauphine schreitet auf einem vom Liebesgott gestreuten Blumenteppich gen Versailles; Donau und Seine, die Ströme Österreichs und Frankreichs, fließen ineinander. Ein Tempel für Hymen war errichtet worden, zu Ehren des Hochzeitsgottes und in Anspielung auf das, was der jungfräulichen Braut bevorstand.

Die Vermählung am 19. April 1770 fand ohne den Bräutigam statt; sie wurde per procurationem vollzogen. In der Augustinerkirche führte, in Vertretung von Louis Auguste, der fünfzehnjährige Erzherzog Ferdinand seine vierzehnjährige Schwester Maria Antonia zum Altar. Die Braut trug eine Prachtrobe aus Silberstoff, die sie älter erscheinen ließ als sie war, doch ihre Jugendfrische nicht verschleierte. Ihr „edles, majestätisches Schreiten" entzückte Abbé Vermond. Maria Theresia betrachtete ihre Tochter aus rotgeweinten Augen, Joseph II. seine Schwester mit kritischem Blick, weil er daran zweifelte, daß sie die politischen Lektionen, die er ihr im letzten Moment und in aller Eile erteilt hatte, auch begriffen habe. Der päpstliche Nuntius Visconti segnete die Ringe, von denen einer für den abwesenden Bräutigam bestimmt war, und nahm die Trauung vor. Die Hofkapelle stimmte das Tedeum an, und Glockengeläut, Kanonendonner und Musketensalven verkündeten den Vollzug der Vermählung.

Auf der Denkmünze flochten der Hochzeitsgott Hymen und die Ehegöttin Concordia Myrtenkränze und gossen Füllhörner aus, und die Inschrift lautete: „Concordia novo sanguinis nexu firmata – Die Eintracht ist befestigt durch eine neue eheliche Verbindung." Doch schon gab es Dissonanzen. Der außerordentliche Gesandte des Königs von Frankreich nahm am Hochzeitsmahl in der Hofburg nicht teil, weil er meinte, dem Herzog Albert Heinrich von Sachsen-Teschen, dem Schwager der Braut, nicht den Vortritt lassen zu dürfen. Als an der Tafel die Majestäten ihr Glas auf Dauphine und Dauphin erhoben, feuerten Kanonen eine Salve ab. Optimisten hielten dies für einen Nachhall der Konflikte der einstigen Erbfeinde. Pessimisten unkten, der Kanonendonner verweise auf künftige Kämpfe zwischen Frankreich und Österreich, die zu Erbfreunden nicht geschaffen wären.

In Wien wurde geraunt, Maria Theresia habe den als Wahrsager angesehenen Geistlichen Gasser über die Zukunft Maria Antonias befragt und die Antwort bekommen: Es gebe Kreuze für alle Schultern. Erwiesen ist, daß die Mutter zu Schwarzseherei neigte, weil sie annahm, daß die Tochter ihre Ermahnungen nicht beherzigen würde.

„Sei nicht neugierig; in diesem Punkt hege ich Befürchtungen für Dich. Vermeide jede Vertraulichkeit mit geringen Leuten", hieß es im „Règlement" der Mutter. Die Tochter solle „nichts aus eigenem Ermessen tun" und sich nicht scheuen, „jedermann um Rat zu fragen". Als erste Ratgeberin bot sich Maria Theresia an, die ihr Kind auch in der Ferne nicht aus den Augen lassen wollte. Als Aufpasser bestellte sie ihren Gesandten Mercy d'Argenteau, der ihr ständig über das Benehmen der Dauphine Bericht erstatten und den Ermahnungen der Mutter Gewicht verleihen sollte.

Eine Wegweisung und eine Mitgift gab Maria Theresia der Tochter mit. 200 000 Gulden rückte sie für die Aussteuer heraus. Der Trousseau sollte – mit Ausnahme der in Brüssel besorgten Spitzen – in Frankreich bestellt werden. Nirgendwo waren schönere Seidenstoffe als in Lyon zu finden, Brokate, Halbdamaste und Taffet, und in Paris wurde buntes Baumwollzeug hergestellt, das besser war als die in England produzierte Indienne. Den Fauxpas, sich anderswo als in ihrem Bestimmungsland auszustatten, durfte sich die künftige Königin von Frankreich sowieso nicht leisten.

Die zur Dauphine aufgestiegene Erzherzogin sollte in einem Hochzeitszug nach Frankreich fahren, der demonstrierte, daß Österreich die Ehre zu schätzen wußte, dem Bourbonen eine Habsburgerin zuzuführen. Auf der Reiseroute liegende Straßen wurden ausgebessert. Den zwei von Ludwig XV. gestifteten Brautkarossen wurden fünfundfünfzig Kutschen hinzugestellt. Da die dreihundertvierzig Pferde an jeder Poststation zu wechseln waren, mußten bis zur französischen Grenze an die 20 000 Pferde bereitgehalten werden. Das Gefolge, mit Georg Adam Fürst Schwarzenberg als außerordentlichem Gesandten an der Spitze, zählte einhundertdreißig Personen: Adelige Herren und Damen, Pagen, Geistliche, Ärzte, Kammerfrauen, Schneiderinnen, Friseure, Lakaien, Gardisten und Postbedienstete.

Dem Zug voraus schickte Maria Theresia einen Brief an Ludwig XV., den sie bat, seine Schwiegerenkelin gütig an die Hand zu nehmen, ihr Führer und Beschützer zu sein, ihrer Tochter Ungeschicklichkeiten zu verzeihen, die – „da sie ja noch so jung ist“ – nicht ausbleiben könnten. Der Vierzehnjährigen diktierte sie einen Brief an den König, in dem die Dauphine um seine Nachsicht ersuchte und daß er ihr „von Anfang an auch diejenige des Dauphin verschaffen möge“. Der Mutter mußte sie versprechen, das „Règlement“ mindestens einmal im Monat zu lesen und ihr alle vier Wochen zu schreiben.

Die Stunde des Abschieds schlug am 21. April 1770, morgens um halb zehn. Maria Theresia und Maria Antonia weinten, umarmten sich ein letztesmal; die Tochter mußte von der Mutter behutsam getrennt und in die Karosse fast geschoben werden. Die Frühjahrssonne vermochte die düstere Stimmung nicht aufzuhellen. „Die Hauptstadt von Österreich bot nur ein Bild der Trauer", berichtete der Milchbruder Maria Antonias, der Sohn der Marie Constanze Weber, der Amme der Erzherzogin. Die Wiener, die ihr Adieu sagten, seien erst nach Hause gegangen, nachdem die letzte Kutsche und der letzte Reiter ihren Blicken entschwunden waren. „Man kehrte heim, um zuhaus über den Verlust zu klagen, den alle erlitten hatten."

Der Wagenzug, der Maria Antonia nach Versailles entführte, kam an Schönbrunn vorbei, wo sie einst der Vater zum letztenmal umarmt und mit Mutter und Geschwistern unbeschwerte Tage erlebt hatte. Im Schloß hatte der sechsjährige Wolfgang Amadeus Mozart vor der siebenjährigen Erzherzogin Klavier gespielt und seiner Zuhörerin erklärt: Wenn er groß sei, werde er sie und keine andere heiraten. Nun hatte sie der Dauphin von Frankreich genommen, und die schönen Tage von Schönbrunn waren für sie aus und vorbei.

Drittes Kapitel
Von Wien nach Versailles

Die erste Station auf der Reise von Wien nach Versailles war das Benediktinerstift Melk. Den österreichischen Escorial hatte Kaiser Joseph II. als geeigneten Ort gewählt, um von der Schwester Abschied zu nehmen und der Dauphine zum letztenmal die barocke Größe und Pracht ihres Heimatlandes vorzuführen, die sie in ihrem Bestimmungsland nicht aus den Augen und aus dem Sinn verlieren sollte. Er überforderte die Vierzehnjährige. Sie war todmüde; bei dem zu ihren Ehren aufgeführten Singspiel mit dem beziehungsvollen Titel „Rebekka, die Braut Isaaks" schlief sie beinahe ein. Vielleicht war es ganz gut, daß sie das Ende des alttestamentarischen Liedes nicht mitbekam: Rebekka vermochte erst nach zwanzigjähriger Ehe ihre erste Pflicht und Schuldigkeit zu tun: dem Hause Abraham Nachwuchs zu schenken.

Nach der Sonntagsmesse in der Melker Stiftskirche, der letzten Ermahnung des Kaisers und der letzten Umarmung des Bruders ging es weiter, über Enns, Lambach, Altheim und Altötting nach München. In Nymphenburg wurde die Dauphine von Kurfürst Maximilian III. Joseph empfangen, dem Sohn Karl Albrechts, der sich 1742 als Kaiser Karl VII. gegen das Haus Habsburg gestellt hatte, dem 1745, nach dem Tode des Wittelsbachers, die Kaiserkrone zurückgegeben wurde – an Franz Stephan von Lothringen, den Gemahl Maria Theresias und Vater Maria Antonias. Am bayerischen Hof, an dem sie sich nicht einem strengen Protokoll zu unterwerfen hatte, konnte das Mädchen zwei Tage lang verschnaufen.

Die Weiterreise führte nach Augsburg, in die Freie Reichsstadt, an deren Rathaus der Doppeladler prangte und deren Bevölkerung den Habsburgern zugetan war. Im eben erbauten Liebert'schen Palais (dem späteren Schaezlerhaus) wurde der Rokokofestsaal mit einem Ball zu Ehren der Dauphine eingeweiht. Die nächste Station, Günzburg an der Donau, lag auf österreichischem Gebiet, der Markgrafschaft Burgau. Über Riedlingen, Stockach, Donaueschingen ging es nach Freiburg im Breisgau, den Sitz der Regierung von Vorderösterreich. Die Stadt hatte mehrmals unter französischen Invasionen gelitten, so daß es nicht verwunderte, daß die Freiburger die zur Dauphine gewordene Erzherzogin als Unterpfand des Friedens zwischen Frankreich und Österreich herzlich begrüßten.

Die letzte Station vor der Grenze war die Benediktinerabtei Schüttern bei Lahr. Dorthin war Graf Philippe von Noailles gekommen, der außerordentliche Gesandte des Königs, der die Entgegennahme der hohen Ehre mit einer großen Geldforderung verknüpft hatte. Mit dem Fürsten Schwarzenberg stritt er sich, wer in der Übergabeurkunde an erster Stelle zu nennen wäre, Joseph II. und Maria Theresia oder Ludwig XV. Man einigte sich auf zwei Urkunden; in der für Österreich bestimmten sollten „die kaiserlichen und königlichen Majestäten" an der Spitze stehen, in der für Frankreich vorgesehenen die „Majesté très chrétienne". Auf Empfindlichkeiten der Monarchen, nicht auf jene des betroffenen Mädchens wurde Rücksicht genommen.

Vor Straßburg, der ehemaligen Freien Reichsstadt, die unter die französische Krone gekommen war, sollte die „Übergabe" stattfinden, französisch „Remise" genannt, was auch „Auslieferung" bedeutet. Dazu war eine im Grenzfluß Rhein, sozusagen im Niemandsland gelegene Insel bestimmt worden. Die Wände des für die Zeremonie aus ungebrannten Ziegeln errichteten Pavillons wurden mit Tapisserien bedeckt. Jene im Hauptsaal erregten das Mißfallen des in Straßburg studierenden Goethe. Er schaute sie sich ein paarmal an, als könnte er es nicht glauben, daß man zu diesem Anlaß so unpassende Sujets gewählt hatte. „Diese Bilder enthielten die Geschichte von Jason, Medea und Kreusa, und also ein Beispiel der unglücklichen Heirat." Jason, dem Führer des Argonautenzugs, verhalf Medea, die zauberkundige Tochter des Königs von Kolchis, zum Goldenen Vlies und floh mit ihm nach Korinth. Nach zehnjähriger Ehe ließ Jason sie fallen, um Kreusa, die Tochter des Königs Kreon, zu heiraten. Medea schenkte der Braut ein vergiftetes Gewand; als sie es anlegte, wurde sie von Flammen verzehrt. Dann tötete die Verstoßene ihre beiden Kinder vor den Augen Jasons und machte sich auf und davon.

„Zur Linken des im Saal des Übergabe-Pavillons aufgestellten Thrones sah man die mit dem grausamsten Tode ringende Braut, umgeben von jammervollen Teilnehmenden; zur Rechten entsetzte sich der Vater über die ermordeten Kinder zu seinen Füßen, während die Furie auf dem Drachenwagen in die Luft zog", empörte sich Goethe. „‚Was', rief ich aus, ‚ist es erlaubt, einer jungen Königin das Beispiel der gräßlichsten Hochzeit, die vielleicht jemals vollzogen worden, bei dem ersten Schritt in ihr Land so unbesonnen vors Auge zu bringen?'"

War es Gedankenlosigkeit oder gar Absicht? Wollte der „königliche Teppichverwahrer", den Goethe für verantwortlich hielt, sein Mißfallen an der Eheverbindung zwischen Frankreich und Österreich bekunden? Die Kritik an der Allliance mit dem Erbfeind war immer noch nicht verstummt. Melchior Grimm, der deutsche Beobachter französischen Lebens, zeigte sich dankbar für das Geschenk Maria Theresias, „jene liebenswerte Thronfolgerin, die wir so herbeisehnen, deren natürlich heiteres, anmutiges Wesen unserer Nation so viel Freude bereiten wird und die wir hier einmütig unsere Herrin nennen könnten – hätten Ehrgeiz, Heuchelei und Ränkesucht bei dem Aufenthalt, den man für sie vorbereitet, die Freunde der Wahrheit nicht ausgeschlossen".

Pharisäer und Intriganten waren für die Vierzehnjährige noch unbekannte Wesen, und die tiefere Bedeutung der auf den Tapisserien dargestellten Geschichte Jasons, Medeas und Kreusas hätte sie, auch wenn sie gebildeter gewesen wäre, vor lauter Aufregung kaum erkannt. An diesem 7. Mai 1770 wurde ihr viel zu viel abverlangt. Sie betrat den Pavillon durch den Eingang im Osten, zog im österreichischen Sektor das Reisekleid aus weißem Linon aus und legte eine Hofrobe aus Goldstoff an. Unter Tränen verabschiedete sie sich von ihren Vertrauten. Fürst Schwarzenberg, der sie als einziger nach Versailles begleiten durfte, führte sie in den im Zentrum des Pavillons liegenden Saal, zu dem die Grenze markierenden, mit rotem Samt überzogenen Tisch. Dort wurde sie vom Grafen Noailles in Empfang genommen, der ihr das aus dem französischen Sektor heraustretende neue Gefolge vorstellte, an der Spitze ihren Ehrenkavalier Graf Saulx-Tavannes und ihre Ehrendame Gräfin Noailles, der sich die zu Marie Antoinette gewordene Maria Antonia schluchzend in die Arme warf.

War dies ein Reflex auf den im „Règlement" von der Mutter gegebenen Rat, sich vertrauensvoll an die Gräfin Noailles – wie auch an den Grafen Noailles – zu wenden? Sie solle von ihnen verlangen, „daß sie Dir aufrichtig sagen, was Du als Ausländerin, die aber unter allen Umständen der Nation gefallen möchte, in jedem Fall zu tun hast, und ob an Deinem Benehmen, Deinen Gesprächen oder in anderen Punkten etwas auszusetzen ist". Über die kühle, fast abweisende Reaktion der Hofdame mochte die Schutzsuchende enttäuscht gewesen sein. Jedenfalls konnte sie nicht wissen, daß die Noailles auf ihre Fragen Antworten parat hatte, die darauf zielten, die Dauphine in ihrem Sinne zu beeinflussen und damit ihre eigene Stellung am Hofe auszubauen. Schon wurde am Intrigennetz gesponnen, in dem sich die Unerfahrene und Leichtgläubige verfangen sollte.

Durch einen Triumphbogen zog Marie Antoinette in Straßburg ein. Um ihr unangenehme Eindrücke, die als erste haften bleiben würden, zu ersparen, war angeordnet worden, „daß sich keine mißgestalteten Personen, keine Krüppel und ekelhafte Kranke auf ihrem Wege zeigen sollten". Darüber mokierte sich Goethe, „und ich machte ein kleines französisches Gedicht, worin ich die Ankunft Christi, welcher besonders der Kranken und Lahmen wegen auf der Welt zu wandeln schien, und die Ankunft der Königin, welche diese Unglücklichen verscheuchte, in Vergleichung brachte". Einem französischen Kommilitonen mißfiel dieser Vergleich – nicht nur der uneleganten Sprache und des holprigen Versmaßes wegen.

Marie Antoinette suchte, wie es ihr Maria Theresia ans Herz gelegt hatte, der Nation, in die sie einheiratete, von Anfang an zu gefallen. Als der Vorsteher des Magistrats, Herr von Antigny, zu einer Begrüßungsansprache in Deutsch ansetzte, unterbrach ihn die Dauphine: „Sprechen Sie nicht Deutsch, Monsieur, von heute an verstehe ich keine andere Sprache als Französisch." Franzosen revanchierten sich mit Komplimenten. „Ihr zarter und schlanker Wuchs" besitze „sowohl die Geschmeidigkeit eines Mädchens als die Würde einer Frau", bemerkte ein Monsieur, und einer Madame entschlüpfte das Lob: Sie sei nicht schön, sie sei mehr als schön, ihr Gang besitze „sowohl die imponierende Haltung der Prinzessinnen des Hauses Habsburg als französische Grazie". Der Graf von Noailles berichtete dem Herzog von Choiseul: Ihrem Aussehen nach zu schließen, müsse man über ihre Gesundheit nicht besorgt sein, dürfe also annehmen, daß sie für entsprechenden Nachwuchs im Hause Bourbon sorgen würde.

Bei ihrem Einzug in Straßburg, zum Einstand in Frankreich wurden ihr von fünfundzwanzig Mädchen, Kindern Straßburger Notabeln, Blumen gestreut, alle Glocken läuteten, und am Abend wurde die Illumination des Münsterturmes wie ein Freudenfeuer bewundert. Am Tag darauf besuchte die Dauphine den Dom. Der Koadjutor des Fürstbischofs von Straßburg begrüßte sie „als die Seele Maria Theresias, die sich mit der Seele der Bourbonen vereinen will", und erklärte: „Aus einer Verbindung von solcher Schönheit muß das Goldene Zeitalter hervorgehen." Der Lobredner war Louis René Édouard Prince de Rohan, der 1779 seinem Onkel auf dem Bischofsstuhl folgte und in den achtziger Jahren Marie Antoinette mit der Halsbandaffäre belastete, die den Ruf der „Autrichienne" aufs schwerste beschädigte.

Noch wurde „Hosianna!" gerufen, wie es die Behörden befahlen und es Franzosen, welche die junge und hübsche Dauphine in ihrem gläsernen Wagen vorüberfahren sahen, für angebracht hielten. Auf der Weiterreise wurde sie allerorten mit Honneurs überschüttet. In Zabern wurde ein Feuerwerk abgebrannt, in Lunéville empfing man sie mit militärischen Ehren. In Nancy, der Geburtsstadt ihres Vaters, des Gründers der Dynastie Habsburg-Lothringen, kniete sie in der Kirche der Cordeliers an den Gräbern der Herzöge von Lothringen, die ihr Land an Frankreich verloren hatten. In Commercy begrüßte ein blondes Mädchen „den Abkömmling einer Familie, die seit fast tausend Jahren über die Herzen der Lothringer geherrscht hat".

Vor Châlons-sur-Marne begann ein Pfarrer seine Ansprache mit Worten aus dem Hohen Lied: „Schön bist Du und hold", blieb dann stecken und bat um Nachsicht: „Bei Ihrem Anblicke hätte auch Salomo seine Anrede vergessen." In Châlons huldigten der Dauphine sechs aus diesem Anlaß mit einer Aussteuer bedachten Bräute: „Wir werden Frankreich

Untertanen, Sie werden ihm Könige schenken." Auf der Durchfahrt durch Reims, die Krönungsstadt der französischen Könige, wurde der Kronprinzessin ein Ausspruch in den Mund gelegt, der für die Ohren des jetzigen Monarchen, Ludwig XV., bestimmt war: „Das ist die Stadt Frankreichs, die ich so spät als möglich zu sehen wünsche" – bei der Krönung ihres Gemahls.

„Unsere Erzherzogin-Dauphine hat alle meine Hoffnungen übertroffen", freute sich der österreichische Gesandte Mercy d'Argenteau. Auch die „Gazette de France" zeigte sich mit „ihrer sanften Fröhlichkeit und majestätischen Leutseligkeit" zufrieden, genoß das „rührende Schauspiel für eine Nation, deren erstes Gefühl Liebe zu ihren Herrschern ist". Dieses Spektakel würde der Vierzehnjährigen zu Kopfe steigen, befürchtete die Mutter und verstärkte ihre Ermahnungen.

„Nun bist Du also da angelangt, wo die Vorsehung Dir zu leben bestimmt hat", begann der erste Brief Maria Theresias, der Marie Antoinette in Frankreich erreichte. Nun sollte sie „ihr ganzes Vertrauen" in Ludwig XV. setzen, ihm ergeben sein, sich an ihn halten, „in allem seine Befehle und Anleitungen abwarten". Über den Dauphin „sage ich nichts; Du kennst mein Zartgefühl in diesem Punkt; die Frau muß in allem dem Manne unterworfen sein und darf kein anderes Bestreben haben, als ihm zu gefallen und seinen Willen zu tun. Das einzige, wahre Glück auf Erden ist eine glückliche Ehe ... Alles hängt von der Frau ab, wenn sie gefällig, sanftmütig und unterhaltend ist". Vor allem: Sie müsse beten und immer wieder beten.

In Soissons, der letzten Station vor Compiègne, wo der König und der Dauphin auf sie warteten, empfing Marie Antoinette in der bischöflichen Kapelle die heilige Kommunion und wohnte in der Kathedrale dem Tedeum bei. Am nächsten Tag, dem 14. Mai 1770, machte sie sich auf die letzte Etappe zum Ziel. Der Herzog von Choiseul, der Ehestifter, fuhr ihr entgegen und wurde von der Dauphine, der Fürst Schwarzenberg soufflierte, mit dem Kompliment empfangen: Sie werde niemals vergessen, daß sie ihm ihr Glück verdanke. „Madame", wurde ihr entgegnet, „glücklich kann sich Frankreich schätzen."

Am Wald von Compiègne, beim Pont de Berne, wurde Marie Antoinette vom König erwartet, der mehr auf das Mädchen als auf die Dauphine gespannt war, sowie vom Dauphin, der sich zwingen mußte, das von ihm verlangte Interesse an seiner jungen Frau zu zeigen. Diese spielte die ihr einstudierte Rolle, stieg anmutig aus der Karosse, näherte sich dem Monarchen mit ihrem gerühmten „schwebenden Gang" und sank vor ihm in die Knie. Ludwig XV. hob sie zu sich empor und küßte sie auf beide Wangen. Dann war der fünfzehnjährige Dauphin an der Reihe, der neben dem sechzigjährigen Großvater, einem Kavalier comme il faut, wie ein linkischer Klosterschüler stand. Seine Accolade glich eher einer Pflichtübung als einem Brautkuß. In der Kutsche, in der man zusammen zum Schloß fuhr, wagte Louis Auguste seine Marie Antoinette nicht anzuschauen, geschweige denn sie anzusprechen. Dem König ging aus vollem Herzen der Mund über; er zeigte sich so glücklich und zufrieden, als sei er der Bräutigam, der eine bezaubernde Frau heimführte.

Die Mutter hatte schon gewußt, warum sie der Tochter einschärfte, sich an den König zu halten und sich über den Dauphin nicht ausließ. Der Kontrast zwischen den Louis Auguste schmeichelnden Porträts, die der Braut nach Wien geschickt worden waren, und der wenig anziehenden Person, mit der sie in Compiègne konfrontiert wurde, hätten ihr noch mehr zu denken gegeben, wenn sie nicht vom Hofprotokoll in Beschlag genommen worden wäre.

Schloß Compiègne, das Ludwig XV. nach seinem Geschmack zu seinem Lieblingssitz umgestaltet hatte, bot einen würdigen Rahmen für den Empfang der künftigen Königin. Nach dem Souper wurde sie in ihr Schlafgemach geleitet. Gemäß der Etikette durfte vor der Hochzeitsfeier der Dauphin die Nacht nicht unter dem gleichen Dach wie die Braut verbringen. Er begab sich in das Palais des Grafen Saint-Florentin. „Ludwig dem Fetten", wie er genannt wurde, stand der Sinn nach einem zweiten Abendessen. Nachdem er seinen Magen befriedigt hatte, notierte er in sein Tagebuch: „Entrevue avec Madame la Dauphine". Das war alles, was er über diesen 14. Mai 1770 zu vermelden hatte.

Am Tage darauf begab sich der Hof auf den Weg nach Versailles. Die erste Station war das Karmeliterinnenkloster Saint-Denis, in das Madame Louise, die jüngste Tochter Ludwigs XV., eingetreten war. Den Klosterfrauen gefiel die „gewinnende Frömmigkeit" der Dauphine. Marie Antoinette wunderte sich, daß ein Mitglied der Dynastie den Nonnenschleier einem Brautschleier, die Weltabgeschiedenheit der Weltläufigkeit des Königshofs vorgezogen hatte. Daß deren Grenzen viel weiter gesteckt waren, als sie es von Wien her gewohnt war, lernte sie noch am selben Abend im Jagdschloß La Muette kennen.

Zum Souper mit der königlichen Familie war auch die Gräfin Marie Jeanne Dubarry geladen, die seit einem Jahr – als Nachfolgerin der Marquise de Pompadour – die Maîtresse en titre Ludwigs XV. war. Die bildschöne Frau trug eine Robe aus silbernem, golddurchwirktem Stoff. Die sechsundzwanzigjährige Favoritin zog mehr Blicke – in erster Linie die des Königs – auf sich als die vierzehnjährige Kronprinzessin, der Ehrengast der Soiree. Wer diese Dame sei, soll Marie Antoinette gefragt und die Antwort bekommen haben: Das sei die Gräfin Dubarry, die den König bei Laune zu halten habe. Ludwig XV., der zum Entsetzen des Herzogs von Croÿ die Maîtresse kaum aus den Augen ließ, übersah seine Schwiegerenkelin nicht. Er schenkte der Dauphine die Juwelen der Mutter des Dauphins, Maria Josepha von Sachsen, die bis zu ihrem Tode 1767 die französisch-österreichische Alliance zu verhindern versucht hatte.

Am 16. Mai 1770, dem Tag der Vermählung, kam Marie Antoinette nach Versailles. Ihr künftiges Königsschloß sei größer als Schönbrunn und moderner als die Hofburg, war ihr gesagt worden. Davon sich zu überzeugen, hatte sie vorerst keine Zeit. Schon zwei Stunden nach ihrer Ankunft sollte die Hochzeit stattfinden. In den ihr zugewiesenen Gemächern der Königin Maria Leszczinska, der 1768 verstorbenen Gemahlin Ludwigs XV., wurde ihr eine Robe aus Silberbrokat mit langer Schleppe angelegt, ihre Frisur in höfische Form gebracht und ein letzter Blick in den Spiegel gestattet.

Um 13 Uhr erschien die Dauphine in den Appartements des Monarchen, wo sie der König und der Kronprinz erwarteten. Louis Auguste fühlte sich unbehaglich im Galagewand des Ordens vom Heiligen Geist. Als er neben der Braut durch das Spalier der Höflinge zur Schloßkapelle schritt, suchte er, indem er auf den Zehen auftrat, in die typische Gangart der Bourbonen zu verfallen. Er schaute weder nach rechts noch nach links und schon gar nicht auf das ihm anvertraute, in Kürze angetraute Mädchen. „Sehr hübsch, klein und zart“, wie sie dem Herzog von Croÿ erschien, zog sie die meisten Blicke auf sich. Die Herzogin von Northumberland hatte an ihr etwas auszusetzen: Der Oberteil ihres Kleides sei zu weit ausgeschnitten gewesen, „ließ einen zu breiten Streifen ihres spitzenbesetzten Hemdes sehen, was sich zwischen Diamantenbesatz und Halsschmuck nicht gut ausnahm“.

In der in Weiß und Gold gehaltenen Kapelle knieten Braut und Bräutigam vor dem Hochaltar auf einem purpurroten

Samtkissen nieder. Die Trauung vollzog der Erzbischof von Reims. Zuerst segnete er dreizehn Goldstücke, in Erinnerung daran, daß einst die Frau gekauft worden war, und dann die Ringe, die das nunmehr aus staatspolitischen Gründen verkuppelte Paar für immer verbinden sollten. Louis Auguste, unbeholfen wie immer und jetzt zitternd vor Aufregung, hätte den für die Dauphine bestimmten Ring beinahe fallen lassen. Marie Antoinette machte bei der Unterzeichnung der Hochzeitsurkunde einen Tintenklecks.

Dem Ernst folgte ein Spiel. In der Spiegelgalerie setzte sich der König mit Hochzeiter und Hochzeiterin an den Kartentisch, um beim Cavagnole das Glück zu versuchen. Das Wetter spielte nicht mit; ein Gewitter vertrieb Tausende von Festgästen aus dem Schloßpark und verhinderte das Feuerwerk, auf das sich besonders Marie Antoinette gefreut hatte. Beim Festmahl im neuerbauten Opernsaal brachte sie kaum einen Bissen hinunter; dafür aß ihr Gemahl für zwei. Er solle am Hochzeitsabend seinen Magen nicht überladen, mahnte der Großvater, und bekam zu hören: „Je mehr ich am Abend esse, um so besser schlafe ich."

Die Hochzeitsnacht brach an. In einer Prozession wurde das Paar in sein Schlafzimmer geführt. Der Erzbischof segnete das Ehebett, der König reichte dem Bräutigam das Nachthemd, die Herzogin von Chartres half der Braut in das Nachtgewand. Alle schauten zu, wie sich beide hinlegten. Der Dauphin zog die Vorhänge des Himmelbetts zu. Sie wurden – so wollte es der Brauch – noch einmal aufgezogen, um den Umstehenden Gewißheit zu verschaffen, daß die Eheleute tatsächlich beieinander lagen. Der Hof zog sich zurück. Der junge Mann schlief sofort ein und begann zu schnarchen.

Am nächsten Morgen suchten die Zofen vergebens nach Spuren einer Liebesnacht. Unter dem Datum des 17. Mai 1770 schrieb Louis Auguste in sein Tagebuch: „Rien." Auch in den folgenden Nächten passierte nichts. Abbé Vermond, der sich um Marie Antoinette auch in Versailles kümmerte, war untröstlich. „Madame la Dauphine spielt mit ihrem Hündchen. Dies vermag sie eine Weile zu zerstreuen, ehe sie wieder zu träumen beginnt.“ Monsieur le Dauphin zeige seiner Frau nicht eine Spur von Zuneigung, schrieb Mercy d’Argenteau nach Wien. Fünf Monate später mußte er berichten, daß die Ehe immer noch nicht vollzogen sei. Dieses Ereignis konnte erst sieben Jahre später verkündet werden.

Viertes Kapitel
Am Hof der Bourbonen

Versailles, das majestätische und monströse Schloß Ludwigs XIV., manifestierte auch unter Ludwig XV. die Macht und den Glanz des absoluten Königtums, auch wenn jene zu verfallen und dieser zu verblassen begann. Im Spiegelsaal, auf dessen Deckengemälde der Sonnenkönig „regierend kraft seiner selbst“ als Augustus thronte, wußte auch der Nachfolger Feste zu feiern, und in den Staatsräumen, in denen er offiziell residierte, das höfische Ritual vom „Lever du roi“ am Morgen bis zum „Coucher du roi“ am Abend zu zelebrieren.

Doch die Allmacht Ludwigs XV. wurde von der Aufklärung in Frage gestellt und vom Parlament in Zweifel gezogen, vor dem er 1766 behauptete: „Auf meiner Person allein beruht die höchste Autorität, die gesetzgebende Gewalt ist mein, die öffentliche Ordnung geht von mir aus.“ Untertanen erwarteten vom Allmächtigen volksfreundliche Gesetze und materielle Wohltaten; wenn diese ausblieben, was zunehmend der Fall war, mußte mit dem Vertrauen in den Monarchen der Glauben an die Monarchie dahinschwinden. Noch war es nicht so weit gekommen, doch Ludwig XV. genügte immer weniger den Ansprüchen, die er an sich selbst gestellt hatte und die Franzosen an ihn stellten.

Das Schloß des Sonnenkönigs galt weiterhin als Offenbarung des Absolutismus, beeindruckte mit gigantischen Ausmaßen, monumentalen Fassaden und einem Park, der das Grandiose der größten Schloßanlage Europas ins Unendliche zu verlängern schien. In die Zeit des Sonnenkönigs mochte sich zurückversetzt fühlen, wer die Gärten, in denen sich sein Wille selbst die Natur untertan gemacht hatte, nach Anweisung eines von Ludwig XIV. verfaßten Führers betrat: „Wenn man das Schloß durch den Vorsaal des Marmorhofes

Das Schloß von Versailles.

verläßt, kommt man auf die Terrasse; man muß oben auf den Stufen stehenbleiben, um die Lage der Blumenbeete zu betrachten, die Teiche und die Springbrunnen." Unter Ludwig XV. wurden die „Grandes Eaux", die Wasserspiele, immer weniger in Gang gesetzt, feierten die Fontänen immer seltener den Monarchen und die Monarchie. Im Sommer blieb man, wie ein Zeitzeuge bemerkte, am besten den Gärten fern; „denn wenn die Hitze sich einstellte, hauchten die Wasserbassins und der große Kanal eine wahre Pestilenzluft aus".

Versailles wurde immer noch als „Vitrine des Königtums" bezeichnet, doch was darin zur Schau gestellt wurde, glich kaum mehr den Darbietungen des Grand Siècle. Das Schloß wurde mit einem Bienenstock verglichen, weil in ihm ständig Umtrieb herrschte, freilich mit dem Unterschied, daß jene, die es vom Keller bis unter das Dach bevölkerten, und alle, die unaufhörlich durch die Portale ein- und ausströmten, weniger auf die Herstellung als auf das Saugen von Honig bedacht waren.

Zu der zwei- bis dreitausend Mitglieder zählenden Hofgesellschaft kamen ungezählte Besucher, von Geschäftsinteresse oder Schaulust getrieben. Der König hielt nach wie vor an seinen Prärogativen fest, aber sein Schloß war bereits für jedermann geöffnet, sozusagen vom Volk in Mitbesitz genommen worden. Zutritt hatte jeder, der einigermaßen ordentlich gekleidet war; selbst Prostituierte waren zugelassen, allerdings unter der nicht immer befolgten Bedingung, daß sie ihrem Gewerbe nicht in den Gemächern nachgingen. Bevorrechtete durften bei der Toilette des Monarchen zugegen sein, konnten ihn auf dem Leibstuhl sitzen sehen.

Auf dem Präsentierteller fühlte sich Ludwig XV. immer unbehaglicher. Abseits der Repräsentationsräume richtete er sich ein Privatappartement sein, in dem er nicht ständig als König posieren mußte. Auch Marie Antoinette, der als Dauphine die Prunkgemächer der verstorbenen Gemahlin Ludwigs XV. überlassen wurden, verschaffte sich als Königin einen intimen Bereich nach ihrem Geschmack. Mitunter hätte sie sich am liebsten im Muschelwerk des Rokoko verkrochen.

In der Grandeur von Versailles sollte sich Marie Antoinette wie auch ihr Gemahl nie richtig zu Haus fühlen; sie residierten dort nur drei Monate im Jahr. Auch Ludwig XV. hielt es nie lange im Schloß Ludwigs XIV. aus, in dem die Machtdemonstration immer weniger seiner Machtstellung entsprach. Lieber weilte er in den kleineren Schlössern Choisy und Marly, am liebsten in Compiègne, das er so umgestaltet hatte, wie es seinen Ansprüchen wie Liebhabereien genügte. Auch Fontainebleau schätzte er, vielleicht deshalb, weil es an den anhaltenden Aufstieg und nicht an den beginnenden Abstieg des Königtums erinnerte.

Als Marie Antoinette in Frankreich ankam, war der sechzigjährige Ludwig XV. immer noch ein stattlicher Mann, der sich mit Aufwand in Szene zu setzen wußte. Er besaß 3000 Pferde, 217 Kutschen und 150 Pagen. In seinen besten Zeiten hatte er fast ein Viertel der Staatseinnahmen verbraucht, und die Staatskasse gestattete ihm weiterhin jegliche Verschwendung. Wie ehedem spielte er den starken Mann, weniger in Regierungsgeschäften als in Liebesaffären. Aber auch in dieser Beziehung ging es mit ihm bergab. Nach der Pompadour war die Dubarry nur zweite Wahl, und bei den blutjungen Mädchen, die im Versailler Hirschpark wie in einem Harem gehalten wurden, fand der Sultan nicht immer das erwartete Vergnügen. „Ludwig", hieß es in einem Pamphlet, „wenn Sie einst der Gegenstand unserer Liebe waren, dann deshalb, weil wir ihre Laster noch nicht kannten." Der Wüstling wie der Verschwender wurden verachtet; aus dem „Vielgeliebten" war der „Vielgehaßte" geworden.

Seine Schwiegerenkelin Marie Antoinette gedachte er zwar mit großväterlicher Güte zu behandeln, aber er kam nie dazu, sich so um sie zu kümmern, wie es die in fremde Verhältnisse verpflanzte und mit einem verständnislosen jungen Mann vermählte junge Frau nötig gehabt hätte. Als Ersatz schienen die ledig gebliebenen Töchter Ludwigs XV. in Frage zu kommen. Die Dauphine, an mütterliche Fürsorge gewöhnt, suchte die Tanten als Ersatzmütter zu gewinnen. Doch die hohen Damen reichten ihr nicht die Hand, um sie durch die Fährnisse des Hofs zu führen, suchten sie an ihr Gängelband zu nehmen und sie für ihre Ränke einzuspannen.

„Mesdames, fette alte Weiber, die ihrem Vater auf unvorteilhafteste Weise ähnelten, standen schwarzgekleidet, an ihren Pompadours nestelnd, in einem Zimmer, wußten nicht, was sie sagen sollten und wanden sich, als müßten sie dringend Wasser lassen." So beschrieb sie der Schriftsteller Horace Walpole, wenig gentlemanlike in unenglischem Overstatement. Megären glichen sie insofern, als sie – Megaira heißt griechisch „die Neidische" – anderen Frauen mißgönnten, Männer bekommen zu haben. Als sie bemerkten, daß die Stiefnichte bei ihrem Neffen nicht das eheliche Glück fand, das ihnen vorenthalten worden war, registrierten sie die Frustration Marie Antoinettes mit Schadenfreude. Im Grunde waren die alten Jungfern bedauernswerte Geschöpfe, verbogen durch ihre Erziehung im Kloster Fontrevault und verbittert, weil ihnen im Leben nicht gegeben worden war, was sie von ihm erwartet hatten. Deshalb wünschten sie sich, wie Mercy d'Argenteau argwöhnte, daß es Madame la Dauphine nicht viel besser als ihnen ergehen sollte.

Adélaïde, die Älteste, schadete Marie Antoinette am meisten, weil sie, am begabtesten und befähigsten für Intrigen war, sich am besten zu verstellen und die leichtgläubige Dauphine zu beeinflussen verstand. Hochfahrend und herrschsüchtig war sie von vornherein gegen eine Kronprinzessin eingenommen, die sie aus ihrer nach dem Tode der Königin Maria Leszczinska zugefallenen Position der Ersten Dame am Hofe verdrängen würde. Schon gar nicht wollte Adélaïde, die gegen das Bündnis mit Österreich gewesen war, einer „Autrichienne", wie sie Marie Antoinette als erste abschätzig nannte, ihren Platz einräumen. Als sie nach ihren Befehlen für den Empfang der Dauphine in Straßburg gefragt wurde, erwiderte sie: „Wenn ich Befehle zu geben hätte, so würde ich sie nicht geben, um eine Österreicherin abzuholen."

Madame Victoire war derart korpulent und ungepflegt, daß sie vom Vater als „dicke Sau" und „Schmutznickel" geneckt wurde. Sie war so unbeweglich und unselbständig, daß sie sich in allem der älteren Schwester Adélaïde unterwarf, auch deren Kabalen gegen die Dauphine unterstützte, obwohl sie, gutmütig wie sie war, ihr keineswegs übeltun wollte. Die dritte Schwester, Madame Sophie, war so furchtsam und menschenscheu, daß man von ihr sagte, sie öffne den Mund nur bei einem Gewitter für Angstschreie und die Augen lediglich, um, wie die Hasen, seitwärts zu blicken. Auch Marie Antoinette wagte sie nicht ins Gesicht zu schauen, vielleicht aus schlechtem Gewissen, weil sie sich in die Ränkespiele Adélaïdes gegen die Dauphine hineinziehen ließ.

Louise, die „letzte Madame", wie sie Ludwig XV. bei ihrer Geburt genannt hatte, war die einzige der Schwestern, auf die Maria Theresias an Marie Antoinette weitergegebene Einschätzung einigermaßen zutraf: „Diese Prinzessinnen sind sehr tugendhaft." Frömmigkeit war ihr nicht abzusprechen. Vom Hofleben angewidert, ging sie mit dreiunddreißig ins Kloster, unterwarf sich der strengen Regel der Karmeliterinnen. Bei der Ablegung des Ordensgelübdes im Kloster Saint-Denis war Marie Antoinette zugegen. Ein letztes Mal erschien Louise als Königstochter, in einer mit Goldblumen besetzten Silberrobe. Nach der Messe ging sie in Klausur, kam in weißem Nonnengewand zurück, ließ sich von der Dauphine Skapulier und Schleier reichen und warf sich als Mère Thérèse de Saint-Augustin mit gekreuzten Armen zu Boden. Marie Antoinette war gerührt, aber nicht so tief, daß sie sich ihre eigene Weltentsagung hätte vorstellen mögen.

Weltlichem, Allzuweltlichem begegnete sie an den Brüdern ihres Gemahls. Louis Stanislas Xavier Graf von Provence, der so jung war wie sie, erschien gebildeter als der Dauphin, weshalb er sich einbildete, für die Thronfolge geeigneter als sein älterer Bruder zu sein. Dies wagte er ihm zwar nicht ins Gesicht zu sagen, aber hinter seinem Rücken spann er ein Intrigennetz, in der Hoffnung, daß sich Louis Auguste darin verheddern würde. Er beneidete ihn um seine Frau, wenn er die ihm angetraute Marie Josephine von Savoyen betrachtete, die, häßlich und befangen, von der hübschen und munteren Marie Antoinette abstach.

Aber war es für ihn nicht ein Glück, daß der Dauphin seine Dauphine sieben Jahre lang im biblischen Sinne des Wortes nicht zu erkennen vermochte? Wenn ihre Ehe kinderlos bleiben sollte, würden seine Aussichten als nächster in der Thronfolge auf den Königsthron wachsen. Um seine Chancen zu vermehren, tat er sein möglichstes, um den Kronprinzen von der Kronprinzessin fernzuhalten, animierte ihn zur kräftezehrenden Waidmannslust und verschaffte Marie Antoinette die eine und andere Ablenkung, um sie ihrem Gemahl zu entfremden und sie Verdächtigungen auszusetzen.

Der Graf von Provence, dem die Impotenz seines Bruders gelegen kam, hob seine eigene Potenz hervor. In seiner Hochzeitsnacht mit Marie Josephine sei er „viermal glücklich gewesen“, erzählte er herum. Tatsächlich war er mit seiner jungen Frau noch nicht intim geworden. Aber er stolzierte im Hof wie ein Hahn, um die Bewunderung von Höflingen zu genießen, die Minderwertigkeitsgefühle seines Bruders wie die Frustrationen seiner Schwägerin zu vermehren. Die Angeberei des Grafen von Provence, berichtete Mercy d'Argenteau an Maria Theresia, hätte ihrer Tochter „Anlaß zu betrüblichen Vergleichen gegeben“. Ihr Gatte, der sie weinend im Bett vorfand, habe sich bemüßigt gefühlt, ihr zu versprechen, daß er sie eines Tages ganz zu seiner Ehefrau machen würde. Doch darauf mußte sie sieben Jahre warten.

Sich anderweitig Befriedigung zu verschaffen, verboten ihr nicht nur Religion und Moral, sondern auch die Gepflogenheiten eines Hofs, an dem kein hochgestelltes Mitglied und schon gar nicht die Kronprinzessin einen Augenblick lang unbeobachtet blieb. Viel zu viele lauerten auf einen Fehltritt der „Österreicherin“, und als keiner auszumachen war, wurde ihr selbst die eine und andere harmlose Zerstreuung als Fauxpas angekreidet. Sie war freilich in ihrer Naivität unvorsichtig genug, bösen Zungen so manche Gelegenheit zu geben, aus einer Mücke einen Elefanten zu machen.

Arglos, wie sie war, ließ sie sich zu Vergnügungen verleiten, bei denen sie sich, wie sie meinte, nichts vergab, die aber, wie andere kritisierten, einer Ehefrau und einer Kronprinzessin nicht angemessen waren. Marie Antoinette dachte, sie könne sich, wie in Schönbrunn mit einem ihrer Brüder, so in Versailles mit ihren Schwägern fröhlichen Spielen hingeben, vor allem mit dem jüngsten Bruder des Dauphin, Charles Philippe Graf von Artois, der, 1757 geboren, zwei Jahre jünger war als sie. Er war ein Springinsfeld, dessen Leichtsinn und Übermut ansteckend wirkten, vor allem auf die Dauphine, die nicht immer imstande war, das ihrer Stellung angemessene Benehmen an den Tag zu legen. Aus Wien warnte die Mutter: „Vom Grafen von Artois sagt man, daß er äußerst keck sei. Es schickt sich nicht, daß Sie es dulden, und Sie könnten sich eines Tages in der schlimmsten Lage befinden."

Marie Antoinette, die ahnte, daß der österreichische Gesandte Mercy d'Argenteau mit seinen Konfidenten, wie man in Österreich die Spitzel nannte, jeden ihrer Schritte überwachte und darüber Maria Theresia berichtete, suchte der Mutter zu beweisen, daß sie ihr Leben nach den Ermahnungen aus Wien wie den Gepflogenheiten in Versailles einzurichten versuchte.

Ihren Tageslauf schilderte sie im Brief vom 12. Juli 1770. Sie stehe zwischen neun und zehn Uhr auf, spreche ihr Morgengebet, frühstücke „und gehe anschließend zu meinen Tanten, wo ich gewöhnlich den König finde", der bei ihnen seinen Kaffee trinke. „Mittags ruft man den Hofstaat, und nun kann jedermann eintreten, ausgenommen jene, die nicht von Adel sind. Ich lege mein Rouge auf und wasche meine Hände vor allen Leuten. Hierauf entfernen sich die Herren, die Damen bleiben, und ich kleide mich vor ihnen an." Nach der Messe speiste die Dauphine mit dem Dauphin „vor den Leuten". Am Nachmittag lese, schreibe oder arbeite sie. „Ich mache nämlich ein Wams für den König, mit dem ich nicht weiterkomme. Ich hoffe aber, daß es mit Gottes Hilfe in einigen Jahren fertig sein wird." Um 16 Uhr komme Abbé Vermond, der sie in Wien erzog und in Versailles als Vorleser weiter unterrichtete, um 17 Uhr der Klavierlehrer oder der Gesangslehrer. Dann war die Zeit zur Erholung und für Vergnügungen. Man spielte Karten oder ging ins Theater; anschließend wurde soupiert. „Von da an wird wieder eine, manchmal sogar eineinhalb Stunden gespielt. Doch hatte der König, als er gestern sah, daß ich mich nicht mehr aufrecht halten konnte, die Güte gehabt, mich um elf Uhr zurückzuschicken. Das hat mir große Freude gemacht und ich habe bis 10 Uhr dreißig sehr gut, obwohl allein, geschlafen."

Von einem Beischlaf konnte Marie Antoinette jetzt und noch lange nicht berichten. Das Ausbleiben einer Nachricht, daß die Voraussetzung für den von der Dauphine erwarteten Beitrag zur Fortpflanzung der Dynastie geschaffen worden sei, beunruhigte Maria Theresia. Auch mißfiel ihr, daß ihre Tochter nicht die Muße fand und auch kein Interesse zu haben schien, sich so weiterzubilden, wie man es von einer künftigen Königin von Frankreich erwartet hätte. Dabei gestand ihr Mercy „eine glückliche und leichte Auffassung zu, mittelst deren sie, was sie liest, begreift und behält; doch verwendet sie zu wenig Zeit darauf". Geistige Anstrengungen lagen ihr nun einmal nicht, und so kam eine systematische Fortbildung nicht zustande.

„Trachten Sie Ihren Kopf ein wenig mit guter Lektüre anzufüllen. Sie haben es mehr als andere nötig... Vernachlässigen Sie nicht diese Beschäftigung, die Sie mehr als andere benötigen, da Sie keine anderen Kenntnisse erworben haben, weder Musik noch Zeichnen, weder den Tanz und Malerei noch andere schöne Wissenschaften", mahnte die Mutter. „Ich muß sogar hervorheben, daß die Handschrift Deiner Briefe täglich schlechter und weniger korrekt wird." Die Tochter, der die ständigen Vorhaltungen auf die Nerven gingen, die aber nicht zu widersprechen wagte, wurde es leid, laufend Rechenschaft ablegen zu müssen, schrieb nicht so oft, wie man es in Wien erwartete, fand einmal eine Entschuldigung, die für Maria Theresia kaum annehmbar war: „Ich bitte um Verzeihung, weil mein Brief so schmutzig ist. Ich mußte ihn aber an zwei aufeinanderfolgenden Tagen bei meiner Toilette schreiben, da mir keine Zeit übrigbleibt."

Dem höfischen Zeremoniell, das zeitraubend war, konnte sie sich nicht entziehen, aber die Stunden, die ihr für sich verblieben, verplemperte sie mit Nichtigkeiten, die – wie nicht nur die Mutter in Österreich, sondern auch die Gegner der „Autrichienne" in Versailles meinten – einer künftigen Königin nicht anstanden. Sie spielte mit den Kindern einer Kammerfrau, „beide sehr laut", wie Mercy bemerkte, „unsauber und mit allerhand Unzuträglichkeiten behaftet". Sie amüsierte sich mit ihren Hunden, vor allem mit einem possierlichen Mops. Sie ritt auf einem Esel und gefiel sich bei Ausflügen in der Rolle einer Marketenderin, die jungen Teilnehmern Erfrischungen aller Art anbot und mit den „Windbeuteln", wie Mercy sie nannte, scherzte und lachte.

Überhaupt schwätzte sie viel zu viel, plapperte darauf los, mokierte sich ständig über andere und erregte damit nicht nur Mercys Mißfallen: Die Dauphine vergesse ihre Würde, meldete er nach Wien, sie mache sich über Leute lustig, an denen sie Lächerlichkeiten wahrzunehmen meine. Sicherlich, das Gehabe mancher Höflinge forderte dazu heraus, aber sie bedachte nicht, daß sie sich damit unbeliebt machte. „Lassen

Sie sich nicht verleiten, die anderen lächerlich zu machen", mahnte die Mutter; „um fünf oder sechs jungen Damen oder Kavalieren zu gefallen, würden Sie die anderen verlieren." Der König ließ sie durch die Gräfin Noailles zurechtweisen: Die leichtsinnigen Äußerungen der Dauphine könnten schlimme Folgen für sie wie die Familie haben. Sie solle sich bei Hofe zurückhaltender geben, zu weitgehende Vertraulichkeit mit Höflingen vermeiden und nur in ihren Gemächern so ausgelassen sein, wie man es einem temperamentvollen Mädchen nachsehen könnte.

Aber auch hinter verschlossenen Türen trieb sie es mitunter zu bunt. Marie Antoinette bringe alles durcheinander, erzählte ihre Schwägerin Marie Josephine. „Madame la Dauphine war so frei, mir einen Stoß Bücher auf den Boden zu werfen." Auch von anderen jungen Familienmitgliedern fühlte sich die Frau des Grafen von Provence genervt. Ihr Gemahl singe laut und falsch, der Graf von Artois „schreie sich die Seele aus dem Leib", und Monsieur le Dauphin lese mit beträchtlichem Stimmaufwand, doch völlig unernst, aus einer Tragödie vor. „Dann gibt es noch zwei Vögel, die zwitschern, und drei Hunde, einer gehört mir, zwei gehören der Dauphine, die einen Lärm machen, daß man sein eigenes Wort nicht mehr versteht."

Der König, der auch kein Kind von Traurigkeit war, ließ derartiges passieren. Zu weit ging ihm ein gemeinsames Unternehmen der Rasselbande. Marie Antoinette, der Graf von Provence sowie der Graf von Artois und die ihm angetraute Marie Therese von Savoyen, allesamt Theaternarren, versuchten es mit Theaterspielen. Das mußte heimlich geschehen, in einem nicht genutzten Raum im Mezzanin des Schlosses. Aus einem Schrank wurden die zerlegten Kulissen hervorgeholt, Monsieur Campan vom Hofstaat der Dauphine führte Regie und übernahm Nebenrollen. Am besten spielte der Graf von Provence, der nicht umsonst „Tartuffe" genannt wurde, aber auch die Kronprinzessin wußte sich in Szene zu setzen. Die einzigen Zuschauer waren die Gräfin von Provence, die das Gebotene ziemlich albern fand, und der Dauphin, der sich den Bauch vor Lachen hielt. Die Komödie fand ein Ende, als Monsieur Campan, bereits im Kostüm seiner Dienerrolle, auf der Suche nach einer Requisite einem Lakaien begegnete, der zwar schwören mußte, nichts zu verraten, der es aber höheren Orts meldete und dadurch ein Verbot des Laienspiels auslöste.

In ihrem Hofstaat war die Dauphine von Aufpassern umgeben. Mercy d'Argenteau gab zu, daß in seinem Sold eine Kammerfrau und zwei Kammerdiener stünden und er über weitere Quellen verfüge, so daß er über das Tun und Lassen Marie Antoinettes zu jeder Stunde des Tages im Bilde sei. Auch andere ließen sie ausspionieren, in erster Linie der König. Die Dauphine befürchtete, daß in ihren Privaträumen kein Papier sicher sei, da es Nachschlüssel gebe, und man nächtens ihre Taschen durchstöbere, sich über ihre Korrespondenz in Kenntnis zu setzen.

Ihr Hofstaat hatte Mitglieder genug, um zahlreiche Spitzel zu beschäftigen: Kammerfrauen und Kammerdiener, Türhüter und Stallmeister, Kapläne und Ärzte, Köche und Mundschenke, Träger der Leibsänfte und des Leibstuhls. Ehrendame war die Gräfin von Noailles, schon über vierzig, für Marie Antoinette schon fast im kanonischen Alter. „Madame Etikette", wie man sie nannte, überwachte jeden ihrer Schritte, bemühte sich, sie im Takt des höfischen Protokolls zu halten, und geriet bei jedem Stolpern außer sich. Zunächst war die betagte Herzogin von Villars für die Garderobe der Dauphine zuständig, die anzog, was sie auswählte und die vorgelegten Rechnungen ungeprüft abzeichnete. Ihre Nachfolgerin, die junge Herzogin von Cossé, kam darauf, daß in einem

Jahr 200 000 Livres ausgegeben worden waren, obgleich man nur 120 000 Livres genehmigt hatte. Bei einer Überprüfung wurden Betrügereien aufgedeckt.

Außer ihrem Vorleser, Abbé Vermond, der es gut mit ihr meinte, und dem Grafen Mercy d'Argenteau, der weniger aus eigenem Antrieb als auf Anweisung Maria Theresias nach ihr sah, hatte die Dauphine keinen Menschen am Hofe, der sich ihrer so annahm, wie es erforderlich gewesen wäre. Der König küßte sie zwar gerne auf beide Wangen, aber sie fürsorglich an die Hand zu nehmen, hatte er weder Zeit noch Lust. Seine Töchter, die Tanten, lächelten ihr honigsüß ins Gesicht und zerrissen sich hinter ihrem Rücken über sie die Mäuler. Die beiden Schwäger animierten sie zu mancher Ausgelassenheit und registrierten mit Genugtuung, daß sie damit ihrer Würde schadete. Der Dauphin – „kein Mann wie andere", wie sein Großvater murrte – vermochte ihr nicht das zu geben, was sie als Gattin erwarten durfte.

So war es nicht verwunderlich, daß die blutjunge Frau, unbedarft und unbefriedigt, wie sie war, ihre Zeit zu vertändeln begann. Die Warnungen ihrer besorgten Mutter begann sie in den Wind zu schlagen. „Ich bitte Sie, sich nicht gehen zu lassen", beschwor Maria Theresia die Tochter. „In Ihrem Alter ist es statthaft, sich zu amüsieren, aber daraus seine einzige Beschäftigung zu machen und nichts Solides und Nützliches zu unternehmen, die Zeit zwischen Promenaden und Visiten totzuschlagen, das wird Sie auf die Dauer die Leere erkennen und sehr bedauern lassen, Ihre Zeit nicht besser angewandt zu haben." Wenn sie so weitermache, werde sie „die Achtung und das Vertrauen der Öffentlichkeit verlieren". Ergo: „Wenn Sie sich treiben lassen, sehe ich großes Unglück voraus."

Fünftes Kapitel
Madame la Dauphine

Kaum war Marie Antoinette in Frankreich eingetroffen, geschah einiges, das ein Römer als böses Omen, als Anzeichen künftigen Unglücks gedeutet hätte. Am Tag nach der Vermählung, bei der Aufführung der Oper „Perseus“, stürzte aus der Bühnendekoration Österreichs Adler auf Hymens Altar. Zwei Tage später, beim aufwendigsten Feuerwerk, das je in Frankreich abgebrannt wurde, mißlang die Hauptattraktion, die das Hochzeitsbukett symbolisieren sollte, einen „Strauß aus Gold und Brillanten“; er verpuffte, ehe er sich entfalten konnte.

Es kam noch schlimmer. Am 30. Mai 1770, vierzehn Tage nach der Hochzeit, feierte die Stadt Paris die Verbindung des Bourbonen mit der Habsburgerin. Die Lustbarkeit sollte ihren Höhepunkt in einem Feuerwerk am Rande der Place Louis XV. (der heutigen Place de la Concorde) finden. Am Denkmal des Königs war ein Tempel des Hochzeitsgottes errichtet worden, gekrönt von einem Bildnis der Jungvermählten. Das Fest war schlecht organisiert. Sein Zentrum lag nicht auf dem weiten, viel Volk fassenden Platz, sondern am Eingang der Rue Royale, die noch eine Baustelle mit Stapeln von Material und zum Abfluß von Wasser gezogenen Gräben war. Nach Beendigung des nicht so recht gelungenen Feuerwerks stießen zwei Menschenströme aufeinander, der eine, der sich auf den Platz ergoß, in Richtung der Wein spendenden Buden, der andere, der durch die Rue Royale zum Jahrmarkt auf den Boulevards drängte. Im heillosen Durcheinander starben 132 Menschen, niedergetrampelt, erstickt, in den Gräben umgekommen.

Die Dauphine, die noch nie in Paris gewesen war, hatte ihre Tanten überredet, mit ihr das Fest zu besuchen. Doch sie kam nur bis zum Cours-la-Reine im Faubourg de Chaillot; eine Warnung vor der sich anbahnenden Katastrophe ließ sie umkehren. Als sie deren Ausmaß in Versailles erfuhr, stöhnte sie: „So viele Opfer!“ und schickte, als eine erste Hilfe für die am meisten Betroffenen, ihr Taschengeld nach Paris. Sie konnte nicht ahnen, daß an jener Stelle, wo der ihr zu Ehren errichtete Hymentempel in Flammen aufgegangen war, dreiundzwanzig Jahre später das Schafott stehen würde, auf dem sie den Tod finden sollte, und daß auf dem Friedhof der Madeleine, auf dem die 132 Opfer der Unglücksnacht zusammengetragen worden waren, ihr Leichnam – mit dem abgeschlagenen Kopf zwischen den Beinen – verscharrt werden würde.

Noch ließen sie die Pariser hochleben. Begeistert empfingen sie die siebzehnjährige Dauphine, die am 8. Juni 1773, der Tradition gemäß, mit dem Dauphin ihren offiziellen Einzug in die Hauptstadt hielt. Eigentlich hätte er schon bald nach der Hochzeit erfolgen sollen, doch Ludwig XV. mißgönnte seinen Enkeln den erwarteten Beifall des Volks, der ihm schon lange nicht mehr zuteil wurde. Schließlich faßte sich Marie Antoinette, die endlich die „gute Stadt“ erleben wollte, ein Herz, bat den König um Festlegung eines Termins, und Ludwig XV., der ihr, wenn sie ihn persönlich um etwas bat, nichts abzuschlagen vermochte, willigte ein.

Tout Paris war auf den Beinen, als der Wagenzug die Seinequais entlang zum Hochamt in der Kathedrale Notre-Dame fuhr, und von da über die Kirche Sainte-Géneviève, der Stadtpatronin, und dem Collège Louis-le-Grand zum Bankett in das Tuilerienschloß weiterfuhr. Es war ein Triumphzug. Dies sei ein Fest gewesen, „das ich in meinem Leben nicht vergessen werde“, schrieb Marie Antoinette an Maria Theresia. „Wir haben alles an Ehrungen empfangen, was man sich vorstellen kann; das alles, obgleich sehr schön, hat mich nicht am meisten ergriffen; vielmehr waren es die Liebe und die Hingabe dieses armen Volkes, das trotz der Steuern, die es niederdrücken, außer sich vor Freude war, uns zu sehen."

Als sich das junge Paar im Tuileriengarten ergehen wollte, wurde es von der Menge umringt, „so daß wir während dreiviertel Stunden weder vor- noch zurückgehen konnten". Anschließend mußten sie eine halbe Stunde auf der Schloßterrasse die Huldigungen entgegennehmen. „Mein Gott! Wie viele Menschen", wunderte sich Marie Antoinette, und der Gouverneur von Paris, Marschall de Brissac, meinte: „Madame, das sind, mit Erlaubnis des Herrn Dauphin, 200 000 Liebhaber Ihrer Person."

Einen Zuruf an ihren Gatten schien sie überhört zu haben: „Monsieur le Dauphin, mache endlich ein Kind!" schrien Marktfrauen. Was da unverblümt ausgesprochen wurde, bemerkte ein Ohrenzeuge, sei der Wunsch der ganzen Nation gewesen: ein vom Kronprinzenpaar erwarteter Stammhalter im Bourbonenhaus. Marie Antoinette schrieb der Mutter, daß sich ihr Gemahl in Paris dem Volk in würdiger Haltung präsentiert habe. Aber daß er seinen Mann im Ehebett gestanden hätte, die „Generalin Krottendorf", wie sie das Eintreffen des monatlichen Unwohlseins zu umschreiben pflegte, endlich ausgeblieben wäre, davon konnte jetzt und noch lange nicht die Rede sein. Der Dauphin brüstete sich zwar, daß er, wenn er sich zu seiner Gattin lege, nicht mehr gleich einschlafe, aber es kam nicht zu dem mehr von ihr als von ihm ersehnten Ergebnis.

Ludwig XV. bedauerte die enttäuschte Frau und ärgerte sich über den jungen Mann, der seine eheliche Pflicht und dynastische Schuldigkeit nicht erfüllte. Er zitierte das Paar zu sich, verlangte vom Dauphin eine Erklärung und erhielt die Entschuldigung: Er habe sich bemüht, die Ehe zu vollziehen, habe es aber aus anatomischen Gründen nicht vermocht. Der

König überzeugte sich, daß eine Verengung der Vorhaut vorlag, und die zur Untersuchung bestellten Ärzte rieten zu einem chirurgischen Eingriff. Dazu mochte sich der Dauphin nicht entschließen, sei es, weil ihm die Courage fehlte, vielleicht auch, weil ihm am Funktionieren seiner Mannheit nicht allzuviel lag.

Peinlich war es für beide. Über seine Impotenz wurde am Hofe und im Volke gespottet, und ihr wurde vorgeworfen, nicht die erforderliche Initiative zu ergreifen, die freilich bei der ihr anerzogenen Vorstellung von der Rolle der Geschlechter kaum denkbar gewesen wäre und ohnehin nichts genützt hätte. Der Gatte sei von einer „Lässigkeit und Trägheit, die ihn nur bei der Jagd verläßt“, klagte sie der Mutter. Der Gatte stellte ihr in Aussicht, daß er, wenn er die Dornen nicht mehr spüre, die Rose pflücken werde. Doch jeden Morgen suchten Domestiken vergeblich nach diesbezüglichen Spuren im Ehebett, und mit ihnen mokierten sich alle über das vom Liebesgott im Stich gelassene Paar.

Die ständigen Sticheleien gingen den beiden auf die Nerven. Er nahm zur Stärkung Eisenspäne, und sie zeigte sich erzbereit. Am 17. Juli 1773 meldete Marie Antoinette der Mutter, daß „ich die Ehe für vollzogen halte, wenn auch nicht in dem Maße, um schwanger zu sein. Aus diesem Grunde allein will der Herr Dauphin noch nicht, daß man es weiß“. Am 22. Juli raffte er sich auf, ging mit der Dauphine zum König und meldete Vollzug. „Man hat geglaubt, es wäre gut, unser Geheimnis zu verbreiten; jeder freut sich darüber sehr.“ Sie mußte jedoch eingestehen: „Seit diesem Zeitpunkt gibt es nichts Entscheidendes für die Schwangerschaft; mein Unwohlsein ist am Monatsletzten wie gewöhnlich um einige Tage zu früh gekommen.“ Tatsächlich waren sie immer noch nicht richtig Mann und Frau geworden. „Durch ein unbegreifliches Verhängnis schienen alle diesbezüglichen Hoffnungen eher zu schwinden, als sich zu erfüllen", berichtete Mercy, dessen Ceterum censeo in den nächsten Jahren lautete: „Es besteht kein Anzeichen einer Schwangerschaft."

Die Gattin suchte ihre Frustration nicht allein mit Zerstreuungen, sondern auch mit Wohltaten für „das gute Volk" zu kompensieren. In der Comédie-Française, bei der Aufführung der „Belagerung von Calais", applaudierte die Dauphine, unter Beifall des Publikums, dem Zitat: „Stolze Potentaten! Wacht über eure Untertanen auch des niedrigsten Ranges. So mancher stirbt, fern von euren Blicken, im Elend, der vielleicht eines Tages eure Herrschaft gerettet hätte!" Weniger aus eigennütziger Überlegung als aus angeborener Gutherzigkeit nahm sie sich vor, sich um in Bedrängnis geratene Untertanen zu kümmern.

Beim Brand des Hôtel-Dieu, des größten Hospitals in Paris, waren zehn der Kranken umgekommen und die Geretteten nur notdürftig untergebracht worden. Marie Antoinette schickte ihnen tausend Silbermünzen, Ecus, ohne davon Aufhebens zu machen. Dennoch sprach es sich herum: „Man hat mir deshalb Komplimente gemacht, die mich in Verlegenheit bringen", schrieb sie der Mutter, die sie lobte: Solche Handlungen sollten „nur Gott bekannt sein", aber es schade nicht, wenn auch andere davon erführen. „Wir sind dieses Beispiel schuldig", und „je öfter Sie Wohltätigkeit üben und Freigebigkeit zeigen können, ohne sich zu derangieren, um so besser würde es sein".

Noch mehr Beachtung als die Spende für die Geschädigten des Hospitalbrands fand ihr Verhalten bei einem Zwischenfall in Achères, über das die „Gazette de France" berichtete. Während einer Jagd im Wald von Fontainebleau flüchtete sich ein angeschossener Hirsch vor den ihn hetzenden Waidmännern in jenes Dorf, wo er einen im Freien arbeitenden Bauern mit Stößen seines Geweihs schwer verletzte. Die

Bäuerin, die ihren Mann für tot hielt, fiel in Ohnmacht. Der Jagdherr, Ludwig XV., rief einen Arzt herbei und ritt weiter. Die Dauphine, Zuschauerin der Jagd, stieg aus ihrer Kutsche, kümmerte sich um die Frau, sorgte für den Verunglückten, brachte beide in ihrem Wagen nach Haus und ließ ihre Börse zurück. Das Ereignis wurde im Bild festgehalten, die Zeitungen druckten Lobgedichte. Wenn nun die Dauphine in der Öffentlichkeit erschien, wurde sie nicht mehr nur ihres Liebreizes, sondern auch ihrer Nächstenliebe wegen gefeiert.

„Wir haben keine anderen Mittel als die Wohltätigkeit und Güte“, meinte die Mutter, aber sie hätte es gern gesehen, wenn die Tochter sich für die Ausgestaltung der Beziehungen zwischen Frankreich und Österreich ins Mittel gelegt, die eheliche Alliance zwischen Habsburg und Bourbon für die Allianz zwischen beiden Mächten ausgenützt hätte; schließlich war sie deswegen nach Versailles verheiratet worden. Aber der Aufgabe, die ihr Maria Theresia und Staatskanzler Kaunitz zugedacht hatten, war die junge Frau nicht gewachsen. In Wien war die Erzherzogin politisch nicht geschult worden, in Versailles konnte die Dauphine auf Staatsgeschäfte keinen Einfluß nehmen, und sie mochte es auch nicht; denn dies hätte sie von den Nichtigkeiten abgelenkt, die sie für wichtig hielt.

Sie ahnte nicht einmal, daß eine der Hofparteien und damit Regierungsparteien einige Hoffnungen in sie gesetzt hatte, jedenfalls, wie früher Ritter zum Turnier, unter ihren Farben angetreten war. Diese Partei wurde vom Herzog von Choiseul angeführt, der das Bündnis mit Österreich geschlossen und die Verbindung des Dauphin mit der Erzherzogin eingefädelt hatte. Seine Anhänger wollten nicht nur an der „Umkehr der Bündnisse“ festhalten, sondern auch eine Lockerung des Absolutismus einleiten, die Parlamente in Paris und in der Provinz in die Entscheidungen einbeziehen.

Die Dauphine tröstet eine Bäuerin, deren Mann während einer königlichen Jagd von einem Hirsch schwer verletzt wurde. Zeichnung von Moreau Le Jeune.

Die Gegenpartei, vom Herzog von Aiguillon angeführt, wollte die Zügel der absolutistischen Herrschaft noch mehr straffen und sich von der Allianz mit Österreich, die Frankreich mehr geschadet als genützt hatte, lieber heute als morgen distanzieren. In Marie Antoinette, dem Unterpfand dieses Bündnisses, sah sie, wenn schon nicht eine Widersacherin, so doch ein Hindernis ihrer Außenpolitik. Aiguillons Partei erkor Madame Dubarry, die eines unbeschränkten Königs für den angestrebten unbegrenzten Einfluß bedurfte, zur Schutzpatronin ihrer Innenpolitik. Hie Dauphine – hie Mätresse: mit diesen Losungen zogen die Lager in einen mehr hinterhältigen als mit offenem Visier geführten Kampf.

Worum es dabei ging, wußte Marie Antoinette nicht und wollte es auch nicht wissen, selbst dann nicht, als sie von den Ränken tangiert wurde. Sie hatte nicht bemerkt, daß man ihr den Abbé Vermond wegzunehmen und die Gräfin von Noailles abspenstig zu machen suchte. Indessen hätte ihr die Verbannung der zu ihrem Hofstaat gehörenden und der Familie Choiseul verbundenen Gräfin von Gramont zu denken geben müssen; die resolute Dame war nach einem Zusammenstoß mit der Dubarry in allerhöchste Ungnade gefallen.

Die Dauphine sah nicht, daß Choiseuls Stern und damit jener der ihr gewogenen Hofpartei verblaßte. Am 24. Dezember 1770 entließ Ludwig XV. den Minister Choiseul und verbannte ihn auf seine Güter in der Touraine. Mehr als Marie Antoinette zeigte sich Maria Theresia betroffen. Sie befürchtete, wie sie Mercy schrieb, daß die „abscheuliche Clique", die obsiegt habe, „meine Tochter verderben wird". So schlimm wurde es nicht, denn der König blieb seiner Schwiegerenkelin zugetan, Mercy half ihr Klippen zu vermeiden, und sie selber suchte der Weisung der Mutter zu folgen: „Lassen Sie sich in keine Partei hineinziehen, bleiben Sie in allem neutral."

Schon verbuchte die von Madame Dubarry protegierte Hofpartei einen weiteren Erfolg. Ludwig XV. suchte die Monarchenherrschaft durch einen Schlag gegen die Parlamente zu festigen. Eigentlich nur Gerichtshöfe, hatten sie zunehmend politische Kontrollrechte erlangt, waren zu Herden der Opposition geworden. In der Nacht vom 19. auf den 20. Januar 1771 schickte der König 169 Parlamentsmitglieder in die Verbannung. Die innenpolitische Bedeutung dieses Vorgangs schien Marie Antoinette nicht bewußt geworden zu sein, sie schien es nicht wahrgenommen, jedenfalls nicht ernst genommen zu haben, daß die ihr übelwollende Hofclique sich erneut durchgesetzt hatte.

„Der Thron wird hierbei in den Staub gezogen durch die Zunahme des Einflusses und des anstandswidrigen Auftretens der Mätresse und die Schlechtigkeit ihrer Anhänger", berichtete Mercy nach Wien und mußte schon bald einen neuen Triumph der Dubarry-Partei melden. Am 6. Juni 1771 wurde deren Anführer Aiguillon zum Außenminister ernannt. „Ich spreche Ihnen, meine teuere Mama, nicht von der Ernennung des Herrn von Aiguillon, da ich mich nicht in die Staatsangelegenheiten menge“, schrieb Marie Antoinette. Indirekt begann sie sich jedoch damit abzugeben, aus persönlichen, nicht aus politischen Gründen. Sie konnte Aiguillon nicht ausstehen, ließ ihn das spüren, und der Außenminister empfand dies als Affront gegen seine Außenpolitik. Er beklagte sich bei Mercy über den „eisigen Empfang“ durch die Dauphine, und ließ ihn wissen: Der König beanstande ihre offensichtliche Abneigung gegen bestimmte Personen seiner Umgebung, nicht nur gegen ihn, den Minister, sondern auch und vor allem gegen Madame Dubarry, die Maîtresse en titre.

Der österreichische Gesandte alarmierte Wien. Für Maria Theresia war das Verhalten der Tochter nicht hinnehmbar. Eine künftige Königin von Frankreich, meinte sie, dürfe sich nicht mit der herrschenden Partei anlegen, müsse über Tadel Verdienendes an von Ludwig XV. ausgezeichneten Personen hinwegsehen. „Ich verlange von Ihnen keine Erniedrigung“, schrieb sie der Tochter am 9. Juli 1771. „Sie sollen diese Leute weder suchen noch ihnen schmeicheln, aber diese Leute sind ebensogut am Hofe des Königs wie Sie, und Sie schulden als Kinder seinem Willen gegenüber noch mehr Respekt und Gehorsam als irgendein anderer.“ Die Mutter war um die Zukunft der Dauphine in Frankreich besorgt, und die Herrscherin Österreichs befürchtete Schwierigkeiten für die eigene Außenpolitik, wenn ihre Tochter den französischen Außenminister, der ohnehin kein Freund ihres Landes war, und die Favoritin Ludwigs XV., die den Ton angab und den Kurs mitbestimmte, gegen die Autrichienne und damit gegen Autriche aufbrachte.

Schon gar nicht konnte Wien in diesem Moment eine Störung seiner auswärtigen Angelegenheiten gebrauchen. Im Verein mit Rußland und Preußen betrieb Österreich die Teilung Polens. Dessen Machterweiterung konnte Frankreich im allgemeinen und Aiguillon im besonderen nicht zusagen. Deshalb galt es alles zu unterlassen, das Versailles in seinem Mißfallen bestärkt hätte. Maria Theresia wies Mercy an, auf die Dauphine einzuwirken, „daß sie durch ihre häufigen Besuche und ihre Zärtlichkeit die Wohlgewogenheit des Königs pflegt, seine Gedanken zu erraten sucht, ihn durch nichts schockiert und die Favoritin gut behandelt... Vielleicht hängt davon die Allianz ab".

Dem König um den Bart zu gehen, fiel ihr nicht schwer, doch den Widerwillen gegen die Dubarry zu überwinden, war fast zu viel von ihr verlangt. Kaum in Frankreich eingetroffen, hatte sie der Mutter gestanden: Sie liebe ihren Schwiegergroßvater zärtlich, „doch tut er einem wegen seiner Schwäche für Madame Dubarry leid, die das dümmste und impertinenteste Geschöpf ist, das man sich vorstellen kann". Marie Antoinette kam von einem Hofe, der keine Favoritinnen kannte, sie war zur Befolgung der Gebote und zu sittlichem Verhalten erzogen worden, blickte standesstolz auf die aus der Gosse aufgestiegene Maîtresse herab. In ihrer Abneigung wurde sie von den Tanten bestärkt. Die alten Jungfern mißgönnten jeder Frau, was ihnen versagt geblieben war. Als Angehörige des Bourbonenhauses mißbilligten sie die Erniedrigung des Familienoberhaupts, seine moralische Entgleisung wie pekuniäre Verschwendung; allein für Schmuck hatte die Dubarry ihn in vier Jahren zwei Millionen Franc gekostet.

Marie Antoinette, die das Herz auf der Zunge trug und von deren Gesicht ihre Gefühle abzulesen waren, konnte ihre Abscheu nicht verhehlen und erregte damit Anstoß beim

König, der Favoritin und deren Anhang. Nur allmählich, von der Mutter gedrängt und von Mercy dazu angehalten, ließ sie sich zu einer höflicheren Behandlung der Dubarry herbei.

Noch im August 1771 richtete sie bei einer Begegnung kein einziges Wort an die Maîtresse, wendete sich brüsk von ihr ab und zeigte ihr weiterhin die kalte Schulter. Maria Theresia, der ihr Gesandter das Scheitern seiner Vermittlungsbemühung und die zunehmende Verdrossenheit Ludwigs XV. gemeldet hatte, richtete an die Tochter einen Brandbrief: „Sie haben die Dubarry nicht anders zu kennen und anzusehen, als eine am Hofe und zur Gesellschaft des Königs zugelassene Dame." Sie solle sich endlich zu irgendeinem gleichgültigen Wort und einem freundlichen Blick aufraffen, „nicht der Dame, sondern Ihrem Großvater und Wohltäter zuliebe".

Diesen „ein wenig starken Brief" schickte Maria Theresia an Mercy und stellte es ihm anheim, ihn zurückzuhalten oder an die Adressatin weiterzuleiten. Zu letzterem entschloß sich der Gesandte, der sich bewußt war, wie viel von dessen Beherzigung durch die Dauphine für seine Stellung am Hofe wie die Beziehungen zwischen Versailles und Wien abhing. „Die Frau Erzherzogin" – so nannte Mercy die Habsburgerin nach wie vor –, „die bei der Toilette war, öffnete zuerst den Brief Eurer Majestät. Sie las ihn schnell, und ich nahm wahr, daß sie vom Inhalt lebhaft ergriffen war. Da ich aber gelernt hatte, die Bedeutung dieser ersten Regungen zu verstehen, haben mich jene nicht befriedigt, die ich bei dieser Gelegenheit wahrzunehmen geglaubt habe." So zweifle er nicht, „daß sie Eurer Majestät bezüglich der Favoritin einiges Widerstreben zeigen wird". Sie höre weiterhin auf Madame Adélaïde, die Wortführerin der Tanten, die an Madame Dubarry kein gutes Haar ließen, und er „fürchte sehr, daß Eure Majestät noch gezwungen sein werden, einige Zeit diesen autoritären Ton aufrechtzuerhalten", der allein Madame la Dauphine von den „inspirierten schädlichen Vorurteilen abbringen kann".

Die Tochter blieb trotzköpfig, entgegnete der Mutter, „daß der König selbst nicht wünscht, daß ich mit der Dubarry spreche; überdies hat er mit mir nie darüber gesprochen". Das stimmte zwar, denn Ludwig XV. scheute sich, seiner Schwiegerenkelin Unerfreuliches ins Gesicht zu sagen, aber er hatte seiner Verärgerung gegenüber Mercy Luft gemacht, was dieser der Dauphine nicht verschwiegen hatte, „Wenn Sie, wie ich, alles aus der Nähe sähen, was hier geschieht, würden sie mir wohl glauben, daß diese Frau und ihre Clique sich mit einem Wort nicht zufriedengäbe, daß man vielmehr immer von neuem beginnen müßte", begründete Marie Antoinette gegenüber der Mutter ihre Widerspenstigkeit und setzte einen drauf: „Sie können versichert sein, daß ich niemandes Führung hinsichtlich dessen, was die Ehre betrifft, bedarf."

Die Sechzehnjährige zeigte sich selbstbewußt und selbstsicher. Dies hätte Maria Theresia gefallen können, wenn die Tochter nicht eine ihr selbst und ihrem Mutterlande schadende Haltung eingenommen hätte. In ihrem nächsten Brief versuchte es Maria Theresia mit gutem Zureden: „Ich habe es nicht schlecht gefunden, daß Sie sich wegen des Inhalts meines letzten Briefes lebhaft zur Wehr gesetzt haben." Was sie aber schmerze und sie „von Ihrem mangelnden Willen, sich zu bessern, überzeugt" habe, sei ihr Schweigen über die „Ursache aller Ihrer Fauxpas" gewesen: die Abhängigkeit von den intriganten Tanten. „Ihr betontes Schweigen über diesen Punkt hat mich sehr geschmerzt und mir wenig Hoffnung auf eine Änderung gelassen."

Die steten Tropfen begannen den Stein zu höhlen. Am 1. Januar 1772, beim Neujahrsempfang, ging die Dauphine an der Dubarry vorbei und ließ die Bemerkung fallen: „Es gibt heute viele Leute in Versailles." Doch kaum waren diese

Worte über ihre Lippen gekommen, wurden sie schon von ihr bereut. Zu Mercy, der sich zu früh gefreut hatte, sagte sie: „Ich habe einmal gesprochen, aber ich bin fest entschlossen, es dabei bewenden zu lassen; dieses Weib wird den Ton meiner Stimme nicht mehr vernehmen."

Doch dieser Vorsatz war, bei verstärktem Druck von außen und wachsender eigener Einsicht, schwerlich durchzuhalten. Maria Theresia beschwor sie direkt und indirekt über Mercy, die Dubarry und damit die vom König protegierte Hofpartei nicht länger zu provozieren. Der Dauphin teilte zwar ihre Abneigung gegen diese Clique, aber stand der Dauphine in der Auflehnung gegen sie nicht bei. Auf die Tanten, die gegen die Maîtresse gifteten, hörte sie immer weniger, mehr aus zunehmender Eigenständigkeit als wegen der Ermahnungen der Mutter. Sie bedachte freilich nicht, daß sie sich dadurch den Groll der alten Jungfern zuzog, der, in Haß umschlagend, ihr zu schaffen machen sollte.

Marie Antoinette begann nachzugeben, ohne sich etwas zu vergeben. „Sie können mir wohl glauben", schrieb sie am 21. Januar 1772 der Mutter, „daß ich immer meine Vorurteile und Widerstände aufgeben werde, sofern man mir nichts, was einer Schaustellung gleicht und gegen die Ehre ist, zumutet." Entscheidend wurde für sie eine Erwägung, über die sie am 17. Juli 1772 Maria Theresia informierte: „Ich werde mein möglichstes tun, um zur Erhaltung der Allianz und der guten Verbindung beizutragen. Wohin käme ich, wenn ein Bruch zwischen meinen beiden Familien einträte?" Sie verstand zwar nichts von Außenpolitik, durchschaute nicht die diplomatischen Verwicklungen in der polnischen Frage, aber sie begriff, daß sie das gute Einvernehmen zwischen Wien und Paris, dessen Unterpfand sie war, nicht beschädigen dürfte.

Ohne Einspruch Frankreichs kam die Teilung Polens und damit ein Machtzuwachs ihres Mutterlandes zustande. Das war freilich mehr der Wiener Diplomatie als ihren persönlichen Einwirkungen, genau gesagt, Unterlassungen zuzuschreiben. Die Österreich und der Österreicherin übelwollende Hofpartei bröckelte mit dem körperlichen Verfall Ludwigs XV. ab. Die Schranzen begannen sich auf eine Königin Marie Antoinette einzustellen. So erledigte sich auch das Problem Dubarry von selbst. Aus Angst vor einer Zukunft ohne ihren Gunsterweiser versuchte sie sich der Kronprinzessin zu nähern, bot sogar an, ihr vom König ein sündteures Ohrgehänge schenken zu lassen. Die Maîtresse fand kein Gehör und – wie Mercy mit Genugtuung feststellte – zog sich, als Gegnerin geschlagen und als Verbündete abgelehnt, mehr und mehr zurück, bis sie schließlich in der Versenkung verschwand.

Marie Antoinette war daher geneigt anzunehmen, daß Ehrbarkeit stets zu obsiegen vermöge, doch ihr blieb die Erfahrung nicht erspart, daß dies kein kategorischer Imperativ im Hofleben wie in der Staatspolitik war.

Noch beeindruckte an Marie Antoinette die „Keuschheit der Ehre", wie es der Engländer Edmund Burke nannte. Darauf ließen nicht nur, wie bisher, Frömmigkeit und Sittlichkeit, sondern auch ihr zunehmend würdevolles Auftreten schließen.

Ihre von Jean Baptiste Lemoyne 1770 begonnene und 1772 nach Wien gesandte Büste zeigte noch ein fünfzehnjähriges Mädchen mit langem Zopf, das keck in die Welt blickte und sich über alle Leute zu mokieren schien, genauso aussah und sich so zu verhalten schien, wie es die Mutter befürchtete. Je mehr sie sich den Zwanzig näherte, um so mehr entwickelte sich mit den weiblichen Formen ein gesetztes Wesen; sie wurde stattlicher, ohne die jugendliche Anmut zu verlieren, und sie trat gewandter und sicherer auf, schon

Die Dauphine im Reitkostüm. Porträt von Krantziger.

mit der Bedachtsamkeit einer jungen Frau, doch immer noch mit dem Reiz mädchenhafter Unbefangenheit. Jedermann bemerke an ihr eine große und vorteilhafte Veränderung, schrieb ihr 1773 die Mutter. „Fahren Sie weiter so fort, das kann Ihnen nicht schwerfallen; Sie sollen sich in diesem Punkt nur nicht gehen lassen."

Alle sprächen von der guten Figur ihrer Tochter, bemerkte Maria Theresia. Künstler bemühten sich, ihr glänzendes Aussehen wie ihr einnehmendes Wesen wiederzugeben, porträtierten sie als Minerva, was zu geschmeichelt war, oder als Diana, was der Wahrheit näherkam. Als jugendliche Amazone stellte sie der Maler Krantziger dar, im Jagdkostüm mit Dreispitz und Reitgerte.

Maria Theresia, die das Bild erhielt, konnte nicht umhin, daran Gefallen zu finden, auch wenn es ihr nicht paßte, daß sich Marie Antoinette liebend gern aufs Pferd schwang. Der Teint und die Taille würden darunter leiden, und dadurch könnte es erschwert werden, daß sie in andere Umstände käme. „Während meines Unwohlseins", suchte die Tochter die Mutter zu beruhigen, „reite ich niemals, denn ich fühle zu sehr, wie wichtig es ist, nicht einmal den Argwohn gegen mich aufkommen zu lassen, daß ich irgend etwas tue, was dem Kinderkriegen schädlich sein kann." Maria Theresia war nicht besänftigt, erst recht nicht, als ihr zu Ohren kam, daß die Dauphine auf einer Jagd vom Pferd gestürzt sei. Sie versichere, schrieb ihr Marie Antoinette, „daß ich mich auf der Jagd niemals habe hinreißen lassen, an der Verfolgung teilzunehmen". Was in Fontainebleau passierte, sei kein Unfall gewesen; ihr Pferd sei zwar ausgeglitten, „aber ich habe mit einer Bewegung das Pferd zurückgehalten und bin dann weitergeritten". Im übrigen freuten sich der König und der Dauphin, sie hoch zu Roß zu sehen.

Besser als das Bild im Jagdkleid gefiel Maria Theresia ein anderes von Krantziger gemaltes Porträt: in Hofrobe, eine Perlenkette um den schlanken Hals und einem Gesicht, von dem die Bemühung, majestätisch dreinzublicken, abzulesen war. So gefiel die Dauphine auch den Parisern, die sie nun öfter sahen. Der König hatte ihr erlaubt, jede Woche in die Hauptstadt zu fahren. Noch mehr wurde sie gefeiert, wenn sie nicht in hoheitsvollem Aufzug unter Kanonendonner und durch ein Spalier von Garden sich in die Comédie-Italienne begab, sondern in einfacherer Kleidung und mit kleinem Gefolge die Gemäldegalerie des Louvre oder den Jahrmarkt auf der Place Louis XV. besuchte. „Es gäbe ein Buch zu schreiben", berichtete Mercy nach Wien, „über alle rührenden Aussprüche und Bemerkungen, die man über die Gestalt, Anmut, Leutseligkeit und Güte der Frau Erzherzogin machte." Als im Juli 1773 der Hof von Versailles nach Compiègne zog und die Visiten in Paris unterbleiben mußten, schrieb Marie Antoinette der Mutter: Sie bedauere, daß sie sich „aus dieser guten Stadt zu entfernen“ habe; „es ist ganz richtig, daß ich dort bis zu Tränen gerührt worden bin“.

Das Theater war und blieb ihr bevorzugtes Ziel in Paris. Komödien, in denen der gallische Esprit brillierte, gefielen ihr, nicht die französischen Opern, die zwar viel Bombast, aber keine Musik boten, die sie in Wien geliebt hatte. Einen Klang davon vermeinte sie zu vernehmen, als sie gegen Ende 1773 in einem Korridor in Versailles ihrem ehemaligen Musiklehrer Christoph Willibald Gluck überraschend begegnete.

Der Komponist, kaum in Paris eingetroffen, hatte sich in das Schloß begeben, um der Schülerin, die Kronprinzessin geworden war, seine Aufwartung zu machen. Mit der Hofetikette nicht vertraut, war er nicht zu ihr vorgelassen worden; der Zufall führte sie zusammen. Der Komponist war nicht nur gekommen, um ihr Komplimente zu machen, sondern vor allem, um ihre Protektion für seine Oper „Iphigenie auf Aulis“ zu gewinnen. Ihr lag zwar die Tragödie von Jean Racine zugrunde, doch dies genügte nicht, um an der musikalischen Tradition festhaltende Franzosen mit Glucks neuem Opernstil zu befreunden, mit dem er vorhatte, die Musik auf ihre eigentliche Aufgabe zurückzuführen, die darin bestehe, den Gehalt der Dichtung ohne überflüssiges Beiwerk hervorzuheben.

Hierin vermochte ihm Marie Antoinette nicht zu folgen, aber sie nahm sich seiner an und setzte es durch, daß sein Werk von der Pariser Oper angenommen wurde. Sie wollte es den Franzosen zeigen, daß ihr Mutterland in der Musikkunst führend war, und dem aus Wien Gekommenen in der Hauptstadt ihres neuen Vaterlands zum Triumph verhelfen. Vielleicht erinnerte sie die lyrische Tragödie an ihr eigenes Schicksal. War sie nicht wie Iphigenie ermahnt worden, daß eine Prinzessin ihre Pflicht nie vergessen dürfe und jedes von ihr aus Staatsräson verlangte Opfer erbringen müsse – auch ihre Versetzung in ein anderes Land, in eine fremde Welt hinzunehmen habe? Freilich, in Glucks erster Fassung der Oper gab es einen guten Schluß für Iphigenie, den sich Marie Antoinette auch für sich erhoffte.

Gluck machte es seiner Gönnerin nicht leicht. Bei den Proben stritt er sich mit den französischen Sängerinnen und Sängern herum und drohte immer wieder, die Partitur zu zerreißen und Paris den Rücken zu kehren. Marie Antoinette beschwichtigte den Meister und ließ Mercy auf die Künstler einwirken, obgleich der Gesandte sich des Erfolgs der Oper und damit auch der Dauphine nicht sicher war: Auch wenn die Kenner von diesem Werke angetan seien, so werde das breite Publikum „die Schönheit der Harmonien" kaum begreifen. Indessen könne es gutgehen, wenn Marie Antoinette, was sie vorhabe, der ersten Vorstellung beiwohne und dadurch ihre Popularität für den Protegé einsetze.

Am 19. April 1774, bei der Uraufführung, lief alles bestens. Die Vorstellung war ausverkauft, tout Paris drängte sich im Parterre und auf den Rängen. Marie Antoinette klatschte bereits nach der Ouvertüre, die wiederholt wurde, und nach jedem Rezitativ. Das höfliche Publikum folgte ihrem Beispiel, und selbst Unzufriedene fielen, wie ein Chronist bemerkte, in den Beifall ein, „um Madame la Dauphine gefällig zu sein". Von Glucks Musik hingerissen, applaudierte Jean Jacques Rousseau: „Seit ich weiß, daß man in zwei Stunden so viel Beglückung erfahren kann, verstehe ich, daß das Leben lebenswert ist."

Mercy wertete den Beifall als Beweis für die Harmonie zwischen Frankreich und Österreich, um deren Vollendung seine Erzherzogin und er selbst sich verdient gemacht hätten. Der Gesandte hob in seinem Bericht an Maria Theresia hervor, daß dank seines ständigen Bemühens Marie Antoinette reifer und verständiger geworden sei, und er nichts gegen ihre Bemerkung einzuwenden gehabt hätte: „Sie müssen zugeben, daß ich mich in sehr vielen Punkten gebessert habe.“ Nun müsse sich die Achtzehnjährige nur noch von einem Rest an Schüchternheit und von einer noch zu starken Lust an Vergnügungen befreien sowie sich den Zudringlichkeiten und Zumutungen ihrer Umgebung zu entziehen wissen, dann stünde ihrem Avancement nichts mehr im Wege. Denn: „Im Betreff der Grundsätze, des Charakters und des Urteils ist die Frau Dauphine so glücklich begabt, daß es moralisch unmöglich ist, daß sie in Irrtümer fallen könne, die jetzt oder in der Zukunft schwere Folgen haben würden.“

Maria Theresia blieb skeptisch. Sie wußte, daß der zum Mentor bestellte Diplomat bei der Hervorhebung der Resultate seiner Bemühungen zu Übertreibungen neigte. Als erfahrene Frau, die immer wieder zu hören bekam, daß „es weiter nichts zwischen uns gibt“, mußte sie sich sorgen, daß die mit einem impotenten Gatten geschlagene junge Frau für ihren gestauten Trieb ein Ventil suchen würde, ihrem Frust, wenn schon nicht in Seitensprüngen, so doch in kaum minder schädlichen Vergnügungen Luft machen könnte.

„Geben Sie acht“, mahnte die Mutter. „Wenn man einmal das Gleichgewicht verloren hat, kann man es nicht mehr oder nur mit viel Anstrengung wiedererlangen, und dazu neigen Sie nicht sehr.“ Die Dauphine habe die Ausgeglichenheit verloren und werde sie nicht wiederfinden, und dies qualifiziere sie nicht für den Thron, meinte Abbé Desnoyers. „Eine Königin, die nur ihren Zerstreuungen nachgeht, ist eine verhängnisvolle Errungenschaft für die Völker, welche die Kosten zu tragen haben.“ Noch war dies eine Einzelstimme, doch schon bald kamen weitere Stimmen hinzu, die zu einem Chor anschwollen, der wie in einer griechischen Tragödie Unheil ankündigte.

Sechstes Kapitel
Königin von Frankreich

Am 28. April 1774 wurde Ludwig XV. mit hohem Fieber vom Trianon ins Versailler Schloß gebracht. Die Dauphine und der Dauphin eilten an sein Bett und atmeten auf, als die Ärzte versicherten, daß das Befinden des Patienten nicht besorgniserregend sei. Am nächsten Tag wurde er zweimal zur Ader gelassen, was kein gutes Zeichen war. Am 30. April durften die Enkelkinder nicht mehr in das Krankenzimmer. Der Vierundsechzigjährige hatte die Blattern.

Die Dauphine erinnerte sich an ihren Bruder Karl Joseph, ihre Schwestern Johanna Gabriele und Maria Josepha wie an ihre Schwägerin Maria Isabella, die von den Blattern dahingerafft worden waren. Da man sie in Wien geimpft hatte, bot sie sich an, am Krankenlager des Königs zu wachen. Das wurde ihr nicht gestattet, aber sie habe sich, wie Mercy lobte, durch „diese Geste der Barmherzigkeit" verdient gemacht. Nur er und Abbé Vermond wurden noch zu der in ihren Gemächern isolierten Dauphine vorgelassen. Von ihnen erfuhr sie, daß sich die Hofparteien heftig stritten, jene der Madame Dubarry, die ihren Einfluß dahinschwinden sah, und jene des Kronprinzenpaares, die sich an der Schwelle der Macht wähnte.

Noch lebte der Monarch, aber sein Zustand verschlimmerte sich von Tag zu Tag. Die Blattern verunstalteten sein Gesicht, das zu verfallen und zu verfaulen begann. Am frühen Morgen des 7. Mai wurde die Dauphine geweckt; der Todkranke wollte die heilige Kommunion empfangen, und sie hatte mit dem Hofstaat der Zeremonie beizuwohnen. Der Dauphin durfte den das Hostiengefäß tragenden Kardinal La Roche-Aymon nur bis zum Fuß der Marmortreppe begleiten, die Dauphine bis vor die offene Tür des Königszimmers, aus dem ein entsetzlicher Geruch drang, der sie fast ohnmächtig werden ließ. Sie sank auf die Knie, wagte einen letzten Blick auf ihren Schwiegergroßvater, der nur noch ein Häuflein stinkendes Elend war. Der Kardinal kam heraus und sagte: „Der König befiehlt mir, da er selbst nicht sprechen kann, Ihnen zu sagen, daß er seine Sünden bereue und daß, wenn er seinem Volke Ärgernis gegeben, ihm dies sehr leid tue."

Am 10. Mai 1774, kurz nach vier Uhr nachmittags, erlosch die Kerze im Fenster des Königszimmers das Zeichen, daß Ludwig XV. gestorben und seine sechzigjährige Herrschaft geendet hatte. „Sogleich", erinnerte sich Madame Campan, „ließ sich ein schreckliches, ganz und gar dem Donner ähnliches Getöse im ersten Gemach des Appartements vernehmen; es war die Schar der Höflinge, die das Vorzimmer des dahingeschiedenen Souveräns verließ, um die neuerstehende Macht Ludwigs XVI. zu begrüßen."

Seit Tagen hatte sich das Kronprinzenpaar auf die unmittelbar bevorstehende Thronübernahme eingestellt. Als die Stunde gekommen war, zeigte es gebührende Trauer über den Dahingegangenen und zurückhaltenden Stolz über seine Thronerhebung. Maria Theresia gegenüber verhehlte Marie Antoinette nicht ihre Genugtuung: „Obwohl mich Gott in dem Rang, den ich heute einnehme, hat geboren werden lassen, kann ich doch nicht umhin, die Fügung der Vorsehung zu bewundern, die mich, das jüngste Ihrer Kinder, für das schönste Königreich Europas auserwählt hat", schrieb sie der Mutter am 14. Mai 1774. Was den neuen König betreffe, so hege er „den sehnlichsten Wunsch, seine Völker glücklich zu machen"; doch er sei noch ein wenig schüchtern und etwas verlegen. Ludwig XVI. werde niemals die Kraft und den Willen aufbringen, um allein zu regieren, war Maria Theresia von Mercy vorgewarnt worden. Wenn nicht durch seine Gemahlin geleitet, werde er durch andere geleitet werden, doch leider sei sie an Staatsgeschäften wenig interessiert. Maria Theresia befürchtete, daß ein König von neunzehn und eine Königin von achtzehn Jahren ihrem Herrscheramt nicht gewachsen wären. „Sie beide sind sehr jung, und die Bürde ist groß. Ich bin darüber besorgt, ja wirklich beunruhigt."

Franzosen, die unter der Mißwirtschaft Ludwigs XV. gelitten hatten, setzten Hoffnungen auf den neuen König. An das Denkmal Heinrichs IV. in Paris wurde geschrieben: „Resurrexit", und damit war gemeint, der „gute König Henri", der jedem Untertanen sonntags ein Huhn im Topf versprochen und es auch vielen verschafft hatte, sei in Ludwig XVI. wiedererstanden, und ein neues goldenes Zeitalter habe begonnen. In einem ersten Regierungsakt hatte er auf das „Joyeux avènement", die zur „fröhlichen Thronbesteigung" übliche Steuer verzichtet und für die Königin auf die Abgabe des „Droit de ceinture" für die am Gürtel getragene Börse. „Man trägt keine Gürtel mehr", kommentierte Marie Antoinette, und ihre Großzügigkeit wie ihre Schlagfertigkeit wurden gerühmt.

Auf der Fahrt von Versailles nach Choisy, seiner vorläufigen Residenz, wurde dem Königspaar zugejubelt und auch in La Muette, wohin es sich anschließend begab. Begeistert und gerührt betrachteten Pariser, für die der Bois de Boulogne geöffnet worden war, das Arm in Arm mitten unter ihnen promenierende Herrscherpaar. Als es sich dann noch der Fronleichnamsprozession zum Chaillot anschloß, wurde seine Frömmigkeit wie Volksnähe gefeiert. Sympathie wie Respekt bracht man Ludwig XVI. und Marie Antoinette entgegen. Auch Voltaire, der Primus der Aufklärer, ließ sich zu einem Kommentar herbei: „Wir haben einen jungen König, der freilich keine Verse, aber vortreffliche Prosa macht." Der Dichter Louis Gresset konnte „die allgemeine Bezauberung, die rührenden Zurufe" verstehen, die der schönen und guten

Königin „auf allen ihren Schritten vorangingen, das Geleite gaben und nachfolgten".

Als Maria Theresia davon hörte, konnte sie nicht umhin, in den Lobgesang einzustimmen: Tout le monde sei in Ekstase, schrieb sie der Tochter am 16. Juni 1774, und das aus gutem Grund; denn Frankreich habe einen König und eine Königin bekommen, deren Handlungen „voller Menschlichkeit, Generosität, Klugheit und großer Urteilskraft" seien. „Man verspricht sich das größte Glück von ihnen", fügte sie einen Monat später hinzu, „und sagt, daß Sie eine Nation, die in äußerster Bedrängnis war", wieder aufleben ließen.

Aber würden Tochter und Schwiegersohn halten können, was man sich von ihnen versprach? In der Mutter, die einen Moment von der allgemeinen Begeisterung mitgerissen worden war, gewann wieder die Skepsis die Oberhand. Den Geheimberichten Mercys war zu entnehmen, daß man von Ludwig nicht zu viel erwarten dürfe, und Marie Antoinette kannte sie gut genug, um zu befürchten, daß sie auch als Königin lässig und unverständig bleiben würde. Bereits zwei Monate nach ihrer Thronbesteigung meinte sie wieder mahnen zu müssen: „Erweisen Sie allen jede Gefälligkeit und Aufmerksamkeit, aber nur keine Vertraulichkeit, und geben Sie keine Klatschbase ab." Vor allem müsse sie ihrer Vergnügungssucht entsagen, jede Verschwendung vermeiden und „sich unbedingt mit ernsten Dingen befassen, die Ihnen nützen können, wenn der König Sie um Rat fragt".

Solche Ermahnungen fanden jetzt und später nicht das erwünschte Gehör. Marie Antoinette hatte sich schon als Dauphine, da sie noch Rücksicht auf den König Ludwig XV. zu nehmen hatte, nicht immer im Zaum zu halten vermocht. Als Königin meinte sie ihren Liebhabereien die Zügel schießen lassen zu dürfen. Als Kronprinzessin hatte sie unter der Hofetikette genug gelitten, um sich nicht vorzunehmen, als Herrscherin daran zu rütteln. Dieser Vorsatz verstärkte sich mit der Erkenntnis, daß sie nun noch stärker unter das Joch der Hofpflichten gebeugt werden sollte.

Eine Qual war die Repräsentationstoilette der Königin. Dazu erschienen ihr Hofstaat, die Prinzen von Geblüt, die Gardekapitäne, alle vorgelassenen Großwürdenträger und auch die Brüder des Königs. Die Ehrendame reichte ihr das Hemd, die Kammerdame den Unterrock zum kleinen oder großen Kleid und legte ihr das Collier an. Nach dem Frisieren ging sie, nur von den Frauen begleitet, zum Ankleiden in ihr Kabinett. Wenig Genuß bot das am Sonntag öffentlich eingenommene Diner. Die Königin speiste mit dem König allein unter den Blicken der Damen und Herren des Hofes. Hinter ihrem Stuhl standen ihr Ehrenkavalier, ihr erster Stallmeister und ihr Haushofmeister, der den Service überwachte.

Alles und jedes war geregelt, was sie unerträglich und auch lächerlich fand. „An einem Wintertage", erzählte die Kammerfrau Madame Campan, „traf es sich, daß die Königin, schon ausgekleidet, eben daran war, ihr Nachthemd in Empfang zu nehmen; ich hielt es ganz entfaltet in den Händen; die Ehrendame tritt ein, legt eilends ihre Handschuhe ab und übernimmt das Hemd. Da klopft man an die Tür; man öffnet, es ist die Frau Herzogin von Orléans; ihre Handschuhe werden abgestreift; sie tritt hinzu, um das Hemd zu übernehmen; doch die Ehrendame darf es ihr nicht überreichen; sie gibt es mir zurück; ich gebe es der Herzogin. Man klopft wieder, es ist die Frau Gräfin von Provence (die Gemahlin des Bruders des Königs); die Herzogin reicht ihr das Hemd. Die Königin hielt ihre Arme über der Brust gekreuzt und schien zu frieren. Die Frau Gräfin sieht die peinliche Lage der Königin, begnügt sich, ihr Taschentuch wegzulegen, behält ihre Handschuhe an, reicht der Königin das Hemd und nimmt ihr den Kopfputz ab. Letztere beginnt zu lachen, um ihre Ungeduld zu verbergen, doch erst, nachdem sie wiederholt zwischen den Zähnen gesagt hatte: ‚Es ist widerwärtig. Welch lästiges Zeug!‘“

War es nicht verständlich, daß die lebhafte junge Frau über die Etikette, der sie nicht immer entrinnen konnte, spottete und lästerte? Nicht verzeihlich war das für Höflinge. Anstoß erregte sie bereits in La Muette, als sie nach dem Tode Ludwigs XV. die Beileidsbezeugungen entgegenzunehmen hatte. Die Damen in Schwarz rauschten an ihr vorbei, das Defilee, das kein Ende nahm, mußte sie durchstehen, im Unterschied zur Marquise Clermont-Tonnerre, die sich hinter ihr auf den Boden setzte und, gedeckt durch die Reifröcke der Königin und ihres Hofstaats, sich über die Zeremonie lustig machte. Marie Antoinette konnte nicht ernst bleiben. Das junge Ding habe älteren Damen in unziemender Weise ins Gesicht gelacht, wurde kritisiert und es ihr übelgenommen, daß sie die weibliche Hofgesellschaft in „Hundertjährige“, „Steifleinene“ und „Unförmige“ einzuteilen pflegte.

Die Hüterinnen der Etikette waren entsetzt, als Marie Antoinette den König zu einer Streichung der Vorschrift verleitete, derzufolge die Königin und die Prinzessinnen von Geblüt nicht mit Männern gemeinsam speisen dürften. Es gelang ihr, Gesellschaftssoupers einzuführen, zu denen die königliche Familie und ausgesuchte Würdenträger eingeladen wurden, die männlichen Gäste vom Herrscher, die weiblichen von der Herrscherin. Das erste Souper fand am 22. Oktober 1774 statt, ohne die abwesenden Mesdames, die Tanten, die gegen diese Neuerung vergebens Einspruch erhoben hatten. Als sie wieder nach Versailles kamen, mußten sie sich mit an den Tisch unter die gemischte Tafelgesellschaft begeben, und das vergaßen sie ihrer Nichte nicht.

Marie Antoinette rechnete es den Töchtern Ludwigs XV. hoch an, daß sie ihren an den Blattern dahinsiechenden Vater gepflegt und dabei ihre Ansteckung in Kauf genommen hatten. Adélaïde, Victoire und Sophie genasen bald wieder, aber ihre Gesichter waren durch die Blatternarben nicht anziehender und ihre Wesen nicht leidlicher geworden. Marie Antoinette ging zu ihnen auf Distanz; die Königin ließ sich nicht mehr wie die Dauphine von ihnen beeinflussen. Mesdames, so ein Zeuge, würden nur noch „wie einfache Höflinge am Hof verkehren". Zur Trauer über den Tod des Vaters kam der Schmerz über den Verlust ihrer Wichtigkeit. Dafür machten sie in erster Linie die junge Königin verantwortlich, und sie schlossen sich der wachsenden Zahl ihrer heimlichen und bald schon offenen Gegner an.

Zu den Intimfeinden stieß auch der Graf von Provence, der seinem Bruder die Thronbesteigung mißgönnte und es der Schwägerin verübelte, daß sie sich von ihm zwar nicht mit Majestät ansprechen ließ, beinahe gleich zu gleich mit ihm verkehrte, und dann doch wieder die Majestät hervorkehrte, ihn von oben herab behandelte. Als die Ehe des Königspaares weiterhin kinderlos blieb, begann er sich auf die Thronfolge einzurichten, erhob Anspruch auf den Eintritt in den Staatsrat, und als ihm der nicht gestattet wurde, schrieb er das grollend der Königin zu. Seine Gemahlin, die Savoyerin Marie Josephine, neidete der Habsburgerin die frauliche Schönheit wie dynastische Bedeutung. Das traf auch auf die andere Schwägerin, Marie Therèse, zu, die ebenso unansehnlich und sauertöpfisch wie ihre ältere Schwester war und obendrein mit einem Hallodri, dem Grafen von Artois, verheiratet war, der jeder Schürze nachstieg und darauf zu lauern schien, seine Schwägerin, die Königin, in der einen oder anderen Weise zu kompromittieren.

Schon auf die königliche Familie konnte sich Marie Antoinette nicht verlassen. Die Hofpartei, die sie als Dauphine – weniger aus Anhänglichkeit an sie als in Ablehnung des

Dubarry-Clans – unterstützt hatte, schmolz dahin. Die unterlegene Hofpartei, die sich auf die Maîtresse und den Minister Aiguillon gestützt hatte, war geschlagen, aber nicht verschwunden. Ihre Patrone hatte sie verloren. Madame Dubarry war in das Kloster der Bernhardinerinnen in Pont-aux-Dames verbannt worden. Der Herzog von Aiguillon, der sich als Minister nicht halten konnte, reichte seine Entlassung ein, nahm eine Gratifikation von 500 000 Francs entgegen, zog sich auf seine Güter zurück und suchte von dort aus die Fäden der Opposition in der Hand zu behalten. Dabei konnte er mit am Hofe verbliebenen Anhängern rechnen, die zunächst die Rücken vor dem neuen Herrn und der neuen Herrin gebeugt hatten, jedoch die Fäuste in der Tasche geballt hielten und auf eine Gelegenheit warteten, sich an ihnen zu rächen.

Zuerst zielten sie mit Giftpfeilen auf Marie Antoinette. Am 13. Juli 1774 notierte der Abbé Baudeau in seiner „Cronique secrète“: Die Partei, zu der die Anhänger Aiguillons und „die Clique der Mesdames“ gehörten, attackiere die Königin heftig und scheue vor keinerlei Anwürfen zurück. Als die sentimentale junge Frau im Park von Marly in Gesellschaft ihrer Damen eine Sommernacht genoß und einen Sonnenaufgang bewunderte, wurde dies in einer „Die aufgehende Morgenröte“ betitelten Schmähschrift als wüste Orgie hingestellt. Selbst am Hofe wurde ein Couplet gesungen, mit dem Refrain:

„Kleine Königin von zwanzig Jahren...
Wirst wieder über die Grenze fahren.“

Jenseits der französischen Grenze, in London und Amsterdam werde ein besonders bösartiges Pamphlet gegen die Königin erscheinen, erfuhr der König durch Caron de Beaumarchais. Von ebenso hervorragendem Geist wie verwerflichem Charakter suchte er als Literat seine Ruhmsucht und als Agent seine Habsucht zu befriedigen. Im Auftrag Ludwigs XV.

hatte er eine Schmähschrift gegen die Dubarry zu verhindern gewußt; nun bot er Ludwig XVI. an, gegen eine namhafte Vergütung die Verbreitung der gegen Marie Antoinette gerichteten Schmierereien zu unterbinden. In England und Holland konnte er, wie er behauptete, die gedruckten Exemplare aufkaufen und vernichten. Aber Angelucci, der Agent der Aiguillon-Partei, hatte ein Exemplar beiseite geschafft und entwich mit ihm nach Deutschland. Beaumarchais jagte ihm nach, erwischte ihn in Nürnberg und entriß ihm das Corpus delicti. Statt damit nach Versailles zurückzukehren, reiste er nach Wien, in der Erwartung, daß ihm dort seine Verdienste um Marie Antoinette und somit um das Haus Habsburg mit klingender Münze belohnt werden würden.

Der Inhalt des Pamphlets war nicht allein für die Königin von Frankreich, sondern auch für die Herrscherin Österreichs sehr unangenehm. Der Verfasser, der wohl im Dienste der spanischen Bourbonen stand, machte deren Ansprüche auf die französische Krone geltend, falls die ältere Linie ohne Thronerben bliebe oder sich, vor allem durch das Betragen Marie Antoinettes, dermaßen diskreditierte, daß sie abtreten müßte. Der einstige Minister Choiseul, der das Bündnis zwischen Frankreich und Österreich und die Vermählung des Bourbonen mit der Habsburgerin vermittelt hatte, wurde angegriffen, und mit ihm sein Schützling, die ehemalige Erzherzogin. Ihr wurde unterstellt, eine Agentin Wiens zu sein, und eine ebenso leichtfertige wie durchtriebene Frau, die nicht davor zurückscheuen würde, sich – wenn ihr Gatte dazu unfähig bliebe – anderweitig zu einem Thronerben verhelfen zu lassen, um sich ihre Königsherrschaft und damit ihr Luxusleben zu sichern.

Maria Theresia war entsetzt und empört, als ihr Beaumarchais das Pamphlet vorlas. Staatskanzler Kaunitz, der den Informanten für den Autor hielt, ließ Beaumarchais arretieren und erst auf Ersuchen Frankreichs ziehen. Der König nahm die Sache nicht ernst, unterrichtete seine Frau, der er voll und ganz vertraute, über die infamen Anwürfe. Marie Antoinette sei tief betroffen gewesen, berichtete im September 1774 Mercy, der sie beruhigte und zugleich ermahnte, sich immer so zu benehmen, daß sie alle Verleumder Lügen strafen könnte.

Auch die Mutter redete ihr ins Gewissen. Die Tochter, die zum Leichtsinn neige und sich dadurch Blößen gebe, müsse sich durch eine Beschäftigung mit ernsthaften Dingen dagegen wappnen. „Wenn man, besonders in Frankreich, wo man alles zerpflückt und aus allem Folgerungen für die Zukunft zieht, gewahr würde, daß Sie an nichts Interesse haben, würden Sie bald allen dieses Beifalls, den man Ihnen jetzt so verschwenderisch spendet, verlustig gehen. So ist die Welt, das passiert uns allen früher oder später; man muß sich daher so verhalten, daß das nicht durch unsere Schuld geschehen kann." Das schrieb Maria Theresia am 30. November 1774 an Marie Antoinette, gegen Ende des Jahres, in dem sie Königin von Frankreich geworden war und in dessen Verlauf sich in den Applaus die ersten Pfiffe gemischt hatten.

„Vive la reine!" wurde gerufen, als Marie Antoinette, am 9. Juni 1775, eine Stunde nach Mitternacht, in Reims eintraf. Im Mondschein drängten sich in den Straßen Bürger der Stadt und Bauern aus der Umgebung, und im Silberlicht mochte sie manchem Bewunderer wie die Mondgöttin erschienen sein. Bei Tageslicht hielt sie der Herzog von Croÿ für schöner und charmanter denn je, „ganz zarte Haut, sehr anmutig, und wenn sie wollte, konnte sie wie ihre Mutter überaus liebenswürdig sein".

Die Hauptperson war sie nicht in Reims, wo der König nach altem Brauch gesalbt und gekrönt werden sollte. Daher kam sie allein, sozusagen inoffiziell, um als Zuschauerin dem Einzug Ludwigs XVI. in die Stadt und den Zeremonien in der Kathedrale beizuwohnen. Ihr Mentor Mercy hatte vorgeschlagen, daß Marie Antoinette gemeinsam mit ihrem Gemahl durch Salbung die kirchliche Weihe der weltlichen Herrschaft erhalte. Der österreichische Gesandte hätte dies persönlich seiner „Erzherzogin" gegönnt und politisch als Stärkung der Stellung der „Autrichienne" gewünscht. Er veranlaßte, verbreitete jedenfalls die Schrift eines Priesters der Kongregation des Oratoriums, in der darauf hingewiesen wurde, daß bis Maria von Medici zu Beginn des 17. Jahrhunderts auch die französischen Königinnen gesalbt worden waren, und dies seither nur deshalb unterblieben sei, weil die folgenden Könige zur Zeit ihrer Krönung noch nicht vermählt gewesen waren.

Doch die noch nicht zwanzigjährige Marie Antoinette war daran nicht interessiert, sei es, weil sie die Bedeutung des Weiheakts nicht begriffen, sei es, weil sie anderes im Kopf hatte. Ihr Gemahl hätte dies ohnehin nicht gestattet; wenn schon nicht in der Ehe, so wollte er doch im Reich der Herr sein. So blieb es bei der Zuschauerrolle der Königin, der es genügte, von den Untertanen nicht minder, ja mehr als der Monarch bewundert und bejubelt zu werden.

Beim Einzug Ludwigs XVI. am 9. Juni 1775 saß sie auf einem Balkon wie in der Loge eines Grand spectacles. Unter Glockengeläut und Kanonendonner, durch Triumphbögen, eskortiert von Würdenträgern und Gardetruppen, fuhr der König in seiner Prachtkarosse zur Kathedrale, wo das Tedeum angestimmt wurde. Am 11. Juni, am Fest der heiligen Dreifaltigkeit und dem Tag der Königsweihe, nahm Marie Antoinette auf der für sie im Gotteshaus errichteten Tribüne Platz. Hinter den Rängen für sie und ihren Hofstaat war ein Appartement samt Klosett mit Wasserspülung eingerichtet worden.

Die stundenlangen Zeremonien begannen um 7 Uhr morgens. Ludwig XVI. wurde am Hauptportal vom Erzbischof von Reims empfangen, als Besitzer aller Tugenden, vornehmlich der Liebe zur Ordnung, gerühmt. Vor dem Altare Gottes schwor der König von Frankreich, die Rechte der Kirche zu erhalten und zu verteidigen, seinem Volk „den wahren Frieden“ zu gewährleisten, es gerecht und barmherzig zu regieren. Die in Latein gesprochenen Eidesformeln konnte Marie Antoinette nicht vernehmen, und wenn sie von ihr verstanden worden wären, hätte sie kaum wahrgenommen, wie anachronistisch die eine und andere sich anhörte, so jene, in der sich „Sa Majesté très chrétienne“ zur Ausrottung der Häretiker verpflichtete.

Fasziniert war sie von der Theatralik der Zeremonie. Der Monarch warf sich zu Boden, demonstrierte Demut vor dem Allmächtigen, bevor er die Königsweihe erhielt, mit Öl aus der Sainte Ampoule gesalbt wurde, wie zuerst 496 der Franke Chlodwig und seit 1179 die Könige von Frankreich. Der Legende nach soll das unversiegbare Öl von einer Taube vom Himmel gebracht worden sein. Die Salbung entsprach dem royalistischen Mythos, der im 18. Jahrhundert so zeitwidrig geworden war wie eine Formel, mit der sie von dem die heilige Handlung vornehmenden Erzbischof begleitet wurde: Nie und nimmer möge der König seine Rechte auf die Reiche der Sachsen und Mercier, der Völker des Nordens und der Cimbern aufgeben.

Der Realität näher kamen jene die gotischen Säulen der mittelalterlichen Kathedrale verhüllenden Tapisserien, die in einer Zeit entstanden waren, in der die Könige von Frankreich aus eigener Kraft ihre Herrschaft befestigt und ihr Reich vergrößert hatten. Krönung und Inthronisation, die der Salbung folgten, erschienen nur noch als Bestätigung der Monarchenmacht durch den Vertreter der Kirche, den Erzbischof von Reims, der Ludwig XVI. das Zepter und die „Hand der Gerechtigkeit“ reichte, die Krone aufs Haupt setzte und ihm die „Stärke des Rhinoceros“ und die „Kraft des Sturmwindes“ wünschte, um seine Feinde bis an das äußerste Ende der Erde vor sich herzutreiben. Nach dem Hochamt wurden Tauben freigelassen, die irritiert unter den Gewölben flatterten, und die Portale geöffnet, durch die das Volk hereinströmte und in den Ruf einstimmte: „Vivat rex in aeternum – Es lebe der König in alle Ewigkeit!“

Marie Antoinette zitterte, als Ludwig XVI. unter dem Gewicht der Krone zu schwanken begann, und war gerührt, als der Gemahl zu ihr aufblickte, als wollte er sie um Beistand bitten. Sie brach in Tränen aus, mußte sich in das Appartement hinter den Tribünenrängen zurückziehen, und als sie zurückkam, wurde der Königin applaudiert.

Am Abend der Weihe, nachdem Ludwig das Krönungsgewand abgelegt hatte, erging er sich mit Marie Antoinette auf der Galerie zwischen dem Erzbischöflichen Palais und der Kathedrale, nur durch ein Geländer von den Untertanen getrennt, die ihren König und noch mehr ihre junge Königin feierten. „Sie erschien mit Würde, Güte und Anmut“, schrieb Mercy an Maria Theresia, und erleichtert, daß sie auf ihn, den von der Mutter bestellten Souffleur gehört hatte, fügte er überschwenglich hinzu: „Wenn auch die ihr erwiesenen Huldigungen außerordentliche und allgemeine waren, so ist doch gewiß, daß es nie besser verdiente Huldigungen gegeben hat.“

Die Annäherung an das Volk kam dem Verlangen von Menschen des 18. Jahrhunderts entgegen. Aus dem Mittelalter stammte eine Zeremonie, der sich Ludwig XVI. wenige Tage nach der Salbung unterzog. Auf dem Gelände der Abtei Saint-Rémy in Reims waren 2400 an Skrofulose, einer Form der Tuberkulose Leidende versammelt, die sich von der Berührung durch den Gesalbten Heilung versprachen. Marie

Antoinette blieb dieser Zeremonie fern; sie schaute sich lediglich den Ritt des Gemahls zur Abtei von einem Fenster aus an. Der Herzog von Croÿ bewunderte die Ausdauer des jungen Monarchen, der bei brütender Hitze und unerträglichem Gestank jedem einzelnen Kranken die Hand auf das Haupt legte und dabei sprach: „Der König berührt Dich, Gott heilt Dich."

Diese Handlung – wie auch die Salbung und Krönung des Königs – hielten aufgeklärte Zeitgenossen für einen Rückfall in das finsterste Mittelalter. Von einer „bizarren und absurden Zeremonie" sprach D'Alembert, der Mitherausgeber der „Encyclopédie", dem „Dictionnaire raisonné des sciences, des arts et des métiers". „Die unnützeste und lächerlichste der unnützen Ausgaben" sah im „Sacre" von Reims der Mathematiker und Staatstheoretiker Condorcet. Im Jahr 1774 war er zum Generalinspekteur der Staatsmünze bestellt worden, vom neuen Finanzminister Turgot, der zu den Mitarbeitern der „Encyclopédie" zählte und wirtschaftliche und soziale Reformen anstrebte.

Wenn er schon nicht auf die traditionelle Königsweihe verzichten wolle, so möge er doch die Eidesformeln modifizieren, das Versprechen, die Häretiker auszurotten, nicht wiederholen, hatte Turgot dem König zu bedenken gegeben. Als dies der Monarch ablehnte, stellte sich der Philosoph hinter Ludwig XVI., ging mit ihm nach Reims und nahm es hin, daß ein traditioneller Ritus weggelassen wurde, der eine demokratische Auslegung hätte herausfordern können: der „Rite du consentement", in dem „das Volk" pro forma gefragt wurde, ob es den zu Salbenden und zu Krönenden als seinen Herrscher akzeptiere.

Marie Antoinette, die von all dem nichts wußte und, wenn sie unterrichtet worden wäre, es kaum verstanden hätte, hielt den Applaus, der nach der Inthronisation ihres Gemahls in der Kathedrale aufbrauste, für eine hinreichende Akklamation. „Die Salbung des Königs ist in jeder Hinsicht vollkommen gewesen", schrieb sie am 22. Juni 1775 der Mutter. „Es scheint, daß jedermann mit dem König sehr zufrieden gewesen ist; er muß es auch sehr über alle seine Untertanen sein: alle, die Großen und Kleinen, haben ihm das größte Interesse entgegengebracht, und im Augenblick der Krönung wurde die Zeremonie in der Kirche durch den rührendsten Beifall unterbrochen."

Die Königin fand den Applaus, den auch sie in Reims erntete, um so wertvoller, als es kurz davor, wegen der Verteuerung des Brots zu Krawallen in Dijon und Meaux, selbst in Paris und Versailles gekommen war. „Es ist das Außerordentliche an dem französischen Charakter, daß er sich durch böse Eingebungen leicht hinreißen läßt, aber sofort zum Guten zurückkehrt. Deshalb sind wir sicherlich noch mehr verpflichtet, für das Glück des Volkes zu arbeiten, wenn wir sehen, wie gut es uns auch in seinem Unglück behandelt."

In ihrem ganzen Leben – „und sollte es hundert Jahre dauern" – werde sie die mit Zustimmung des Volkes erfolgte Krönung ihres Gemahls nicht vergessen, resümierte Marie Antoinette. „Meine teure Mama, die so gut ist, hätte wohl unser Glück geteilt." Dem Königspaar werde Fortuna nicht gewogen bleiben, befürchtete Maria Theresia. Sie kannte die Mängel der Tochter, ahnte die Schwächen des Schwiegersohns, und sie wußte, daß in Frankreich der christliche Glauben, auf dem das Königtum von Gottes Gnaden beruhte, dahinschwand und die unbeschränkte Königsmacht, von der die Monarchie zusammengehalten wurde, abzubröckeln begann.

Im Jahrhundert der Aufklärung beginne sich der Geist des Aufruhrs auszubreiten, namentlich in Frankreich, wo mit

König Ludwig XVI. Porträt von Duménil.

Worten und vielleicht schon bald mit Taten an den Säulen von Kirche und Staat gerüttelt werde, meinte Maria Theresia. Marie Antoinette nahm ihre Franzosen in Schutz: „Die Federn und Zungen sagen viele Dinge, doch sie sind nicht so gemeint", schrieb sie am 14. Januar 1776 der Mutter. „Der beste Beweis, daß sie nicht hassen, ist die Tatsache, daß sie bei der geringsten Gelegenheit Gutes sagen und sogar viel mehr Lob spenden, als man verdient."

Von Hofschranzen hörte und in der Hofpresse las sie Schmeichelhaftes. Nicht alle spöttischen Chansons, die über sie gesungen wurden, kamen ihr zu Ohren, und bösartige Schmähschriften bekam sie kaum zu Gesicht. In ihrer Bibliothek standen zwar Werke von Voltaire, Rousseau und Diderot, aber sie warf keinen Blick hinein, und selbst wenn sie das eine und andere gelesen hätte, so hätte sie kaum wahrgenommen, daß die Philosophen den Angriff gegen das Ancien Régime, die Feudalgesellschaft und den Monarchenstaat und damit auch gegen die Königin eröffnet hatten. Anstoß nahm sie an Verstößen des einen und anderen Aufklärers gegen das Sechste Gebot, über die sich Hofdamen, die sich selbst nicht daran hielten, und vornehmlich sie, die es zu befolgen sich bemühte, nicht genug entrüsten konnten.

Als Voltaire 1778 nach Paris kam, widerstand Marie Antoinette dem Drängen seiner Freunde, den „Philosophenkönig" im Versailler Schloß zu empfangen. „Ihre Majestät", berichtete Mercy, „wolle in keiner Weise von einem Manne etwas wissen, dessen Moral soviel Unruhen und Unzukömmlichkeiten veranlaßt hat." Im Jahre 1780 fuhr Marie Antoinette nach Ermenonville, um die Gärten zu besichtigen, nicht um dem dort bestatteten Rousseau ihre Reverenz zu erweisen. Das Grabmal sei zwar begutachtet, die Architektur als geschmackvoll und die Umgebung als reizvoll empfunden worden, „doch dann", berichtete Melchior

Grimm, „wandte man sich wieder anderen Dingen zu, ohne sich im geringsten für den Menschen zu interessieren, dem dieses Grabmonument gesetzt worden war".

Was hätte sie schon an Jean Jacques Rousseau interessieren oder gar akzeptieren können? Sein „Zurück zur Natur!" hätte ihre sentimentalen Saiten zum Klingen bringen können, wenn diese Parole nicht eine Kampfansage an die gegenwärtige Zivilisation mit ihrer gesellschaftlichen und staatlichen Ordnung, die Ankündigung einer Revolution gewesen wäre. Hatte der „Bürger von Genf" nicht das Privateigentum für die sozialen Ungleichheiten verantwortlich gemacht und in seinem „Contrat social" die Souveränität des Volkes der Souveränität des Monarchen entgegengesetzt? Marie Antoinette sollte es bald erleben, daß der Monarchenabsolutismus durch einen von Rousseau anvisierten Staatsabsolutismus übertrumpft und auch ihr Schicksal von dem von Rousseau beschworenen Volkswillen, das heißt von den in dessen Namen die Gewalt Ausübenden bestimmt werden würde.

Ein General der geistigen Revolutionäre, ein Generalist der Aufklärung war François Marie Arouet, der sich Voltaire nannte und unter diesem Namen Geschichte machte, die er als einen zu einer besseren, weil immer vernünftiger werdenden Welt hinführenden Entwicklungsprozeß deutete und dazu beizutragen sich bemühte. Dem Fortschritt der Menschheit stünden in erster Linie die Altäre im Wege, erklärte Voltaire und berief sich zum Generalankläger der Kirche, für die er das Todesurteil forderte: „Écrasez l'infame – Zermalmt die Schändliche!" Da die Altäre mit den Thronen verbunden waren, plädierte er auch gegen die Monarchen, beschuldigte sie, ihre Macht zur Unterdrückung und nicht zur Förderung des Guten im Menschen und zum Besten der Menschheit zu gebrauchen. Er verurteilte Repression und verlangte Emanzipation. „Daß der Mensch frei und daß alle Menschen gleich seien, ist das allein naturgemäße Leben", predigte Voltaire und prophezeite, daß bei Nichtbefolgen dieses Gebots eine Revolution „mit höllischem Lärm" ausbrechen werde.

England hatte eine Revolution gehabt, die eigentlich eine Evolution gewesen war, die auf den Weg zu Bürgerfreiheiten und Volksrechten, zu einem modernen Parlamentarismus geführt hatte. Voltaire, der für ein paar Jahre nach England gegangen war, unterrichtete in seinen „Lettres philosophiques sur les Anglais" die Franzosen über die nachahmenswerten Errungenschaften der Nachbarn. In Preußen erblickte er in „Frédéric le Grand" einen Monarchen, der, vom Geist der Aufklärung inspiriert, einen aufgeklärten Absolutismus praktiziere. Die erste Bezeichnung sei nur ein Adjektiv, die zweite das Hauptwort geblieben, erkannte der vom „König der Philosophen" nach Potsdam gerufene „Philosophenkönig". Enttäuscht zog sich Voltaire nach Vernay bei Genf, in den äußersten Winkel Frankreichs zurück, das von einem Monarchen regiert wurde, der sich nicht ungern aufgeklärt geriert hätte, wenn ihm der Verstand und der Wille dazu gegeben worden wären. Auch wenn er beides gehabt hätte, wäre es Ludwig XVI. schwerlich gelungen, den Verfall der absolutistischen Herrschaft, der bereits unter Ludwig XIV. begonnen und sich unter Ludwig XV. verschärft hatte, aufzuhalten.

„Es ist die schwierigste Sache von der Welt, Frankreich in dem Zustand, in dem es sich gegenwärtig befindet, gut zu regieren", schrieb Abbé Galiani, ein Nationalökonom, am 4. Juni 1774, kurz nach der Thronbesteigung Ludwigs XVI. „Die Franzosen sind genau in dem Zustand, in welchem Tacitus die Römer schildert, die weder ihre Übel noch deren Heilmittel mehr ertragen konnten." Am 30. Juli 1774 schrieb Marie Antoinette der Mutter: „Das Wenige, das ich von Staatsgeschäften verstehe, sagt mir, daß es darunter sehr schwierige und mißliche gibt. Man gibt gerne zu, daß der hochselige König die Angelegenheiten in sehr schlechtem Zustande zurückgelassen hat; die Geister sind geschieden, und es wird unmöglich sein, jedermann in einem Lande zufriedenzustellen, in dem die Lebhaftigkeit danach verlangt, daß alles in einem Augenblick gemacht wird."

Der jungen Königin waren die subjektiven, in der Person ihres Gemahls liegenden Verbesserungen behindernden Schwierigkeiten nicht verborgen geblieben. Der junge König sei bestrebt, „das Gute zu tun", aber er sei „zu milde und gefällig". Deshalb laufe er Gefahr, wie Wachs in den Händen seiner Umgebung zu werden, einer Adelsclique und der Hofschranzen, die ihre Interessen mit Intrigen durchzusetzen suchten. Die objektiven Schwierigkeiten, die einen Ausweg aus der Krise der absolutistischen Herrschaft versperrten, vermochte Marie Antoinette weniger zu erkennen.

„Der Staat bin Ich", hatte Ludwig XIV. erklärt, aber selbst er, der den Absolutismus auf den Gipfel geführt hatte, konnte sein weites und vielgestaltiges Reich nicht voll und ganz unter seine Krone zwingen. Weiterhin gab es nicht das eine und unteilbare Reich, sondern mehrere „Frankreichs", historische Regionen mit eigenständigen Traditionen, unterschiedlichen Rechtsordnungen und verschiedenartigen Verwaltungsinstitutionen. Dadurch war der in der Theorie unbeschränkte König in der Praxis beschränkt. Vor allem die Parlamente (1789 gab es vierzehn, das wichtigste in Paris), jene obersten Gerichtshöfe, die aus dem Brauch, die königlichen Erlasse zu registrieren, das Recht folgerten, die Gesetzgebung zu kontrollieren und schon den Anspruch erhoben, an ihr mitzuwirken, machten dem Monarchen zu schaffen. Deshalb wurden sie von Ludwig XV. aufgelöst, von Ludwig XVI. jedoch kurz nach seiner Thronbesteigung wiederhergestellt.

In seiner an Einfältigkeit grenzenden Gutmütigkeit ging dieser König so weit, der ersten Sitzung des neuberufenen

Pariser Parlaments vorzustehen und seinen Gegenspielern um den Bart zu gehen, in der eitlen Hoffnung, sie als Mitspieler gewinnen zu können. Die Königin, von ihm über sein Vorhaben in Kenntnis gesetzt, war damit – genau so politisch unbedarft wie er – sehr einverstanden. „Es scheint mir, daß die Autorität des Königs größer und solider als in der Vergangenheit sein wird“, schrieb sie Maria Theresia, die klarer sah: „Es ist unbegreiflich“, schrieb sie Mercy, „daß der König und seine Minister das Werk Maupeous zerstören.“ René Charles de Maupeou, Kanzler Ludwigs XV., hatte die alten Parlamente aufgelöst, weil sie den von ihm eingeleiteten Reformen im Wege standen. Von Ludwig XVI. entlassen, kommentierte er deren Wiederherstellung: „Ich hatte dem König einen Prozeß gewinnen lassen, der seit dreihundert Jahren dauerte. Er werde ihn wieder verlieren... er ist erledigt.“

Aus der Sackgasse herausführende Reformen hätten nur von einem aufgeklärten König mit Hilfe fortschrittlicher Minister à la Maupeou, unbehindert von reaktionären Parlamenten, durchgeführt werden können. In diesen saßen nun wieder Vertreter des Ersten und des Zweiten Standes, des Klerus und des Adels, die gegen alles opponierten, was die ihnen verbliebenen Privilegien antastete. Die Feudalaristokratie dominierte nach wie vor in den Zentralbehörden und Provinzinstanzen, kommandierte die Armee und gab am Königshof den Ton an. Die hohen Herren neigten dazu, den König nur als Primus inter pares anzuerkennen. Ludwig XVI. und erst recht Marie Antoinette waren weder willens noch in der Lage, aus jenem Zirkel, in den sie hineingeboren worden waren, herauszutreten und eine Position über dem Ersten und Zweiten Stand und neben dem Dritten Stand einzunehmen, dem die Zukunft gehörte und von dem die ihre abhing.

Das Bürgertum wurde von der Aristokratie, die von dessen Erwerbstüchtigkeit und Steueraufkommen profitierte, am gesellschaftlichen Aufstieg gehindert. „Der Kaufmann hörte so oft mit Geringschätzung von seinem Beruf sprechen", bemerkte Voltaire, „daß er töricht genug ist, über denselben zu erröten. Dennoch weiß ich nicht, wer dem Staate nützlicher ist, ob der gepuderte Edelmann, der ganz genau weiß, zu welcher Stunde der König aufsteht und in welcher er sich niederlegt, und der sich den Anschein von Bedeutung gibt, weil er in einer Antichambre den Sklaven eines Ministers spielt – oder ein Kaufmann, der sein Land bereichert und von seinem Kontor aus Aufträge gibt, die im indischen Surate oder im ägyptischen Kairo ausgeführt werden." Zwischen 1720 und 1789 wuchs der Erlös des Außenhandels um 400 Prozent, der Ertrag der Landwirtschaft um 60 Prozent.

Auf dem Land lebten 85 Prozent der Bevölkerung; sie waren die Basis der gesellschaftlichen Pyramide und der nationalen Ökonomie geblieben. Die Lage der Bauern verschlechterte sich in der zweiten Hälfte des 18. Jahrhunderts. Sie wurden von Grundherren wie Steuerbehörden geschröpft. Trotz der steigenden Agrarproduktion wurde auf dem Land gehungert. Auf die Jagd gehen, um mehr und Besseres zu essen zu bekommen, durften die Bauern nicht. Das Jagdrecht war ein Vorrecht des Adels, und der Monarch, der an der Spitze der Feudalgesellschaft stand, Ludwig XVI., nützte es weidlich zu seinem Vergnügen aus.

Adelige Damen, die Schafe und Lämmer in ihren Salon treiben ließen und sich über die Sprünge des Leithammels auf dem Parkett amüsierten, meinten damit hinreichend Interesse für die Landwirtschaft bekundet zu haben. Im Park von Versailles begann Marie Antoinette die Bäuerin zu mimen, die Schäferspiele des Rokoko in modischer Sentimentalität fortzuführen. Doch sie blieb der bäuerlichen Welt so weit entfernt wie das Schloß des Sonnenkönigs von der Hütte eines darbenden Bauern.

Auch die Imitation ländlichen Lebens kostete, wie jede ihrer Extravaganzen, viel Geld. Anfang 1777 wurde festgestellt, daß die Königin ihr ohnehin großzügig bemessenes Budget um 487272 Livres überzogen hatte. Der König bezahlte die Schulden aus seiner Schatulle, die jährlich mit 1,2 Millionen Livres gefüllt wurde. Der Aufwand des Hofes fand zunehmend Kritik in einem Land, in dem Steuerzahler immer mehr belastet wurden und dennoch die Staatsschuld ständig anstieg. Das chronische Defizit wurde durch ein anachronistisches Steuersystem mit verursacht. Adel und Klerus waren von der wichtigen direkten Steuer, der Taille, einer Grund- und Vermögenssteuer, befreit. Die wichtigste indirekte Steuer, die Gabelle, eine Salzsteuer, wurde von Generalpächtern eingetrieben, in deren Händen erkleckliche Summen hängenblieben. Die Hauptlast trugen Bürger und Bauern, aber nur ihre Steuern, nicht ihre Meinung und schon gar nicht ihre Mitwirkung bei der Verwendung des Steuerertrags waren gefragt.

Sie werde „den König in keine großen Ausgaben hineinziehen", hatte Marie Antoinette versprochen, als sie den Thron bestieg. Aber die Bequemlichkeit, die sie auf ihm suchte, und die Annehmlichkeit, die er ihr bot, ließ sie sich immer mehr kosten. Der an Verschwendung grenzende Aufwand, den sie trieb und den sie ungeniert zur Schau stellte, brachte Untertanen gegen sie auf. „Madame Déficit", wie man sie bald nannte, wurde zu einer, ja der Symbolfigur des Ancien Régime, das Franzosen immer unerträglicher erschien.

Siebtes Kapitel
Die Autrichienne

Von Politik wußte die junge Marie Antoinette nicht viel und wollte eigentlich auch nichts wissen. Dennoch begann sie sich mit Staatsgeschäften zu befassen, weniger aus eigenem Antrieb als gedrängt von anderen: Günstlingen, die sie für ihre Interessen einzuspannen suchten, und Ratgebern, die der Königin nahelegten, zum Wohle der Monarchie wie zum Nutzen der französisch-österreichischen Allianz das zu richten, was der König nicht zu richten vermöchte.

Sie habe, gab Mercy d'Argenteau zu bedenken, davon auszugehen: „1. daß der König von etwas schwachem Charakter ist; 2. daß sich folglich jemand seiner bemächtigen wird; 3. daß auf alle Fälle die Königin jeden Augenblick alle Mittel im Auge behalten muß, die ihr einen vollständigen und ausschließlichen Einfluß auf den Geist ihres Gemahls sichern." Deshalb habe sie sich mit politischen Tagesfragen zu befassen, damit sie ihren Gemahl entsprechend beeinflussen könne, und sie müsse mit den Waffen einer Frau, „mit Gefälligkeit und Liebkosungen" versuchen, „eine absolute Gewalt" über den absoluten Monarchen zu erringen. Jedoch: „Sie muß ihn lenken, ohne sich den Anschein zu geben, es zu wollen."

Das sei zu viel von Marie Antoinette verlangt, meinte Abbé Vermond, ihr französischer Ratgeber. Um sie dahin zu bringen, sich ernsthaft mit Staatsangelegenheiten zu befassen und „auf die täglichen Einzelheiten Einfluß zu nehmen", müßte „man sie vom Fuße bis zum Kopfe ändern, und wer brächte dies zustande?" Immerhin schien sie begriffen zu haben, um was es ging: Die Königin, bemerkte Vermond, wäre unglücklich, wenn das Verhältnis zwischen den Höfen Bourbon und Habsburg sich lockere oder gar löse. „Wie sollte ich es hindern", sagte sie dem Abbé, „wenn ich mich nie mit Geschäften befassen soll?"

Als sie es zum erstenmal versuchte, war man mit der „Autrichienne" weder in Wien noch in Versailles zufrieden. Denn sie ließ sich dabei nicht von der politischen Räson, sondern von ihren persönlichen Gefühlen leiten. Da der Herzog von Aiguillon, der Günstling der Madame Dubarry, nicht mehr zu halten war, setzte sich Marie Antoinette für die Rückberufung des Herzogs von Choiseul als Minister ein. Sie hatte es ihm nicht vergessen, daß er mit dem Bündnis zwischen Frankreich und Österreich die Verbindung zwischen ihr und dem Thronfolger vermittelt hatte. Doch diese Absicht stieß weder in Wien, wo man sich von Choiseul nichts mehr versprach, noch in Versailles, wo man ihn abgeschrieben hatte, auf Verständnis. Immerhin setzte sie es durch, daß der König dem Herzog erlaubte, aus der Provinz in die Hauptstadt zurückzukommen und ihn am 13. Juni 1774 in La Muette empfing. Sie schätze sich glücklich, sagte ihm die dabei anwesende Königin, „zu Ihrer Rückkehr etwas beigetragen zu haben". Doch der König zeigte ihm die kalte Schulter, und Choiseul zog sich wieder auf seine Güter zurück.

Weder der Unerwünschte noch seine Gönnerin gaben auf. Im Jahr darauf kam Choiseul zur Weihe des Königs nach Reims, und die Königin sprach eine dreiviertel Stunde lang unter vier Augen mit ihm. Sie habe es, dank weiblicher Diplomatie, fertiggebracht, schrieb sie dem Grafen Franz Rosenberg, einem Vertrauten Maria Theresias, daß der König, der eigentlich vom Exminister nichts mehr wissen wollte, selbst den Termin der Audienz festgelegt habe. „Sie werden mir gewiß glauben, daß ich ihn nicht gesehen habe, ohne vorher darüber mit dem König gesprochen zu haben. Sie würden aber kaum die Geschicklichkeit erraten, die ich anwandte, um nicht den Anschein zu haben, als wollte ich um Erlaubnis bitten. Ich habe dem König gesagt, daß ich Lust hätte, Herrn von Choiseul zu sehen und nur wegen des Tages in Verlegen-

Graf Mercy-Argenteau. Porträt von Vestier.

heit wäre. Ich habe es so gut gemacht, daß mir der arme Mann die bequemste Stunde vorgeschlagen hat, zu der ich ihn sehen konnte. Ich glaube, dabei von meinem Recht als Frau ausgiebigen Gebrauch gemacht zu haben."

„Was für eine Sprache! Der arme Mann! Wo ist die Achtung und Dankbarkeit für seine ganze Nachgiebigkeit?" entsetzte sich Maria Theresia, die von Rosenberg über den Brief vom 13. Juli 1775 und den vorhergehenden vom 17. April 1775 informiert worden war, in dem die Königin ebenfalls kein Blatt vor den Mund genommen hatte: Ihr Geschmack sei nicht der gleiche wie der des Königs, „der nur die Jagd und mechanische Arbeiten liebt. Sie werden zugeben, daß ich schlecht genug in eine Schmiede passen würde; ich würde dort nicht Vulkan sein, und die Rolle der Venus könnte dem König noch mehr als meine anderen Neigungen mißfallen". Vulcanus, der Schmiedegott, war häßlich und lahm, Venus, die Göttin der Schönheit und Liebe, in der Ehe mit ihm unbefriedigt, hatte ein Verhältnis mit Ares, dem Kriegsgott, von dem sie Kinder bekam: Deimos, Phobos, Eros, Anteros und Harmonia.

Diese Anspielung alarmierte Maria Theresia. Sie wußte, daß es in der Ehe zwischen Louis und Marie Antoinette nicht klappte, und sie mochte für die Tugendhaftigkeit ihrer Tochter nicht die Hand ins Feuer legen. Frustriert und leichtsinnig, wie sie war, konnte es nicht ausgeschlossen werden, daß sie sich wie die mit Vulcanus vermählte Venus Seitensprünge erlauben würde. „Welcher Stil, welche Façon zu denken! Das bestätigt nur zu sehr meine Besorgnisse. Sie läuft mit großen Schritten ihrem Ruin entgegen", schrieb Maria Theresia an Mercy, und an die „teuere Tochter": „Diese Jagd von Vergnügen zu Vergnügen ohne den König" erwecke in ihr „begründete Befürchtungen".

Mehr noch als ihr Lebenswandel mißfiel ihr politisches Dilettieren dem Bruder, Kaiser Joseph II.: „Soviel ich weiß, mengen Sie sich in unendlich viele Dinge, die Sie erstens nichts angehen, von denen Sie aber auch nichts verstehen und für welche Kabalen und eine schmeichlerische Umgebung Sie eine Demarche nach der anderen machen lassen." Dies hielt er ihr vor: „Sie tauschen Minister aus, lassen einen anderen auf seine Güter verschicken, dem oder jenem dieses oder jenes Ressort geben; Sie helfen dem einen einen Prozeß gewinnen und schließlich sprechen Sie von Staatsgeschäften und bedienen sich sehr wenig passender Ausdrücke für Ihre Stellung." So schrieb sich Joseph II. im Juli 1775 den ersten Ärger von der Seele, milderte aber dann, einige, wie Maria Theresia meinte, zu harte Stellen ab und schickte den korrigierten Brief an die Schwester, die den Eingang kühl bestätigte.

Die Hauptvorwürfe bleiben stehen. Marie Antoinette sorgte dafür, daß ihr Hauptgegner Aiguillon, der nach seiner Demission als Minister als Höfling nicht ohne Einfluß geblieben war, in die Provinz verbannt wurde. „Dieser Abschied", brüstete sie sich im Schreiben an Rosenberg vom 13. Juli 1775, „ist zur Gänze mein Werk. Das Maß war bis zum Rande voll. Dieser böse Mensch unterhielt jede Art von Spionage und verbreitete übles Gerede. Mehr als einmal hatte er in der Affäre des Herrn von Guines mir entgegenzutreten versucht; ich habe deshalb sofort nach dem Urteil seine Entfernung vom König verlangt."

Josephs Vorwurf, sie „helfe dem einen einen Prozeß gewinnen", war auf die Einflußnahme seiner Schwester auf die Affäre Guines gemünzt. Der Graf erregte die Aufmerksamkeit der Österreicherin, als er bei Mozart das Konzert für Harfe und Flöte (Köchelverzeichnis 299) bestellte, um darin den Flötenpart zu übernehmen. Als er als Gesandter in London beschuldigt wurde, unter dem Schutze seiner diplomatischen Immunität Schmuggel getrieben und mittels seiner Insiderinformationen an der Börse spekuliert zu haben, gewann er als enger Freund Choiseuls den Beistand der Königin, nicht zuletzt deshalb, weil der ihr verhaßte Aiguillon gegen Guines intrigierte. Der Prozeß endete mit der Entlastung des Gesandten, freilich nur mit sieben zu sechs Stimmen.

Marie Antoinette meinte, daß ihr Schützling eine Entschädigung verdiente, und setzte es durch, daß ihm der König den Herzogstitel verlieh. „Diese Gnade ist das Werk der Königin“, bemerkte Graf Creutz, der schwedische Gesandte. „Es gibt keinen Zweifel mehr, daß sie über den König Macht hat.“ Genaugenommen sei es ihre Umgebung, die Macht über sie und damit über den König habe, meinte Mercy. Die Entourage der Königin habe sich für Guines eingesetzt. „Ihre Majestät wird belagert; sie will sich losmachen; es gelingt, ihre Eigenliebe aufzustacheln, sie aufzureizen, diejenigen anzuschwärzen, die im Interesse der guten Sache ihrem Willen widerstehen können.“ Dies alles werde während der Vergnügungspartien und Abendunterhaltungen angezettelt, und schließlich „bringt man es dahin, die Königin derart mittels Zerstreuungen in Atem zu halten, daß, noch dazu gerechnet die übermäßige Nachgiebigkeit des Königs, es zu gewissen Zeiten keine Mittel gibt, die Vernunft durchdringen zu lassen“.

Wenn sie persönlich für oder gegen eine Person engagiert war, wurde sie auch aus eigener Initiative tätig, zum Beispiel in einer Angelegenheit, die ihr Bruder als „Austausch der Minister“ ansprach. Der Minister des königlichen Hauses, Herzog de la Vrillière, den sie als Parteigänger der Dubarry von Anfang an nicht leiden konnte, mußte seinen Platz für Malesherbes räumen. Der aufgeklärte Jurist, der als Directeur de la Librairie die Enzyklopädisten gefördert hatte, war ein Mann nach dem Geschmack des aufgeklärten Joseph II. Auch Marie Antoinette schien ihn zunächst nicht nur als Ersatzmann für Vrillière angesehen zu haben. Sie habe im

Vorfeld seine Wahl goutiert, bemerkte Abbé Véri, aber rasch habe sie daran den Geschmack verloren, weil ihr andere Namen eingeflüstert worden waren. Als ihre Kandidaten nicht zum Zuge kamen und ihr bedeutet wurde, daß Malesherbes gegen Guines gearbeitet habe, ließ sie ihn ihre Ungnade spüren.

Am 21. Juli 1775 berufen, trat Malesherbes bereits am 12. Mai 1776 zurück. Der Hauptgrund seiner Resignation war, daß er für eine Reform des Ancien régime keine Chance mehr sah. Denn am selben Tag war sein Mitstreiter, der am 24. August 1774 zum Finanzminister bestellte Turgot entlassen worden. Auch daran war die Königin beteiligt gewesen, inmitten einer Phalanx der Profiteure der Mißstände der feudalistischen Gesellschaft und der absolutistischen Herrschaft.

„Turgot wird viel zu kurze Zeit im Amt bleiben, um seine Absichten auszuführen", hatte einen Monat nach der Ernennung Abbé Galiani vorausgesagt. Es sei ein Versehen gewesen, einen Platz wie den seinen im monarchischen System Frankreichs „einem tugendhaften und philosophischen Manne zu geben". Anne Robert Jacques Turgot hatte sich als Schriftsteller für Toleranz eingesetzt, Artikel für die Encyklopädie verfaßt und in seinen „Réflexions sur la formation et la distribution des richesses" (1758) Ideen der Physiokraten vorgetragen, der Ökonomen der Aufklärung, die den Merkantilismus, die Wirtschaftsform des Absolutismus, ablehnten, den Wirtschaftskräften ohne staatliche Reglementierungen freien Lauf lassen wollten.

Die Theorie versuchte Turgot als Finanzminister in die Praxis umzusetzen: durch Beseitigung der Zünfte und die Einführung der Gewerbefreiheit, Freigabe des Getreide- und Weinhandels, Ausdehnung der allgemeinen Steuerpflicht auf den Klerus, Ersetzung der den Bauern auferlegten Straßenfron durch eine von allen Grundeigentümern zu entrichtende

Abgabe. Dieser Eingriff in die ständische Ordnung brachte deren Nutznießer gegen den Reformminister auf, und sein von Malesherbes unterstütztes Vorhaben, an der Hofhaltung zu sparen, trug ihm die Feindschaft der Höflinge und der Hofherrin ein.

„Monsieur Turgot befindet sich der denkbar gewaltigsten Liga gegenüber, bestehend aus allen Großen des Reiches, allen Parlamenten, allen Finanzmännern, allen Frauen des Hofes und allen Betbrüdern“, berichtete der schwedische Gesandte Creutz. Marie Antoinette hatte zudem einen persönlichen Grund, auf den Sturz Turgots hinzuarbeiten: Sie machte ihn – wie auch Malesherbes – für die Guines zugefügte Unbill verantwortlich. Sie hätte es sich gewünscht, daß am Tage der Rehabilitierung ihres Schützlings dessen Widersacher Turgot in die Bastille geworfen würde, berichtete Mercy nach Wien und machte auf die „Auswirkungen aufmerksam, die ihr Einfluß gehabt hat. Sie könnten ihr eines Tages mit Recht die Vorwürfe ihres Gemahls und der gesamten Nation eintragen“. Die Öffentlichkeit „weiß sehr wohl, daß alles auf Wunsch der Königin geschieht und daß auf den König Druck ausgeübt wird“.

Wenn schon eine Frau die Beschlüsse des Monarchen beeinflusse, dann sei es besser, „wenn es die eigene ist und nicht eine Pompadour oder Dubarry“, meinte Turgot. „Der König fürchtet sie mehr, als daß er sie liebt“, bemerkte Abbé Véri. „Der Einfluß der Königin auf die Staatsangelegenheiten (wenn es ihn denn geben sollte) wird kein Glück für den Staat sein.“ Das in Klammern gesetzte Fragezeichen hinter der Annahme, daß Ludwig XVI. durch Marie Antoinette gelenkt würde, war nicht unbegründet. Denn Véri, der Freund und Ratgeber des Grafen Maurepas, wußte, daß dieser als erster Minister und engster Vertrauter des Königs den größten Einfluß auf den Monarchen hatte, den es nicht zu stören schien, der es jedenfalls hinnahm, daß er gesteuert wurde, auch hin zu Zielen, die eigentlich nicht die seinen waren.

Jean Frédéric Phélypeaux Comte de Maurepas war unter Ludwig XV. Minister gewesen, aber 1749 auf Betreiben der Madame Pompadour, die sich von ihm verspottet fühlte, seines Amtes entsetzt und vom Hof verbannt worden. Ludwig XVI. berief kurz nach seiner Thronbesteigung den Dreiundsiebzigjährigen an die Spitze des Ministeriums. In Versailles bezog er ein Appartement über dem des Königs, sah ihn fast jeden Tag und beriet und beeinflußte ihn in einer Weise, die dem Monarchen wie der Monarchie nicht bekam.

Maurepas war ein alt-, aber kaum weiser gewordener Rokokokavalier, der meinte, durch Bonmots zur Lösung von Problemen beitragen zu können. Ein Vierteljahrhundert lang war er den Staatsgeschäften ferngeblieben; es fiel ihm schwer, sich wieder in sie hineinzufinden und mit den veränderten Verhältnissen zurechtzukommen. Der Mann von Vorgestern bewog den König, die Parlamente und damit die hartnäckigsten Widersacher einer zeitgemäßen Umgestaltung des Ancien Régime wieder einzusetzen. Dadurch erschwerte er die Arbeit des von ihm auf Anraten Véris berufenen Reformministers Turgot, den er fallen ließ, als der Widerstand gegen ihn auch seine eigene Stellung gefährdete.

Marie Antoinette sah zwar lieber Maurepas als Aiguillon im Amt, aber sie begann ihn als Rivalen anzusehen, nachdem sie gemerkt hatte, daß der König mehr auf den Minister als auf die Königin hörte. Mit ihm einverstanden war sie, als er die Entlassung Turgots betrieb und mit ihrer Unterstützung auch erreichte. Dann gingen sie wieder auf Distanz: Marie Antoinette, die sich von ihm daran gehindert fühlte, als die Schönste im Land auch die Erste im Reich zu werden. Und Maurepas, der die Königin so einschätzte, wie es sein Vertrauter Véri aussprach: „Bei ihr wechselt der gesunde Menschenverstand rasch mit Zuständen der Verwirrung, wodurch sie ungewollt jedes erdenkliche Durcheinander stiftet, das nur dazu angetan ist, die Regierung zu stören."

Dies mißfiel auch Mercy, der als ihr Mentor auf ihren Ruf bedacht und als Gesandter daran interessiert war, daß seine Erzherzogin mit den Kreisen der französischen jene der österreichischen Politik nicht störte. Mit wachsender Sorge registrierte er, daß Marie Antoinette durch ihre stümperhafte Einmischung in Staatsangelegenheiten wie ihr anstößiges Benehmen am Hofe wie in der Öffentlichkeit zunehmend in Mißkredit geriet.

„Autrichienne", hieß sie bei jenen, die sie als Fremde ansahen oder gar für eine Agentin Österreichs hielten. Dabei wurde übersehen, daß sie ihr Deutsch verlernt hatte, nur noch Französisch sprach und schrieb, sich à la française kleidete und benahm. „Klein-Wien" wurde ihr Hof genannt und damit angedeutet, daß sie dort die Interessen der Herrscherin Österreichs und des römisch-deutschen Kaisers vertrete.

Dies war eine Unterstellung, für die es jedoch Anhaltspunkte gab. Mercy sorgte dafür, daß sie die Anliegen Wiens nicht aus den Augen verlor, Maria Theresia pflegte sie generell und auch konkret daran zu erinnern, und Joseph II. ermahnte sie, sich so aufzuführen, daß sie mit ihrem Ruf in Frankreich nicht den Respekt vor Österreich gefährde. Marie Antoinettes Anhänglichkeit an die eigene Familie ließ sie mitunter die gebotene Rücksicht auf die Familie vergessen, in die sie eingeheiratet hatte.

Die erste Blöße, die Übelwollende ausnützten, gab sie sich beim Besuch ihres Bruders Maximilian Franz, des nachmaligen geistlichen Kurfürsten von Köln. Der Achtzehnjährige kam Anfang 1775 nach Frankreich, in Begleitung des Grafen Rosenberg, den Maria Theresia angewiesen hatte, den

Springinsfeld an kurzer Leine zu führen. Am 7. Februar 1775 wurde er als erstes Familienmitglied, das sie seit vier Jahren zu Gesicht bekam, von Marie Antoinette in La Muette mit einer Herzlichkeit empfangen, die Höflinge weniger als Ausdruck der Schwesterliebe denn als Demonstration habsburgischer Gesinnung erschien. Auch daß sie ihm, der sie auf Deutsch ansprach, auf Französisch antwortete, vermochte die „Autrichienne" nicht zu exkulpieren.

Ein Verstoß gegen das höfische Protokoll brachte die Prinzen von Geblüt gegen den Erzherzog und die ehemalige Erzherzogin auf. Die männlichen Mitglieder des königlichen Hauses, die nicht Söhne, Enkel oder Brüder des Königs waren, pochten auf ihre Privilegien und achteten auf peinliche Einhaltung des Protokolls. Da Maximilian Franz unter dem Decknamen eines Grafen von Burgau, gewissermaßen inkognito, auftrat, verlangten der Herzog von Orléans, der Herzog von Chartres, der Graf von La Marche, die Prinzen von Condé und Conti, daß er ihnen als erste seine Aufwartung mache. Dazu ließ sich der Bruder, der Sohn eines Kaisers und einer Königin, nicht herbei, und die Schwester verteidigte die Unterlassung in einer Art und Weise, welche die Prinzen von Geblüt noch mehr verärgerte.

Der König, so Marie Antoinette, habe ihren Bruder so behandelt, wie es ihm als Erzherzog zustünde und wie es den in der Rangordnung tieferstehenden Prinzen nicht zukäme. Die Königin habe diesen gegenüber „einen unpassenden Ton" angeschlagen, bemerkte Abbé Véri, „was auch in der Öffentlichkeit keinen guten Eindruck machte". Die „Autrichienne", wurde gemunkelt und gemurrt, habe mit dem Vorrang eins Habsburgers vor Bourbonen die Überlegenheit Österreichs über Frankreich demonstrieren wollen.

In die Glut der Kritik blies Louis Philippe Joseph, Herzog von Chartres, der 1785, nach dem Tode seines Vaters, Herzog von Orléans wurde, seine Opposition gegen die Österreicherin wie den ihr anscheinend hörigen Ludwig XVI. verstärkte und als Philippe Égalité in die Geschichte einging. Vom glänzenden Fest, das Marie Antoinette am 27. Februar 1775 für ihren Bruder in Versailles gab, blieb der Herzog von Chartres ausgeschlossen; er verfügte sich nach Paris, um die antiösterreichische Stimmung anzuheizen. Zündstoff boten auch die Kosten von 100 000 Livres für die Veranstaltung. Sieben Stunden lang wurde geschlemmt und getanzt, in einer Quadrille traten als Ungarn und Flamen, Untertanen Maria Theresias, Kostümierte auf, und die Komische Oper „Der verzauberte Baum" von Gluck, dem Wiener Musiklehrer Marie Antoinettes, wurde gespielt.

Nicht wenige Franzosen hielten Österreichisches für zu dick aufgetragen und den Ehrengast, den Erzherzog, für einen „Erztölpel". Seine Schwester mußte eingestehen, daß Maximilian Franz zu viel Gleichgültigkeit gegenüber den ihm vorgeführten Errungenschaften der französischen Kultur zeigte. Einen günstigeren Eindruck, meinte sie, würde der ältere Bruder auf die Nation machen, deren Avantgarde sich der Aufklärung verschrieben hatte, in deren Geist Joseph II. Österreich zu reformieren gedachte.

Seine für 1777 angekündigte Reise nach Frankreich, schrieb sie am 26. Juli 1776 nach Wien, „wird mir die größte Freude machen, zu welcher Zeit er auch immer kommt; da er aber die Bälle und Vorstellungen wenig liebt, wird der Karneval die ungünstigste Zeit sein, alles zu besichtigen und zu prüfen, wie er es gewohnt ist". So sehr sie sich freute, den vierzehn Jahre älteren Bruder wiederzusehen, so ungern wollte sie ihn in einer Zeit um sich haben, in der sie sich voll und ganz ihren Vergnügungen hinzugeben pflegte, deretwegen er sie aus der Ferne getadelt hatte und, damit aus der Nähe konfrontiert, ihr den Kopf waschen würde.

Joseph II. zog es vor, im Lande der Aufklärung nicht als Kaiser des antiquierten Heiligen Römischen Reiches Deutscher Nation aufzutreten, sondern wie ein Jünger Rousseaus, der sich von einer dekadenten Zivilisation mit natürlicher Einfachheit abzusetzen suchte. Er reiste unter dem Namen eines Grafen von Falkenstein, stieg in Paris, wo er am 18. April 1777 eintraf, bei Mercy ab, und in Versailles, wohin er am nächsten Tag weiterfuhr, begnügte er sich mit zwei Zimmern in einem Hôtel garni. Statt eines Hofwagens nahm er einen Mietwagen. Maria Theresia hätte es vorgezogen, wenn er als habsburgische Majestät und Souverän eines mächtigen Reichs aufgetreten wäre, und Marie Antoinette bedauerte es, den Bruder „nicht bei mir unterbringen zu können; man wird darüber erstaunt sein, aber ich opfere alles seinem Geschmack: wie er es anordnet, wird er wohnen und leben".

So wurde Joseph II. in Versailles nicht nach dem ihm zustehenden Protokoll empfangen, sondern am 19. April um 9 Uhr 30, als im Schloß noch viele schliefen, im Hof von Abbé Vermond begrüßt und über eine Hintertreppe zu seiner Schwester geleitet. Sie empfing den Bruder im Négligé, noch unfrisiert, in familiärer Ungezwungenheit und mit geschwisterlicher Herzlichkeit. Joseph, der darauf aus war, von ihr Näheres über ihr persönliches Leben zu erfahren, und der Kaiser, der die Königin als Fürsprecherin seiner politischen Anliegen gewinnen wollte, begann ihr zu schmeicheln: Wäre sie nicht seine Schwester und könnte er sich mit ihr verbinden, würde er nicht zögern, sich wieder zu verheiraten, um eine so reizende Lebensgefährtin zu bekommen. Marie Antoinette, die für jede Schmeichelei, auch eine so übertriebene, aufgeschlossen war, legte ihre Hemmungen gegenüber dem großen Bruder ab, öffnete ihm ihr Herz, erzählte ihm fast alles, was sie bedrückte, und eröffnete ihm selbst das, was sie eigentlich für sich behalten wollte.

In den nächsten Tagen folgte eine vertrauliche Unterredung auf die andere. Einerseits war Marie Antoinette froh, daß sie sich so vieles von der Seele reden konnte, andererseits verdroß sie die hofmeisterliche Art, mit der er, rasch von Schmeicheleien zu Vorhaltungen übergehend, sie von ihren Gewohnheiten abzubringen suchte. Joseph gewann einen zwiespältigen Eindruck. „Sie ist eine liebenswürdige und ehrbare Frau, etwas jung, wenig überlegt, hat aber einen für ihr Alter wahrhaft achtungswerten Fonds von Anstand und Tugend. Zudem Geist und eine scharfsinnige Beurteilung, die mich oft gewundert hat", konstatierte er in einem Brief an seinen Bruder Leopold, den Großherzog von Toskana, und in einem anderen an denselben Adressaten: Die Schwester sei zwar von „unbefleckter und sehr strenger Tugend", aber sie empfinde nichts für ihren Gemahl, lege weder bei Tag noch bei Nacht Wert auf seine Gesellschaft, erfülle nicht „ihre Pflichten als Frau und Königin", haste von Zerstreuungen zu Zerstreuungen, darunter solchen, die „zwar erlaubt, aber nichtsdestoweniger gefährlich" seien.

Joseph fühlte sich bemüßigt, Marie Antoinette eine eigenhändig geschriebene Denkschrift von zwanzig Seiten zu hinterlassen: „Réflexions données à la Reine de France". Zunächst erinnerte er sie an das gebotene Verhalten der Ehefrau gegenüber dem Ehemann: „Studierst Du seine Wünsche, sein Wesen, um Dich danach zu richten? Suchst Du ihm vor allem anderen seine Gesellschaft und die Vergnügungen angenehm zu machen, die Du ihm verschaffst und bei denen er ohne Dich eine Leere in sich spüren müßte? Sieht er, daß Du einzig und allein mit ihm beschäftigt bist ohne die mindeste Rücksicht auf Dich?" Auf die Frage „Benützest Du nie zur Unzeit Deinen Einfluß?" gab er die Antwort: „All Dein Einfluß soll verborgen sein; man soll ihn bei allem ahnen, aber ihn nirgends sehen." Dem Mann und dem Monarchen gegenüber „darfst Du keine Wünsche haben, während er, was Deine Person und die Staatsgeschäfte angeht, nur Wünsche haben kann".

Ihre Pflichten als Königin dürfe sie nie vergessen, mahnte Joseph II. Die Augen des Hofes wie der ganzen Nation seien auf sie gerichtet. Benehme sie sich mit der gebotenen Würde, trage sie zum Wohl, verstoße sie dagegen, zum Wehe der Monarchie bei. Durch ihr bisheriges Verhalten sei das Glück nicht gefördert, vielmehr Unglück herausgefordert worden. „Hast Du an die Wirkung gedacht, die Deine Verbindungen und Freundschaften, wenn sie nicht in jeder Beziehung untadelhaften und sicheren Personen zugewendet sind, auf das Volk haben können?" Sie gehe mit Leuten um, die sie besser meiden sollte, sie gebe sich, in dubioser Gesellschaft, Glücksspielen hin, und sie bewege sich nächtelang im Ballsaal und im Theater „unter der Canaille von Paris". Das müsse „die Nation abstoßen, das macht die übelste Wirkung im Ausland".

Die Königin von Frankreich müsse stets an ihre „Stellung und ihre Nation" denken, schärfte der Bruder der Schwester ein und schloß seine „Réflexions" mit der Ermahnung: „Es ist Zeit und mehr als Zeit nachzudenken", endlich ihren Pflichten voll und ganz nachzukommen. „Was soll aus Dir werden, wenn Du noch länger zögerst? Eine unglückliche Frau und eine noch unglücklichere Fürstin."

Der Abschied vom Bruder – er verließ Versailles am 31. Mai 1777, um sich noch etwas im Lande umzusehen – „hat wirklich bei mir eine Lücke zurückgelassen, über die ich nicht hinwegkommen kann", schrieb sie der Mutter. „Ich hatte ganz die Gewißheit, daß er nur mein Glück wollte, und alle seine Ratschläge sind der Beweis dafür; ich werde sie niemals vergessen." Aber sie vergaß sie nur zu schnell. Josephs Briefe, in denen er sie an seine „Réflexions" erinnerte, beantwortete sie mit Ausflüchten oder überhaupt nicht.

Vergebens redeten Mercy und Vermond auf sie ein, schrieb ihr Maria Theresia: „Fahren Sie fort, nach den Ratschlägen ihres Freundes und Bruders zu handeln, und Sie werden in kurzer Zeit die Wirkung davon sehen, und Ihr sicheres Glück wird die Folge davon sein." Doch die Tochter, die sich von zwei Seiten, von der Mutter wie vom Bruder, Vorhaltungen ausgesetzt sah, reagierte trotziger denn je, setzte den Lebenswandel fort, von dem man sie mit vereinten Kräften abzubringen suchte. „Es braucht vielleicht nur einen empfindlichen Schlag, um sie zur Änderung ihres Benehmens zu bringen", schrieb Maria Theresia an Mercy, von dem sie auf dem laufenden gehalten wurde, „ist aber nicht zu fürchten, daß diese Änderung zu spät erfolgt?"

Mutter und Bruder sorgten sich um Marie Antoinette auch deshalb, weil eine angeschlagene Königin von Frankreich die ihr zugedachte Aufgabe, politische Anliegen Österreichs zu unterstützen, kaum zu erfüllen vermöchte. Schon bald war sie als Fürsprecherin gefragt: in der sich zu einem Konflikt zwischen Österreich und Preußen zuspitzenden bayerischen Erbfolgefrage.

Am 30. Dezember 1777 erlosch mit dem Tod des kinderlosen Kurfürsten Maximilian III. Joseph die bayerische Linie Wittelsbach. Erbe war der einem anderen Zweig der Dynastie angehörende Kurfürst von der Pfalz, Karl Theodor, dem aber nicht viel an Bayern lag. Kaiser Joseph II., der angesichts seiner Ohnmacht im römisch-deutschen Reich auf eine Vergrößerung seiner österreichischen Hausmacht bedacht war, machte Rechtsansprüche auf Gebiete in Niederbayern und in der Oberpfalz geltend, die ihm Karl Theodor am 3. Januar 1778 überließ. Die abgetretenen Landesteile wurden von österreichischen Truppen besetzt. Preußen, das Österreich Schlesien abgenommen hatte, aber ihm die bescheidene Kompensation in Bayern mißgönnte, drohte mit Krieg gegen den Rivalen im Reich.

Die junge Königin beim Harfenspiel in ihrem Schlafzimmer in Versailles. Gemälde von Gautier-Dagoty.

Maria Theresia, die das Vorpreschen Josephs II. nicht guthieß, aber sich ihm nicht widersetzte, befürchtete einen Krieg mit Friedrich dem Großen wie gehabt zu verlieren und das Bündnis mit Frankreich, auf das sie gesetzt hatte und immer noch baute, zu gefährden. Außenminister Vergennes war im allgemeinen gegen eine Verschiebung des Mächtegleichgewichts in Europa und im besonderen gegen eine solche zugunsten Österreichs. Die Allianz mit ihm habe Frankreich mehr geschadet als genützt, meinte Vergennes, und er dachte dabei nicht nur an die seit 1763 offenkundig gewordenen Nachteile für das Königreich, sondern auch an das Unterpfand des Bündnisses, Marie Antoinette, die das Ansehen des Bourbonenhauses zu beeinträchtigen begann.

„Unsere Allianz ist das für unsere Länder einzig natürliche, zweckmäßige und durch so zarte Bande und die gleiche Denkweise gefestigte Bündnis und liegt mir sehr am Herzen", schrieb die Herrscherin Österreichs an die Königin von Frankreich. Angesichts der Bayernaffäre brauche sie Marie Antoinettes „ganze Zuneigung zu mir, zu Ihrer Familie und Ihrem Vaterlande", mehr noch: ihre Intervention beim König von Frankreich zugunsten Habsburgs und der Allianz. Die von Friedrich II. gewünschte Abwendung Frankreichs von Österreich und Hinwendung zu Preußen „würde eine Umwälzung in unserem Bündnis herbeiführen, die mir den Tod brächte".

Als Marie Antoinette dies las, sei sie erbleicht, schrieb Mercy an Maria Theresia, „und die Erschütterung darüber war die Ursache für die Erregung und Unruhe, die sie erfaßt hatte". Sie dachte an den Ratschlag Josephs II. „Möge Dein Einfluß auf die großen Gelegenheiten aufgespart bleiben", und sie meinte, daß eine solche Gelegenheit nun gegeben sei. Ein erster Versuch, sich bei Ihrem Gemahl für Habsburg zu verwenden, mißlang. Ludwig XVI., von Vergennes beeinflußt, entgegnete ihr: „Der Ehrgeiz Ihrer Verwandten wird alles umstürzen." Sie hätten sich schon einen Teil Polens angeeignet und wollten sich nun auch noch ein Stück Bayern nehmen. Aber er sei doch über die aus dem Erbfall sich ergebende Konsequenz unterrichtet worden und damit einverstanden gewesen, bemerkte Marie Antoinette. Das sei nicht der Fall gewesen, erwiderte er und eröffnete ihr: Eben habe man die französischen Gesandten angewiesen, den Höfen bekanntzugeben, „daß diese Zerstückelung Bayerns gegen unseren Willen geschieht und wir sie mißbilligen".

Vielleicht hätte Marie Antoinette, eingeschüchtert durch die an Ludwig ungewohnte Entschiedenheit, den Dingen ihren Lauf gelassen, wenn sie nicht von der Mutter bekniet worden wäre, erneut und verstärkt für die Causa Austria zu intervenieren. Durchschlagenden Erfolg erwartete sich Maria Theresia kaum, weil sie ihrer Tochter weder Geschick noch Ausdauer zutraute. „Ich bin überzeugt von ihrer Anhänglichkeit an ihre Familie und ihrem guten Willen, sie zu beweisen, soweit ihre Oberflächlichkeit es erlaubt, ernstlich nachzudenken; es ist aber nötig, daß sie nicht zu lebhaft, sondern sehr vorsichtig und geschickt handelt." Wenn sie zu unüberlegt vorgehe, könnten die Minister „Vorteil daraus ziehen, um ihr Ansehen herabzusetzen und ihren Einfluß auf die Geschäfte zu zerstören".

Dies schrieb Maria Theresia ihrem Gesandten und Vertrauten Mercy d'Argenteau, der Marie Antoinette zum Eingreifen anhalten und von Übergriffen zurückhalten sollte. Zunächst hielt sie sich zurück, und als sie endlich zu Demarchen zu bewegen gewesen war, vermochte sie nicht das zu erreichen, was in Wien von ihr erwartet wurde. Sie sprach mit dem König, der ihr versprach, an der Allianz festzuhalten, aber nicht zusagte, sich zugunsten des Allianzpartners in dessen Auseinandersetzung mit Preußen einzumischen. Sie ließ, wie sie der Mutter mitteilte, die Minister Maurepas und Vergennes kommen, habe „mit ihnen nachdrücklich gesprochen“, sei jedoch „mit den Überlegungen dieser Herren nicht sehr zufrieden gewesen“. Immerhin gelang es ihr, daß einer ersten Depesche nach Wien, in der Paris den Bündnisfall in der Bayernaffäre als nicht gegeben ansah, eine zweite mit der Ankündigung nachgeschickt wurde, daß die französische sich bei der preußischen Regierung für eine Regelung des Konflikts auf dem Verhandlungswege verwendet habe.

Der Preußenkönig, der sich sicher war, daß die Franzosen den Österreichern militärisch nicht beistehen würden, marschierte am 5. Juli 1778 in Böhmen ein, begann den Bayerischen Erbfolgekrieg. Marie Antoinette brach in Tränen aus, sagte ein Fest ab, das sie ihrem Gemahl hatte geben wollen, der – wie sie der Mutter schrieb – „durch seine außerordentliche Schwäche und sein geringes Selbstvertrauen“ seine Pflicht und Schuldigkeit gegenüber dem Bundesgenossen Österreich versäumt und Friedrich II., „diesen so ungerechten Mann“, zum Waffengang ermutigt habe. Indessen war ihr nicht entgangen, daß die Hauptschuld daran die Minister des Königs trugen. Sie ließ Maurepas noch einmal kommen, machte ihn und seine Kollegen für den Kriegsausbruch verantwortlich. Was jedoch geschehen war, konnte nicht rückgängig gemacht werden.

Ein schwacher Trost blieb: In Böhmen wurde weniger im Feld gerungen als um Feldfrüchte gestritten, weshalb der Bayerische Erbfolgekrieg von den Preußen „Kartoffelkrieg“ und von den Österreichern „Zwetschgenrummel“ genannt wurde. Maria Theresia drängte auf einen baldigen Friedensschluß und ersuchte die Tochter um die Vermittlung Frankreichs. Marie Antoinette paßte eine Gelegenheit ab, in der sie den König samt seinen Ministern antraf, aber sie bekam nur Unverbindliches zu hören. Ludwig XVI. wünsche „aufrichtig, Deutschland den Frieden zu verschaffen", schrieb sie der Mutter, „und ich bin überzeugt, daß er ans Ziel käme, wenn er selbst handeln könnte und nicht von seinen Ministern behindert würde".

Schließlich gab sie die Versuche auf, weiter auf den anscheinend willigen Gemahl und die offenkundig unwilligen Minister einzuwirken. Sie hielt dies auch nicht mehr für erforderlich. Denn vor Wintereinbruch zog Friedrich II. seine Truppen aus Böhmen zurück, wo sie nicht mehr ernährt werden konnten. Das um das Gleichgewicht in Europa besorgte Rußland drängte auf einen Friedensschluß, und Frankreich, das die Balance of power nicht minder gefährdet sah, schloß sich der Friedensvermittlung an. Marie Antoinette fühlte sich aufatmend von ihrer Vermittlerrolle entbunden.

Am 13. Mai 1779 wurde der Friede von Teschen geschlossen. Österreich mußte den Großteil der besetzten bayerischen Gebiete aufgeben und Preußen die Erbfolge der Hohenzollern in den Markgrafschaften Ansbach und Bayreuth zugestehen. Als Trostpreis erhielt Österreich das bayerische Innviertel mit Braunau, 2000 Quadratkilometer mit 60000 Einwohnern. Joseph II. grollte dem König wie der Königin von Frankreich. Maria Theresia, die eine rasche Beendigung des Krieges herbeigesehnt hatte und die ungünstigen Bedingungen des Friedensvertrags in Kauf nahm, war erleichtert, daß sie Marie Antoinette nicht mehr zu Interventionen antreiben mußte. Die Mutter hatte stets befürchtet, daß die Tochter ihr Ungestüm nicht so weit zu zügeln vermöchte, „um nicht dem König lästig, den Ministern verdächtig und der Nation verhaßt zu werden".

Ludwig XVI. fragte sich manchmal, ob seine Gemahlin nicht mehr die Interessen Österreichs als diejenigen Frankreichs im Sinn habe. Minister Maurepas bedauerte es, daß man von der in das Haus Bourbon Eingeheirateten nicht schon als Dauphine den Abbruch der Beziehungen zum Haus Habsburg verlangt habe. Die Königin mache sich immer unbeliebter, berichtete der Gesandte Sardiniens; in der Öffentlichkeit werde ihr nachgesagt, daß sie „die Franzosen nicht möge". Schon hatte sie Anstoß durch ihre Vergnügungs- und Verschwendungssucht erregt. Nun geriet sie in Verdacht, von Wien ferngesteuert zu werden. Die Zahl der Patrioten wuchs, die der Autrichienne Landesverrat zutrauten.

Achtes Kapitel
Majestät amüsiert sich

Im schönsten Saal Frankreichs, in der Salle de l'Opéra in Versailles erschien Marie Antoinette im Sommer 1775 als die Schönste im Land. Nicht Clotilde, die Schwester des Königs, anläßlich deren Vermählung mit Karl Emanuel von Savoyen das Fest veranstaltet wurde, sondern die Königin von Frankreich stand im Mittelpunkt des Bal paré. „Man konnte nur Augen für die Königin haben", schwärmte Horace Walpole, „Hebe und Flora, Helena und die Grazien sind neben ihr nur Straßenfiguren. Steht oder sitzt sie, so ist sie die Bildsäule der Schönheit; bewegt sie sich, die personifizierte Grazie. Sie hatte ein Kleid aus Silberstoff, mit Oleander besät, wenig Diamanten und Federn. Man sagt, daß sie nicht nach dem Takte tanzt, dann aber liegt die Schuld an dem Takte."

Beim Fest, das Monsieur, der Graf von Provence, im Herbst 1780 auf Schloß Brunoy seiner Schwägerin gab, fand sie 50 als Ritter kostümierte Kavaliere vor, die in tiefem Schlaf versunken zu sein schienen. Die Abwesenheit von Schönheiten, hieß es, welche die Ritter der Tafelrunde zu so vielen Heldentaten begeistert hätten, habe sie in Schlaf sinken lassen. Als Marie Antoinette erschien, erwachten sie sofort, sprangen auf, griffen zu den Waffen. 50 Ballettänzer brachten ihnen die Pferde, 25 Schimmel und 25 Rappen. Beim anschließenden Turnier siegten die Farben der Königin, „deren Schönheit alle in Schatten stellte", wie Walpole bemerkt hatte, dem die Kavaliere zustimmten.

Als sie auf die Fünfundzwanzig zuging, erschien sie noch schöner geworden zu sein. So malte sie Madame Vigée-Lebrun und beschrieb sie: „Marie Antoinette war groß, vorzüglich gewachsen, etwas rundlich, ohne stark zu sein. Ihre Arme waren prachtvoll, ihre Hände klein, vollkommen geformt, ihre Füße reizend. Sie war die Frau in Frankreich, die am besten zu gehen verstand. Sie trug den Kopf hoch, mit einer Majestät, die sofort die Königin in der Mitte ihres Hofes erkennen ließ, ohne daß diese Majestät indessen ihrem Ausdruck von Sanftmut und Wohlwollen geschadet hätte."

Eine Krone trug sie nicht, aber eine hochaufgetürmte, mit Federn gezierte Frisur, die eher zu einer Modekönigin als zu einer Monarchengattin paßte. „Meine Coiffure scheint Dir nicht zu gefallen", sagte sie zu Joseph II., der entgegnete: „Doch, nur scheint sie mir zu leicht, um eine Krone zu tragen." Maria Theresia sah sich wieder einmal veranlaßt, der Tochter die Leviten zu lesen: Ihr Kopfputz „soll von den Haarwurzeln 36 Zoll hoch sein, und dazu mit so viel Federn und Bändern geschmückt, die das alles noch erhöhen". Marie Antoinette erwiderte: „Es ist richtig, daß ich mich ein wenig mit meinem Putz beschäftige; und was die Federn betrifft, so trägt sie jeder, und es würde außerordentlich auffallen, keine zu tragen."

Die Frisuren, bemerkte Madame Campan, „wuchsen durch das Auftürmen von Gaze, Blumen und Federn zu einer solchen Höhe an, daß die Damen gar keine Wagen fanden, die hoch genug gewesen wären, um darin Platz zu nehmen, und daß viele genötigt waren, den Kopf zum Fenster hinauszustrecken". Die Coiffure der Königin war, im Verhältnis zu der mancher anderen Dame, eher bescheiden. Die Herzogin von Lauzun erschien eines Tages mit einer ganzen Landschaft auf dem Kopf: Um Ufer eines Sees schoß ein Jäger auf Enten, auf einem Hügel stand eine Mühle, vor der ein Abbé mit der Müllerin schäkerte, während der Müller sich mit einem Esel davonmachte. Der „Pouf au sentiment" der Herzogin von Chartres zeigte ihr Söhnchen in den Armen seiner Amme samt einem kleinen Mohren und einem Kirschen pickenden Papagei.

Die Königin. Porträt von Vigée-Lebrun.

An Phantasie fehlte es Léonard Autier nicht, dem „Coiffeur à la mode“ der Königin. So kreierte er, um ihr Faible für Gluck zu demonstrieren, die Frisuren „à l’Iphigenie“ und „à l’Eurydice“, oder – untertreibend – „à la modestie“ und – übertreibend – „à la frivolité“. Für die „Coiffure à la Minerva“ wurden zehn Straußenfedern verwendet. Wenn die Königin mit ihren herausgeputzten Hofdamen in der Spiegelgalerie von Versailles lustwandelte, so ein Augenzeuge, sei fast nur ein auf ihren Köpfen hin- und herwogendes Federnfeld zu bemerken gewesen.

Die Gesichter modebewußter Damen lägen in der Mitte ihrer Figur, zwischen Frisuren und Reifröcken, wurde gespottet. Die Reifröcke erreichten Umfänge bis zu vier Metern. Die Paniers (Körbe) enthielten meist fünf Reifen aus Fischbein und waren aus Wachstuch gefertigt, das bei jeder Bewegung quietschte. Breit und flach verdeckten bei Cercles die Reifröcke der Prinzessinnen die Königin, entzogen sie bewundernden Blicken, weswegen angeordnet wurde, daß zu ihrer Linken und Rechten nur unbesetzte Taburetts stehen dürften.

Die Kleider waren aus schönen und kostbaren Stoffen, Samt, Seide, Brokat. Zur großen Hofrobe gehörte eine Schleppe, die lose mit dem Rock verbunden war. Als die junge Schriftstellerin Germaine de Staël bei Hofe vorgestellt wurde, verlor sie bei den drei Verbeugungen vor dem Königspaar ihren „Bas de robe“. Sie wäre am liebsten in den Boden versunken. Aber Marie Antoinette reichte ihr die Hand und führte sie in ihr Boudoir, befahl der Kammerzofe, die Schleppe wieder zu befestigen. Während dies geschah, unterhielt sie sich mit Madame de Staël, die es der Königin nie vergaß, wie sie ihr aus der Verlegenheit geholfen hatte.

„Der große Putz der Damen war eine blendende Aufmachung“, erinnerte sich Madame de Genlis. „Ihre enormen Reifröcke bildeten ein künstlich zusammengestelltes Spalier von Blumen, Perlen, Silber, Gold, bunten Seidenbändern und Edelsteinen", und auch künstlichen Früchten wie Kirschen, Weintrauben und Erdbeeren. Marie Antoinette vermied übertriebene Garnierungen bei Hofe und erst recht in der Öffentlichkeit. Bei einem Pferderennen trug sie ein mit Blumengirlanden in Blau, Braun und Grün besticktes, fleischfarbenes Kleid, dazu einen weißen Umhang und einen weißen Hut. Sie schätzte Stoffe in dezenten Farbtönen, so in bräunlichem Taft, „braun wie ein Floh", wie der König meinte. „Puce" wurde große Mode, in verschiedenen Nuancen: Flohbauch, Flohrücken, Flohkopf, Flohschenkel. Als Marie Antoinette einen aschfarbenen Atlasstoff wählte, war dieser unter dem Namen „Haare der Königin" überall gefragt. Locken von ihr schickte man in die Gobelinmanufaktur und in die Seidenfabriken von Lyon, damit der richtige Farbton getroffen werden konnte.

Die Königin führte die Mode vor, die von ihrer Couturière Rose Bertin gemacht wurde. Bis Marie Antoinette 1774 deren Hauptkundin wurde, habe sie, wie Madame Campan berichtete, „nur einen sehr einfachen Geschmack in ihrer Toilette entwickelt. Nun begann sie, eine Hauptbeschäftigung darin zu sehen, und natürlich machten alle Damen es ihr nach. Man wollte partout den gleichen Putz haben wie die Königin, dieselben Federn und Girlanden tragen". Der ständige Stilwechsel in ihrer Kleidung sei der „eigentliche Grund des Ressentiments der Leute gegenüber der Königin" gewesen, konstatierte Abbé Véri. Der Normalfranzose meinte, „er werde ruiniert von der Einbildung seiner Frau und seiner Töchter, die sich eine ebenso abwechslungsreiche Garderobe wie die Königin wünschten". Die Ausgaben der Damen, so Madame Campan, stiegen und stiegen, „die Mütter und Gatten murrten, einige Waghalsige machten Schulden, es kam zu ärgerlichen Familienszenen, mehrere Ehen wurden unglücklich, und so wurde allgemein behauptet, die Königin richte die französischen Damen zugrunde".

Zu Beginn ihrer Herrschaft kaufte Marie Antoinette pro Jahr 170 Kleider für rund 160 000 Livres und überzog damit ihren Garderobenetat um 40 000 Livres. Sie sei doch nicht verschwenderisch, sagte sie zu dem sie ständig zur Sparsamkeit anhaltenden Minister Maurepas, als sie einmal in schlichtem Grün erschien; sogar ihre Pantoffeln seien aus „vert uni". Er sei nicht überrascht, „univers" (die ganze Welt) zu ihren Füßen zu sehen, antwortete Maurepas, der in diesem Wortspiel seinen Esprit glänzen ließ, ohne aufzuhören, die roten Zahlen im Budget der Königin zu beanstanden.

Obwohl ihre Schmuckschatullen reichlich gefüllt und für jede Aufmachung passende Juwelen zu finden waren, konnte sie nie genug davon bekommen. Im Januar 1776 kaufte sie Ohrgehänge für 400 000 Livres, ein halbes Jahr später Armbänder für 200 000 Livres. Sie habe „zu diesem Zwecke ihre Einkünfte derangiert und Schulden gemacht", tadelte Maria Theresia. „Dieser französische Leichtsinn mit all seinem außerordentlichen Putz! Meine Tochter, meine teuere Tochter, die erste Königin, wann werden Sie endlich Sie selbst werden!" Sie wundere sich, daß die Mutter sich mit solchen Bagatellen befasse, entgegnete Marie Antoinette und setzte sich über deren Mahnung hinweg: „Eine Herrscherin erniedrigt sich, wenn sie sich herausputzt, und noch mehr wenn sie so beträchtliche Summen dafür ausgibt, und in welcher Zeit!" Man kenne die Bescheidenheit Ludwigs XVI., „weshalb die ganze Schuld nur auf Sie fallen würde."

In den Wind schlug Marie Antoinette auch die Einwände Josephs II. gegen ihre Spielleidenschaft: „Hast Du erwogen die schrecklichen Folgen der Hazardspiele, die Gesellschaft, die da zusammenkommt, den Ton, der da herrscht, endlich die Unordnung, die sie nach sich ziehen, sowohl im Vermögen als in den Sitten einer ganzen Nation?“ Die Königin von Frankreich bevorzugte berüchtigte Glückskartenspiele, Lansquenet und Pharao. Doch Glück im Spiel war ihr so wenig beschieden wie Glück in der Liebe. Nachdem sie 1776 große Summen verloren hatte, versuchte der Gemahl jedes weitere Spiel zu unterbinden, vermochte jedoch ihren inständigen Bitten nicht zu widerstehen und gestattete ihr, an einem Abend sich dem Pharao zu widmen. In Fontainebleau spielte Marie Antoinette am 30. Oktober die ganze Nacht hindurch, bis zum frühen Morgen des nächsten Tages, wobei sie 1800 Livres verlor. Am Abend des 31. Oktober machte sie weiter, bis 3 Uhr morgens am 1. November, dem Allerheiligenfest, an dem Kartenspiele verboten waren. Ludwig stellte Marie Antoinette zur Rede: Er habe nur eine Sitzung erlaubt. Das stimme, entgegnete die Gemahlin, er habe jedoch nicht deren Dauer bestimmt, so daß man im Recht gewesen sei, sie auf 36 Stunden auszudehnen.

„Ihr seid alle zusammen nichtsnutz“, sagte der König halb im Scherz, und mit vollem Ernst meinte Mercy: Man kritisiere in der Öffentlichkeit, „daß die Königin beträchtliche Ausgaben macht und veranlaßt“. Die Klagen würden zu Anklagen werden, „wenn die Königin nicht bald in dieser Beziehung irgendein System der Mäßigung annimmt“. Doch sie ließ sich schon jetzt und erst recht später nicht das sagen, was ihr zum Wohl gereicht und Wehe erspart hätte. „Sie will weder beherrscht noch angeleitet oder geführt werden, von wem es auch sei“, bemerkte 1776 Baron Pichler, ihr Sekretär. Bisher habe sie nur an ihre Selbständigkeit und Unabhängigkeit gedacht, und diese auf ihre Art und Weise genutzt: „Es ging ihr nur um Vergnügungen.“

Zu ihrem Pläsier wurden Pferderennen veranstaltet, vom Schwager Artois, der es sich angelegen sein ließ, die Königin zu amüsieren und zu kompromittieren. Beim ersten Rennen, das vor den Toren von Paris stattfand, mußte sie zur primitiven Tribüne eine steile Leiter hinaufsteigen und auf der nicht überdachten Plattform bei Regen und Wind ausharren. Das Publikum, das noch nie eine Königin in einer solchen Situation erlebt hatte, zeigte sich eher abgestoßen als angetan. Bei einem anderen Pferderennen in Fontainebleau kritisierten auf Etikette Bedachte, daß im Salon der dort errichteten komfortablen Tribüne junge Leute in Stiefeln herumtrampelten, wo sie doch Schuhe und Strümpfe tragen und sich höflich hätten benehmen sollen. Alle schrien durcheinander, machten einen Heidenlärm und fielen wie Ausgehungerte über das Büffet her. Die Königin, so Mercy, habe bei diesem Wirrwarr eine würdevolle Haltung einzunehmen versucht, aber den Zuschauern hätte eine die Achtung vor der Majestät mindernde Vertraulichkeit nicht behagt. In den Gazetten, schrieb am 30. November 1776 die Mutter der Tochter, sei „jetzt nur mehr von Pferderennen, Hasardspielen und durchwachten Nächten die Rede". Wenn sie dabei mit ihrem Gemahl zusammen wäre, „würde ich schweigen, aber immer ohne ihn und nur mit der übelsten Pariser Gesellschaft und den jüngsten Leuten, so daß die Königin, diese reizende Königin, fast die Älteste von dieser ganzen Kumpanei ist!"

„Unsere Bälle haben seit diesem Monat begonnen; ich tanze auf ihnen mit Vergnügen", schrieb am 16. Dezember 1776 die Tochter der Mutter. Selbst gegen Bälle in Versailles hatte Maria Theresia einiges einzuwenden. Denn Marie Antoinette wurde der höfische Rahmen zu eng, sie zog Maskeraden den Galaroben und Kontertänze den Menuetten vor. Betagtere Herren und noch mehr betagtere Damen verdroß es, daß sich die Königin mit jüngeren Leuten und – quel éclat – auch von niederem Adel umgab. „Die Jugend der Königin und ihr Geschmack an den Vergnügungen ließen sie die Regeln der Etikette als Hindernisse betrachten, ebenso wie diejenigen Personen des Hofes, welche an ihnen festhielten", erinnerte sich der Fürst von Montbarrey. „Die Personen von höherem Alter wurden unbequem, und man ließ es sie fühlen. Diese Zersetzung des Hofes führte in unmerklicher Steigerung eine Leichtigkeit des Verkehrs mit den Mitgliedern der königlichen Familie herbei, welche sehr bald in Familiarität ausartete und dadurch die Achtung und Verehrung zerstörte." Diese Königin, die „eigentlich nur die Fehler ihres Alters hatte", die ihren Launen nachgegeben habe, „vollendete ohne Absicht, ohne Nachdenken, nur aus Kinderei die Desorganisation des Hofes".

Man sei nur noch widerwillig zu Hofe gegangen und habe es vernehmlich beklagt, wenn man gehen mußte, erinnerte sich die Gräfin von Senlis. „Die Hofbälle sind dieses Jahr wenig besucht", bemerkte Mercy im Winter 1778. „Die Königin ist überrascht davon und ärgert sich, aber man hatte ihr oft genug gesagt, was geschehen würde, wenn sich eine Gesellschaft in Versailles bildet, die alle Annehmlichkeiten des Hoflebens für sich in Anspruch nimmt und den hohen Adel von ihnen ausschließt."

Marie Antoinette, der das Anprobieren der Kostüme und das Einstudieren der Tänze viel Spaß gemacht hatte, ärgerte sich nicht lange über das Einschlafen der Hofbälle und schon gar nicht über den Verfall der Hofsitten. Sie ging ohnehin lieber inkognito auf die Maskenbälle in der Pariser Oper, ohne den Herrn Gemahl, der es vorzog, lieber ihr Auslauf zu gestatten als ihr Schmollen oder gar Maulen zu ertragen. Daß er die Zügel so locker ließ, schadete beiden im besonderen und im allgemeinen dem Ansehen der Monarchie. Die Königin, die das zu glatt empfundene Hofparkett scheute, bewegte sich unter gemischter Gesellschaft auf schlüpfrigem Boden, wo schon jeder Tanzschritt für einen Fehltritt gehalten werden konnte. Wie sie auch verkleidet war, es blieb nicht aus, daß sie erkannt wurde und man sich ihr gegenüber Freiheiten herausnahm, an denen die junge Frau Gefallen fand, ohne zu begreifen, wie sehr damit das Renommee der Königin beeinträchtigt wurde. Einmal erdreistete sich ein Maskierter, sie zu fragen, warum sie nicht bei ihrem Gatten im Ehebett geblieben sei. Marie Antoinette lachte lauthals und beugte sich, um mit dem Frechdachs ins Gespräch zu kommen, so tief über die Logenbrüstung, daß Umstehende Einblicke in ihr Dekolleté gewannen.

Eine derartige Herablassung gefiel nur Kumpanen ihrer Vergnügungen, mißfiel jedoch allen, die von ihrer Königin eine achtbare Haltung erwarteten, doch immer wieder Schockierendes vernahmen, zum Beispiel, daß die Monarchin im Fiaker zum Opernball gefahren war und sich auf ihm mit Engländern – den Erzfeinden der Franzosen – angeregt unterhalten hatte. Diese Familiarität kehrte zu viel den Menschen hervor und verminderte den Respekt vor der Monarchin, meinte Sénac de Meilhan, ein Beamter und Literat. Doch solche Menschlichkeit war keineswegs dazu angetan, ihr Sympathien im Volke einzutragen.

Der Vorschuß an Wohlwollen, den man der jungen und schönen Königin eingeräumt hatte, war rasch aufgebraucht. Die einen verübelten es der Monarchin, daß sie mit ihrem Ruf die Monarchie in Verruf brachte, und andere, die dieser kritisch gegenüberstanden, wunderten sich nicht, daß die Repräsentantin eines dekadenten Regimes sich entsprechend benahm, und begannen mit der Königin das Königtum schlechtzumachen.

Lästerzungen wurden gewetzt, Federn für Schmähschriften gespitzt. Anlaß zu Verdächtigungen, Unterstellungen und Verleumdungen boten namentlich die sogenannten „Promenaden von Versailles“. Marie Antoinette liebte es, sich an Sommerabenden auf den Schloßterrassen zu ergehen. Aus dieser privaten Angelegenheit machte ihr Schwager Artois eine öffentliche Veranstaltung. Er ließ die Kapellen der Schweizer und französischen Garden aufspielen, und da der Eintritt für jedermann frei war, strömte viel Volk herbei. Die Königin mischte sich unter das Publikum, ließ sich ansprechen, setzte sich einmal zu einem kleinen Beamten und ein andermal neben einen Leibgardisten auf die Bank und unterhielt sich mit ihnen. Das war ein gefundenes Fressen für Pamphletisten, die diese Protokollverstöße zu Ausschweifungen aufbauschten. Die Gattin habe sich dem Gatten wer weiß wie oft entzogen, schrieb einer, „um Bacchanten und Satyre aufzusuchen und sich in roher Lust mit ihnen zu vereinigen".

„Die Unsinnigkeit und Unwahrscheinlichkeit der Lügen, die hier bei jeder Gelegenheit verbreitet werden, sind grenzenlos", schrieb Mercy an Maria Theresia und suchte sie zu beruhigen: In allem, was die Sitten betreffe, habe es im Betragen der Königin nicht das mindeste gegeben, was an ihrer Tugendhaftigkeit hätte Zweifel aufkommen lassen, und „niemand ist von dieser Wahrheit inniger überzeugt als der König". Wenn man ihr etwas nachsagen könne, dann die Leichtgläubigkeit und Leichtfertigkeit, wie sie sich von dem sie umgebenden Klüngel beeinflussen und ausnützen lasse.

Marie Antoinette pochte zwar auf ihren Eigenwillen und war ungehalten, wenn sie – wie von Maria Theresia, der Mutter, oder Mercy, dem ihr aufgedrängten Mentor – zu diesem oder jenem angehalten wurde, ja geneigt, genau das Gegenteil zu tun. Wer es aber verstand, ihr weiszumachen, daß das, was er selbst verfolgte, ihren eigenen Intentionen entspräche, vermochte sie nicht unschwer dahin zu bringen, wo er sie haben wollte.

Ein Gatte, der sie an die Hand genommen und sie geführt hätte, war ihr nicht beschieden. So verließ sie sich auf Freundinnen und Freunde, von denen es die wenigsten gut mit ihr meinten. Vergeblich warnte sie Abbé Vermond, ihre

Freundschaft nicht jedem zu schenken, vor allem nicht solchen, deren Leumund nicht der beste wäre. Mercy, der sich vorgenommen hatte, „die unwürdige Umgebung zu bekämpfen“, mußte eingestehen, daß er auf verlorenem Posten focht. Es hatte Könige gegeben, deren Politik durch ihre Kamarilla verdorben worden war. Nun gab es eine Königin, deren Koterie daranging, ihren Ruf zu ruinieren.

Bei der Wahl ihrer Freundinnen ließ sich Marie Antoinette von Eindrücken, nicht von Überlegungen leiten, durch Äußerlichkeiten bestechen, von Schmeicheleien einnehmen. Sie schien es nicht gemerkt zu haben, daß Auserwählte durch Anbiederung ihrer Entscheidung nachgeholfen, wenn sie nicht gar herbeigeführt hatten.

Einigermaßen Glück hatte sie mit ihrer ersten und langjährigen Freundin Marie Thérèse von Savoyen-Carignan, Prinzessin von Lamballe. Mit achtzehn verheiratet, war sie mit neunzehn Witwe geworden, ihren Gemahl, den Prinzen von Lamballe, losgeworden, für den sie nur eine Eintragung mehr in seinem Leporello-Album gewesen war. Enttäuscht von diesem Mann, mied sie die Männer und suchte Anlehnung an eine Frau, womöglich an eine, die wie sie von ihrem Gatten enttäuscht worden war. Auf Bällen der Gräfin von Noailles begegnete sie der Dauphine, und die um sechs Jahre jüngere Marie Antoinette fühlte sich sogleich zu ihr hingezogen, hübsch wie sie war, doch nicht so schön wie sie, und von einer Sanftheit, die Gefügigkeit versprach. Rasch wurden sie Freundinnen. Die Königin, die die Prinzessin immer um sich haben wollte, setzte die Wiedereinführung eines vor dreißig Jahren aufgehobenen Hofamts und die Ernennung der Prinzessin Lamballe zur Oberintendantin ihres Hofstaats durch.

„Stellen Sie sich mein Glück vor; ich werde meine intime Freundin glücklich machen und noch mehr davon haben als sie“, schrieb Marie Antoinette am 13. Juli 1775 dem Grafen Rosenberg. Sie blieb die einzige, die über dieses Verhältnis glücklich war. Die Mutter Maria Theresia gab zu bedenken, daß die in Turin Geborene mehr ihrem eigenen Hause Savoyen als dem der Bourbonen und dem der Autrichienne zugetan sein könnte; eine Sorge, die sich als unbegründet erwies, weil die Lamballe in erster Linie an sich und in zweiter Linie an ihre Freundin dachte. Der Bruder Joseph II. legte der Schwester nahe, bei der Wahl ihrer Freundinnen danach zu trachten, „ebenso unterrichtete als sichere und jedes Ehrgeizes oder eigennützigen Verlangens ledige Personen an Dich zu fesseln“. Besonders intelligent war die Lamballe nicht und ohne spürbares Interesse an Politik und Kultur, aber stets auf die Vorteile bedacht, die ihr das Vertrauen der Königin eintragen vermochte.

Der Gemahl war nicht unglücklich, daß sich die Gemahlin mehr mit der Freundin als mit ihm abgab, doch der König wurde mit Unerquicklichem konfrontiert, das sich aus den Ansprüchen der Favoritin ergab. Sie verlangte und erhielt 150 000 Livres Jahresgehalt. Maurepas, der an die Ebbe in seiner Kasse dachte, meldete Bedenken an, aber Ludwig XVI. fand diesen Preis für seine Seelenruhe nicht zu hoch. Der Minister gab nach, als die Königin dem König in seiner Gegenwart beteuerte, daß ihr Lebensglück davon abhänge. Die Bevorzugung der Oberintendantin erregte Mißgunst am Hofe und Empörung in der Öffentlichkeit. Dabei wisse diese noch lange nicht alles, stöhnte Maurepas, zum Beispiel, daß die Lamballe ihrem Bruder, dem Prinzen Eugen von Savoyen-Carignan, eine Jahrespension von 50 000 Livres und das Kommando über ein Infanterieregiment zugeschanzt hatte.

Selbst Marie Antoinette begann die Unersättlichkeit ihrer Busenfreundin zu stören und deren Affektiertheit zu nerven. Sie sah sich, ohne die Herzdame zurückzusetzen, nach anderen Freundinnen um, welche die Vorzüge der Lamballe ohne deren Nachteile aufweisen könnten. Aber sie fand nur solche, die sie noch mehr ausnützten und ihr noch mehr schadeten. Kaum hatte sie sich der Gräfin von Dillon genähert, wandte sie sich schon wieder von ihr ab; denn die Nichte des Erzbischofs von Narbonne und Maîtresse des Fürsten Guémené zeigte sich nur an finanziellen Zuwendungen der Königin und nicht an einer echten Freundschaft mit Marie Antoinette interessiert. Die Fürstin Guémené, die sich mit dem Herzog von Coigny tröstete, war erst recht nicht die Richtige. Die Tochter des Marschalls Soubise, die – obwohl die Königin noch nicht Mutter geworden war – das hohe Hofamt einer Gouvernante der „Kinder Frankreichs" bekleidete, war so sehr von sich eingenommen, daß sie keine Gefühle mehr für Marie Antoinette erübrigen konnte. Sie zog sie zwar in ihren Kreis, aber nur, um sie als Anhängerin Choiseuls für ihre politischen Vorhaben einzuspannen und sie im Ballsaal wie am Spieltisch bei der Stange zu halten.

Die Vergnügungssucht band Marie Antoinette an die Fürstin Guémené, ein Herzensanliegen wurde für sie die Beziehung zur Gräfin von Polignac. Yolande Gabrielle von Polastron war mit siebzehn an den Grafen Jules von Polignac verheiratet worden. Mit fünfundzwanzig kam sie, nach dem Tode Ludwigs XV., nach Versailles, wo sie von ihrer Schwägerin, Gräfin Diane von Polignac, einer Dame der Gräfin von Artois, am Hofe eingeführt wurde. Bei einem Konzert, bei dem „Comtesse Jules" sang, begegnete ihr Marie Antoinette zum erstenmal und war sogleich von ihr eingenommen: der zarten Stimme, die ein sanftes Wesen andeutete, den blauen Augen, aus denen Treuherzigkeit zu leuchten schien, dem „Raffaelkopf, bei dem ein geistreicher Ausdruck mit unnennbarer Lieblichkeit sich paarte", wie der Herzog von Lévis das ausdrückte, was Marie Antoinette fühlte und faszinierte.

Esprit besaß die reizende Dame nicht viel, um so mehr Sentiment, und da die Königin ersteren nicht vermißte und vom zweiten gerührt war, schloß sie die Gräfin in ihr Herz. In ihrer Gesellschaft, bekannte sie, sei sie nicht mehr Herrscherin, sondern nur noch sie selbst.

Nur an sich selbst dachte die Comtesse, vornehmlich an die Vorteile, die sich aus einer Beziehung zur Königin für sie und ihre Familie ergeben könnten. Schon wie sie sich das Wohlwollen Marie Antoinettes erschlicht, ließ erkennen, daß sie nicht so anständig, bescheiden und zurückhaltend war, wie sie vorgab zu sein. Als sie merkte, daß die Hofherrin Feuer gefangen hatte, schürte sie es, indem sie ihr eröffnete: Da sie kein Vermögen besäße, hielte sie es für besser, wenn sie sich sofort vom Hofe zurückzöge. Noch seien sie nicht so miteinander vertraut, um eine Trennung als Unglück zu empfinden. Aber sie fühle, daß sie bald ein Herz und eine Seele sein würden, und dann könnte man sie nicht mehr auseinanderreißen. Deshalb wäre es besser, wenn sie schon jetzt voneinander ließen. Die Polignac weinte falsche, Marie Antoinette echte Tränen, sie schlossen sich in die Arme, gingen Hand in Hand in den Park, und der innigen Freundschaft stand nichts mehr im Wege.

Von der Polignac sei Marie Antoinette noch mehr eingenommen als von der Lamballe, bemerkte Mercy und befürchtete, daß die Gräfin unverschämte Forderungen stellen und diese von der Königin, die sich angewöhnt habe, das Geld zum Fenster hinauszuwerfen, auch erfüllt werden würden. Sie goß ein Füllhorn von Gnadenbezeigungen über die Gräfin und den Grafen Polignac aus: 400 000 Livres zur Begleichung ihrer Schulden, 800 000 Livres als Aussteuer für ihre Tochter, und sie bedachte die Familie mit stolzen Titeln und lukrativen Posten. Graf Jules, der Gemahl der Favoritin, wurde Herzog, Generaldirektor der Post und Anwärter auf die

Stelle des ersten Stallmeisters der Königin. Das Amt war noch mit dem Grafen von Tessé besetzt, was den designierten Nachfolger aber nicht davon abhielt, schon jetzt 80 000 Livres Gehalt einzustreichen und sich mit Pferden, Kutschen und Lakaien auszustaffieren. Allein in vier Jahren, rechnete Mercy nach, hätten sich die Polignacs fast 500 000 Livres an jährlichen Einkünften verschafft. „Ihre Majestät glaubt der Freundschaft geopfert zu haben", schrieb der Gesandte nach Wien, „das Publikum aber will darin nur Eingenommenheit und Verblendung für die Gräfin von Polignac sehen."

Nicht nur der Gemahl, auch der Liebhaber der Busenfreundin, Vater ihres unehelichen Kindes, der Graf von Vaudreuil, wurde bedacht: mit einer Jahresrente von 30 000 Livres und dem Amt des Oberfalkners von Frankreich, in dem es nichts zu tun, aber viel zu kassieren gab. Der Schwiegervater wurde Gesandter in der Schweiz, die Schwägerin Diane von Polignac, eine Intrigantin, brachte es zur Ehrendame der Prinzessin Elisabeth, der jüngsten Schwester Ludwigs XVI. Ohne Genehmigung des Königs hätte die Königin den Polignac-Clan nicht so überreich beschenken können. Die Minister, obgleich knapp bei Kasse, stimmten den exorbitanten Zuwendungen zu, nachdem ihnen Ludwig XVI. bedeutet hatte, daß man „die einzige Freundin der Königin" angemessen bedenken müsse. Aber die Verschwendung wurde einzig und allein Marie Antoinette angekreidet. Ihre Freundschaften würden den Staatssäckel so schwer belasten wie einst die Maîtressen des Monarchen, meinte Abbé Véri, und wenn dies so weitergehe, werde Frankreich ein Regime wie unter der Pompadour oder der Dubarry bekommen.

Die Prinzessin von Lamballe, die aus ihrer intimen Freundschaft mit Marie Antoinette nicht annähernd so viel wie die zur Herzogin aufgestiegene Gräfin Polignac herausgeschlagen hatte, sah ihren Stern sinken. Immerhin blieb sie noch

Madame de Polignac, Freundin Marie Antoinettes.
Porträt von Vigée-Lebrun.

eine Zeitlang wenn auch nicht die erste, so doch die zweite Favoritin der Königin. Unter sich katzbalgten sich die Rivalinnen, vor der Herrin suchten sie sich im Schnurren und Schmeicheln zu übertreffen. Böse Zungen behaupteten, sie würden der Österreicherin einen Liebesdienst erweisen, den die Franzosen „Vice allemand, das deutsche Laster" nannten. In einer Schmähschrift von 1776 hieß es: „Um Nachkommenschaft zu haben, muß für den gespornten Geliebten die Hafeneinfahrt von Kythera erweitert werden. Antoinette, die das genau weiß, beschäftigt, um ihr Tor zu vergrößern, mehr als eine Arbeiterin. Welche Talente sind da am Werk! Die Oberintendantin reibt sich auf; das Lachen, die Spiele, die kleinen Finger sprechen von vergeblichen Mühen."

Man sagt der Königin eine besondere Neigung für Personen ihres Geschlechts nach, notierte Véri. Diejenigen, deren Phantasie sich mit derartigen Liebesspielen beschäftige, „halten die Vermutungen für wahrscheinlich, andere, die über solche Verleumdungen zutreffender zu urteilen wissen, weisen sie glaubhaft zurück". Sicher war sich der Abbé nur darin, daß sich „die Verdächtigungen, sie habe einen Geliebten, in Luft aufgelöst haben".

Marie Antoinette, der dieses wie jenes zu Ohren kam, nahm alles auf die leichte Schulter. „Man hat mir sehr freigebig beiderlei Neigungen, die für Frauen und Liebhaber, unterstellt", schrieb sie der Mutter. „Obwohl die Bosheiten in diesem Lande genug Gefallen finden, sind diese so platt und von so üblem Ton, daß sie keinen Erfolg gehabt haben, weder in der Öffentlichkeit noch in der guten Gesellschaft." Sie täuschte sich. Ihr Ruf wurde zusehends ramponiert, durch die Favoritinnen, die, um sich hervorzutun, den Anschein erweckten, als genössen sie nicht nur die platonische Gunst der Königin und von den um sie herumschwänzelnden Kavalieren, von denen einer dem andern vorzumachen suchte, daß er den Konkurrenten beim Pflücken der Rose zuvorgekommen sei.

Diesen Fanfaronnaden leistete Marie Antoinette Vorschub, weil sie im Umgang mit Herren weder wählerisch noch vorsichtig war, sich nur zu gerne, von wem auch immer, den Hof machen ließ. Da war der Graf von Adhémar, ein Freund des Grafen von Vaudreuil, des Galans der Polignac, ein Stutzer, der sich an die Königin heranmachte, um Kriegsminister zu werden, und, als diese Trauben zu hoch hingen, sich mit der Gesandtschaft in London zufriedengab. Der Herzog von Coigny, der Oberstallmeister des Königs, „soll zu gewissen Stunden in den Gemächern der Königin verkehrt haben, was allerlei Klatsch gab", berichtete der Gesandte des Königs von Sardinien; er sei jedoch geneigt, dies für Verleumdung zu halten, die jedoch „mit dem leichtsinnigen Verhalten der Königin" zu erklären sei.

Mehr an der Herrscherin, die er für seine politischen Vorhaben einzuspannen gedachte, als an der Frau, deren Vater er hätte sein können, war dem Baron Besenval gelegen. Seine Ernennung zum Generalinspekteur der Schweizer Garde verdankte er Choiseul, dessen Parteigänger er war und blieb und als dessen Fürsprecherin er die Königin, die ohnehin ein Faible für diesen Staatsmann hatte, einzusetzen verstand. Ihr Interesse könne nur durch „Histörchen" und „boshaften Klatsch" geweckt werden, bemerkte der Hofmann und verdankte den Folgerungen, die er aus dieser Erkenntnis zog, seinen Einfluß auf die Hofherrin. Als Besenval nicht alles erreichte, was ihm vorschwebte, begann er schon jetzt und später in seinen Memoiren Intrigen zu spinnen, in deren Netz sich Marie Antoinette verfangen sollte.

Am meisten schadete ihr der Herzog von Lauzun. Da Marie Antoinette ihm, wie jedem Mann, der ihr schmeichelte und ihr gefiel, schöne Augen machte, glaubte der junge

Gockel, sie im Sturm erobern zu können. Nachdem er ihr eine weiße Reiherfeder, die sie auf seinem Hut bewundert hatte, verehrte und mit Genugtuung feststellte, daß sie diese am Abend sich ins Haar gesteckt hatte, hielt er dies für das Zeichen der Kapitulation. Er suchte sie auf, wurde zudringlich – und vor die Tür gesetzt. „Diesen Menschen lasse ich nie wieder herein", soll die Königin zu der im Vorzimmer wartenden Madame Campan gesagt haben.

Lauzun gab noch nicht auf. Er verkleidete sich als Lakai, um ihr nahezukommen, doch die Herrin schien ihn nicht zu bemerken. „Dennoch glaubte er auf seine Kosten zu kommen", erzählte Baronin Oberkirch, „indem er sich, als die Königin in ihrer Kutsche nach Trianon heimkehrte, auf ein Knie niederließ, damit sie beim Aussteigen den Fuß anstelle auf das Trittbrett auf sein zweites Knie setze." Die Majestät soll ihn erstaunt angeblickt, aber so getan haben, als erkenne sie ihn nicht. „Sie rief den Pagen herbei. ‚Sorgen Sie bitte dafür, Monsieur, daß dieser Bursche entlassen wird. Er ist so ungeschickt, daß er nicht einmal weiß, wie man einen Wagenschlag öffnet.'"

Man versichert, so Baronin Oberkirch, „daß diese Lehre Herrn von Lauzun so tief getroffen hat, daß er sich kaum mehr vor der Königin zeigte". Doch er wußte sich zu rächen. Nachdem er ihr bei passender Gelegenheit zu Füßen gefallen sei, habe sie ihm die Hand entgegengestreckt, die er mit heißen Küssen bedeckte. „Sie neigte sich zärtlich über mich, und als ich mich erhob, lag sie in meinen Armen." Dies stand in seinen Memoiren, vielleicht schon im Originalmanuskript, jedenfalls in der Fassung der Herausgeber. „Ich war versucht, das Glück zu genießen, das sich mir darzubieten schien", aber es kam nicht dazu, sei es, weil Lauzun Angst vor der eigenen Courage bekommen hatte, sei es – was wahrscheinlicher ist –, daß Marie Antoinette bei aller Neigung, ihren Sentiments nachzugeben und Avancen entgegenzukommen, ihre Grenzen kannte und wahrte.

„Ihre angeblichen Liebeshändel waren nie etwas anderes als ein tiefes und vielleicht gegen eine oder zwei Personen hervorragendes Freundschaftsgefühl und jene allgemeine weibliche Koketterie, die jedermann gefallen will", bilanzierte der Fürst von Ligne, ein Kavalier der alten Schule. „Selbst zur Zeit, als Jugend und Mangel an Erfahrung ihr gegenüber zu größerer Freiheit Anlaß geben konnten, hat es unter uns, die das Glück hatten, sie täglich zu sehen, nie einen gegeben, der es wagte, sich die geringste Unschicklichkeit gegen sie zu erlauben."

Zu den von Ligne angedeuteten „ein oder zwei Personen", denen sie näher als den anderen kam, zählte mit Sicherheit der schwedische Graf Axel von Fersen, der die Moral der Ehefrau und die Würde der Königin auf die härteste Probe gestellt zu haben schien. Im Karneval 1774, auf einem Ball in der Oper, plauderte die Dauphine, im Schutze ihrer Maske, zum erstenmal mit dem gleichaltrigen Mann, dessen chevalreske Haltung ihr gefiel und dessen melancholische Augen sie anzogen. Der Schwede, der – wie der Herzog von Lévis bemerkte – „eine glühende Seele unter einer Schicht von Eis verbarg", begann erst bei der Begegnung mit der Königin im Jahre 1778 aufzutauen. „Ach, ein alter Bekannter", begrüßte sie ihn, und dieser sah sich „die hübscheste und liebenswerteste Frau, die ich kenne" (er kannte schon viele) genauer an.

„Ich mache ihr oft beim Spiel den Hof", schrieb er seinem Vater, „und ein jedesmal hat sie ein paar freundliche Worte für mich übrig." Sie bat ihn, sich ihr in seiner schwedischen Uniform vorzustellen, und war mehr als vom blauen Waffenrock und den eng anliegenden Gamslederhosen von dem Mann, der in ihnen steckte, angetan. Es habe nicht ausbleiben können, meinte der Graf von Saint-Priest, daß eine Frau, die rege Empfindungen nicht zu unterdrücken vermochte, dies den Grafen spüren ließ. Sie hatte Tränen in den Augen, als er sich von ihr verabschiedete, um mit dem französischen Expeditionskorps in den Krieg gegen England zu ziehen. „Wie, Sie lassen Ihre Eroberung im Stich", wurde Fersen von der Herzogin Fitz-James gefragt, und er entgegnete: „Wenn ich eine solche gemacht hätte, würde ich sie nie im Stich lassen. Ich gehe ungebunden fort, und leider lasse ich keine Traurigkeit zurück."

Da das Expeditionskorps nicht eingeschifft wurde, Fersen keine militärischen Lorbeeren winkten, kehrte er nach Versailles zurück, um Rosenblätter zu sammeln. Die Königin, berichtete Baron Taube am 20. April 1780 König Gustav III., habe alle am Hofe erschienenen Schweden ausgezeichnet, vor allem aber „den jungen Grafen Axel", mit dem sie auf dem Opernball umherspaziert sei und ihn in ihre Loge mitgenommen habe. Bei den von der Lamballe und der Polignac veranstalteten Soireen sei Fersen stets dabeigewesen, habe sogar mit der Königin Blindekuh gespielt.

Einen Fehltritt Marie Antoinettes konnte Mercy nicht feststellen, obgleich er jeden Schritt seiner Erzherzogin überwachte. Ohnehin gelang es Fersen doch noch, in den Krieg, nach Amerika, geschickt zu werden. Die Königin ging weiterhin im Kreise der Koterie ihren Zerstreuungen nach. Mercy warnte sie unaufhörlich vor dem „niederträchtigen und intriganten" Klüngel, der sie in den „Strudel von Vergnügungen" hineinzöge und ihren Ruf am Hofe wie in der Nation gefährde, und er suchte nach Erklärungen für ihre Eskapaden. Das Hauptmotiv meinte er in ihrer Frustration gefunden zu haben. „Die fast gewisse Schwangerschaft der Gräfin von Artois liefert nur zu viel Grund zu unangenehmen Erwägungen, und ich bin in wirklicher Besorgnis wegen der Wirkun-

Axel von Fersen. Porträt von Dreuillon.

gen, die diese im Laufe der Zeit auf das Gemüt der Königin hervorbringen können", stellte er Ende 1775 fest. „So glänzend jetzt ihre Stellung ist, sie kann nur dann festen Bestand gewinnen, wenn die erhabene Fürstin dem Staate einen Thronerben schenkt."

Ende 1777, als er wiederum über rufschädigende Zerstreuungen Marie Antoinettes zu berichten hatte, schrieb Mercy an Maria Theresia, die immer noch nicht Großmutter eines Dauphin geworden war: „Ich setze die Hoffnung auf eine glückliche Änderung, noch immer auf den Eintritt der Mutterschaft; dann wird die Königin von selbst auf Gedanken geführt werden, die ihr jetzt nicht mit allem wünschenswerten Erfolge vorgelegt werden." Endlich konnte er im April 1778 vermelden, daß die Königin in anderen Umständen sei. Aber er mußte schon bald erkennen, daß sie dennoch den Lebenswandel, den sie sich angewöhnt hatte, nicht gänzlich aufzugeben vermochte.

Neuntes Kapitel
„Wir brauchen einen Dauphin“

Die Frustration Marie Antoinettes und die Enttäuschung Maria Theresias dauerten fast acht Jahre. Die Mutter, die sechzehn Kinder geboren hatte, kam nicht darüber hinweg, daß von ihrer Tochter in so langer Zeit kein einziges zu erwarten war. Die Aufforderung, endlich ihre Schuldigkeit als Königin zu tun und ihre Erfüllung als Gattin zu finden, war das Ceterum censeo ihrer Briefe, auf die sie nur unbefriedigende Antworten erhielt.

Die „Generalin“ – wie sie die Menstruation umschrieb – „kommt regelmäßig genug“, meldete Marie Antoinette am 16. April 1771, und am 17. Juli 1772: Ihr Gemahl fühle sich sehr wohl, „obwohl es weiter nichts zwischen uns gibt“. Das Gerücht gehe um, „daß der Herr Dauphin wirklich mein Gatte ist; aber es ist noch nichts daran wahr“, berichtete sie am 17. Mai 1773, und am 7. September 1774: Sie sei von einer Schwangerschaft weit entfernt, „und das wäre auch schwer möglich, da ich mit dem König noch immer auf demselben Punkt bin“. Sie bemühe sich, ihren Gatten „zu der kleinen Operation“ (der Behebung der Verengung der Vorhaut des Penis) zu bewegen, „die ich für notwendig halte“, versicherte sie am 15. September 1775, doch da er sich nicht dazu herbeiließ, mußte sie im Oktober 1776 eingestehen, daß ihre Ehe immer noch nicht vollzogen sei; „ich bin darüber genug bedrückt“.

„Jedermann fragt sich, kann es der König nun tun oder kann er es nicht? Die betrübte Königin ist am Verzweifeln“, hieß es in einem in Versailles wie in Paris gesungenen Liedchen. Überdeutlich wurde Doktor Garnière: „Der Spruch der alten Römer, ‚Tota mulier in utero‘ kennzeichnet dieses eheliche Drama. Wenn es stimmt, und viele Beispiele beweisen es den Ärzten Tag für Tag, daß das labile seelische Gleichgewicht der Frau oft eine Folge mangelhafter sexueller Befriedigung ist, dann ist es nicht verwunderlich, wenn die junge Königin, die sicher das leidenschaftliche Temperament so vieler Mitglieder des Hauses Habsburg geerbt hat, ihrer Familie und dem Volk leichtsinnig und launenhaft zu sein schien."

Es liege nicht an ihr, daß es nicht klappe, versicherte sie der Mutter, und suchte sich damit zu entschuldigen, daß sie sich Vergnügungen anderer Art suche. Ersatzbefriedigungen gingen nicht bis zum Ehebruch. Das bestätigte sogar der preußische Gesandte Graf von Goltz, der nur zu gerne seinem König Seitensprünge der verhaßten Habsburgerin gemeldet hätte: „Mit einiger Bosheit", könnte Marie Antoinettes Benehmen nachteilig ausgelegt werden, aber er müsse eingestehen, „daß man auf keine bestimmte Persönlichkeit hinweisen könne, sondern nur der Wunsch vorhanden sei, jedermann zu gefallen".

Die Gefallsucht der Schwester mißfiel dem im Frühjahr 1777 nach Versailles gekommenen Bruder Joseph. Aber er war überzeugt, daß sie nie ihren Gatten betrogen habe, wie man ihr in Paris unterstelle. Dort wurde die Aufschrift an gegen Feuer versicherten Häuser, M.A.C.L. („Maison assurée contre l'incendie") umgedeutet in „Marie Antoinette cocufie Louis" – „Marie Antoinette setzt Ludwig Hörner auf".

Joseph II., der alles genau wissen wollte, drang so lange in Schwager und Schwester, bis er über die Tragikomödie im Ehebett aufgeklärt war: Ludwig habe zwar „die gewünschten Erektionen, er führt sein Glied ein, bleibt annähernd zwei Minuten still liegen, zieht es aber, noch immer erigiert, vor dem Erguß wieder heraus und sagt ihr gute Nacht", schrieb Joseph seinem Bruder Leopold von Toskana. „Wenn ich nur ein einziges Mal hätte dabeisein können, ich hätte es schon arrangiert. Man müßte ihn wie einen Esel peitschen, um ihn dazu zu bringen, daß er sich ergießt. Meine Schwester zeigt in dieser Angelegenheit wenig Lebhaftigkeit, und zu zweit sind sie doppelt so ungeschickt."

Durch sanftes Drängen brachte Joseph den Schwager dazu, daß er sich endlich der längst fälligen Operation unterzog und die Phimose beheben ließ. „Ich befinde mich in dem für mein ganzes Leben größten Glück", schrieb Marie Antoinette am 30. August 1777 der Mutter. „Schon seit acht Tagen ist meine Ehe vollkommen vollzogen; der Beweis ist wiederholt worden, und noch gestern vollständiger als das erste Mal." Aber: „Ich glaube noch nicht schwanger zu sein, habe aber wenigstens die Hoffnung, es von einem Augenblick zum anderen werden zu können." Maria Theresia wollte es noch nicht so recht glauben, aber Lassone, der Leibarzt der Königin, bestätigte ihr den Vollzug der Ehe, und Mercy beeilte sich, sie auf erwartete Folgen des glücklichen Ereignisses aufmerksam zu machen: „Die Hoffnung auf eine baldige Schwangerschaft", berichtete er am 12. September 1777, „stellt meinem Wunsch eine günstige Veränderung in Aussicht, welche daraus in den moralischen Ideen und der Lebensweise der Königin resultieren muß."

Mercy und mit ihm Maria Theresia freuten sich zu früh. Marie Antoinette konnte von ihrem gewohnten Lebenswandel nicht lassen, saß wieder nächtelang am Kartentisch, als wollte sie im Spiel das Glück finden, das sie in der Liebe nicht so gefunden zu haben schien, wie sie es sich vorgestellt hatte. Man dürfe annehmen, meinte Doktor Garnière, daß die Wirklichkeit des endlich erlebten Intimverkehrs „nicht dem entsprach, was sie während der langen Zeit erzwungener Enthaltsamkeit erwartet hatte".

Ihr Gatte liebe es nicht, „zu zweit zu schlafen", schrieb Marie Antoinette am 10. September 1777 der Mutter. „Ich rede ihm zu, keine völlige Trennung in dieser Hinsicht herbeizuführen. Manchmal verbringt er die Nacht bei mir." Wenn er nicht öfter komme, bekam Maria Theresia von Mercy zu hören, dann auch deshalb, weil die Gattin ihre Nächte so oft am Spieltisch verbringe. Sie solle „die Dinge zum gewünschten Punkt zurückführen", mahnte die Mutter, doch um dorthin zu gelangen, müsse sie „zu den Stunden, die dem König passen, schlafen gehen". Nicht nur die Gattin, auch der Gatte nahm es mit den ehelichen Pflichten nicht so genau. Von Fontainebleau zurück, werde der König „weniger jagen und sich weniger ermüden", berichtete die Königin am 18. November 1777, „und ich hoffe, daß er endlich mit mir so zusammenleben wird, um meine Stellung und mein Glück zu sichern". Als es nicht so lief, wie sie es sich wünschte, machte sie ihrer Enttäuschung gegenüber Vertrauten Luft: Sie hätte nichts dagegen, wenn sich der Monarch vorübergehend eine Maîtresse nähme, „vorausgesetzt, er würde dadurch etwas mehr Schwung und Leidenschaft gewinnen".

Das Jahr 1778 begann mit dem Karneval, der Marie Antoinette voll und ganz in Anspruch nahm. Seit Aschermittwoch hatte sie wieder Zeit für das Eheleben, und der Gatte, dem es nicht ungelegen gekommen war, daß die Gattin die Nächte durchtanzt hatte, fühlte sich so gut erholt, daß er sich wieder in die eheliche Pflicht nehmen ließ. Endlich, am 19. April 1778, konnte die Königin nach Wien melden, daß sie guter Hoffnung sei. Maria Theresia, die es noch nicht glauben wollte, schrieb an Mercy: „So schmeichelhaft die Nachricht von dem Anschein einer Schwangerschaft meiner Tochter ist, so bin ich eingestandenermaßen fast versucht, daran bis zu dem Augenblick zu zweifeln, in dem sie das Kind zur Welt gebracht haben wird, mit dem man sie schwanger glaubt."

Als sich Maria Theresia davon überzeugen hatte lassen, daß die gute Nachricht stimmte, begann sie die Tochter mit

Ratschlägen aus ihrem Erfahrungsschatz zu überschütten. Marie Antoinette suchte sich nach den Verhaltensmaßregeln zu richten. Sie ging noch vor Mitternacht zu Bett, ritt nicht mehr aus, setzte sich nicht in rumpelnde Kutschen, ging im Park von Marly oder in den Galerien von Versailles spazieren, nahm Strickzeug zur Hand. Sie maß den Umfang ihres Bauchs und stellte mit Befriedigung dessen Anwachsen fest, konsultierte den Geburtshelfer, einen Bruder des Abbé Vermond, und machte sich Gedanken über die Pflege des Kleinkindes. Es sollte in seiner Bewegungsfreiheit möglichst wenig gehindert, nicht gewickelt und schon bald in ein Laufställchen gebracht werden.

Die Königin dachte auch an werdende Mütter aus dem Volk. Sie ließ in Paris 12 000 und in Versailles 4000 Livres verteilen, um Arme, die ihre Ammen nicht hatten bezahlen können, aus dem Schuldgefängnis zu befreien. Am Gründonnerstag nahm sie nicht an der Zeremonie der Fußwaschung teil, bei der traditionsgemäß der König und die Königin zwölf Armen die Füße wuschen und ihnen danach eine Mahlzeit auftischten sowie einen Geldbetrag übergaben. Dies hätte sie, wie sie sich entschuldigte, in ihrem Zustand zu sehr angestrengt. Doch sie ließ in der Karwoche keinen Gottesdienst aus, obgleich ihr dabei einmal schlecht wurde, sie sich übergeben mußte. Der heilige Antonius, ihr Namenspatron „wird Ihretwegen geängstigt sein“, schrieb ihr die Mutter zum Namenstag am 13. Juni 1778. „Möge Gott Sie und Ihr teueres Kind beschützen.“

Maria Theresia mochte dabei auch an die Verleumdung gedachte haben, die gegen die endlich schwanger gewordene Königin ausgestreut wurde: Nicht der König, sondern der Herzog von Coigny sei der Vater. Dieses Geschwätz scherte die Eltern in spe recht wenig, Marie Antoinette, die sich nichts vorzuwerfen hatte, und Ludwig, der zu stolz auf das vollbrachte Werk war, um es einem anderen zuzutrauen. „Ich bin sicher, getan zu haben, was nötig ist“, schrieb Ludwig XVI. an Joseph II., und an Maria Theresia: „Ich hoffe, im Monat Dezember die Freude zu haben, Ihnen die Geburt eines Enkels anzukündigen.“

In den Kirchen wurde für eine glückliche Entbindung gebetet. Im Schloß sahen die Brüder des Königs und deren Gemahlinnen die Hoffnung auf die Thronfolge schwinden, die sie in den acht Jahren, da Marie Antoinette nicht schwanger geworden war, zunehmend gehegt hatten. An die zweihundert Standespersonen zogen aus Paris nach Versailles, um bei der Niederkunft an Ort und Stelle zu sein; die Unterkünfte waren übervoll, und die Lebensmittelpreise verdreifachten sich.

Am 19. Dezember 1778, kurz nach Mitternacht, setzten die Wehen ein. In den Kirchen wurde das heilige Sakrament ausgestellt. Im Schloß zu Versailles versammelten sich Prinzen und Prinzessinnen im Zimmer neben dem Schlafgemach der Königin und Höflinge im Herkulessaal. Der König war bei seiner Frau, die vom Paradebett in das Gebärbett gebracht wurde. Gegen acht Uhr morgens verstärkten sich die Wehen. Um 11 Uhr rief der Geburtshelfer: „Die Königin kommt nieder!“ Daraufhin stürzten die Wartenden in das Entbindungszimmer. So wollte es, wie der dabeigewesene Mercy indigniert bemerkte, „ein eigentümlicher Brauch in diesem Lande“, in dem ein Königskind vor aller Welt ins Dasein zu treten hatte.

Die Neugierigen, so Madame Campan, seien so zahlreich und stürmisch in das Zimmer geströmt, „daß man für das Leben der Königin fürchten mußte“. Der König hatte vorsichtshalber die großen Wandschirme, die das Bett der Majestät umgaben, mit Stricken festbinden lassen. „Ohne diese Maßnahme wären sie sicherlich umgestoßen worden und auf die Königin gefallen. Es war nicht mehr möglich, sich im Zimmer zu bewegen; die Menge, die es füllte, war so gemischt, daß man sich in einem öffentlichen Lokal wähnte. Zwei Savoyarden stiegen sogar auf die Möbel, um die Gebärende besser betrachten zu können."

Die Königin habe die Schmerzen mit großer Tapferkeit ertragen, fand Mercy. „Die Gewalt, die sie sich antat, um nicht zu klagen, rief bei ihr einen leichten Nervenkrampf hervor." Am 19. Dezember 1778, halb 12 Uhr, gebar die Dreiundzwanzigjährige ihr erstes Kind, eine Tochter. Die Anwesenden spendeten Applaus, „weshalb sie annahm, sie habe einem Knaben das Leben geschenkt. Daraufhin bekam sie keine Luft mehr und verlor das Bewußtsein", berichtete ein Augenzeuge, der Herzog von Croÿ. „Das Kind, das gesund war, wurde in das Nebenzimmer getragen. Der König ging hinterher, um sich anzusehen, wie es gereinigt wurde. Als man gewahrte, daß es ein Mädchen war, gingen alle betroffen auseinander."

Inzwischen lag die Mutter wie leblos da. Die Nachgeburt blieb aus. Ein sofortiger Aderlaß war dringend geboten. Da kein heißes Wasser heranzuschaffen war, weil die Gaffer den Weg versperrten, mußte er improvisiert werden. Blut spritzte, die Patientin kam wieder zu sich. Hätte man damit zwei Minuten länger gewartet, meinte die Marquise de Bombelles, wäre sie tot gewesen.

Als man ihr zu sagen wagte, daß ihr Kind kein Kronprinz sei, soll sie zuerst geweint und dann – wie Madame Campan zu hören vermeinte – gesagt haben: Ein Sohn hätte dem Staat gehört, die Tochter gehöre ihr. Der Vater, der froh war, überhaupt ein Kind gezeugt zu haben, fühlte sich ermutigt, bald einen neuen Versuch zu wagen – in der Hoffnung, daß ihm dann ein Dauphin beschert werden würde. Die Nation, das heißt der schrumpfende Teil, der wußte, was es seinem Herrscherhaus schuldig war, ließ auch die Prinzessin hochleben. Die Pariser Stadtväter, die ihre Amtstracht nicht mit den nur bei der Geburt eines Prinzen angebrachten Bändern geschmückt hatten, schritten auf dem Rathausplatz um einen als Freudenfeuer geltenden Scheiterhaufen. An einem Milchgeschäft war die Inschrift zu lesen: „Die Nation habe vom Himmel einen Amor erbeten, und um ihn anzukündigen, sei eine Grazie herabgestiegen."

Das Kind wurde in der Versailler Schloßkapelle auf die Namen Marie Thérèse Charlotte getauft. Die Paten, Maria Theresia und der König von Spanien, ließen sich von der Gräfin von Provence und dem Grafen von Provence vertreten. Die Tochter erhielt den Titel Madame Royale und einen Hofstaat von vierundzwanzig Personen. Die Mutter ließ die überkommene Etikette einschränken; so wurden der Neugeborenen nicht in aller Form den Würdenträgern des Hofes und den Mitgliedern des diplomatischen Korps vorgestellt. Die Großmutter und Taufpatin war damit nicht einverstanden: Man könne Monarchenkinder nicht früh genug an die Repräsentation gewöhnen, damit sie sich durch standesgemäßes Auftreten schon äußerlich von den Untertanen unterschieden.

Doch Ludwig XVI. und Marie Antoinette begannen an der Tradition zu rütteln. Bisher war es nur nach der Geburt eines Dauphin üblich gewesen, daß sich die Mutter nach Paris in die Kathedrale Notre-Dame und in die Kirche Sainte-Geneviève begab. Die Eltern von Marie Thérèse Charlotte beschlossen, für die Tochter in gleicher Weise Dank zu sagen, überglücklich, wie sie über ihr erstes Kind waren, und nicht ohne die Absicht, damit zur Popularität der Dynastie beizutragen.

Am 8. Februar 1779 zog das Königspaar feierlich in Paris ein. An das Volk verteilte es 15 000 Livres. In der Kathedrale wurden hundert Ehepaare getraut, von denen jedes 500 Livres Mitgift erhielt. Hundertdreißig Schuldgefangene kamen in Freiheit. Aus Brunnen floß Wein, Würste wurden verteilt, und Brot, das schon wieder teurer geworden war. Die Pariser nahmen und schwiegen; der Konvoi der Karossen fuhr durch ein Spalier von Neugierigen, nicht Begeisterten; Hochrufe waren kaum zu vernehmen. Der enttäuschten Marie Antoinette erklärte Mercy, daß ihre Zerstreuungen und deren Kosten, die tatsächlichen und die verleumderisch übertriebenen, sie unpopulär gemacht hätten und noch unpopulärer machen würden, wenn sie nicht endlich auf alle auffallenden Vergnügungen verzichtete.

Doch kaum hatte sie sich von der schweren Geburt einigermaßen erholt, nahm sie ihren notorischen Lebenswandel wieder auf. Den Karneval wollte sie nicht ungenützt verstreichen lassen. Sie fuhr ohne den König zum Opernball nach Paris, setzte sich in Versailles an den Spieltisch und zog sich mit Coigny, Besenval, Guines, dem ungarischen Grafen Valentin Esterházy und der Lamballe nach Trianon zurück. Das war vom Gatten erlaubt worden, dem sie eröffnet hatte, daß sie nicht so schnell wieder schwanger werden dürfe. Er zeigte dafür Verständnis und hielt sich eine Zeitlang von ihr fern, doch er tauschte mit ihr Billets doux aus.

„Wenn ich früher Fehler gemacht habe, so waren Jugendlichkeit und Leichtsinn deren Ursache; aber jetzt bin ich schon gesetzter, und Sie können sicher sein, daß ich alle meine Pflichten in diesem Punkt gut kenne", schrieb Marie Antoinette der Mutter. „Übrigens schulde ich es dem König für seine Liebe, und, wie ich mir zu sagen erlaube, für sein Vertrauen zu mir." Maria Theresia nahm sie beim Wort: Was sie ihr über die Liebe des Königs berichte, mache ihr große Freude. Deshalb setze sie darauf, daß die kleine Marie Thérèse Charlotte nicht allzulang auf ein Brüderchen warten müsse.

Zunächst erfuhr Maria Theresia nur Einzelheiten über das Wachsen und Gedeihen ihrer Enkeltochter. Mit acht Monaten machte sie die ersten Schritte, konnte „Papa“ vor „Mama“ sagen, „was ein Band mehr für ihn ist“. Mit fünfzehn Monaten war sie so groß und kräftig wie ein Kind von zwei Jahren. Eine sie besonders beglückende Begebenheit berichtete Marie Antoinette am 16. März 1780: „Ich war mit mehreren Personen im Zimmer meiner Tochter und ließ sie von jemandem fragen, wo ihre Mutter wäre. Ohne daß irgend jemand ihr ein Wort gesagt hätte, hat mir die Kleine zugelächelt und ist gekommen, mir die Arme entgegenzustrecken. Es ist das erstemal, daß sie gezeigt hat, daß sie mich wiedererkennt.“ Als sie später beim Zahnen starkes Fieber bekam, setzte sich die Mutter stundenlang an das Bett der armen Kleinen.

„Aber wir brauchen unbedingt einen Dauphin“, drängte Maria Theresia, die als Großmutter einen Enkel haben und als Politikerin mit einem Kronprinzen die Thronfolge in Frankreich wie die Allianz mit Österreich gesichert sehen wollte. Aber „der König zieht sich zu früher Stunde zurück und steht ebenso zeitig auf, die Königin tut das Gegenteil: wie kann man da eine Besserung erwarten? Denn wenn man den König nur im Vorübergehen sieht, kann man auf keinen Erfolg hoffen!“

Seit langem schlafe sie von ihrem Mann getrennt, gestand Marie Antoinette am 11. Oktober 1780 der Mutter, doch dies sei in Frankreich der Brauch, und sie habe keine Veranlassung, dies zu ändern, zumal „weil wir sonst sehr ehelich zusammenleben“. Die Mutter antwortete am 3. November, sie sei sehr froh „über alles, was Sie mir über Ihre Lebensweise mit dem König berichten. Man muß auf die Folgen hoffen“. Dies war ihr letzter Brief an die Tochter. Maria Theresia starb am 29. November 1780 in Wien im Alter von 63 Jahren, im selben Monat, in dem Marie Antoinette fünfundzwanzig wurde.

Nahm sie sich die Mahnungen der Verblichenen so zu Herzen, daß sie sich mehr denn je auf ihre Pflichten als Fortpflanzerin der Bourbonendynastie besann? Ein Vierteljahr nach dem Tod der Mutter war sie guter Hoffnung. „Es ist eine ganz liebenswürdige Hexerei von Ihnen, mir einen Knaben zu versprechen“, schrieb sie an Louise von Hessen-Darmstadt. „Ich glaube stark daran und zweifle gar nicht.“

Während der zweiten Schwangerschaft verlor Marie Antoinette viele Haare, weshalb sie sich schlicht „à l'enfant“ frisierte, keine Federn mehr trug, Strohhüte aufsetzte und Kleider „à la simplicité“ bevorzugte, am liebsten in Weiß, das sie zu ihrem Zustand passend hielt.

In der Farbe der Reinheit empfing sie am 29. Juli 1781 den zu einem Kurzbesuch nach Versailles gekommenen Joseph II., der bei ihr „eine bedeutende Änderung zum Besseren“ festzustellen glaubte. Der Bruder wußte dies um so mehr zu schätzen, als er die lockeren Sitten am französischen Hofe kannte und die Gefahren nicht unterschätzte, denen die Schwester durch ihre engere Umgebung ausgesetzt war. Doch diese schien die Zurückhaltung der Königin zu respektieren. Man habe sich vor ihr keine Zweideutigkeiten mehr erlaubt, erinnerte sich der Fürst von Ligne, der stets Kavalier geblieben war.

Auf ein Nachtfest im Trianon zu Ehren Josephs II. wollte Marie Antoinette nicht verzichten. Dazu waren 123 Gäste geladen, von denen man annahm, daß sie sich mit Anstand zu bewegen und das Gebotene zu würdigen wüßten: eine Aufführung von Glucks „Iphigenie auf Tauris“, die Illumination des englischen Gartens und den Jahrmarkt, auf dem als Verkäuferinnen kostümierte Hofdamen Lotterielose anboten – auf Kredit, wie es im Staate Frankreich gang und gäbe geworden war.

Die Königin, der man bereits ihre Schwangerschaft ansah, gab sich leutselig. Davon erzählte der Page Liederkerke-Beaufort. Als er und andere Pagen nach einem Buffet suchten, gelangten sie in den für die hohen Herrschaften reservierten Salon, in den überraschend die Königin eintrat. Die jungen Leute wären am liebsten in den Boden versunken, faßten sich aber angesichts der verständnisvoll lächelnden Marie Antoinette ein Herz und erklärten, sie würden vor Hunger sterben, wenn man ihnen nicht Kuchen gebe. Sie durften sich hinsetzen und bekamen das Gewünschte. „So nahmen wir unseren Kaffee gemeinsam mit den erlauchten Herrschaften, denen wir, einschließlich Josephs II., auf ihre kleinen Neckereien sehr vergnügt antworteten."

Joseph II. verließ Versailles schon am 5. August 1781, davon überzeugt, daß seine ihrer zweiten Mutterschaft entgegensehende Schwester reifer und verständiger geworden sei, und er hoffte, daß sich dies nicht nur in ihrem Privatleben, sondern auch bei der von ihr erwarteten Unterstützung der österreichischen Anliegen bemerkbar machen würde. Doch von Politik wollte sie vorerst nichts mehr wissen; das Kind, das sie unter ihrem Herzen trug, nahm all ihr Sinnen und Trachten in Anspruch. Wenn sie sich in Klein-Trianon, dessen Intimität sie mehr denn je schätzte, auf ihrem Kanapee ausruhte, betrachtete sie an den Wanddekorationen die Delphine, in der Hoffnung, diesmal einen Dauphin zur Welt zu bringen.

Am 22. Oktober 1781 war es so weit. Als am Vormittag die Wehen einsetzten, sagte der Gemahl die Jagd in Saclé ab und befahl, um ein Durcheinander wie bei der Geburt der Tochter zu vermeiden, diesmal nicht jedermann in das Gebärzimmer zu lassen. „Zwischen Mittag und halb Eins nahmen die Wehen zu", notierte der König in sein Tagebuch. „Sie legte sich auf ihr Bett, und um Punkt viertel Zwei nach meiner Uhr kam sie diesmal glücklicherweise mit einem Knaben nieder" – dem ersehnten Thronfolger.

Man habe sich zunächst nicht getraut, der Königin zu sagen, daß es ein Kronprinz sei, aus Angst, sie zu sehr aufzu-

Nächtliches Fest in Klein-Trianon. Gouache von Lavreince.

regen, berichtete Curt von Stedingk, der unter den wartenden Höflingen war, welche die frohe Kunde zuerst vernahmen. Aber „alle, die um sie herumstanden, hielten sich so sehr zurück, daß die Königin glauben mußte, es sei ein Mädchen. ‚Sie sehen', sagte sie, ‚wie vernünftig ich bin; ich frage Sie nichts.' Der König bemerkte ihre Besorgnis mit Tränen in den Augen: ‚Monsieur le Dauphin begehrt Einlaß!'" Man brachte ihr den Sohn, und als die Gouvernante, die Prinzessin von Guémené das Kind wieder entgegennahm, soll Marie Antoinette gesagt haben: „Nehmen Sie es, es gehört dem Staat; dafür behalte ich meine Tochter."

Der Erzbischof wollte den Neugeborenen sofort mit dem Großkordon des Ordens vom Heiligen Geist dekorieren, aber der König meinte, er müsse vorher ein Christ werden. Noch am 22. Oktober, um 15 Uhr, wurde der Dauphin in der Versailler Schloßkapelle auf die Namen Louis Joseph Xavier François getauft. Die Paten, Kaiser Joseph II. und die Prinzessin von Piemont, wurden vom Grafen von Provence und seiner Gemahlin vertreten. Die Freude des bis dahin an erster Stelle in der Thronfolge Stehenden hielt sich in Grenzen. Der Graf von Artois, bisher der zweite Thronanwärter, verkniff sich nicht eine seine Mißstimmung andeutende Bemerkung: „Mein Gott, Papa, wie klein mein Cousin ist", sagte zu ihm sein Sohn und bekam zu hören: „Es wird der Tag kommen, an dem Du ihn sehr groß finden wirst."

Die Brüder Ludwigs XVI. – die dann, in der Restauration, als Ludwig XVIII. und Karl X. doch noch auf den Thron gelangten – hatten wohl kaum etwas mit den in Paris umlaufenden Pamphleten zu tun. Insgeheim mochten sie sich darüber mokiert haben, daß in ihnen die Vaterschaft ihres Bruders in Zweifel gezogen und die Tugend ihrer Schwägerin in Frage gestellt wurde. Sie habe vom Heiligen Geist oder auch vom Herzog von Coigny ihr Kind empfangen, hieß es in den Schmähschriften, die am Hof wie in der Hauptstadt umliefen und deren Verfasser die Polizei trotz aller Bemühungen nicht ausfindig machte.

Auf dem Rathausplatz in Paris wurde wieder ein Scheiterhaufen angezündet, doch diesmal hatten die Stadtväter, die das Freudenfeuer dreimal umschritten, an ihren Roben die bei der Geburt eines Dauphins angebrachten Bänder angelegt. In der Comédie-Italienne trug Madame Billioni ein Couplet vor: „Ich bin eine Fee und will euch eine große Neuigkeit erzählen: Ein Königssohn kommt, um ein ganzes treues Volk zu bezaubern."

Pariser, die sich zum treuen Volk zählten, pilgerten nach Versailles, um dem Kind, der Mutter und dem Vater ihre Reverenz zu erweisen. Schuster brachten Stiefelchen und Schneider eine kleine Uniform für den Dauphin. Bäcker buken im Vorzimmer der Königin ein Brot, das „Ihrer Majestät gut schmeckte“. Schlosser verehrten dem König ein Vexierschloß, aus dem auf Federdruck ein Delphin heraussprang. Marktfrauen erschienen in schwarzen Seidenkleidern. Eine von ihnen verlas vor der Wöchnerin eine auf den Fächer geschriebene Eloge: „Madame, wir lieben Sie schon so lange, ohne zu wagen, es Ihnen zu sagen, daß es unserer ganzen Achtung bedarf, um die Erlaubnis, es Ihnen auszudrücken, nicht zu mißbrauchen.“ Im Chor trugen sie dem König ihren Wunsch vor, daß Versailles von „hundert Bourbons wimmeln möge“, und deuteten ihm durch „Körperbewegungen und Gesten“ an, wie er dafür sorgen könnte.

Die Stadtväter von Paris baten um die Gunst, dem Herrn Dauphin ihre Aufwartung machen zu dürfen. Sie wurde gewährt, mit der Maßgabe, den kleinen Dauphin mit „Monseigneur“ zu titulieren. Während der Ansprache, die der Bürgermeister an das Kind richtete, stand neben der Wiege die Amme, eine pralle Bäuerin. Sie trug den zu ihrem Metier passenden Namen Poitrine (Brust). Angesichts der vor dem Kind katzbuckelnden Herren mußte sie an sich halten, um nicht herauszuplatzen. Sie war die einzige, die nicht in den höfischen Rahmen paßte. Widerwillig hatte sie sich in 600 Livres kostende Spitzenkleider hüllen lassen, aber sich energisch geweigert, sich zu pudern.

Die Ausgaben, die ihnen das freudige Ereignis abverlangte, begannen die Stadtväter von Paris zu schmerzen. Der Stadtsäckel war durch die im Vorjahr eingetretenen Trauerfälle in der Verwandtschaft des Königspaares strapaziert worden; die meisten Unkosten hatten die Trauerzeremonien für Kaiserin Maria Theresia, die Mutter der Königin, verursacht. Der Vorsteher der Kaufmannsgilde verwies darauf, daß die Feierlichkeiten, die traditionsgemäß nach der Geburt eines Dauphins in der Hauptstadt stattzufinden hatten, in der kalten Jahreszeit doppelt so viel kosten würden, und ersuchte um Verschiebung auf einen späteren und günstigeren Zeitpunkt.

Ob man damit warten wolle, bis ihr Sohn alt genug sei, um auf dem Ball im Rathaus tanzen zu können? mokierte sich Marie Antoinette. Aber sie war damit einverstanden, daß ihr Einzug in Paris nicht, wie üblich, sechs Wochen nach der Geburt eines Königskindes, sondern erst am 21. Januar 1782 stattfinden sollte. Da in der Hauptstadt, wie man es beim letzten Mal erlebt hatte, auch mit nicht so „treuem Volk" zu rechnen war, wurden die Weinbrunnen und Bratwurststände über die ganze Stadt verteilt, um eine Zusammenballung der Menge zu vermeiden.

„Der erste Kirchgang nach dem Wochenbett" führte die Königin zuerst in die Kathedrale Notre-Dame und dann in die Kirche Sainte-Geneviève. Im Hof des Rathauses war ein Pavillon errichtet worden, in dem das Festmahl stattfand. Zu essen gab es nur an den Tischen der Herrschaften; gewöhnliche Sterbliche, durch Balustraden auf Distanz gehalten, durften nur zusehen. Der König hob die Tafel auf, als den von ihm entfernt sitzenden Herzögen erst das Amuse gueule, Radieschen und Butter, serviert worden war. Noch hatten sie ihren Ärger nicht hinuntergeschluckt, daß sie mit den gleichen Formeln wie die unter ihnen rangierenden Adeligen eingeladen worden waren. Die Bewohner der „Stadt der Frösche", wie man Paris bei Hofe nannte, benahmen sich untertäniger als beim letzten Mal. Die Königin betrachtete dies als ein gutes Omen für die Dynastie, für deren Fortbestand sie gesorgt hatte.

„Dieser Dauphin", hieß es in einem anläßlich seiner Geburt gesungenen Lied, „hat Anspruch auf den Thron; möge er ihn spät besteigen, um ihn spät auch zu verlassen." Doch Louis Joseph Xavier François starb bereits am 4. Juni 1789, als der Thron bereits durch die Vorboten der Revolution ins Wanken geraten war. In der Zwischenzeit war Marie

Marie Antoinette mit ihren Kindern. Porträt von Vigée-Lebrun.

Antoinette bestrebt gewesen, die Erbfolge doppelt und dreifach abzusichern. Am 1. November 1783 hatte sie in Fontainebleau eine Fehlgeburt. Aber am 27. März 1785 wurde Louis Charles geboren, der – nach dem Tode seines älteren Bruders – als Ludwig XVII. vorgesehen war, aber durch die Revolution die Anwartschaft auf den Thron verlor und schon 1795 starb. War es ein böses Omen, daß der Graf von Provence als Taufpate fungierte, sein Onkel, der selber König werden wollte und es schließlich auch wurde?

Wiederum gab es einen Einzug der Königin in Paris zum „Ersten Kirchgang nach dem Wochenbett", erneut wurden die Freudenfeuer für die zum dritten Mal Mutter Gewordene und ihren zweiten Sohn entzündet. Aber die Begeisterung der Pariser, die bei der Geburt des Dauphins noch einmal aufgeflammt war, schien erloschen zu sein. Marie Antoinette wurde mit Schweigen empfangen, das Kritik an der Frankreich schädlichen Politik des Königs, Mißbilligung der aufwendigen Hofhaltung der Königin anzeigte und Unheil für die Monarchie ankündigte.

„Was habe ich ihnen nur getan?" seufzte die Königin. Doch was sie getan hatte, um den Respekt der Pariser zu verlieren, und was sie unterlassen hatte, um ihre Sympathie zu gewinnen, wurde ihr nicht bewußt. Eben hatte ihr der König auf ihr Begehren das Schloß Saint-Cloud gekauft. Es sei „unpolitisch" und „unmoralisch", daß einer Königin von Frankreich Paläste gehörten, rief ein Oppositioneller im Parlament. Das von ihr gewünschte Landschloß hatte ihr Ludwig XVI. schon kurz nach der Thronbesteigung geschenkt. Sie liebe die Blumen, soll er zu ihr gesagt haben, nun gut, er biete ihr ein ganzes Bukett: Klein-Trianon im Park von Versailles. Dort schuf sie sich ihr Paradies, um darin wie Eva zu leben, im Einklang mit der Natur und ihrem Sentiment, aber nach dem Sündenfall, wie Übelwollende meinten.

Zehntes Kapitel
Die schönen Tage von Trianon

Marie Antoinettes Appartement im Schloß zu Versailles war die Amtswohnung der Königin. Im Salon hielt sie Hof und gewährte Audienzen, unter Deckenmalereien von Michel Corneille „Penelope strickend“, „Sappho singend“ und „Asperia im Kreis der Philosophen“ sowie neben der eigens für sie von Jan Baptiste Regnault ausgeführten Wandmalerei „Pygmalion, vor Venus kniend, bittet seine Statue zu beleben“. Im Gemach der Königin, wo sie sich gewöhnlich aufhielt, waren an der Decke Medaillons mit Darstellungen des Überflusses, der Treue und der Klugheit zu betrachten und über einer Türe eine Allegorie der die Kinder Frankreichs in Pflicht nehmenden Gloire.

Im Appartement der Königin hatten Maria Thérèse, die Gemahlin Ludwigs XIV., und Maria Leszczinska, die Gemahlin Ludwigs XV., gewohnt. Marie Antoinette hatte es bereits als Dauphine bezogen, aber sich nie an den barocken Pomp zu gewöhnen und die Erinnerungen an ihre Vorgängerinnen zu verdrängen vermocht. Sie sehnte sich nach eigenen vier Wänden, in denen sie nur noch sie selbst sein und sich – so oft wie möglich – aus dem Grand spectacle des Schlosses des Sonnenkönigs, in dem sie sich an die strenge und steife Etikette zu halten hatte, auf eine Kammerbühne des Rokoko und deren Schäferspiele zurückziehen könnte.

„Trianon ist nur zehn Minuten im Wagen von Versailles entfernt, und man kann dorthin bequem zu Fuß gehen“, bemerkte Marie Antoinette. Zunächst gelangte sie zum Großen Trianon, das sie links liegen ließ. Das von Ludwig XIV. errichtete Marmorschloß war nach dessen Tod verödet, und selbst wenn es noch Komfort geboten hätte, wäre es nicht nach ihrem Geschmack gewesen. Marie Antoinette goutierte den daneben gelegenen Kleinen Trianon, in dem sie ihr Traumschlößchen gefunden hatte.

Als Lustschlößchen hatte es Ludwig XV. erbauen lassen, vom Architekten Jacques Ange Gabriel, der ein Meisterwerk des Louis-Quinze-Stils schuf: einen kleinen viereckigen Bau korinthischer Ordnung mit italienischen Anklängen, wie sie Marie Antoinette in Wien schätzen gelernt hatte und die sie in Frankreich wie Grüße aus der Heimat empfand. Ein Garten à la française erstreckte sich zwischen dem Kleinen Trianon und dem Französischen Pavillon, in dessen rundem, in Weiß und Gold gehaltenen Salon Ludwig XV. zu speisen pflegte. Wenn die neue Besitzerin von der Schloßterrasse über den more geometrico angelegten Jardin zum Pavillon hinüberschaute, mochte sie mitunter meinen, eine Art Gloriette in ihrem Miniatur-Schönbrunn vor sich zu haben und vielleicht die Bezeichnung „Klein-Wien“, die ihre Gegner dem Zufluchtsort der Autrichienne gaben, nicht für abwegig halten.

Über eine Freitreppe und die Terrasse gelangte man in das Kleine Trianon. Ein Medusenhaupt im Vestibül schien Ungebetenen den Eintritt verwehren zu wollen. Die Erwünschten schritten über eine Treppe, in deren Geländer die mit Lorbeeren umwundenen Initialen Marie Antoinettes angebracht waren, in den Speisesaal mit lindgrüner Holztäfelung und einem Kamin aus blauem Marmor, den Pan-Böcke stützten. Der Tisch, den sich Ludwig XV. hatte anfertigen lassen, konnte versenkt und als gedeckte Tafel heraufgeschickt werden; man speiste, ohne Bediente, unter sich, was auch Marie Antoinette zu schätzen wußte. Im großen Salon gaben lächelnde Amore und karmesinrote Seide den Ton an. Im kleinen Boudoir ruhten Tauben auf Rosennestern und vor dem von Pfeilen durchzogenen und von Gänseblümchen umrahmten Namenszug M. A. Das Schlafzimmer war in Blau gehalten, das Bett mit Spitzen bedeckt, und auf dem

Kamin stand eine Pendeluhr, auf der ein Schäferhut und ein Schäferstab dem österreichischen Doppeladler Gesellschaft leisteten. Zwei Bilder zeigten die junge Erzherzogin mit ihren Geschwistern in einer Opernszene und bei einer Tanzdarbietung in Wien. Ein Page, welcher der Österreicherin nichts Gutes wünschte, behauptete in seinen Erinnerungen, auf einem weiteren Bild seien als Mönche und Nonnen verkleidete Angehörige des Hauses Habsburg zu sehen gewesen, die sich ihr Grab schaufelten.

Zur Mittagsruhe legte sich Marie Antoinette auf das „Méridienne“ genannte Kanapee, das Richard Mique à la Louis-Seize geschaffen hatte. Diesen Stil zog sie dem Barockpomp Ludwigs XIV. und den Rokokoschnörkeln Ludwigs XV. vor. Wie Zeitgenossen fühlte sie sich in einem Interieur, das Klarheit der Form mit Feinheit des Ornaments verband, zu Hause. Jedenfalls schätzte sie ihn mehr als ihr Gemahl, dessen Namen dieser Stil bekam.

Sie ging mit der Zeit und der Mode, faßte eine Vorliebe für den neuen, englischen Gartenstil, in dem die Natur nicht in vom Menschengeist gewünschte und von Menschenhand geschaffene Formen gezwängt wurde, sondern sich freier, wenn auch nicht allzu frei entfalten konnte, keineswegs in Wildwuchs ausarten durfte. In dem vom Marquis Le Nôtre de Caraman angeregten, von ihrem Architekten Richard Mique geplanten und vom Gärtner Anton Richard angelegten englischen Garten unternahm Marie Antoinette an Vormittagen ausgedehnte „Fußpromenaden“, bewunderte Bäume, die nicht beschnitten waren, nicht Spalier zu stehen hatten, sondern sich als Solitäre entwickelten. In ihnen sah sie Sinnbilder jener Ungezwungenheit, die sie im Kleinen Trianon suchte und zu finden wußte.

„Der Ruhm von Klein-Trianon“, bemerkte der Engländer Arthur Young, ein Agrarexperte und Ästhet, „sind die exotischen Bäume und Sträucher. Die ganze Welt mußte dazu beitragen, den Garten zu schmücken." Achthundert Arten wurden gezählt, darunter Steineichen aus Italien, Akazien aus China, Robinien und Nußbäume aus Nordamerika. Die Zeder vom Libanon, die noch der Botaniker Bernard de Jussieu gepflanzt hatte, begoß man unter Aufsicht der Königin. Der englische Garten wurde mehr und mehr erweitert, Hügel wurden aufgeworfen und das Bett für einen Wasserlauf ausgehoben, dessen Wasser in Röhren aus Marly kam. „Die blühenden Ränder des Flüßchens", meinte ein Besucher aus Rußland, der Reichshistoriograph Nikolai Karamsin, „schienen das Erscheinen eines Schäfers zu erwarten."

Die gekrönte Schäferin, die mit der Natur die Zivilisation des Ancien Régime zu vereinen trachtete, ließ in ihren Garten – laut Karamsin „der schönste, den es gibt" – verschiedene Bauten setzen: ein chinesisches Lusthaus, davor ein Karussell, in dem Pfauen und Drachen zum Reiten einluden; einen Liebestempel mit der Statue „Amor schnitzt seinen Bogen aus der Keule des Herkules"; das „Theater der Königin" in Blau, Gold und Weiß, auf dessen von Nymphen flankierter Bühne die Königin als Laienspielerin auftrat; auf einem Hügel, zwischen Rosen, Myrten und Jasmin, das Belvedere, von dem aus Marie Antoinette beim Frühstück ihren Garten Eden überblickte.

„Ich habe frühmorgens das der Königin gehörende Klein-Trianon besucht. Gott! welche Lustpartie!" schrieb die Baronin Oberkirch, die zum Schwärmen neigte. „Diese Wäldchen, erfüllt mit Fliedergeruch, von Nachtigallen bevölkert, waren wonnig!" Der Fürst von Ligne, der als Schöpfer seines belgischen Schlosses Beloeil als Experte urteilte, mußte gestehen: „Ich kenne nichts Schöneres und besser Gelungenes als den Liebestempel und das Lusthaus." Das Flüßchen, das eine kleine Wendung gegen den Tempel mache, stimme wunderbar zum Ganzen. „Die Grotte ist wohlgelungen, gut angebracht und sehr naturähnlich."

Die künstlich angelegte Grotte – in sie hätte sich Marie Antoinette, wenn ihr manchmal sogar Klein-Trianon zu weltzugewandt vorkam, am liebsten länger zurückgezogen. Das Moos dämpfte alle Geräusche, selbst das Murmeln des die Grotte durchfließenden Bachs, das Gebüsch hielt unerwünschte Blicke ab, und in dieses Schattenreich drang kaum Licht und schon gar nicht jenes Lumière, mit dem die Aufklärung die Schwachstellen des Ancien Régime bloßstellte.

Aber auch die Königin, eine Repräsentantin des zeitwidrigen monarchischen und feudalen Systems, war gegen eine Versuchung des Zeitgeistes nicht gefeit, die der ihr Erliegenden gefährlich werden mußte. Sie interpretierte den Ruf „Zurück zur Natur!" auf sentimentalische Weise und wurde nicht gewahr, daß die von Rousseau verkündete Parole die Posaune des Gerichts war, das ihr und Ihresgleichen bevorstand.

Ihr Arkadien suchte sie nicht in den von Barockmalern geschilderten heroischen Landschaften und weniger auf nach Ambra und Moschus duftenden Hirtengefilden, sondern in ihrem Hameau, dem im erweiterten Garten von Klein-Trianon angelegten Weiler, wo sie sich als Landwirtin fühlte und ein naturnahes, einfaches wenn auch nicht unschickes Leben zu führen, genau gesagt, zu spielen sich bemüßigte.

In Chantilly hatte sich der Prinz von Condé ein Bauerndorf nachbauen lassen. In strohgedeckten Katen, an deren Mauern eine Patina des Verfalls aufgetragen war, gab es Salons, in denen man, bei aller sich vorgegaukelten Rustikalität, jene Urbanität fand, die man nicht missen wollte. Ein solches Dorf wollte auch Marie Antoinette haben, und der Architekt Richard Mique und der Maler Hubert Robert schufen es ihr zwischen 1783 und 1787 – als Kontrastprogramm zum Prunk von Versailles wie als Ergänzungsprogramm zur Idylle von Klein-Trianon.

Am künstlich angelegten See stand ein zur Aufbewahrung von Fischereigerät errichteter Turm, dem man den Namen „Marlborough“ gab, des englischen Feldherrn, der gemeinsam mit Prinz Eugen Heere Ludwigs XIV. besiegt hatte. Unweit davon waren Bauernhäusern der Normandie nachempfundene Häuschen erbaut worden. Die Brüder Goncourt wunderten sich, daß man „Spalten in die Steine, Risse in den Mörtel, Sprünge in die Balken und Ziegel der Mauern“ gemalt hatte, „als ob die Zeit nicht rasch genug das Spielzeug der Königin zerstörte“. In der Molkerei standen Milchgefäße aus Porzellan in Fächern aus Marmor. Wasser floß aus Brunnen, auf denen Kinderfiguren und Schwäne mit ausgebreiteten Flügeln angebracht waren. Das Haus der Dorfherrin, geziert mit blumengeschmückten Fayencevasen, war durch eine Galerie mit dem Billardhaus verbunden. Es gab auch eine Mühle, ein Taubenhaus, einen Hühnerhof und eine Weide mit Kühen und Schafen. „Das ist eine Schäferei“, meinte der Chevalier de Boufflers, „wo nur der Wolf fehlt.“

Wölfe heulten außerhalb des Geheges von Klein-Trianon: Höflinge, die nicht in den intimen Cercle geladen waren; Hüter der Etikette, die es nicht verwanden, daß die Königin eine Bäuerin mimte; Aufklärer, die den Freiraum, den sie für sich verlangten, Marie Antoinette nicht zugestanden; und alle, welche die Kosten des Refugiums der Königin als zu belastend für die angeschlagenen Staatsfinanzen kritisierten.

In der Schäferei von Klein-Trianon ging es beinahe so zu wie in der Phantasie zeitgenössischer Bukoliker, wo sich parfümierte und gepuderte Damen als Wäscherinnen ausgaben und Kavaliere in roten Schuhen die rosenbekränzten Schafe „mit goldenen Scheren scherten“. In der Molkerei des Hameau wurde jedoch nicht, wie Skandalchronisten behaupteten, Milch aus den Brüsten Marie Antoinettes nachgebildeten Tassen kredenzt, und der Liebestempel stand keineswegs der Promiskuität offen. Schon gar nicht war Klein-Trianon, wie es die böswilligsten Verleumder hinstellten, eine Neuauflage des Hirschparks Ludwigs XV., indessen mit dem Unterschied, daß es hier nicht mehrere Frauen für einen Mann, sondern eine Frau für mehrere Männer gegeben habe.

Mit einiger Berechtigung konnte Klein-Trianon für ein „Klein-Wien" gehalten werden, in dem die junge Frau, von ihrem Gatten enttäuscht und vom französischen Hof abgestoßen, sich auf die Suche nach einer verlorengegangenen Zeit begab, sich in ihre glückliche Jugend in Wien zurückzuversetzen suchte.

„Hier bin ich selbst", sagte Marie Antoinette, wenn sie die schönen Tage von Trianon genoß. Sie kleidete sich einfacher, am liebsten in Weiß, Gaze oder Perkal, so wie es die vom Klassizismus beeinflußte Mode gebot und es ihr neues, auf ländlich-sittlich gestimmtes Lebensgefühl verlangte. Überdies war dies für sie vorteilhaft, weil es die auf die Dreißig zugehende Frau jugendlicher erscheinen ließ. Kein Reifrock verdeckte mehr ihre ansehnliche Figur, keine aufgetürmte Frisur lenkte den Blick von ihrem Gesicht ab, an dem man jede ihrer Gefühlsregungen ablesen konnte. Im Trianon war an ihr meist Zufriedenheit mit sich selbst und Wohlwollen für andere zu bemerken und seltener jene hochmütige Miene, die sie am Hof zu Versailles aufsetzen zu müssen meinte, oder jenes Anzeichen von Indignation, die am Schürzen ihrer Habsburgerlippe zu erkennen war.

So oft sie konnte mied sie das Schloß des Sonnenkönigs und weilte in ihrem Trianon, fern von Verpflichtungen einer Königin und Zwängen des höfischen Protokolls. Aus ihrem Schlößchen war die Etikette ausgeschlossen. Marie Antoinette, erzählte Madame Campan, „betrat ihren Salon, ohne daß die Damen das Pianoforte oder ihren Strickrahmen verließen, ohne daß die Herren aufhörten, Billard oder Tricktrack zu spielen". Es gab kein Lever, das Dejeuner wurde gemeinsam eingenommen, ebenso das Souper, das früher als bei Hofe angesetzt war, damit die Schloßfrau den nächsten Tag ausgeschlafen und rechtzeitig als Landfrau beginnen konnte.

Im Hameau sah sie zu, wie ihre Kühe Brunette und Blanchette nicht in Eisenkübel, sondern in Porzellangefäße gemolken wurden. Sie sah nach ihren weißen Ziegen, die sie aus Freiburg in der Schweiz hatte kommen lassen, streute den Hühnern Futter, lernte den Wohlgeschmack von frischen Eiern und kuhwarmer Milch kennen und schätzen. Für ihre Kinder war ein Gärtchen angelegt worden, wo sie hackten und jäteten, sich an frischer Luft betätigten und rote Backen bekamen.

Gefeiert wurde auch im Trianon, aber in einer Art und Weise, die der ländlichen Umgebung angepaßt war und der gepflegten Bukolik entsprach. Glücksspiele waren verbannt, höfische Gesellschaftsspiele wurden gemieden. Am Abend plauderte man am Kamin, setzte sich im Freien auf eine Bank, ging im Garten spazieren. An manchen Sonntagen wurde in der Scheune oder in einem Zelt ein Bauernball veranstaltet, wobei sich Marie Antoinette am Kontertanz beteiligte, obwohl sie meinte, „in ihrem Alter" – sie stand an der Schwelle der Dreißig – nicht mehr zu tanzen. Gelegentlich wurde ein Jahrmarkt abgehalten, auf dem die Königin Limonade ausschenkte.

Mit Festen, die nicht rauschend wie in Versailles verliefen, sondern dem Charakter des Kleinen Trianon angemessen waren, wurden hohe Gäste gefeiert, Kaiser Joseph II., König Gustav III. von Schweden und der damalige Großfürst und nachmalige Kaiser Paul von Rußland. Dann war der englische

Garten illuminiert, „mit jenen verdeckten Lampions, die ein so mildes Licht gaben und einen so leichten Schatten warfen, daß Wasser, Bäume, Leute, alles luftartig erscheint“, wie die Comtesse de Sabran schwärmte, die nicht die einzige war, die sich kaum gewundert hätte, wenn Klein-Trianon wie ein Luftballon vom Erdboden in ein Traumreich entschwebt wäre.

In ihr Traumreich lud Marie Antoinette Gäste ein, nicht viele und nicht allzu oft. Für fast jeden hatte sie ein liebenswürdiges Wort übrig oder eine besondere Aufmerksamkeit parat, und sie freute sich, wenn sie Komplimente für ihre Kreation erhielt. Selbst Mercy, der auch diese Extravaganz seiner Erzherzogin nicht goutierte, mußte eingestehen, daß ein Aufenthalt im Kleinen Trianon durch die Annehmlichkeit, die ihm die Königin verleihe, angenehm, ja reizend sei.

Der König kam öfter, meist zu Fuß, ohne den Gardekapitän, seinen Leibwächter, übernachtete jedoch nie. Ihm schien es ganz recht gewesen zu sein, daß seine Gattin nun nicht nur ihr eigenes Bett, sondern auch ein von dem seinen getrenntes Schloß hatte. Manchmal erschien der Graf von Provence, öfter der Graf von Artois, der kein Vergnügen ausließ, auch wenn er die Pastoralen absonderlich fand. Am wohlsten fühlte sich Madame Elisabeth, die Schwester des Königs, im Eden ihrer Schwägerin.

Am liebsten hatte Marie Antoinette ihre engste Entourage um sich, Freundinnen und Freunde, solche, die es wirklich waren, und jene, die sie dafür hielt. Die Prinzessin von Lamballe machte sich rar, seitdem die Herzogin von Polignac samt Anhang sich in den Vordergrund gedrängt hatte. Es kamen auch der unsympathische Baron Besenval und der sympathische Fürst von Ligne, und schließlich ein Kavalier, den sie allen anderen vorzog.

Im Juni 1783, als sie sich eben dem Harfenspiel hingab, machte ihr der aus dem Unabhängigkeitskrieg in Amerika heimgekehrte Graf Axel von Fersen seine Aufwartung. Er wollte Marie Antoinette, die dem Frauenkenner gefiel, nach drei Jahren wiedersehen, und er hatte es darauf abgesehen, die Unterstützung der Königin bei seinem Bemühen, ein Regiment in Frankreich zu bekommen, zu gewinnen. Er bekam es: das Regiment Royal Suédois. Marie Antoinette hatte sich für den Mann eingesetzt, der ihr sehr gefiel. Sie fand ihn zwar durch die Strapazen des Feldzugs um Jahre gealtert, aber reifer und verständiger und dadurch noch anziehender als früher.

Die Endzwanzigerin habe sich in Fersen verliebt, wurde am Hof getuschelt, und deshalb dafür gesorgt, daß er als Regimentskommandeur in ihrer Nähe blieb. Er habe sich davon überzeugt, daß ihr Interesse an diesem Mann „ebenso gewöhnlich wie ehrenhaft ist", konstatierte der Marquis de Bombelles, ein Insider, der Marie Antoinette durchaus kritisch gegenüberstand. Wenn ihr Interesse an Fersen wirklich so groß gewesen wäre, wie ihr unterstellt worden sei, dann hätte die Königin dafür zu sorgen gewußt, daß er in Frankreich geblieben wäre und es nicht schon im September 1783 wieder verlassen hätte.

Indessen gab seine Abwesenheit – er ging mit seinem König Gustav III. auf Kavalierstour nach Italien und tatsächlichen Liebesaffären entgegen – Marie Antoinette die Gelegenheit, ihre Neigung in jener Art zu pflegen, wie sie ihrem persönlichen Hang zur Sentimentalität entsprach und es in der Epoche der Empfindsamkeit gang und gäbe war. Sie wechselten Briefe, schrieben an einem Briefroman, wie es in jener Zeit in Mode gekommen war. Aber es wäre zu gewagt, daraus zu folgern, daß nach seiner Rückkehr daraus ein Tatsachenroman entstanden sei. Marie Antoinette nahm es mit dem Sechsten Gebot genau, und selbst wenn ihr Fersen eine Sünde wert gewesen wäre, hätte sie, deren Schritte überwacht wurden, kaum einen Seitensprung wagen können. Und Fersen, der Regimentskommandeur des Königs, hätte sich einen Skandal mit der Aussicht, in die Bastille zu kommen, nicht erlauben dürfen. So spielte er den Troubadour, der seiner Dame den Hof machte, und diese nahm die Huldigungen, zu denen sich ihr Gatte nicht herbeiließ, ebenso dankbar wie ehrbar entgegen.

Im Juni 1784 kam Fersen mit seinem König nach Versailles zurück. Sie blieben sechs Wochen und schwammen, wie der Graf seinem Vater schrieb, „in Festen, Vergnügungen und Unterhaltungen jeder Art". Die Königin gab Gustav III. samt ihrem Kavalier ein nächtliches Fest im Kleinen Trianon. Nach der Aufführung von „La Dormeuse éveillée – Die aufgeweckte Schläferin" von Jean François Marmontel mit der Musik von Niccolò Piccini wurde in einem Pavillon soupiert, wobei die Hausherrin, die sich nicht zu Tisch gesetzt hatte, von einem zum andern ging, die Honneurs machte und – wie der Schwedenkönig befriedigt vermerkte – „mit allen Schweden" geplaudert, sie zuvorkommend behandelt habe. Anschließend promenierte man im illuminierten Garten, und da alle in Weiß erschienen waren, kam sich Gustav III. wie „in elysischen Gefilden" vor.

Kurz darauf reiste der König mit Fersen ab, der als französischer Oberst eine Pension von 20 000 Livres mitbekam. Er wußte, wem er dies verdankte, und er setzte mit der Gönnerin den Briefwechsel fort, in dem Prosa die Poesie zu überwiegen begann. So bat sie ihn, ihr einen Hund zu besorgen, und er fragte sie, wie er ihn nennen solle. Auf einen Liebesroman ließ dieser Briefroman nicht schließen. Dennoch wurde Marie Antoinette eine Liaison mit dem Schweden – wie auch mit anderen Kavalieren – nachgesagt. Madame de Staël fand eine Erklärung: Die französische Haute volée, die außereheliche Beziehungen wie selbstverständlich pflegte, habe die Abstinenz der Königin von Affären als Kritik am eigenen

Lebenswandel empfunden und sich dafür mit Verleumdungen gerächt.

Ihr Klein-Trianon war Marie Antoinette ans Herz gewachsen. Dort konnte sie sich ihren Kindern widmen, denen sie – und damit sich – öfter die Freude machte, Kindermädchen mit ihren Zöglingen einzuladen, die sie, wie der Graf von Vaublanc berichtete, mit Bonbons und Zärtlichkeiten verwöhnte. Am liebsten unterhielt sie sich mit Damen und Herren ihres Cercles. Es wurden Nettigkeiten ausgetauscht, Nichtigkeiten gesagt, aber die Gespräche blieben nicht mehr, wie früher so oft, auf Small talk beschränkt. Nun wurde auch über Politik geredet, nicht gern und oft, weil Marie Antoinette die Harmonie ihres Elysiums nicht durch Händel der Welt stören lassen wollte.

Zur Sprache kamen Angelegenheiten der Kunst und des Kunstgewerbes, für die sich die Hausherrin und Ausgestalterin ihres Eigenheims zu interessieren begann. Meister ihres Faches wurden dazu herangezogen. Der Bildhauer Houdon, der Möbeltischler Roetgers und der Bronzierer Gouttière waren in Klein Trianon tätig, und in Fontainebleau, im Appartement der Königin, der Maler Barthélemy, ein Schüler Bouchers. Selbst der nüchterne Mercy lobte: „Die verschiedenen Künstler haben dort alles erschöpft, was Pracht, Auserlesenheit und Geschmack nur Merkwürdiges und Annehmliches hervorbringen können."

Noch immer plauderte Marie Antoinette lieber vier Stunden als eine Viertelstunde zu lesen. In Klein-Trianon hatte sie zwar eine kleine Bibliothek einbauen lassen, mit Schubladen, deren Griffe von österreichischen Doppeladlern gebildet wurden. Sie zog sie mitunter auf, um den einen oder anderen dort untergebrachten Stich zu betrachten. Selten holte sie aus den Regalen ein Buch, am ehesten einen empfindsamen oder galanten Roman. Sie interessierte sich für das Hauptwerk von Jacques Delille „Les jardins ou l'art d'embellir les passages", in denen der Garten von Trianon besungen wurde. Im „Numa Pompilius" von Jean Pierre Claris de Florian blätterte sie, weil darin für das von ihr gesuchte Landleben geschwärmt wurde, aber ihr Urteil fiel zweideutig aus: „Ich glaube Milchsuppe zu essen." Pietro Metastasio, der für sie in Wien gedichtet hatte, ehrte sie mit einer auf ihre Kosten in der königlichen Druckerei hergestellten Prachtausgabe seiner Werke und schickte ihm ein Exemplar.

Am liebsten ließ sie sich von Marie Louise Elisabeth Vigée-Lebrun malen, die sie so porträtierte, wie sie sich sehen wollte: als Majestät im Reifrock, mit Federn im Haar und einer Rose in der Hand und als Frau im schlichten weißen Kleid mit einem Strohhut auf dem Kopf. Im Pariser Salon ausgestellt, wurde dieses Bild von Jüngern Rousseaus begrüßt, weil auch diese hohe Dame auf dem Weg „Zurück zur Natur" zu sein schien, von Anhängern der Monarchie abgelehnt, weil sie sich eine Königin nur in Hofrobe vorstellen mochten, und von Patrioten verdammt, die Marie Antoinettes Vorliebe für Tuch aus den österreichischen Niederlanden als eine Schädigung der nationalen Textilindustrie ansahen. An das ausgestellte Porträt wurde ein Zettel gehängt: „Das ist Frankreich in der Gestalt Österreichs, mit einem Lappen angetan." Das Bild wurde aus dem Salon entfernt.

Marie Antoinette spiegelte sich in ihren Bildnissen, ohne sich im Narzißmus zu verlieren. Sie schaute sich auch andere Porträts an, weil sie eben nicht nur an sich selbst, sondern auch an anderen Menschen interessiert war. Doch sympathisch mußten sie ihr schon sein, in persona wie auf dem Konterfei. Sie mochte auch Genrebilder, auf denen dargestellt war, was sie im Alltag ihres Trianon schätzte: eine Tasse Milch, eine Schale mit Äpfeln, Felder, die bebaut und Schafe, die geschert wurden. Im Louvre, erzählte Madame Campan, habe sie keinen Blick „auf die großen Kompositionen“ geworfen. Zum Landschaftsmaler Joseph Vernet soll sie gesagt haben: „Monsieur, also Sie sind es, der immer Regen und schönes Wetter macht.“

In Wien war sie mit Musik aufgewachsen und in Versailles sei ihre Neigung dazu nicht erloschen, hatte sie am 13. Juni 1776 der Mutter versichert. „Ich widme mich ihr oft genug und mit eben so viel Freude.“ Sie habe „jede Woche bei mir ein Konzert gehabt, bei dem ich mit mehreren Personen gesungen habe“. Sie spielte gern und oft Harfe. Je länger sie von Wien fort war, um so mehr pflegte sie ihren „penchant“ zur Musik, als hätte sie damit Heimatklänge im Ohr behalten wollen. Die Österreicherin verhalf ihrem ehemaligen Musiklehrer Gluck zum Erfolg, aber sie förderte auch dessen Rivalen Piccini. Als wäre sie auf deren Verständigung bedacht gewesen, ließ sie sich vom Italiener am Klavier bei einer Arie aus Glucks „Alceste“ begleiten. Sie protegierte auch Salieri, aber Mozart schien sie nicht goutiert, sich nicht einmal daran erinnert haben, daß der Wunderknabe in Schönbrunn Maria Theresia und ihren Kindern vorgespielt hatte und von der kleinen Erzherzogin Maria Antonia so angetan gewesen war, daß er erklärte, sie und keine andere heiraten zu wollen.

Die Königin unterstützte Komponisten auch finanziell, freilich mit nicht annähernd so viel Geld, das sie höfischen Günstlingen zukommen ließ. Gluck erhielt eine Pension von 6000 Livres und den Titel eines Musiklehrers der königlichen Kinder. Piccini bekam als ihr Gesangslehrer ein Gehalt von 4000 Livres, das er noch am Anfang der Revolution bezog. Grétry, dessen leichte Musik ihr gefiel, wurde mit der Patenschaft für seine Tochter geehrt.

In Paris ging Marie Antoinette in die Oper, die Comédie-Italienne, in Versailles ins königliche Opernhaus. Zuneh-

Marie Antoinette, die Herrin von Klein-Trianon.
Porträt von Vigée-Lebrun.

mend schätzte sie Schauspiele, die sie sich in der Comédie-Française ansah. So wohnte sie der Premiere von Lemerciers „Méléagre“ bei, ließ den jungen Dichter in ihre Loge rufen, „um sich seines Erfolges besser zu erfreuen, an dem sie nie gezweifelt habe“. Chamfort, dem Verfasser des Lustspiels „Le Marchand de Smyrne“ und des Trauerspiels „Mustapha et Zéangir“ gewährte sie eine Pension. Der Vorleser von Madame Elisabeth quittierte sie mit dem Versprechen, ihr das nie zu vergessen, woran sich dann der Anhänger der Revolution nicht mehr erinnern mochte.

Wie Sängerinnen und Sängern ließ sie auch Komödiantinnen und Komödianten Gunst und Geld zukommen. Bei Michu von der Comédie-Française nahm sie Schauspielunterricht. Bald hielt sie sich in dieser Kunst für so fortgeschritten, daß sie diese auf den Brettern, die für sie wenn schon nicht die Welt, so doch einen weiteren Platz für Vergnügungen bedeuteten, auszuüben gedachte. Als Dauphine hatte sie, hinter verschlossenen Türen, mit ihren Schwägerinnen und Schwägern als Actrice dilettiert. Die Königin wollte nun ihr eigenes Theater haben, nicht allein für Gastspiele Pariser Bühnen, sondern auch und vor allem, um in ihm eine eigene Truppe, in der sie als Star glänzen könnte, auftreten zu lassen.

So entstand in Klein-Trianon das „Theater der Königin“. Schon bald nach dessen Errichtung stellte sie im Jahre 1779 ihre Truppe aus Mitgliedern des Polignac-Clans zusammen: Madame Polignac und ihre Tochter, Gräfin Diane Polignac, Gräfin Polastron, Herzogin von Guiche und Gräfin Châlons. Für männliche Rollen standen bereit: Monsieur Polignac, Graf Vaudreuil, der Herzog von Guiche, Graf Adhémar und – für Hauptrollen – der Graf von Artois. Inspizient wurde der Sekretär der Königin, Monsieur Campan, der schon die heimlichen Kammerspiele der Dauphine betreut hatte. Der

Herzog von Fronsac, der dadurch seine Kompetenzen als erster Kammerherr beeinträchtigt sah, beschwerte sich bei Marie Antoinette, die ihn abfertigte: „Sie können nicht als erster Kammerherr fungieren, wenn wir Schauspieler sind; ich habe Ihnen meinen Willen bezüglich Trianons bekundet; ich halte dort nicht hof, ich lebe dort als Privatperson."

Der erste Auftritt der Privattruppe erfolgte am 1. August 1780. An zwei Stücke, die damals Furore machten, wagten sich die Laienspieler heran: „Le roi et le fermier" („Der König und der Bauer") und „La gageure imprévue" („Die unerwartete Wette") von Michel Jean Sedaine. „Die Königin" berichtete Melchior Grimm, der dabeigewesen war, „die jede Liebenswürdigkeit sich anzueignen versteht, ohne jemals ihre eigene aufzugeben, spielte im ersten Stück die Rolle Jennys, im zweiten die der Zofe." Jenny war eine Schäferin, die den Bauern – dargestellt von Vaudreuil – liebte und sich den Nachstellungen eines adeligen Schürzenjägers zu entziehen wußte. Die Zofe Gotte liebte den Knecht Lafleur – dargestellt vom Grafen von Artois – und war ungehalten, als ihre Marquise – glaubhaft gegeben von Diane von Polignac – ihren Liebhaber vor ihrem unerwartet auftauchenden Gemahl in einem Wandschrank versteckte.

Die Zuschauer spendeten höflichen Beifall, der König, der dazu das Zeichen gab, die Prinzen und Prinzessinnen, und vor allem das Dienstpersonal, das dabeisein durfte. Angespornt vom Applaus wurden neue Stücke einstudiert und noch im Sommer und Herbst 1780 aufgeführt: so „Les fausses infidélités" („Die falschen Untreuen") oder „On ne s'avise jamais de tout" („Man denkt nie an alles"), in dem die Königin eine Zofe spielte, über deren Kopf ein Abfallkübel ausgeleert wurde, oder „Le sorcier" („der Zauberer"), in dem sie einen Berg Wäsche zu bügeln hatte. Sie liebte volksnahe Rollen, weniger aus demonstrativer Volksverbundenheit, sondern weil diese ihre Fähigkeiten als Schauspielerin und Sängerin nicht überforderten.

„Die Königin hat eine sehr angenehme und treffsichere Stimme; ihre Art zu spielen ist nobel und anmutig“, berichtete Mercy, der zur Aufführung von „Le devin du village“ („Der Dorfwahrsager“) geladen war, am 14. Oktober 1780 an Maria Theresia, die ihre Tochter lieber als Staatsakteurin denn als Laienspielerin gesehen hätte. „Ich bemerkte“, fuhr Mercy fort, „daß der König das Stück mit einer Aufmerksamkeit und einer Lust verfolgte, die sich in seiner ganzen Haltung kundgaben; während der Zwischenakte betrat er die Bühne und ging in die Garderobe der Königin.“

Im Jahre 1781 legte die „Troupe des Seigneurs“, wie sie offiziell genannt wurde, eine Pause ein. 1782 ging der Vorhang wieder auf, und auch 1783 stand die Königin wieder auf der Bühne und spielte in Stücken wie „Le tonnelier“ („Der Küfer“) oder „Les deux chasseurs et la laitière“ („Die zwei Jäger und das Milchmädchen“). Marie Antoinette betätigte sich dabei nicht nur als Actrice, sondern auch als Intendantin, die sich um alles, auch um Kostüme und Dekorationen, kümmerte.

Das Publikum beschränkte sich nicht mehr auf die königliche Familie und die nicht beschäftigten Angehörigen der Truppe. Damen und Herren des Hofes wurden eingeladen, auch Stallmeister und Offiziere der Leibwache; schließlich zählte man an die zweihundert Zuschauer. Da jedoch Marie Antoinette nicht alle Höflinge berücksichtigen konnte und auch nicht wollte, hielten sich die Auserwählten für bevorzugt und die Nichteingeladenen für benachteiligt.

Die künstlerische Leistung des Hofschauspiels im allgemeinen und seines Stars im besonderen war ohnehin umstritten. Selbst der König habe gelegentlich das Spektakel ausgepfiffen, wurde behauptet, von solchen, die nicht dabeisein durften und schon deshalb an allem herumkritisierten. Auch andere, die sich einer Einladung rühmen konnten, stellten fest, daß man es eben mit Darbietungen von Laien zu tun hatte, auch wenn sie einräumen mußten, daß diese nicht besser und nicht schlechter waren als jene der anderen in Mode gekommenen Amateur-Gesellschaften. Wohlwollende meinten, daß es sich für eine Majestät nicht schickte, sich im wenig angesehenen Milieu der Schauspieler zu bewegen. Im Volk, das vor den Gittern des Trianon zu bleiben hatte, wurde die Theaterleidenschaft der Königin als eine weitere Bestätigung ihrer Vergnügungssucht gesehen, die dem Gemeinwesen vorenthaltene Mittel verschlang.

Klein-Trianon, das als Marotte Marie Antoinettes angesehen wurde, kostete viel Geld, wenn auch nicht so viel, wie behauptet wurde. Der Voranschlag für die Anlage des Gartens belief sich auf 352 275 Livres, der Unterhalt im Jahre 1777 auf 15 000 Livres. Der Rohbau der Gebäude kam auf etwa 500 000 Livres zu stehen, der Innenausbau auf nicht mehr als 250 000 Livres. Der Theatersaal kostete 141 200 Livres. Die Ausgaben für den Hameau kritisierte der Marquis de Bombelles: Mit etwas mehr Aufwand als für den Weiler der Königin hätten in weitem Umkreis heruntergekommene Dörfer saniert werden können.

Die Hofhaltung im allgemeinen und jene der Königin im besonderen kamen teuer, aber bei weitem nicht so teuer wie jene Ludwigs XV. und der Madame de Pompadour. Ein irreparables Loch in die Staatskasse rissen diese Kosten nicht. Dies taten andere Ausgaben, vor allem die Aufwendungen für Frankreichs Engagement im amerikanischen Unabhängigkeitskrieg. Dafür waren der König und seine Minister verantwortlich, die England schlagen wollten, aber ihr Land und ihr Regime trafen und damit auch die Stellung der Königin beschädigten.

Elftes Kapitel
Neue Welt – Alte Welt

Der Friede würde eine große Wohltat sein, meinte Marie Antoinette im Herbst 1780, als der Krieg mit England voll entbrannt war. Erst drei Jahre später kam der Friedensschluß zustande. Französische Truppen unter General Rochambeau und eine französische Flotte unter Admiral de Grasse hatten Seite an Seite mit den amerikanischen Streitkräften George Washingtons die Engländer besiegt. Großbritannien verlor zwar die dreizehn Kolonien in Nordamerika, blieb aber mächtig genug, um den Kampf mit Frankreich um die Vorherrschaft in Übersee schon bald wieder aufzunehmen und schließlich zu gewinnen.

Noch wehte das Lilienbanner stolz im Siegeswind, doch Ludwig XVI. war der eigentliche Verlierer. Ein Kriegsziel, das 1759 an die Engländer verlorene Kanada zurückzugewinnen, konnte er nicht erreichen. Verheerend waren die innenpolitischen Folgen für den absoluten Monarchen. Der Krieg hatte ihn zwei Milliarden Livres gekostet, die ihm für nötige Reformen und eine mögliche Stabilisierung seines Regimes fehlten. Mit seinem Engagement für die gegen einen König sich erhebenden und sich eine Republik erkämpfenden Amerikaner hatte er den eigenen Thron gefährdet. Denn Untertanen, die begeistert für die amerikanische Freiheit in den Krieg gezogen waren, kamen mit dem Vorsatz zurück, sich eine französische Freiheit zu verschaffen.

Die Ideen der amerikanischen Unabhängigkeitserklärung von 1776 hatten in Frankreich einen aufnahmebereiten, von Aufklärern beackerten Boden gefunden. Eine weitverbreitete Meinung drückte der Enzyklopädist Condorcet aus: Es genüge nicht, wenn die Menschenrechte in den Werken der Philosophen und in den Herzen von Menschen geschrieben stünden; es sei notwendig, sie am Beispiel eines großen Volkes abzulesen, und Amerika habe der Welt dieses nachahmenswerte Beispiel gegeben. Ein personifiziertes Vorbild erschien im Dezember 1776 in Paris: Benjamin Franklin, ein Präzeptor des freien Amerika, der im Auftrag des Kongresses die Großmacht Frankreich als Verbündeten der jungen und noch schwachen Nation im Kampf gegen die Großmacht England gewinnen sollte. Viele Franzosen erblickten in dem Siebzigjährigen im einfachen Quäkeranzug mit ungepudertem Haar eine Verkörperung der in der Unabhängigkeitserklärung verkündeten Ideen von der Gleichheit der Menschen und der Gleichberechtigung der Bürger.

Der König hatte Hemmungen, Rebellen gegen eine Krone zu unterstützen, die er jedoch überwand, weil er die Gelegenheit, Revanche am britischen Rivalen zu nehmen, nicht verstreichen lassen wollte. Die Königin hätte Franklin, die Inkarnation der auch von ihr geschätzten Natürlichkeit, eigentlich nicht unsympathisch finden müssen, aber sie hielt es mit ihrem Frankreich besuchenden Bruder Joseph II., der einer Dame, die ihm von Franklin vorschwärmte, kühl entgegnete: „Mein Beruf ist, Royalist zu sein." Aber auch Marie Antoinette begann an der Aussicht, dem Preußen nahestehenden England eins auszuwischen, Gefallen zu finden. Die Mutter hatte sie zwar im Februar 1777 gewarnt, der Krieg in Amerika könne eine große Feuersbrunst auslösen, aber im Oktober 1777 überreichte sie Ludwig XVI. eine Denkschrift der Grafen d'Estaing und de Maillebois, in der zum Krieg gedrängt wurde: Der König von Frankreich habe die Chance zu nützen, „die Arroganz und die Ansprüche einer rivalisierenden Macht zu dämpfen".

„Unsere Beziehungen zu England verschlechtern sich sehr", schrieb Marie Antoinette am 13. Februar 1778 nach Wien. „Es ist noch nicht sicher, ob wir einen regelrechten

Krieg haben werden.“ Doch alles trieb darauf zu. Am 21. Januar 1778 hatte der aus dem Staatsrat gekommene Graf von Provence auf einem Ball der Königin verkündet, daß der Abschluß eines Vertrags mit den Vereinigten Staaten bevorstünde. Der englische Gesandte Lord Stormont, der es mitanhörte, bemerkte im Saal „eine allgemeine Erregung, viel Geflüster unter den jungen Leuten, die alle eifrig für den Krieg stimmten“. Am 6. Februar 1778 wurden in Paris von Benjamin Franklin und Conrad Alexandre Gérard vom französischen Außenministerium zwei Verträge zwischen dem Königreich und der Republik unterzeichnet: Ein Freundschafts- und Handelsvertrag sowie ein Beistandspakt, der die Partner verpflichtete, sich gegenseitig im Krieg zu unterstützen, den die Amerikaner bereits führten und der für die Franzosen unvermeidlich geworden war.

„Ich hoffe, daß dies zum Wohle beider Nationen sein wird“, sagte Ludwig XVI. zu Franklin. Zum Nutzen der Vereinigten Staaten von Amerika war dieses Bündnis zweifellos; ihre Souveränität wurde von Frankreich als erstem Staat anerkannt, und sie hatten den Beistand der einzigen Großbritannien ebenbürtigen Großmacht gewonnen; der Einsatz französischer Streitkräfte war nur noch eine Frage der Zeit. Zum Wohle der französischen Monarchie trug diese Allianz nicht bei. Beim Versuch, den englischen Erzfeind im Wettlauf um die Hegemonie zu überholen, überforderte sie ihre Kräfte, ruinierte ihre Finanzen und bereitete den Boden für die revolutionäre Saat, die von Amerika ausgestreut wurde und ein Jahrzehnt später in Frankreich aufgehen sollte.

„Der König hat dem König von England sagen lassen, daß er mit den Amerikanern einen Vertrag geschlossen hat. Lord Stormont hat Sonntag von seinem Hof den Befehl erhalten, Frankreich zu verlassen“, berichtete Marie Antoinette am 16. März 1778. Der Krieg zwischen Frankreich und England hatte begonnen. „Es hat den Anschein, daß unsere Marine, mit der man sich seit langem befaßt, bald in Aktion treten wird. Wolle Gott, daß alle diese Bewegungen nicht den Krieg zu Lande herbeiführen."

Noch waren keine regulären Streitkräfte in Nordamerika eingesetzt; der Krieg wurde auf den Weltmeeren geführt. Die Königin bestellte Minister Maurepas zu sich und bedeutete ihm: Man täte besser daran, die Kriegsmarine auf die britischen Inseln in Amerika zu konzentrieren, „statt die Flotte am Eingang des Ärmelkanals zu stationieren". Doch die französischen Strategen planten eine Invasion in England und zogen ein Heer von 40 000 Mann samt einer Landungsflotte an der Kanalküste zusammen.

„Sie sind also im Kanal! Und ich denke nicht ohne Zittern, daß von einem Augenblick zum andern das ganze Schicksal entschieden sein wird. Ich bin auch über das Herannahen des Monats September erschreckt, in dem das Meer nicht mehr befahrbar ist", schrieb Marie Antoinette am 16. August 1779 nach Wien. Vielleicht machte sie sich auch Sorgen, weil sie Axel von Fersen beim Expeditionskorps wußte. Wahrscheinlich war sie von dem zu ihrer Entourage gehörenden Herzog von Guines, der über Englanderfahrung verfügte, davon überzeugt worden, daß ein Sprung über den Kanal im Wasser landen würde. Diese Einsicht setzte sich dann auch bei den Militärs durch; das Landungsunternehmen wurde abgeblasen.

Marie Antoinette wünschte sich Frieden. Maria Theresia bot die Vermittlung Österreichs an, und die Tochter bedankte sich für „Ihre Güte, alle Mittel anwenden zu wollen, um uns den Frieden zu verschaffen. Freilich wäre das ein großes Glück, und mein Herz ersehnt es mehr als alles auf der Welt; aber unglücklicherweise sehe ich im gegenwärtigen Moment keine Anzeichen dafür". Im Jahre 1779 hielten der König und seine Minister einen Frieden nur für erstrebenswert, wenn Frankreich im Krieg, der eben erst begonnen hatte, England besiegt haben würde. Die Königin hatte dies zur Kenntnis zu nehmen: „Die Ergebnislosigkeit des Feldzuges“, schrieb sie nach Wien, „schließt jeden Gedanken an Frieden aus.“

Nach dem Tode Maria Theresias verstärkte Joseph II. die Vermittlungsbemühungen Österreichs, deren Erfolg ihm zu Beginn seiner Alleinherrschaft einen Prestigegewinn gebracht hätte. Marie Antoinette suchte dem Bruder in Versailles Gehör zu verschaffen. Aber er fand es nur beim Finanzminister Necker, der an das täglich größer werdende Loch in der Staatskasse dachte. Außenminister Vergennes war ein Falke, und Ludwig XVI. wollte Albion gestraft sehen. Die Vermittlung Josephs II. wurde nicht angenommen. Marie Antoinette, die für sie geworben hatte, wurde erneut als Autrichienne angeschwärzt, die wieder einmal mehr Interesse für die österreichische als die französische Politik gezeigt habe. Dabei hatte sie im Oktober 1780 Wien wissen lassen: „Der Friede würde eine große Wohltat sein; wenn aber unsere Feinde ihn nicht verlangen, würde es mich sehr betrüben, wenn man einen demütigenden schlösse.“

Ihre Sympathie für den Marquis de Lafayette, den prominentesten der französischen Freiwilligen, die bereits vor Kriegseintritt ihres Landes für die Vereinigten Staaten kämpften, wurde ihr nicht als Neigung für die amerikanische und damit für die französische Sache, sondern als Schwäche für einen attraktiven Mann ausgelegt. Der „Held zweier Welten“, wie er in Paris gefeiert wurde, war mit einer Noailles verheiratet, mit der Familie ihrer ehemaligen Oberhofmeisterin verbunden. Im Frühjahr 1777 verließ der Neunzehnjährige seine Frau und das königliche Heer, in dem er als Capitaine diente. Auf dem von ihm gecharterten Schiff „Victoire“

brach er in die Neue Welt auf, wo er kurz nach seiner Ankunft zum amerikanischen Generalmajor ernannt wurde.

Als im bitteren Winter 1777/78 George Washington sich auf verlorenem Posten wähnte, ließ Lafayette seine Verbindungen spielen, um Frankreich zur Kriegserklärung zu bewegen. Im amerikanischen Oberbefehlshaber, schrieb der Marquis seinem Schwiegervater, einem Herzog, fänden die Franzosen einen Verbündeten, der mit der eigenen auch ihrer Sache zum Sieg verhelfen könnte.

Noch im Jahre 1778 trat Frankreich in den Krieg gegen England ein. Aber mit seinem militärischen Einsatz in Amerika ließ es sich Zeit. Washington sandte Lafayette nach Paris. Als er Ende Februar 1779 ankam, wurde der französische Offizier, der Truppe und Land verlassen hatte, vom König unter Hausarrest gestellt. Unter dem Druck der öffentlichen Meinung mußte er bald aufgehoben werden. In Versailles wurde Lafayette vom König kühl, von der Königin freundlich empfangen. Sie versuchte vergebens, ihm in den endlich Marschorder erhaltenden französischen Streitkräften ein hohes Kommando zu verschaffen. Am 10. Juli 1780 landete General Rochambeau mit ein paar tausend Mann in Rhode Island, und die Flotte des Admirals de Grasse machte den Engländern die Seeherrschaft in den amerikanischen Gewässern streitig. Lafayette war als amerikanischer Generalmajor und Divisionskommandeur am entscheidenden Sieg der Verbündeten am 19. Oktober 1781 bei Yorktown in Virginia beteiligt.

Damit war der Krieg in Nordamerika gewonnen, doch der allgemeine Friedensschluß kam erst zwei Jahre später zustande. Lafayette kehrte im Januar 1782 nach Paris zurück, erhielt in der Oper einen Siegerkranz, und auch die Königin erwies ihm ihre Reverenz. Nach Beendigung der Feiern anläßlich der Geburt des Dauphin ließ Marie Antoinette auf der Rückfahrt von Paris nach Versailles ihre Karosse in der

Rue Saint-Honoré vor dem Palais Noailles halten. Durch das Fenster reichte sie dem sich vor ihr verneigenden „Helden zweier Welten“ die Hand zum Kuß.

Die Königin wußte nicht, daß sich Lafayette eine Kopie der amerikanischen Unabhängigkeitserklärung an die Wand gehängt und den Platz daneben für eine Deklaration der Menschen- und Bürgerrechte für die Franzosen vorgesehen hatte. Sieben Jahre später, 1789, konnte er sie anbringen.

Auf einen Kausalzusammenhang zwischen der Amerikanischen und der Französischen Revolution verwies der Verfasser der Unabhängigkeitserklärung, Thomas Jefferson, der von 1784 bis 1789 Gesandter der Vereinigten Staaten von Amerika am Hofe Ludwigs XVI. war: „Obgleich berühmte Schriftsteller Frankreichs wie anderer Länder bereits gute Grundsätze für eine Regierung aufgestellt hatten, schien es doch der amerikanische Krieg gewesen zu sein, der zuerst den denkenden Teil der Nation im allgemeinen aus dem Schlaf des Despotismus gerüttelt hat.“ Aus Amerika heimgekehrte Franzosen hätten für dessen zu Institutionen geronnene Ideen geworben, „die Presse, ungeachtet ihrer Fesseln, begann sie zu verbreiten, auch die Konversation wurde freier, auf allen Gesellschaften wurde politisiert, von Männern wie von Frauen“, und eine große Partei habe sich gebildet, „die, sich der Mißbräuche der Regierung bewußt, Gelegenheiten zu deren Reform herbeisehnte“.

Doch das Ancien Régime entzog sich notwendigen Reformen, verpaßte eine Evolution und beschwor die Revolution herauf.

Geld regiert die Welt, und weil dem Ancien Régime das Geld ausging, konnte es nicht mehr effizient regiert werden. Das Defizit in der Staatskasse war nicht zu beheben. Ein Drittel der Staatseinnahmen verschlangen die Streitkräfte, ein Drittel die Zinsen, ein Zehntel verbrauchte der Hof, sechs Prozent fielen auf die Pensionen und der Rest auf verschiedene Etatposten. Jedem Finanzminister – und es gab zwischen 1774 und 1790 deren zehn – war die Aufgabe gestellt, Ausgaben zu senken und Einnahmen zu steigern, und kein einziger vermochte sie zu lösen.

Ohne nachhaltigen Erfolg bemühte sich auch ein ausgewiesener Finanzfachmann um eine Sanierung der Staatsfinanzen: Jacques Necker. Der aus Genf stammende und in Paris erfolgreiche Bankier wurde 1776 zum Conseiller des Finances und Directeur général du Trésor royal und 1777 zum Directeur général des Finances ernannt. Seine Schwierigkeiten begannen bereits damit, daß dem Protestanten der Staatsrat verschlossen blieb und der Titel Contrôleur général des Finances – der offizielle eines Finanzministers – vorenthalten wurde.

Der König erwartete sich von Necker viel, und die Königin erhoffte sich einiges. Eher belustigt war sie, als der Debütant am Hofe ihr die Hand ohne die von der Etikette vorgeschriebene Erlaubnis küßte. Nicht ohne Respekt vernahm sie, daß der Bankier, der freilich über reichlich eigene Mittel verfügte, kein Gehalt beanspruchte. Der sich einfacherem Leben zuwendenden Herrin von Klein-Trianon mißfiel es nicht, daß der schlichte Lebensstil des Kalvinisten von dem aufwendigen des Hofadels abstach. Das ließ vermuten, daß der Genfer so sparsam wie mit dem eigenen Geld mit dem des Staats umgehen würde, und annehmen, daß der Finanzminister das Staatsvermögen ebenso vermehren könnte wie der Bankier sein Privatvermögen.

„Von allen Ministern des Königs“, berichtete Mercy 1780, „schätzt die Königin Herrn Necker am meisten.“ Am 15. Februar dieses Jahres schrieb Marie Antoinette nach Wien: „Der König hat eben ein Edikt erlassen, das nur eine

Vorbereitung der Reform ist, die er in seinem und meinem Hofstaat durchführen will." Noch vor wenigen Jahren hätte sie Sparmaßnahmen, die auch sie trafen, kaum gutgeheißen. Nun aber, da sie sich mehr mit Politik zu beschäftigen begann und sich in sie auch einzumischen gedachte, sah sie ein: Wenn die von Necker angestrebte Reform durchzuführen sei, „wird es nicht nur für die Ökonomie, sondern auch für die öffentliche Meinung und Beruhigung von großem Vorteil sein".

In der königlichen Jagd wurden 1300 und am königlichen Hof 406 Stellen gestrichen und angeordnet, daß die Kerzen künftig ganz heruntergebrannt werden sollten. Bislang wurde in den Herrschaftszimmern keine Kerze zweimal angesteckt; der Verkauf des verbliebenen Wachses brachte den Kammerfrauen eine begehrte Nebeneinnahme. Die unmittelbar Betroffenen und alle, die befürchteten, als nächste an der Reihe zu sein, kritisierten Necker offen und, hinter vorgehaltener Hand, Ludwig XVI., der sich nicht schützend vor seine Höflinge stellte. Beim König wie bei der Königin habe er Gehör gefunden, resümierte Necker, doch in der Umgebung der Majestäten sei ihm Haß entgegengeschlagen.

„Man muß die Wirkungen abwarten, um darauf rechnen zu können; man hat sie ohne Erfolg unter den beiden letzten Regierungen versucht", äußerte sich die Königin zu den Reformansätzen. „Der König hat die Kraft und den guten Willen; aber es gibt in diesem Lande so viele formale Hindernisse, daß daraus neue Unannehmlichkeiten wie in der Vergangenheit entstehen werden, wenn man nicht die richtige Form wählt."

Die Hindernisse waren noch da und konnten nicht aus dem Weg geräumt werden. Der Adel beharrte auf seinen Privilegien, die ihm gesellschaftlichen Rang und materielle Einkünfte sicherten, und widersetzte sich Versuchen von oben, sie zugunsten eines modernisierten Staatswesens einzuschränken, wie Forderungen von unten, Bürger und Bauern in dieses entsprechend einzubeziehen. Als Necker 1779 an die Abschaffung der Feudallasten auf den königlichen Domänen ging, opponierte das die Interessen des Feudaladels vertretende Parlament, weil es den Anfängen einer allgemeinen Bauernbefreiung wehren wollte.

Freilich wählte Necker nicht immer die richtige Form. Da er davor zurückscheute, Adel und Klerus zur Kasse zu bitten, beschaffte sich der Finanzminister Geld auf einem Wege, den er als Bankier gewohnt war: durch Anleihen. Dies mißfiel dem ersten Minister Maurepas, der den Etat nur durch Steuern ausgeglichen sehen wollte, und dem Parlament, das eine Verordnung Charlemagnes gegen den Wucher ins Gedächtnis rief. Immerhin flossen durch Anleihen 530 Millionen Livres in die Staatskasse, aber die dafür aufzubringenden Zinsen belasteten zunehmend den Staatshaushalt.

Eine Verwaltungsreform kam nicht voran. Zwar verringerte Necker die Zahl der Stellen und kürzte Gehälter im Finanz- und Postwesen, aber die Reaktion der unmittelbar Betroffenen wie der gesamten Beamtenschaft dämpfte die Erwartungen, die er in die Rationalisierung gesetzt hatte. Auch bei der Einführung von Provinzialversammlungen kam man nicht viel weiter. Die vielversprechende Neuerung, durch Verlagerung von Verwaltungsaufgaben in die Regionen die staatliche Administration zu verbessern und durch die Zusammensetzung der Provinzialversammlungen – der Dritte Stand bekam so viele Stimmen wie die beiden ersten Stände zusammen – die Basis der Mitbestimmenden zu erweitern, blieb auf vier Provinzen beschränkt: Berry, Haute-Guyenne, Dauphiné und Bourbonnais. Der Versuch, Regierung und Regierte durch eine gewisse Dezentralisierung und Liberalisierung einander anzunähern und damit eine Evolution einzuleiten, blieb in den Ansätzen stecken.

Mehr als administrative interessierten Marie Antoinette humanitäre Reformen. Die Folter wurde abgeschafft, Häftlinge wurden menschlicher behandelt, in Paris ein Modellgefängnis und ein Gefängniskrankenhaus errichtet. Im Hôtel-Dieu, dem wichtigsten Hospital der Hauptstadt, sollten – so ein Dekret des Königs – wenigstens dreihundert Patienten ein Bett für sich bekommen, Frauen und Männer getrennt und für bestimmte Krankheitsarten besondere Säle eingerichtet werden. Marie Antoinette kümmerte sich gelegentlich um Notleidende. So finanzierte und kontrollierte sie die Ausbildung von Kindern aus armen Familien. Im harten Winter 1783/84 stiftete sie 250 000 Livres aus ihrer Schatulle für Darbende. Zum Dank errichteten ihr Pariser ein Standbild – freilich aus Schnee, der so rasch dahinschmolz wie das Renommee der Königin.

Von Rückschlägen betroffen, trat Necker die Flucht nach vorne an, suchte die öffentliche Meinung durch die Veröffentlichung eines Rechenschaftsberichts zu gewinnen: „Compte rendu au Roi sur l'Administration des Finances". Am 19. Februar 1781 publiziert, wurde er in über 100 000 Exemplaren verbreitet. Es war das erste Mal, daß in Frankreich das Volk über den Stand der Staatsfinanzen aufgeklärt wurde. Dafür erhielt Necker viel Beifall von unten und viel Kritik von oben. Dem Ancien Régime brachte der Rechenschaftsbericht mehr Schaden als Nutzen. Denn nun hatten es die Untertanen schwarz auf weiß, was sie bisher nur geahnt hatten: daß Unsummen für Pensionen und Gratifikationen an Privilegierte sowie für den Unterhalt des Königshofs ausgegeben wurden. Die Entrüstung der Profiteure glich einem Sturm, dem Necker durch seinen Rücktritt am 19. Mai 1781 auswich.

Im Volk wurde Necker als Opfer eines „egoistischen und korrupten Hofes" wie ein Märtyrer gefeiert. „Alle unparteiischen Personen sind bestürzt", bemerkte eine Hofdame, die Marquise de Bombelles. Die Königin bedauerte den Rücktritt Neckers, soll sogar versucht haben, ihn zum Bleiben zu bewegen. Jedenfalls war eingetreten, was sie im Jahr zuvor nicht ausgeschlossen hatte: daß an den vielen „formalen Hindernissen" auch dieser Reformminister scheitern könnte.

Neuer Finanzminister wurde Jean François Joly de Fleury, der erkannte, daß das Loch in der Staatskasse größer war als es Necker zugegeben hatte. Er schätzte das nicht zuletzt durch die Kosten des Krieges mit England entstandene Defizit auf 80 Millionen Livres und suchte es durch neue Steuern auszugleichen. Doch der Widerstand gegen die Ultima ratio jedes Finanzministers zwang ihn nach kaum zweijähriger Amtszeit zum Rücktritt. Sein Nachfolger Lefèvre d'Ormesson gab schon nach sieben Monaten auf. Der Zweiunddreißigjährige hatte mit dem Hinweis auf seine Jugend und mangelnde Erfahrung gezögert, das schwierige Amt zu übernehmen. Von Ludwig XVI., der ihn haben wollte, war ihm bedeutet worden: „Ich bin jünger als Sie, und mein Posten ist schwieriger als der, den ich Ihnen anvertraue." Marie Antoinette, die in Jugendlichkeit einen Vorteil und in Unerfahrenheit nicht unbedingt einen Nachteil erblickte, billigte die Wahl des ihr sympathischen Mannes und bedauerte sein Scheitern, das auf diese beiden Merkmale zurückzuführen war.

Das Königreich trieb dem Staatsbankrott entgegen. Ein Nothelfer wurde gesucht. Der König glaubte ihn in Charles Alexandre de Calonne, einem in der Provinz bewährten Intendanten, gefunden zu haben. Die Königin hatte Vorbehalte, die durch die Tätigkeit des neuen Finanzministers bestätigt werden sollten. Unattraktiv war der Neunundvierzigjährige nicht. Hochgewachsen, mit rotem Haar und dunklen Augen, wußte er sich auf höfischem Parkett zu bewegen und in jeder Gesellschaft die passende Konversation zu machen. Doch „er scheint mir mehr Glanz als Festigkeit, mehr Anstelligkeit als Fähigkeit zu besitzen“, meinte Monsieur de Boynes. „Ich fürchte, er verdanke seinen Ruf seiner Ungezwungenheit im Ausdruck und einem gewissen vorteilhaften Auftreten, das besonders bei den Frauen Erfolg hat.“

Nicht bei allen Frauen. „Man mutete ihm höhere Anlagen zu, weil er die ernstesten Angelegenheiten leichthin behandelte“, bemerkte Madame de Staël, und die Marquise de Bombelles resümierte: Calonnes von falschen Voraussetzungen und gewagten Annahmen ausgehenden und mit Beredsamkeit zur Akzeptanz gebrachten Maßnahmen hätten „weder der gesunde Sinn noch die Vernunft zulassen dürfen“. Marie Antoinettes Bedenken gegen die Berufung Calonnes als Finanzminister verstand Madame de Polignac zu zerstreuen, die sich von ihm, der zum Sturze Neckers beigetragen hatte, versprach, daß er wieder Geld in die Hofhaltung und damit auch in die Taschen ihres Clans fließen lassen würde.

Ihr erster Versuch mißlang, die Königin von ihrer Abneigung gegen Calonne abzubringen, doch der zweite ging nicht daneben. Nicht das erste und nicht das letzte Mal ließ sich Marie Antoinette von ihrer Favoritin überreden. Sie ging mit Madame de Polignac und dem Baron de Breteuil, der als Minister des königlichen Hauses an einer Aufbesserung des Hofetats interessiert war, zum König, und diese beiden „setzten nach langer Debatte bei Ihren Majestäten wirklich Calonnes Berufung durch“, bemerkte Jacques Mathieu Augeard. Die Königin, vermerkte ihr Geheimsekretär, habe es sich nie verziehen, der Polignac nachgegeben zu haben, die – wie Marie Antoinette später an Joseph II. schrieb – für sich und ihren Anhang „zahlreiche Zugeständnisse und persönliche Vorteile“ vom neuen Finanzminister herausgeschlagen hätte.

Freilich hatte Calonne noch andere Fürsprecher. Vergennes erhoffte sich von ihm, daß seine Beziehungen zu Steuerpächtern und Bankiers einer Sanierung des Staatshaushalts zugute kommen würden. Der erste Minister hatte vergessen, daß von seinem Vorgänger Maurepas nach dem Rücktritt Neckers eine Berufung Calonnes zu dessen Nachfolger verhindert worden war. „Das ist ein Narr und Verschwender! Die Finanzen solchen Händen anzuvertrauen! Der königliche Schatz wäre bald so leer wie seine Geldbörse", hatte Maurepas ausgerufen, der – Ende 1781 verstorben – nicht mehr eine Bestätigung seiner Auffassung erleben mußte.

Am 10. November 1783 wurde Calonne als Nachfolger Ormessons zum Contrôleur général des Finances, zum Finanzminister ernannt. Das Geldwesen Frankreichs sei aus den Händen eines ehrlichen Mannes ohne Talent in die eines geschickten Ränkeschmieds übergegangen, sagte Marie Antoinette zu Madame de Polignac.

Der neue Finanzminister suchte sich bei der Königin einzuschmeicheln. Als im strengen Winter 1783/84 Ludwig XVI. drei Millionen Livres zur Linderung der Not bereitstellte, wurde Marie Antoinette von Calonne angeboten, davon eine Million unter ihrem Namen und nach ihrem Belieben verteilen zu lassen. Die gesamte Summe müsse im Namen des Königs ausgegeben werden, entgegnete die Königin, die aus ihren Ersparnissen 250 000 Livres spendete. „Gratulieren Sie mir, ich habe soeben eine Falle, zumindest etwas vermieden, was mir großen Kummer bereitet hätte", sagte sie zu Madame Campan. „Dieser Mensch wird die Staatsfinanzen vollends zugrunde richten. Man behauptet, daß er sein Amt durch mich bekommen habe; man hat dem Volke vorgemacht, ich sei verschwenderisch; ich wollte nicht, daß ein Betrag aus dem königlichen Schatz, sei es für den edelsten Zweck, in meine Hände käme."

Auch die Aufbesserungen im Hofetat vermochten die Hofherrin nicht für den spendablen Finanzminister einzunehmen.

Calonne stellte mehr Mittel für Feste in Versailles, namentlich für Hofbälle, zur Verfügung. Über den Hofadel goß er Pensionen und Gratifikationen aus, aus einem Füllhorn, das zur Neige ging.

Ein Mann, der Geld brauche, pflegte Calonne zu sagen, müsse notwendigerweise reich erscheinen, und um reich zu erscheinen, müsse er durch seine Ausgaben verblüffen. Indessen blieb der Finanzminister darauf bedacht, Einkommensquellen zu erschließen. Nach vorne wies sein Bestreben, durch Gewerbeförderung das Steueraufkommen zu heben. Englands beginnende Industrielle Revolution vor Augen, importierte er englische Maschinen für die Textilindustrie und subventionierte die 1785 gegründeten Eisenhütten Creusot. Mit England wurde ein Handelsabkommen geschlossen, das dem französischen Luxusgewerbe nützte, aber der französischen Textilindustrie schadete.

Die Zukunftsinvestitionen brachten keinen Gegenwartsgewinn. So sah sich Calonne gezwungen, auf alte, wenn auch nicht bewährte Methoden zurückzugreifen. Der Finanzminister nahm 1783, 1784 und 1785 Anleihen auf, deren hohe Zinssätze von acht bis zehn Prozent den Staatshaushalt belasteten. So schien nichts anderes übrigzubleiben, als die Steuerschraube anzuziehen. Dennoch spitzte sich das Finanzproblem dramatisch zu: 1785 betrug das Defizit 100 Millionen Livres, die Höhe der laufenden Schuld belief sich auf 101 Millionen Livres.

Die Vorschußlorbeeren, die Calonne von der öffentlichen Meinung erhalten hatte, welkten rasch dahin. Pariser verübelten dem Finanzminister vor allem eine sie unmittelbar betreffende Maßnahme: den Bau einer 23 Kilometer langen und über drei Meter hohen Mauer samt 54 Zollhäusern rund um die an die 600 000 Einwohner zählende Hauptstadt. Dadurch sollte der Schmuggel von Waren, auf die Abgaben erhoben wurden, unterbunden und das Aufkommen an Verbrauchssteuern gesteigert werden. „Le mur murant Paris rend Paris murmurant", hieß es über die Mauer, „die Paris murren ließ".

Gemurrt wurde über die Steuerpächter, die indirekte Steuern für den Staat einzogen und dabei erheblich profitierten. Gemurrt wurde auch über die Königin, die zunehmend als Zielscheibe der Kritik diente. Hatte sie nicht den zunächst den Staatssäckel zuhaltenden Finanzminister 1784 dazu gebracht, sechs Millionen Livres für den Kauf von Saint-Cloud herauszurücken? Hatte sie nicht die Wachen und Bediensteten des ihr persönlich gehörenden Schlosses in eigene Livreen gesteckt und ihren Besitz betreffende Anordnungen „im Namen der Königin" und nicht „im Namen des Königs" erlassen? Darin wurde ein Verstoß gegen die Rangordnung in der Monarchie gesehen. Ging sie nicht in Saint-Cloud daran, Umbauten vorzunehmen und einen englischen Garten anlegen zu lassen? Hatte sie nicht 1786 für ihre Toiletten 272 000 Livres ausgegeben und damit ihr Garderobenbudget um 150 000 Livres überschritten?

Wenn sie vom Finanzminister 50 000 Livres verlangte, habe sie 100 000 Livres bekommen, suchte sich Marie Antoinette zu rechtfertigen. Aber mehr als Calonne wurde der „Madame Déficit" die Schuld an der Finanzmisere des Staats zugeschoben. „Calonne ist nicht einer, den ich liebe. / Aber es ist das Gold, mit dem er nicht spart. / Wenn ich in irgendeiner Verlegenheit bin, / dann wende ich mich an ihn…", hieß es in einem Spottlied, das in Paris gesungen wurde. Immer mehr Schmähschriften kamen in Umlauf, mit Titeln wie „Versuche über das Leben Marie Antoinettes" oder „Die Liebschaften unserer Königin", die von Verleumdungen strotzten. „Anonyme Artikel, üble Nachrede und schmutzige Lieder, die vom Hof ausgehen", klagte ein Zeitgenosse, „haben das gute französische Wesen vollkommen verändert.“

Auch wenn der Fürst von Ligne meinte, „nur Böse haben von ihr Übles reden, nur Dumme es glauben können“, so wurde doch das Charakterbild Marie Antoinettes nachhaltig beschädigt. Vor allem der Halsbandprozeß bot Übelwollenden eine Gelegenheit, die Behauptung von Verschwendungen mit der Unterstellung von Ausschweifungen zu potenzieren. Dadurch wurde mit der Person der Königin das Prestige des Königtums diskreditiert, die Malaise des Ancien Régimes verschlimmert und zum Untergang der Monarchie beigetragen.

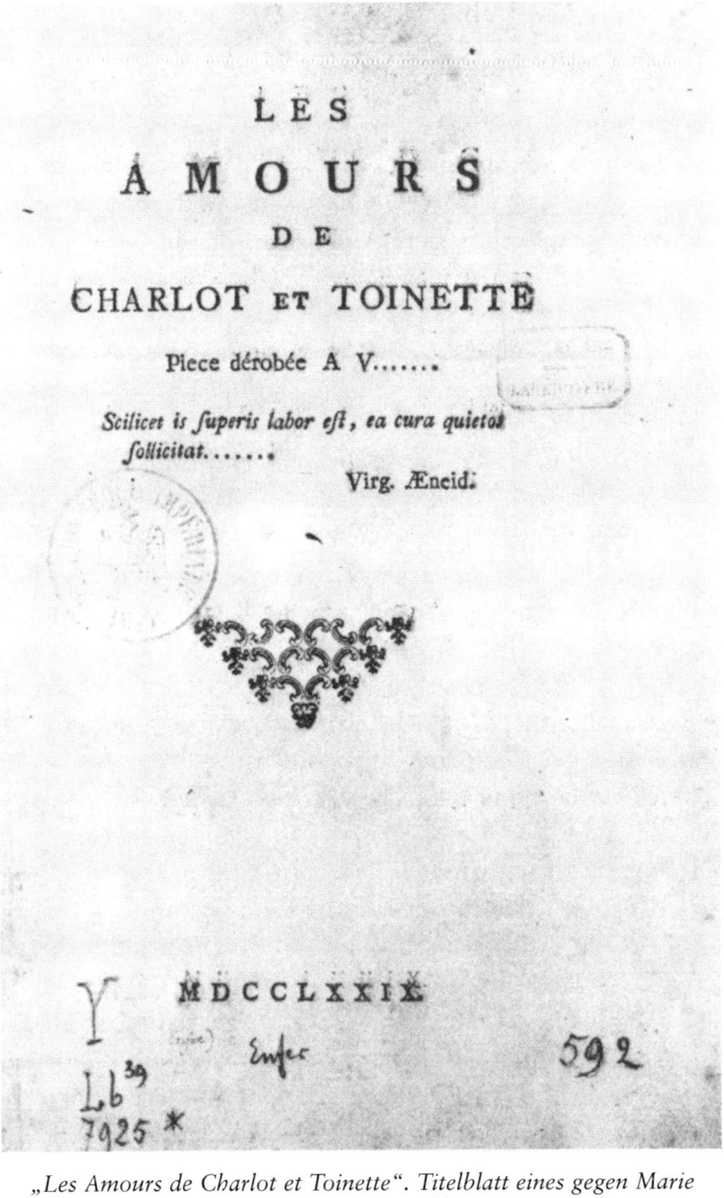

LES
AMOURS
DE
CHARLOT ET TOINETTE

Piece dérobée A V.......

Scilicet is ſuperis labor eſt, ea cura quietos ſollicitat.......

Virg. Æneid.

MDCCLXXIX

„Les Amours de Charlot et Toinette“. Titelblatt eines gegen Marie Antoinette gerichteten Pamphlets von 1779.

Zwölftes Kapitel
Fin-de-régime

Im Sommer 1785 wurde in Klein-Trianon ein Stück von Beaumarchais einstudiert: „Der Barbier von Sevilla oder die nutzlose Vorsicht". Die Königin spielte die Rosine, eine junge, naive und kokette Frau, eine Rolle, die ihr auf den Leib geschrieben zu sein schien. Die im Titel angesprochene „Vorsicht" war nicht die Stärke Marie Antoinettes. Selbst wenn sie ihr gegeben gewesen wäre, hätte sie sich als „nutzlos" in der Halsbandaffäre erwiesen, die sich über ihr zusammenbraute.

Am 12. Juli 1785 überreichte der Hofjuwelier Boehmer der Königin einen Brief: „Madame, wir sind auf dem Gipfel des Glücks, indem wir anzunehmen wagen, daß die letzten uns vorgelegten Vereinbarungen, denen wir uns mit Eifer und Achtung unterworfen haben, ein neuer Beweis unserer Unterwürfigkeit und Ergebenheit gegen die Befehle Eurer Majestät sind, und finden eine wahre Genugtuung bei dem Gedanken, daß der schönste Diamantschmuck, der existiert, der größten und besten der Königinnen dienen wird."

Welcher Diamantschmuck? Marie Antoinette hatte keinen bestellt, und vom König, der tief in Schulden steckte, war kaum einer zu erwarten. Sie erinnerte sich, gehört zu haben, daß der Juwelier Boehmer und sein Compagnon Bassenge ihr ganzes Geld in ein Halsband mit 647 Brillanten von insgesamt 2800 Karat mit einem Wert von 1 600 000 Livres investiert und dafür keinen Käufer gefunden hatten. War der Brief Boehmers der verzweifelte Versuch eines am Rande des Ruins stehenden Mannes, die Königin für das Collier zu interessieren? Aus Angst, es nicht loszuwerden, habe er offenbar den Verstand verloren, meinte Marie Antoinette und verbrannte den Brief, mit dem sie nichts anzufangen wußte. Sie ahnte nicht, daß hinter ihrem Rücken eine Intrige gesponnen worden war, deren Opfer sie werden sollte.

Eingefädelt hatte die Intrige die Gräfin Jeanne de la Motte, eine geborene Saint-Rémy. Ihr Vater, der letzte Sproß einer Nebenlinie der Valois, hatte sie mittellos zurückgelassen. Gönner, die Mitleid mit dem verarmten Nachkömmling einer französischen Dynastie hatten, sorgten für die Erziehung und die Aufnahme in ein Kloster. Aus ihm entwich Mademoiselle und heiratete den Grafen de la Motte, der nichts hatte und nichts taugte. Sie nahm ihr Schicksal selber in die Hand, begann mit viel Geschick und ohne Bedenken nach Fortune, Glück und Vermögen zu streben.

Am Königshof, der ihr als einer Valois nicht verschlossen blieb, hatte sie kein Glück. Sie antichambrierte ohne pekuniären Erfolg; nur von der Gräfin von Provence, in deren Vorzimmer sie eine Ohnmacht simulierte, ergatterte sie einige Louisdor. Mehr versprach sie sich vom Prinzen Louis René Édouard von Rohan, einem Herrn aus hohem Haus, der Fürstbischof von Straßburg, Kardinal und Großalmosenier, oberster Hofgeistlicher geworden war. Im September 1781 wurde die Motte ihm vorgestellt, im Juni 1782 knüpfte sie mit ihm eine Beziehung an, die ihr zunächst einiges und später viel Geld eintrug. Sie verstand den Ehrgeiz und die Leichtgläubigkeit des Aristokraten auszunützen, der – weniger ein Diener der Kirche als ein Mann von Welt – Minister des Königs von Frankreich werden wollte. Diesem Vorhaben, fürchtete er, stünde die Königin entgegen, die ihn nicht ausstehen konnte. So versuchte Rohan, Marie Antoinette von ihrem Widerwillen gegen ihn abzubringen, mit einer für ihn eingenommenen Königin zum Ziel zu gelangen.

Rohan mußte davon ausgehen, daß sein Vorsatz nicht leicht zu verwirklichen war, denn mit den Jahren war Abscheu aus ihrer Abneigung geworden. Diese hatte sie bereits Anfang der siebziger Jahre gegen ihn gefaßt, als er als Gesandter in Wien durch großspuriges Auftreten, freigeistige Äußerungen, galante Affären und nicht zuletzt durch abschätzige Bemerkungen über die damalige Dauphine nicht nur das Mißfallen Maria Theresias, sondern auch der von ihr informierten Tochter erregt hatte. Rohan habe „Frankreich noch mehr entehrt, als er in Österreich Ärgernis gab", schrieb Marie Antoinette der Mutter. Kaum auf den Thron gelangt, berief Ludwig XVI. den Gesandten ab, der das Verhältnis der beiden Höfe beeinträchtigt und über die ehelichen Beziehungen zwischen Louis und Marie Antoinette gelästert hatte.

Zurück in Versailles, weigerten sich der König wie die Königin, Rohan zu empfangen. Immerhin erhielt er vom französischen Monarchen eine Pension, und der König von Polen besorgte Rohan – als er noch Koadjutor des Bischofs von Straßburg war – den Kardinalshut. Schließlich ließ sich Ludwig XVI. dazu überreden, ihm die Stelle des Großalmoseniers anzutragen, sehr zum Mißfallen Marie Antoinettes, die – wie Maria Theresia – dieses „schlechte Subjekt" nicht nur ungeeignet für geistliche Würden, sondern auch für höfische und staatliche Ämter hielt.

Der Verschmähte suchte sich bei der Königin ein seinem Fortkommen förderliches Entree zu verschaffen. Dabei zeigte er sich ebenso bedenken- wie gedankenlos. Er bestach einen Pförtner, ihn in den Garten von Klein-Trianon einzulassen, in dem Marie Antoinette ein Fest für das russische Thronfolgerpaar gab. Rohan postierte sich an einer Stelle, wo die Königin vorbeikommen müßte, in der Hoffnung, sie ansprechen zu können. Das klappte nicht, denn der Eindringling wurde rechtzeitig erkannt, weil er zwar zur Tarnung einen Überrock angelegt, jedoch vergessen hatte, die roten Kardinalsstrümpfe auszuziehen. Die aufgebrachte Marie Antoinette verzieh dem Pförtner, dem Angestifteten, nicht dem Anstifter Rohan. Dessen Vertrauter, Abbé Georgel, resümierte: Die Königin sei unbeugsam und unzugänglich gewesen und geblieben.

Beim Versuch, das Eis zu brechen, fiel der Kardinal, der von den Kardinaltugenden am wenigsten die Klugheit besaß, auf die Machenschaften der Motte herein. Die geldgierige Gräfin hatte bisher nur kleine Fische an Land gezogen. Nun bekam sie einen großen Fisch an die Angel; Rohan verfügte über Einkünfte in Höhe von zwei Millionen Livres. Im März 1784 erklärte die Gräfin dem Kardinal: Sie habe die Gunst Marie Antoinettes gewonnen und werde von ihr mit Geheimaufträgen betraut. Das war gelogen. Zwei Jahre später gestand sie, „daß sie nie eine Gelegenheit oder einen Vorwand gehabt habe, mit der Königin zu sprechen". Zwei Jahre vorher ging Rohan auf ihr Angebot ein, ihre Beziehungen zu Marie Antoinette zu seinen Gunsten spielen zu lassen. Zum Beweis, daß er, dank ihrer Bemühungen, Gnade bei der Königin gefunden habe, legte sie ihm von ihrem Liebhaber Rétaux de la Vilette gefälschte Briefe auf blauem Papier vor, die Rohan für Billets doux Marie Antoinettes hielt.

Sagte man der Dreißigjährigen nicht nach, daß sie für galante Abenteuer zu haben wäre? Mit fünfzig hielt sich Rohan noch immer für den Frauenhelden, als welcher der Enddreißiger in Wien von Maria Theresia beurteilt worden war: „Fast alle unsere Frauen, junge wie alte, schöne wie häßliche, sind von diesem schlechten Beispiel von Überspanntheit und Leichtsinn wie verhext." Eine frustrierte Ehefrau wie Marie Antoinette würde ihm erst recht nicht widerstehen können, meinte Rohan und bat die Motte um Vermittlung eines Rendezvous.

Die Schwindlerin engagierte Mademoiselle Oliva, deren Äußeres demjenigen Marie Antoinettes ähnelte. Die Halbweltdame wurde à la reine zurechtgemacht. Am Abend des

11. August 1784 erwartete sie im Park von Versailles den dorthin bestellten Prinzen, der sich von diesem Stelldichein wohl mehr erhoffte, als ihm beschieden wurde. Die falsche Königin überreichte ihm zwar eine rote Rose mit den Worten, er wisse, was das zu bedeuten habe, aber entschwand dann im Dunkel der Nacht.

Die Motte, die eine Vermittlungsgebühr von 150 000 Livres forderte und erhielt, redete Rohan ein, daß die Gunst einer so hohen Dame schließlich nur mit einem entsprechend großen Geschenk zu gewinnen wäre. Sie überredete ihn, Marie Antoinette, die bekanntlich nie genug Schmuck bekommen konnte, das noch zu habende Diamanthalsband der Juweliere Boehmer und Bassenge zu verehren. Rohan erstand es am 26. Januar 1785 für 1 600 000 Livres – im Auftrag der Königin, wie die Gräfin de la Motte und der als Mittelsmann auftretende Kardinal den Juwelieren bedeuteten. Die Motte nahm das Halsband in Empfang, um, wie sie Rohan erklärte, es Marie Antoinette überbringen zu lassen. Aber sie unterschlug es, zerstückelte das Collier und ließ einzelne Diamanten von Rétaux in Paris und von ihrem Gemahl in London verkaufen.

Die Juweliere warteten vergebens auf die Zahlung der fälligen ersten der vier festgesetzten Raten. Boehmer erinnerte in seinem Brief vom 12. Juli 1785 die Königin an den für sie bestimmten „schönsten Diamantschmuck“, von dem Marie Antoinette nichts wußte, nichts wissen konnte. Sie verbrannte den Brief, den sie nicht verstand, wurde jedoch hellhörig, als ihr kurz darauf Boehmer persönlich zu dem in ihrem Namen von Rohan erworbenen Halsband gratulierte und auf die Fälligkeit der ersten Rate verwies.

Als der Juwelier gegangen war, habe sie die Königin „in einem beunruhigenden Zustande“ angetroffen, berichtete Madame Campan. „Der Gedanke, daß man glauben konnte,

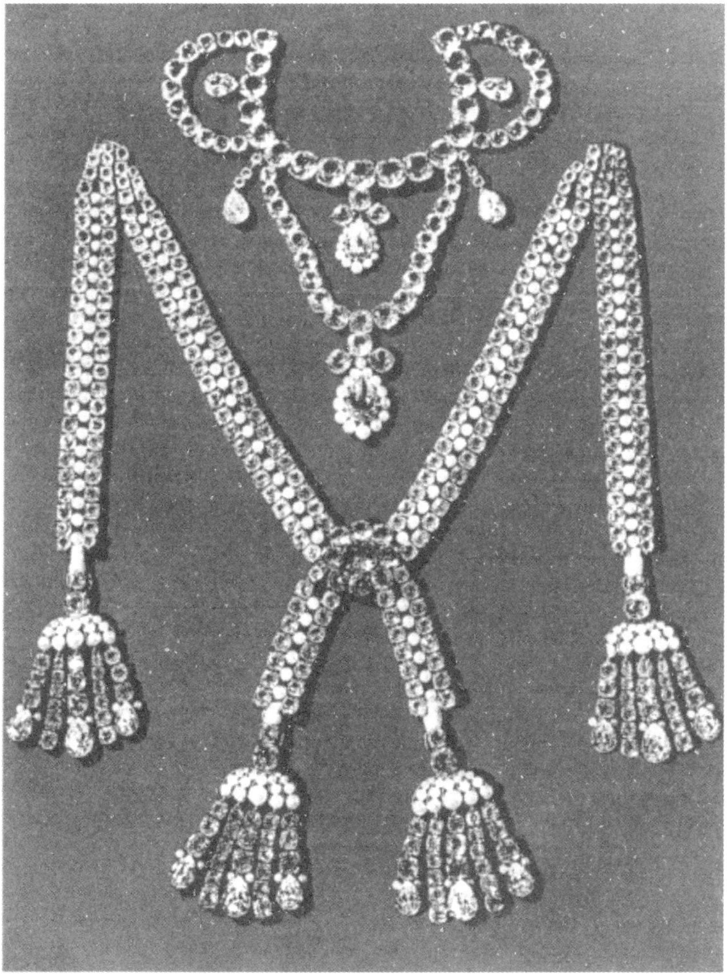

Das Collier – Corpus delicti der Halsbandaffäre.

ein Mann, wie der Kardinal, hätte ihr Zutrauen, sie hätte sich seiner gegenüber einem Kaufmanne bedient", um sich dieses Collier zu verschaffen, empörte Marie Antoinette. „Die häßlichen Laster müssen aufgedeckt werden; wenn der römische Purpur und der Fürstentitel nur einen Schwindler und Gauner verbergen, der es wagt, die Gemahlin seines Souveräns bloßzustellen, so sollen ganz Frankreich und Europa es erfahren."

Am 15. August 1785, am Fest Maria Himmelfahrt, als der Kardinal sich für das Hochamt vorbereitete, zitierte ihn der König in sein Kabinett. Ja, er habe das Halsband für die Königin gekauft, erklärte Rohan. Auf die Frage, wer ihn dazu beauftragt habe, wies er auf die anwesende Königin und sagte: „Ihr, Madame." Marie Antoinette geriet außer sich: „Ich! Nachdem ich seit Eurer Rückkehr aus Wien kein einziges Mal das Wort an Euch gerichtet habe! Nachdem ich Euch noch nie eine Audienz gewährt habe!" Sie habe ihn durch das Schreiben ermächtigt, das ihm die Gräfin de la Motte überbracht habe, entgegnete Rohan, der immer noch nicht zu begreifen schien, daß er von der Schwindlerin hereingelegt worden war.

Dieses Schreiben war, wie die Prüfung ergab, eine plumpe Fälschung. Selbst wenn Rohan nicht erkannt hätte, daß es nicht die Handschrift der Königin trug, hätte ihn die Unterschrift „Marie Antoinette von Frankreich" stutzig machen müssen; denn bekanntlich unterzeichnete eine Königin nur mit ihrem Taufnahmen. Dies warf Ludwig XVI. dem Kardinal vor und schloß sich der Meinung seiner Gemahlin an: Die Intrige sei gegen sie gerichtet, um sie vor dem König und allen Franzosen verächtlich zu machen.

Ludwig XVI. ließ Rohan festnehmen. Bevor er in die Bastille eingeliefert wurde, hatte Abbé Georgel Gelegenheit gefunden, seinen Herrn belastende Papiere zu vernichten. Die

Gräfin de la Motte wurde in Bar-sur-Aube, Mademoiselle Oliva in Brüssel und Rétaux de la Vilette in Genf verhaftet; der Graf de la Motte war nach England entkommen.

„Ich wünsche“, schrieb Marie Antoinette an ihren Bruder Joseph II., „daß dieser ganze Greuel und alle diese Einzelheiten vor den Augen der ganzen Welt klargestellt werden.“ Am 5. September 1785 beauftragte der König das Parlament mit der gerichtlichen Austragung der Angelegenheit. Rohan blieb bei seiner Meinung, das Halsband im Auftrag der Königin gekauft zu haben. Die Gräfin de la Motte behauptete, der Kardinal habe ihr nicht das Halsband zur Weitergabe an die Königin ausgehändigt. Das Parlament, das die Privilegien des Ersten und Zweiten Standes verteidigte, glaubte mehr einem hochgestellten Mitglied der Feudalgesellschaft als einer Dame der Demi-monde. Überdies stand das Parlament in Opposition zum König, hatte sich dessen Reformvorschlägen widersetzt, und seine Mehrheit neigte dazu, mit der Königin das Königshaus zu diskreditieren. Jedenfalls verschloß sie sich nicht der vorherrschenden öffentlichen Meinung, die der Autrichienne alles zutraute, auch eine Affäre mit dem Kardinal, um ihrer Lust zu frönen und das Collier zu ergattern.

Am 31. Mai 1786 wurden die Urteile gesprochen. Die Gräfin de la Motte wurde hart bestraft: Auspeitschung, Brandmarkung mit einem „V“ für Voleuse, Betrügerin und Diebin, lebenslängliche Haft. Rétaux de la Vilette, der auf Verlangen der Hauptschuldigen, seiner Geliebten, die angeblichen Briefe Marie Antoinettes geschrieben hatte, wurde verbannt, und Mademoiselle Oliva, die sich im Park von Versailles als Marie Antoinette ausgegeben hatte, außer Verfolgung gesetzt. Gegen den von ihnen getäuschten Kardinal Rohan war die Beschuldigung des Betrugs und des Diebstahls fallengelassen worden. Von der Anklage der Majestätsbeleidigung – weil er sich erkühnt hatte, anzunehmen, die Königin habe ihm ein Rendezvous gewährt und ihn veranlaßt, für sie das Halsband zu erwerben – wurde er mit 26 gegen 22 Stimmen freigesprochen.

Die Verwandten des Kirchenfürsten, die in Trauerkleidung zur Urteilsverkündung erschienen waren, schienen nicht erwartet zu haben, daß Rohan reingewaschen würde. Vor dem Gerichtsgebäude wurde „Hoch lebe das Parlament! Hoch lebe der unschuldige Kardinal!“ gerufen. Eine Menschenmenge geleitete den Freigesprochenen zur Bastille, wo er noch eine Nacht – auch diese nicht unkomfortabel – zu verbringen hatte. Damen trugen Hüte „à la Cardinal“, geformt wie ein Kardinalshut, mit roten Bändern und einem Rand aus Stroh, auf das sich Rohan angeblich in der Bastille hatte betten müssen. Herren schnupften aus Elfenbeindosen „à la weißgewaschener Kardinal“. Der Kirchenfürst, die Verkörperung der unheiligen Allianz von kirchlicher Würde und weltlicher Macht, wurde zum Helden nicht nur der Aristokratie, sondern auch des Dritten Standes, der ansonsten die Ansprüche und Ausschweifungen der beiden ersten Stände nicht genug anklagen konnte.

Selbst Madame de la Motte galt als verfolgte Unschuld. Adelige Herrschaften begaben sich in ihren Kutschen zum Gefängnis der Salpêtrière, um der als Betrügerin und Diebin Verurteilten ihre Reverenz zu erweisen. Nach knapp einem dreiviertel Jahr gelang ihr, mit Hilfe von Gönnern, die Flucht nach England. In Frankreich kamen 5000 Exemplare ihrer „Memoiren“ im Umlauf, in denen die Motte erklärte: „Mit meinem letzten Atemzug werde ich noch behaupten, daß zwischen dem Kardinal und der Königin unerlaubte Beziehungen bestanden... Seine Eminenz fand es anstrengend, den erotischen Anforderungen seiner königlichen Geliebten gerecht zu werden, und gab zu, daß er von verschiedenen stimulierenden Mitteln Gebrauch machte.“

Verfasser und Verleger von Schmähschriften gegen die Königin machten blendende Geschäfte. In einem Pamphlet tadelte Marie Antoinette die Prostituierte Oliva, die sich für sie ausgegeben hatte: „Niederträchtige Dirne! Meine Rolle als Königin könnte Dir wohl so passen!" und bekam die Antwort: „Nur keine Aufregung, Hoheit. Ich habe ihnen meine Rolle ja auch oft schon überlassen!"

Marie Antoinette ahnte, daß man ihr in der Halsbandaffäre alle Schuld zuschieben würde. Nach Bekanntwerden der Urteile traf Madame Campan die Königin weinend an. Sie sei ein Opfer von Intrigen und Ungerechtigkeit geworden, klagte sie der Kammerfrau. Nicht nur die Königin von Frankreich, das französische Volk sei zu bedauern, „wenn es als obersten Gerichtshof einen Haufen Leute hat, von denen die einen der Bestechung zugänglich, die anderen von jener Vermessenheit sind, die sie stets gegenüber der Autorität an den Tag gelegt und soeben wieder demonstriert haben".

Rohan sei freigesprochen worden mit der Absicht, der Königin und dem König Schaden zuzufügen, meinte der österreichische Gesandte Mercy, der immer noch bemüht war, seine Erzherzogin vor Unbill zu bewahren und eine Beeinträchtigung der Beziehungen zwischen Versailles und Wien zu vermeiden. Ludwig XVI., der Rohan für den Hauptschuldigen in der Halsbandaffäre hielt, glaubte die königliche Autorität mit Machtmitteln des absoluten Monarchen aufrechterhalten zu können; er setzte den Kardinal als Großalmosenier ab und verbannte ihn in seine Abtei La Chaise-Dieu in der Auvergne.

Damit machte er alles noch schlimmer. Der Bruch mit dem Parlament, dessen Aufgeschlossenheit für Reformen er gebraucht hätte, war nun endgültig. Der Erste Stand, der Klerus, kritisierte die Maßregelung des Kardinals, über den nur der Papst richten dürfe. Der Zweite Stand, der Adel, begann sich vom Monarchen zu distanzieren, der einen der ihren, den Prinzen Rohan, so ungerecht behandelt habe. Der Bund von Altar und Thron lockerte sich, Feudalherren begannen sich von einem Oberherrn abzuwenden, der den unumschränkten Herrscher herauskehrte. Nutznießer war der Dritte Stand. Das Bürgertum sah seine Meinung bestätigt, daß sich die absolute Monarchie überlebt habe, und seine Hoffnung bekräftigt, daß mit deren Tagen auch jene der diese nicht mehr voll und ganz unterstützenden Feudalgesellschaft gezählt sein würden.

Das Fin-de-régime hatte begonnen. Die Königin war selbst bei solchen, die ihr noch Respekt und Sympathie entgegengebracht hatten, in Verruf geraten. „Nie hätte die la Motte ein solches Lügengebäude aufrichten können, hätte der Leichtsinn der Königin nicht selbst den Grundstein gelegt und ihr schlechter Ruf dabei die Leiter gehalten. Nochmals und nochmals: an den ganzen phantastischen Schiebungen der Halsbandaffäre war Marie Antoinette so unschuldig wie nur denkbar, daß aber ein solcher Betrug unter ihrem Namen überhaupt gewagt und glaubhaft werden konnte, war und bleibt ihre historische Schuld." Dies meinte Goethe, der das Ende des Königtums in Frankreich voraussah.

Mit Anmut habe die Königin die Rolle der Rosine im „Barbier von Sevilla" am 19. August 1785 in ihrem Theater in Klein-Trianon gespielt, berichtete Melchior Grimm. Von ihrer Theaterleidenschaft hatte Marie Antoinette auch angesichts der heraufziehenden Wolken der Halsbandaffäre nicht abgelassen; erst als sich das Gewitter entladen und die Königin von ihm ramponiert worden war, stand ihr der Sinn nicht mehr nach Lustspielen. Es war, schrieb Madame Campan, „ein Abschied für immer von jenen glänzenden Festen und Galaempfängen, die als Schaubühne dienten für die funkelnde Pracht, den sprühenden Witz, den auserlesenen Geschmack französischen Hoflebens".

Der Vorhang fiel, nicht ohne Zutun Marie Antoinettes. Bei der Aufführung des „Barbiers von Sevilla" hatte sie sich an den Spöttereien Figaros über die Feudalgesellschaft ergötzt. Die Königin hatte es sich nicht nehmen lassen, den Verfasser zur Aufführung einzuladen, Pierre Augustin Caron de Beaumarchais, dessen ironische Anwürfe gegen die Aristokratie bitterernst gemeint waren.

Beaumarchais begann als Uhrmacher, kaufte einem Hofküchensekretär den Posten ab, heiratete dessen Witwe und erbte deren Besitz, das kleine Landgut Beaumarchais, nach dem er sich fortan nannte. Vom Harfenlehrer der Töchter Ludwigs XV. stieg er zu einem Sekretär des Königs auf, wurde mit Geheimaufträgen betraut und verdiente sich durch allerlei Geschäfte ein Vermögen. Diese Karriere demonstrierte nicht nur die Chancen, sondern auch die Schranken für einen Bürgerlichen im Ancien Régime. Der Hof, der seine dubiosen Dienste benützt, aber nicht goutiert hatte, entzog ihm seine Gunst, und adelige Neider brachten ihn ins Gefängnis.

Zwischen 1774 und 1778 schrieb Beaumarchais „Mémoires" zu seiner Verteidigung und als Anklage gegen das Regime: „Ich bin ein Bürger, das heißt etwas ganz Neues, etwas Unbekanntes, Unerhörtes in Frankreich. Ich bin ein Bürger, das heißt, etwas, was ihr seit zweihundert Jahren sein solltet und was ihr vielleicht in zwanzig Jahren sein werdet." Das Pariser Parlament, das die Privilegien des Ersten und Zweiten Standes verteidigte, ließ die zu einem Bucherfolg gewordenen „Mémoires" verbieten. Der Dritte Stand merkte sich den ihm Mut machenden Inhalt, und die Geschichte wartete nicht einmal ganz zwanzig Jahre, bis sie die Voraussage bestätigte. Als „die bereits im Gange befindliche Revolution" sollte Napoleon Bonaparte Theaterstücke von Beaumarchais bezeichnen: „Le barbier de Séville ou la précaution inutile“ („Der Barbier von Sevilla oder die nutzlose Vorsicht“) und „La folle journée ou le mariage de Figaro“ („Der tolle Tag oder die Hochzeit des Figaro“).

Dieser Figaro verkörperte – wie Beaumarchais bemerkte – „Vernunft, gewürzt mit Fröhlichkeit und Witz“ und erwies sich damit als ein Geschöpf der französischen Aufklärung. Diese Volksausgabe Voltaires räsonierte über Adelige, die noch das Jus primae noctis beanspruchten, über Höflinge, die „nehmen, einstecken, fordern“, über gutbezahlte Beamte, deren Tätigkeit nur noch darin bestünde, Federn zu schneiden, Spitzel zu besolden und Briefe abzufangen. „Was haben Sie denn geleistet, um all das zu verdienen?“ fragte Figaro, das Sprachrohr des Bürgertums, den Grafen, den Repräsentanten der Aristokratie, und gab die Antwort: „Sie haben geruht, geboren zu werden, weiter nichts. Im übrigen sind sie ein ganz gewöhnlicher Mensch. Während ich, zum Donnerwetter, verloren im dunkelsten Gewühl der Menge, mehr Fleiß und Verstand aufwenden mußte, mich emporzuarbeiten, um nackt existieren zu können, als die gesamte Regierung Spaniens in hundert Jahren verbraucht hat.“

Die monarchische Regierung Frankreichs war gemeint, und die feudale Gesellschaft des Ancien Régime. Das merkte die Zensur, welche die 1778 vollendete „Hochzeit des Figaro“ nicht auf die Bühne und vor das Publikum gelangen lassen wollte. Fürsprecher fand das Stück bei der Herzogin von Polignac und dem Grafen von Vaudreuil, ausgerechnet bei notorischen Nutznießern des Regimes, denen Figaros Anklage galt. Sie überredeten die Königin, sich beim König für eine Aufführung einzusetzen.

Im Beisein Marie Antoinettes ließ sich Ludwig das Stück von Madame Campan vorlesen. „Der König unterbrach mich oft durch lobende oder tadelnde Ausrufe, die immer sehr richtig angebracht waren. Am häufigsten rief er aus: ‚Das zeugt von schlechtem Geschmack!' Bei dem Monolog Figaros, in dem er die verschiedenen Zweige der Staatsverwaltung angreift, hauptsächlich aber bei der Tirade auf die Staatsgefängnisse, stand der König mit Lebhaftigkeit auf und sagte: ‚Das ist abscheulich! Das soll niemals gespielt werden! Man müßte die Bastille zerstören, damit die Aufführung dieses Stückes nicht als eine gefährliche Inkonsequenz erschiene... Dieser Mensch spielt mit allem, was man bei einer Regierung achten muß!'" „Das Stück werde also nicht gespielt werden?" fragte die Königin. „Ganz bestimmt nicht", antwortete der König, „da könnt Ihr sicher sein."

„Der tolle Tag oder die Hochzeit des Figaro" wurde dann doch gespielt: Zuerst 1783 in einer privaten Aufführung in Vaudreuils Haus in Gennevilliers in Anwesenheit des Grafen von Artois, des jüngeren Bruders des Königs und in Abwesenheit der Königin. Der Klüngel der Polignac drängte sie, Ludwig XVI. zu einer öffentlichen Aufführung zu bewegen, und sie, die wohl die Tragweite der darin geäußerten Kritik nicht ganz begriffen hatte, erreichte schließlich die Zustimmung ihres Gemahls. Am 27. April 1784 wurde „Die Hochzeit des Figaro" in der Comédie-Française uraufgeführt, und es wurde fürwahr „ein toller Tag". Es gab rasenden Applaus, von Adeligen, die sich über die tolldreiste Kritik an ihrem Stand köstlich amüsierten, und von Bürgerlichen, die es großartig fanden, daß Feudalherren als Drohnen angeprangert wurden. Der Graf von Provence, der erste Bruder des Königs, der in der großen Loge saß, schien gespürt zu haben, daß mit der Aristokratie die Monarchie auf die Hörner genommen wurde.

Ludwig XVI. hatte wieder einmal alles falsch gemacht. Sein Verbot einer öffentlichen Aufführung war als Akt des

Despotismus aufgenommen worden, und die Zustimmung wurde als eine das Regime gefährdende Schwäche des Monarchen ausgelegt. „Es gibt etwas Närrischeres als mein Stück", meinte Beaumarchais, „nämlich seinen Erfolg." In Paris wurde es 73mal wiederholt. Die Königin sah es sich nicht an. Aber das Ansehen des Autors veranlaßte die um Aufbesserung ihres Renommees bedachte Marie Antoinette dazu, den „Barbier von Sevilla", in dem Figaro noch eher als Komiker denn als Politiker auftrat, am 19. August 1785 in ihrem Privattheater in Klein-Trianon spielen zu lassen, selber die Rolle der Rosine zu übernehmen und Beaumarchais zur Vorstellung einzuladen.

Damit hatte sie den Ankläger der Aristokratie und der Monarchie hoffähig gemacht, zu einer Zeit, da die Halsbandaffäre ihren angeschlagenen Ruf vollends zu ruinieren begann. Mit dem Renommee der Königin näherte sich das Prestige des Königtums einem Tiefpunkt. Das Ancien Régime trieb dem moralischen wie dem finanziellen Ruin zu. Das Defizit wuchs 1787 auf 112 Millionen Livres an. Im selben Jahr verfiel Frankreich in eine wirtschaftliche Depression. Adel und Klerus sperrten sich noch mehr gegen Beiträge zur Behebung der Finanznot. Bürger, deren Einkünfte sanken, bekamen es satt, als Melkkuh des Fiskus herzuhalten. Von Mißernten und Viehseuchen heimgesuchte Bauern klagten, daß sie nicht nur für den Grundherrn, sondern auch für den König bluten müßten. In den Städten gab es immer mehr hungernde Arbeitslose; aber auch beschäftigt gebliebene Tagelöhner und Handwerksgesellen konnten kaum mehr die steigenden Brotpreise bezahlen.

Eine weitverbreitete Karikatur, die Ludwig und Marie Antoinette, umgeben von einer hungernden Menge, an reichbesetzter Tafel zeigte, trug die Unterschrift: „Der König trinkt, die Königin ißt, das Volk klagt". Auf einer anderen

Karikatur mit dem Titel „Das kranke Frankreich" war eine todkranke Frau zu sehen, neben der acht Schalen mit Blut standen, das ihr Finanzminister Calonne abgezapft hatte; daneben wartete die Königin, um eine weitere Schale entgegenzunehmen.

Dabei konnte Marie Antoinette Calonne nicht ausstehen, und für seinen Versuch, das Finanzwesen zu reformieren, fehlte es ihr an Verständnis. Der Minister versprach sich mit mehr Steuergerechtigkeit mehr Staatseinnahmen: durch eine nach dem Einkommen abgestufte Besteuerung für alle, einschließlich des Adels und des Klerus. Das war eine Reform, die den Privilegierten wie eine Revolution erschien; denn damit war die Ständegesellschaft in Frage gestellt. Da deren Hochburg, das Parlament, für einen solchen Plan nicht einzunehmen war, schlug Calonne dessen Umgehung vor: durch eine Versammlung von Notabeln, herausragenden und angesehenen Persönlichkeiten des Königreichs. Ludwig XVI. berief Prinzen, Herzöge, Erzbischöfe, Marschälle, Richter und andere Beamte, die am 22. Februar 1787 zusammentraten.

Notabelnversammlungen waren schon früher in schwierigen Situationen der Monarchie einberufen worden, die letzte 1626 von Kardinal Richelieu. Ludwig XVI. hatte zu diesem Mittel mit gemischten Gefühlen gegriffen. Einerseits konnte er sich einer Reform nicht länger verschließen, andererseits wollte er nicht an den tragenden Säulen des Ancien Régime, Adel und Klerus, rütteln lassen. Marie Antoinette, die an der Einberufung der Notabelnversammlung nicht interessiert gewesen war und schon gar nicht dazu animiert hatte, begann – von ihren Mentoren Vermond und Mercy dazu angehalten – zu begreifen, daß sie die Zügel nicht allein ihrem Gemahl überlassen dürfte, der nie genau wußte, was er zu tun hätte.

Sie hielt sich für um so mehr gefordert, als die Notabelnversammlung, die fast ausschließlich aus Vertretern der privilegierten Stände bestand, die Steuerreform Calonnes nicht akzeptierte. Wenn der König zurückweiche und seinen Finanzminister fallen lasse, gab Joseph II. zu bedenken, werde das zur Folge haben, daß er seine Macht an eine Koalition aus Adel, Klerus und Parlament abtreten müßte. Doch Ludwig XVI. entließ Calonne am 8. April 1787 und verbannte ihn auf sein Landgut in Lothringen. Als ihn das Parlament unter Anklage stellte, floh der Exminister nach England.

Hatte die Königin an seinem Sturz mitgewirkt, wie der Geschaßte vermutete? Maßgeblich beteiligt war der Oppositionsführer in der Notabelnversammlung, Étienne Charles Loménie de Brienne, der 1763 Erzbischof von Toulouse und 1787 Erzbischof von Sens und Kardinal geworden war. Seine Religiosität erstreckte sich nicht auf die Befolgung des Sechsten Gebots, und seine Hinneigung zur Aufklärung ging nicht so weit, daß der Kirchenfürst ihre politischen Forderungen nach Freiheit und Gleichheit gebilligt hätte. Am 4. April 1787 hatte er der Königin Forderungen der Notabeln mitgeteilt: Sie könnten Teilen des Reformplans, die ihre Standesinteressen nicht unmittelbar berührten, zustimmen, wenn ein anderer Finanzminister berufen würde. Vier Tage später wurde Calonne entlassen und am 1. Mai 1787 Loménie de Brienne mit der Leitung des Finanzwesens betraut.

An seiner Ernennung war die Königin beteiligt gewesen. Weniger das ihr von ihm überreichte Memorandum als die Fürsprache ihrer Mentoren hatte sie dazu bewogen: des Abbé Vermond, der Loménie de Briennes Großvikar gewesen und Vertrauter geblieben war, und des österreichischen Gesandten Mercy, der im Zusammenspiel mit dem Abbé die Königin immer noch zu beeinflussen verstand. „Brienne ist Minister dank der Königin“, meldete er nach Wien, wo Joseph II. diese Wahl begrüßte. „Die Königin regiert", wurde am Hof wie in Paris getuschelt. Das war zwar übertrieben, aber Marie Antoinette begann sich mehr als bisher für Politik zu interessieren und nach ihren Möglichkeiten, die freilich subjektiv wie objektiv beschränkt waren, sich in ihr zu engagieren. Sie schien erkannt zu haben, daß es dabei nicht nur um das nationale, sondern auch um ihr persönliches Schicksal ging.

Diese Anteilnahme an den Staatsgeschäften und ihr Vertrauen in den neuen Finanzminister wußte Loménie de Brienne auszunützen, der sich nach Auflösung der Notabelnversammlung am 25. Mai 1787 einem in seiner Oppositionsaufgabe bestärkten Parlament gegenübersah. Vom König, der auf Unentschlossenheit abonniert zu sein schien, hatte er kaum Unterstützung zu erwarten, und so steckte er sich hinter die Königin, die sich seiner Person wie seiner Politik aufgeschlossen zeigte. Der Minister zog Marie Antoinette zu Sitzungen heran. Aber am wenigsten sie vermochte ihm zu raten, wie die sich verschärfenden Finanzprobleme zu lösen wären. Immerhin schloß sie sich den von Brienne beschlossenen Sparmaßnahmen an, reduzierte ihre Ausgaben um 900 000 Livres. Damit fand sie weder bei den Höflingen, die ihr ohnehin nicht gewogen waren, noch im Volke, das an der vorgefaßten schlechten Meinung über sie festhielt, die erhoffte Anerkennung.

In der sich verschärfenden Auseinandersetzung mit dem Pariser Parlament konnte sie dem Finanzminister sowieso nicht helfen. Am 6. August 1787 berief der König dessen Mitglieder zu einem Lit de justice, einer feierlichen Parlamentssitzung, nach Versailles, um die Registrierung der Edikte über die Einführung der neuen Steuer zu veranlassen. Die Oppositionsreden erschöpften Ludwig XVI., er schlief mitten in der Sitzung ein und schnarchte vernehmlich. Das Parlament weigerte sich, dem Befehl des Monarchen nachzukommen.

Als er wieder wach geworden war, stimmte er dem Vorschlag Briennes zu, das Parlament von Paris nach Troyes zu verlegen und – wie er hoffte – vom weiteren Geschehen fernzuhalten. Den König verlangte es nach einem starken Mann, und er glaubte ihn im Finanzminister Brienne gefunden zu haben, den er zum leitenden Minister ernannte. Auch bei dieser Entscheidung hatte Marie Antoinette nachgeholfen. Aber Genugtuung konnte sie nicht empfinden. Denn ihr Günstling war der Riesenaufgabe noch weniger gewachsen als sein Vorgänger, und sein Scheitern sollte in erster Linie seiner Gönnerin angelastet werden.

War das Problem überhaupt zu lösen? Das Ancien Régime steckte bis zum Hals im Sumpf, und ein Repräsentant des Absolutismus, der es wie Münchhausen am Zopf gepackt und herausgezogen hätte, war nicht einmal in der Phantasie vorhanden. Dem Übel könnte man selbst dann nicht Herr werden, wenn man Tausende ins Gefängnis steckte, meinte Mercy; denn dann würde die Wut des Volkes in einem Aufruhr ausbrechen. Die Situation spitzte sich zu. Als am 17. August 1787 der Graf von Artois als Vertreter des Königs versuchte, die neue Steuer doch noch vom Parlament registrieren und damit in Kraft setzen zu lassen, demonstrierten Zehntausende dagegen. Am 19. September zog Brienne die Steueredikte zurück und ließ das Parlament von Troyes nach Paris zurückkehren. Am 13. Oktober mußte die Regierung die Auszahlung der Pensionen einstellen.

Eine Anleihe von 120 Millionen Livres sollte wieder Geld in die Staatskasse bringen. Der König begab sich ins Parlament, um sie registrieren zu lassen. Enerviert von den Einwendungen erklärte er, ohne eine Abstimmung abzuwarten: „Ich ordne an, daß das Edikt in die Register eingetragen wird." „Dies ist ungesetzlich", protestierte Herzog Louis Philippe von Orléans, der die Rolle eines Oppositionsführers zu spielen, sich den Titel „Égalité“ zu verdienen begann. „Es ist gesetzlich, weil ich es will“, befand Ludwig XVI. und verbannte den Vetter und zwei Parlamentarier aus Paris.

Die Königin begrüßte dieses letzte Aufbäumen des Absolutismus. Sie kannte und wollte nichts anderes als einen Monarchen, dessen Wünsche Befehle waren, die er durchzusetzen verstand. Weil es bei ihrem Gemahl daran haperte, setzte sie auf Loménie de Brienne, in der Hoffnung, er würde Ludwig XVI. das Denken und das Handeln abnehmen. Den Einwand, man habe ihm, nicht zuletzt auf ihr Betreiben, zu viel Macht eingeräumt, ließ sie nicht gelten: „Wir haben dem König einen tüchtigen Minister gegeben, nun müssen wir ihn auch tun lassen, was er für richtig hält.“

Aber auch mit diesem Minister war kein Staat mehr zu machen. Der Widerstand des Parlaments versteifte sich. Am 4. Januar 1788 erklärte es die Lettres de cachet für ungesetzlich, nahm dem Monarchen eines der letzten Mittel der absoluten Macht, Personen ohne Anklage und Verhandlung durch Geheimbefehle verhaften oder verbannen zu lassen. Das Ministerium holte zum Gegenschlag aus: Das Parlament sollte künftig nur noch als Justizhof fungieren, ein neu zu berufendes und mit genehmen Persönlichkeiten zu besetzendes Obergericht allein für die Registrierung der Gesetze zuständig sein. Es sei verdrießlich, daß man zu derartigen Veränderungen gezwungen sei, schrieb Marie Antoinette an Joseph II., „aber wie die Dinge sich entwickelt haben, ist es offenkundig, daß man, wenn man sich nicht dazu entschlösse, noch weniger Mittel hätte, die Autorität des Königs zu bewahren und zu erhalten“. Freilich könne man „die Ausdehnung der Wege der Strenge nicht im vorhinein berechnen“.

Am Abend des 5. Mai 1788 umstellten Gardisten das Palais de Justice in Paris. Am nächsten Tag verlangte der Beauftragte des Königs die Auslieferung zweier Parlamentarier, die sich gegen das Vorhaben einer politischen Entmachtung des Parlaments gestellt hatten. Nun galten sie als Opfer der Willkürherrschaft, weniger des Königs als der Königin. „Solche Mittel, Sire, kommen nicht aus ihrem Herzen, solche Beispiele entsprechen nicht den Grundsätzen Eurer Majestät, sie kommen aus einer anderen Quelle“, ließ das Parlament Ludwig XVI. wissen, und damit war nicht nur Loménie de Brienne, sondern auch Marie Antoinette gemeint.

Der Minister, der seine Protektorin hinter sich wußte, verfolgte weiter die „Wege der Strenge“. Am 8. Mai, bei einem Lit de justice in Versailles, wurde dem Parlament die Beschneidung seiner Kompetenzen eröffnet. Die Parlamente in der Provinz solidarisierten sich mit dem in Paris. Der Feudaladel, dessen grundherrschaftliche Jurisdiktion aufgehoben wurde, protestierte gemeinsam mit den Parlamenten, seinen Interessenvertretungen, gegen die „Verletzungen der Gesetzesgrundlagen des Königreiches“. Graf d'Entraignes meinte: „Es gibt keine Art von Unordnung, die nicht der unheilvollen Ruhe, welche die absolute Macht schafft, vorzuziehen wäre.“

Die Unordnung begann mit Unruhen. In Rennes (Bretagne) wurde der königliche Intendant angegriffen. In Grenoble (Dauphiné) wurden königliche Soldaten mit Ziegelsteinen beworfen; der Militärkommandeur konnte nicht verhindern, daß in Vizille die Stände der Dauphiné – Geistliche, Adelige und Bürgerliche – zusammentraten und die Abschaffung aller Vorrechte verlangten. Der König sei entschlossen, seine Edikte mit Härte durchzusetzen und damit seine Macht zu behaupten, schrieb Marie Antoinette an Joseph II., dem Mercy berichtete: Wegen der Unruhen sei die Königin um so mehr beunruhigt, als die Öffentlichkeit „ihr grundlos einen bedeutenden Einfluß auf alle Maßnahmen der Regierung unterstellt“.

Sie hatte Loménie de Brienne gewähren lassen, weil sie mit dem, was er dachte und tat, einverstanden gewesen war. Nun aber, da er mit seinem Latein am Ende war, zog sie ihre Hand von ihm ab. Die Königin schaute sich nach einem neuen Minister um, der zur Verteidigung der Autokratie „großen Ideenreichtum und große Festigkeit in den Grundsätzen“ und auch die erforderliche Sachkenntnis und Durchsetzungskraft mitbrächte. Wäre nicht Jacques Necker der richtige Mann? Der Bankier könnte vielleicht den Staatsbankrott vermeiden, der im August 1788 drohte; Brienne hatte, angesichts der leeren Staatskasse, Schatzscheine ausgegeben und damit die Inflation eingeleitet. Wäre nicht zu hoffen, daß eine Wiederberufung Neckers, dessen Entlassung als Finanzminister 1781 die öffentliche Meinung mißbilligt hatte, nicht nur den finanziellen, sondern auch den politischen Kredit des monarchischen Systems wiederherstellen könnte?

Die Königin setzte auf Necker, aber es schien schwierig, fast unmöglich zu sein, ihn durchzusetzen. Der Monarch trug ihm nach, daß er in seinem Rechenschaftsbericht von 1781 die Nation über die Lage der Staatskasse informiert hatte. Necker, der die zu einem Gordischen Knoten gewordenen Finanzprobleme kannte, wollte an dessen Lösung nicht unter einem leitenden Minister Brienne herangehen, und dieser klebte auf seinem Sessel fest.

In dieser Situation erwies sich, was ihr kaum jemand zugetraut hatte, Marie Antoinette als geschickte Taktiererin. Zunächst hielt sie sich im Hintergrund, schickte ihren Vertrauten Mercy, einen versierten Diplomaten, zu Brienne und Necker, um Hindernisse gegen ihr Vorhaben abbauen zu lassen. Als das Terrain sondiert und planiert war, ging sie zum König und erlangte seine Zustimmung. Sie ließ Brienne kommen, überredete ihn zum Rücktritt und empfing Necker, der sich ihr als Nothelfer zur Verfügung stellte. Am 26. August 1788 wurde er zum Finanzminister ernannt, vom Königin, im Beisein der König, die sich gegen alle durchgesetzt hatte.

Sie triumphierte nicht. Sie zittere bei dem Gedanken, daß sie Necker zurückgeholt habe, gestand sie Mercy. „Es ist mein Los, Unglück zu bringen; wenn teuflische Machenschaften ihn wieder scheitern lassen oder die Autorität des Königs durch ihn weiter sinkt, wird man mich noch mehr verwünschen."

Am Hof von Versailles wie auf den Straßen von Paris wurde die Wiederberufung Neckers begeistert begrüßt. Doch rasch stellte sich heraus, daß der als Wundermann gefeierte Finanzexperte kein Instrument besaß, um den Gordischen Knoten zu durchschlagen. Es nützte ihm nichts, daß er die Parlamente wieder mit ihren hergebrachten Kompetenzen einsetzte und die Notabeln erneut zusammenrief. Die beiden ersten Stände wollten nur wenig aus der Hand geben, und der Dritte Stand sich nicht mit dem kleinen Finger zufriedengeben. Die Naturgewalten waren gegen ihn; Hagelstürme hatten einen großen Teil der Ernte vernichtet, der Brotpreis stieg und stieg, die Lebenshaltungskosten verdoppelten sich. Im Spätsommer und im Herbst brachen in Paris Unruhen aus, und im harten Winter kam es zu Aufständen im ganzen Land.

Dies alles bedrückte Marie Antoinette, die in Necker einen Retter gefunden zu haben glaubte und nun erleben mußte, daß sie mit seiner Wiederberufung ihm wie allen kein Glück gebracht hatte. „Kennt ihr eine Frau, die bedauernswerter ist als ich?" sagte sie zum Grafen Esterházy, einem der wenigen Freunde, die ihr geblieben waren. Dazu zählte in erster Linie Graf Fersen, auf den sie sich verlassen konnte und an den sie sich halten wollte. „Die Königin ist weiterhin verhaßt, man gibt ihr die Schuld an allen Übeln, und das Gute dankt man ihr nicht", stellte der Schwede fest. „Der König ist nach wie vor schwach und mißtrauisch, er traut nur der Königin, und deshalb scheint es, als sei sie es, die alles entscheide."

Ludwig XVI. war tatsächlich nicht mehr Herr der Lage und auch nicht mehr Herr seiner selbst. Er begann unmäßig zu essen und zu trinken, als wollte er die rapide abnehmende Machtfülle durch rasch zunehmende Leibesfülle kompensieren. Marie Antoinette hatte ihr Kreuz mit ihrem Gemahl, und die Kinder bereiteten ihr Kummer. Ihren ersten Sohn, den siebenjährigen Dauphin, hatten die Ärzte bereits aufgegeben; er starb am 4. Juni 1789. Der dreijährige zweite Sohn, der nächste in der Thronfolge, schien in Gestalt und Wesen dem Vater nachzuschlagen, was nicht unbedingt ein Trost war. Die am 9. Juli 1786 geborene Tochter Sophie Béatrice lebte nur bis zum 19. Juni 1787. Das älteste Kind, Marie Thérèse Charlotte benahm sich schon als Zehnjährige so, wie sie genannt wurde: als Madame Royale, hochnäsig und hochmütig.

Auch mit ihren Freundinnen hatte Marie Antoinette kein Glück gehabt. Die Prinzessin von Lamballe hatte sich schon bald rar gemacht, und die Herzogin von Polignac zog sich zurück, als aus der Königin keine Vergünstigungen mehr für sie und ihren Klüngel herauszuholen waren. Mit den Schwägerinnen hatte sie sich nie verstanden. Die Gräfin von Provence beobachtete jeden Schritt Marie Antoinettes mit Argwohn. Die Gräfin von Artois war so unbedarft, daß sie der Königin weder schaden noch nützen konnte. Deren Zuneigung zur Schwester ihres Gemahls wurde nicht, wie erhofft, von Madame Elisabeth erwidert, die erklärte: „Unsere Meinungen gehen auseinander, sie ist Österreicherin, ich bin eine Bourbonin." Madame Adélaïde, die Tante Ludwigs XVI., war immer noch gegen die in das Bourbonenhaus eingeheiratete Nichte.

Den Grafen von Provence, bemerkte Marie Antoinette, schmerze es nach wie vor, „nicht als Herrscher geboren worden zu sein“. Der erste Bruder Ludwigs XVI. verübelte es der Schwägerin, daß sie Söhne geboren hatte, wodurch für ihn der Thron in weite Ferne gerückt zu sein schien. Um ihm doch noch näherzukommen, suchte er sich durch Popularitätshascherei von seinem regierenden Bruder abzuheben, der auf seiner Autorität bestand, aber sie nicht auszuüben verstand. Ein Gerücht ging um: Der Graf von Provence habe Notabeln weiszumachen versucht, daß die Kinder der Königin nicht die des Königs seien.

Der Graf von Artois war in Opposition zu Ludwig XVI. und auf Distanz zu Marie Antoinette gegangen. Der zweite Bruder des Königs war es gewesen, der die leichtsinnige und unvorsichtige Königin in jenen Strudel von Vergnügungen hineingezogen hatte, die weniger seinem als ihrem Ruf geschadet hatten. Der Schwager, der in Klein-Trianon im „Barbier von Sevilla“ den Figaro gespielt hatte, vermied es nun, Marie Antoinette, die ihm in der Rolle der Rosine gefallen hatte, auf der Bühne wie am Hofe zu begegnen.

Die schönen Tage von Trianon waren ohnehin vorbei. In Fontainebleau, dem üblichen Herbstaufenthalt, hatte der Hof 1786 ein letztes Mal geweilt. Das Schloß von Versailles war dem Volk geöffnet worden, mit dem Ergebnis, daß sich – wie der Engländer Arthur Young bemerkte – in ihm Gesindel herumtrieb und viel aus ihm gestohlen wurde. Der Vorhang fiel, das Schauspiel des Ancien Régime war zu Ende. Aber auch Talleyrand, der es ausgepfiffen hatte, blickte bald mit Wehmut darauf zurück: Nur wer in den Jahren vor 1789 gelebt habe, wisse, was Leben für eine Lust sein könne.

Dreizehntes Kapitel
„Das ist eine Revolution!"

Das Ancien Régime präsentierte sich noch einmal, zum letzten Mal bei der Eröffnung der Generalstände am 5. Mai 1789 in Versailles. Nicht zum ersten Mal traten die États généraux des Königreichs zusammen; zwischen 1302 und 1614 hatten sie sich 33mal versammelt. Doch nie zuvor waren die Schwierigkeiten, aus denen sie Frankreich heraushelfen sollten, so groß wie jetzt. Der Staat stand vor dem Bankrott, der König mit dem Rücken zur Wand, von den Ständen wurde der Absolutismus und im Volk schon die Monarchie in Frage gestellt.

Ludwig XVI. und Marie Antoinette hatten ungern zur Ultima ratio der Einberufung der Generalstände gegriffen. Der König scheute jegliche Komplikation, und die Königin, die viel von einer unbeschränkten Herrschaft à la Ludwigs XIV. und wenig vom aufgeklärten Absolutismus Josephs II. hielt, befürchtete nicht ohne Grund, daß mit dem Appell an die Stände des Königreichs die Totenglocke des Ancien Régime angeschlagen würde.

Aber es blieb ihnen nichts anderes übrig, als den von Finanzminister Necker aufgegriffenen Forderungen nachzugeben: Des Adels und des Klerus, die eine Bestätigung ihrer Vorrechte erhofften, aber so wenig wie möglich zur Sanierung der Staatsfinanzen beizutragen gedachten. Und des Dritten Standes, des Bürgertums, das sich nur zur Kasse bitten lassen wollte, wenn man in Frankreich wie in England nach dem Grundsatz „No taxation without representation" verführe, die Staatsbürger rechtliche Gleichheit und politische Mitwirkung gewännen, die französische Nation wie die nordamerikanische eine Verfassung erhielte.

Feudalherren, die sich notwendigen Reformen widersetzt und damit nicht nur am Thron des obersten Feudalherrn, sondern auch an ihrem eigenen Thrönchen gesägt hatten, appellierten nun an den König, gemeinsam mit ihnen den Ansprüchen des Bürgertums entgegenzutreten. Der monarchische und feudale Staat sei in Gefahr, hieß es in der Eingabe vom 12. Dezember 1788 an den König. Es gelte den Anfängen zu wehren, die vom Dritten Stand verlangte Gleichberechtigung mit dem Ersten und Zweiten Stand bezüglich der Delegiertenzahl und Stimmengewichtung abzulehnen.

Ludwig XVI. und Marie Antoinette solidarisierten sich nicht mit dem Hochadel, dem sie es nicht vergessen hatten und verzeihen wollten, daß ihnen ausgerechnet von jenen, die ihnen am nächsten standen und vor allen anderen beistehen sollten, das Leben schwergemacht worden war. Am 27. Dezember 1788 beschloß ein „Königliches Konzil“, daß in den auf Mai 1789 einberufenen Generalständen das Bürgertum so viele Abgeordnete wie Klerus und Adel zusammen haben sollte. Eine Abstimmung nicht nach Ständen, sondern nach Köpfen, die Necker für unumgänglich hielt, fand im Beschluß keine Erwähnung.

Zum Konzil hatte der Monarch seine Gemahlin hinzugezogen. Sie hielt sich dabei zurück. Aus Klugheit habe sie „jeden Anschein einer Bevorzugung des einen oder anderen Standes vermieden“, meinte Mercy. Aber dies geschah wohl eher in der Annahme, daß von keiner der Parteien Gutes für das Königtum im allgemeinen und für die Königin im besonderen zu erwarten wäre.

Immerhin wurden die Generalstände in Versailles im gewohnten und ihr zusagenden Stil des Ancien Régime eröffnet. Zuerst, am 4. Mai 1789, wurde der Bund von Thron und Altar beschworen, in einer Prozession von der Kirche Notre-Dame zur Kirche Saint-Louis. Zu Beginn wurde den 1200 Abgeordneten bedeutet, wer immer noch Herr und Herrin im Königreich war. Drei Stunden lang mußten sie warten, bis das Königspaar erschien. Ludwig XVI. wurde verhalten begrüßt, Marie Antoinette, die sich Blumen ins Haar geflochten hatte, kühl empfangen. „Kein Zuruf gilt der Königin“, notierte ein Augenzeuge, Governor Morris, ein Amerikaner. „Sie blickt verächtlich auf die Szene, in der sie eine Rolle spielt, und scheint zu denken: ‚Im Moment lasse ich es mir gefallen, aber meine Stunde wird schon kommen.‘“ In der Prozession schritt, hinter dem unter einem Baldachin vom Erzbischof von Paris getragenen Sakrament, der König mit einer Kerze in der Hand. Warum die neben ihm gehende Königin keine Kerze trage, fragte einer der Zuschauer, der von einem anderen zu hören bekam: Was sollte sie damit, außer in der Öffentlichkeit Buße zu tun?

An der Spitze der Prozession gingen die Deputierten des Dritten Standes, was nicht bedeutete, daß man sie als die ersten anerkannt hätte; denn es zählte, wer sich näher am heiligsten Sakrament befand, der Adel und am nächsten der Klerus. In der Kirche Saint-Louis jedoch setzten sich die Bürgerlichen, die dort als erste angekommen waren, ungeniert auf die für Adel und Klerus reservierten Plätze. Mehr als deren Repräsentanten gefiel ihnen die Predigt des Bischofs von Nancy, der die Not der Landbevölkerung dem Luxus des Hofs gegenüberstellte. Marie Antoinette, der in erster Linie die Strafpredigt galt, verzog keine Miene; ein Abgeordneter war sich nicht sicher, ob dies auf Gefühllosigkeit oder auf Selbstbeherrschung schließen ließe. Dem Kanzelredner wurde, was bei einem Gottesdienst ungewöhnlich war, Beifall geklatscht. Ein königlicher Page fragte sich, ob jene, die so wenig Achtung vor Gott in seiner Kirche hatten, mehr Achtung vor dem König von Gottes Gnaden in seinem Schloß haben würden.

Am nächsten Tag, dem 5. Mai 1789, wurde die Versammlung der Generalstände in der Salle des Menus-Plaisirs eröffnet. „Kleine Belustigungen" hießen gewisse Hoffestlichkeiten, die schon lange nicht mehr stattfanden, weshalb der Saal ziemlich heruntergekommen war, als Lagerraum für Theaterkulissen gedient hatte und für den neuen Zweck erst renoviert werden mußte, einen Anstrich in Weiß und Gold erhielt. Für den König wurde an der Stirnseite unter einem mit Bourbonenlilien gezierten Baldachin ein Thronsessel bereitgestellt, links davon ein Fauteuil für die Königin wie Schemel für die Prinzessinnen und rechts davon Feldstühle für die Prinzen.

Die Rangordnung des Ancien Régime war äußerlich gewahrt, auch seine Ständeordnung. Auf der rechten Längsseite des Saals waren Polsterbänke für den Klerus, auf der linken Seite solche für den Adel vorhanden; dem Dritten Stand war sein Platz in der Mitte, sozusagen im Parterre, angewiesen. Seine Abgeordneten hatten schwarz gekleidet zu erscheinen, in kurzem Seidenmantel und mit einem auf drei Seiten aufgestülptem Hut. Statt dem vorgeschriebenen Gewand trug ein Mitglied jenes eines Bauern, als wollte es dagegen protestieren, daß unter den etwa 585 Abgeordneten des Dritten Standes kein einziger Vertreter der bei weitem zahlreichsten Bevölkerungsschicht saß. Die Landbevölkerung begann auf eigene Faust zu handeln; seit März 1789 kam es in verschiedenen Teilen Frankreichs zu Bauernaufständen gegen die Feudalherren.

Die knapp 300 Vertreter des Adels in den Generalständen hatten sich, wie alle anderen, an die Kleiderordnung von 1614 zu halten. Sie trugen Mäntel mit Aufschlägen aus Goldstoff und Hüte à la Henri IV. mit weißen Federn. Der Klerus war der Hierarchie entsprechend gekleidet: die Kardinäle in roten Mänteln und mit roter Cappa, die Bischöfe in violettem

Talar und mit Birett, die niedere Geistlichkeit in schwarzen Sutanen. Ludwig XVI. erschien mit großem Königsmantel und Federhut, dessen Schnur mit Diamanten besetzt und dessen Knopf mit einem Bildnis des britischen Staatsmannes William Pitt des Älteren geziert war. Wollte der Monarch damit andeuten, daß er einem Parlamentarismus à la England aufgeschlossen wäre? Marie Antoinette ging à la Ancien Régime, „wunderbar gekleidet, mit einem Stirnband aus Diamanten, einer schönen Reiherfeder, violettem Kleide und weißem Unterkleide mit Silberflitter", wie es die Marquise de Lâge für angemessen hielt.

Der König, so der Amerikaner Governor Morris, „verliest einen Bericht über die Lage, kurz, jedoch gut vorgetragen oder vielmehr gelesen. Tonfall und Haltung sind erfüllt von dem Stolz, den man vom Blut der Bourbonen erwarten oder wünschen kann. Die Rede wird durch so warme und mitreißende Beifallskundgebungen unterbrochen, daß mir unwillkürlich die Tränen kommen. Die Königin weint oder scheint zu weinen, aber keine Stimme erhebt sich für sie. Ich würde die meine sicherlich erheben, wenn ich Franzose wäre".

Finanzminister Necker, der im Straßenanzug erschienen war, redete fast drei Stunden lang über die katastrophale Finanzlage und eine notwendige Steuerreform, verlor aber kein Wort über den Abstimmungsmodus der Versammlung, und schon gar nicht nahm er das Wort „Verfassung" in den Mund, was im Dritten Stand vom Reformminister erwartet worden war. Doch die Hoffnung blieb, daß er – wie Governor Morris meinte – den König und die Königin von den nationalen Gefühlen überzeugen könnte. Die Eröffnungssitzung der Generalstände wurde mit lauten Rufen „Es lebe der König!" beschlossen, „und zum erstenmal seit vielen Monaten", so der Amerikaner, hörte man auch den Ruf „Es lebe die Königin!“ Marie Antoinette verneigte sich „voll Anmut“, und als die Zurufe sich steigerten, antwortete sie „mit einem noch anmutigeren Gruß“.

Kaum war das Vivat verklungen, ging der Dritte Stand daran, seinen „übertriebenen Wunsch nach Neuerungen“, vor dem der König gewarnt hatte, Wirklichkeit werden zu lassen. Zunächst galt es, die Einführung der Abstimmung nach Köpfen durchzusetzen, damit der Dritte Stand nicht von den beiden ersten Ständen überstimmt werden könnte. Ein Patt zwischen den rund 600 bürgerlichen und 600 klerikalen und adeligen Stimmen war nicht auszuschließen. Aber es bestand die Hoffnung – und sie trog nicht –, daß sich volksnahe niedere Geistliche und politisch aufgeklärte Adelige dem Tiers état anschließen würden, der sich für die Vertretung von 96 Prozent der Bevölkerung, für die Repräsentanz der Nation hielt – der bäuerlichen Masse wie der bürgerlichen Elite.

Die Königin begann an Necker zu zweifeln, weil er zu sehr auf den Dritten Stand setzte. Nur mit dessen Hilfe meinte er die Staatsfinanzen sanieren zu können und deswegen dessen Forderungen entgegenkommen zu müssen. Marie Antoinette sah nicht nur Gefahren von links, von seiten des Tiers état, sondern auch von rechts, von seiten des Hochadels, der den Monarchen zwar vor den Verfassungsbestrebungen des Bürgertums bewahren, aber seine Macht durch einen Rat der Großen des Reichs beschränken wollte. Zwischen diesen Mühlsteinen würde die absolute Monarchie zerrieben werden, befürchtete die Königin, die von Tag zu Tag mutloser wurde.

Marie Antoinette fand keine Ruhe mehr, berichtete die Kammerfrau Campan. „Als sie eines Abends, gegen Ende Mai, im Schlafzimmer saß, erzählte sie mehrere merkwürdige Dinge, die sich im Laufe des Tages zugetragen hatten. Vier

Kerzen brannten auf dem Toilettentisch; die erste erlosch von selbst; ich zündete sie wieder an; bald gingen die zweite und die dritte aus. Da drückte die Königin mir erschauernd die Hand und sagte zu mir: ‚Das Unglück kann abergläubisch machen; wenn nun auch noch die vierte Kerze erlischt, kann mich nichts hindern, dies als ein böses Omen zu betrachten.‘ Die vierte Kerze erlosch.“

Die düsteren Vorahnungen wurden durch die Entwicklung in der Versammlung der Generalstände genährt. Immer noch stritten sich die Stände um den Abstimmungsmodus. Schließlich war die Geduld des Dritten Standes erschöpft. Am 17. Juni 1789, nachdem er durch den Übertritt von neunzehn niederen Geistlichen die Mehrheit der Stimmen erlangt hatte, erklärte er sich zur Nationalversammlung. Zwei Tage später beschloß die Mehrheit des Klerus, sich dem Tiers état und damit der Assemblée nationale anzuschließen; acht liberale Adelige folgten diesem Beispiel. Am 20. Juni wurden die Abgeordneten von Soldaten am Betreten der Salle des Menus-Plaisirs gehindert. Daraufhin versammelten sie sich im Jeu de Paume (Ballhaus) und schworen, „uns niemals von der Nationalversammlung zu trennen und uns überall zu versammeln, wo die Umstände es notwendig machen werden, so lange bis die Verfassung des Königreiches geschaffen und auf feste Grundlagen gestellt ist“.

Am Tag nach dem „Ballhausschwur“ wurde im Königlichen Rat, an dem die Königin teilnahm, Necker der Vorwurf gemacht, er habe durch seine Reformpolitik den Dritten Stand zu dessen Eigenmächtigkeiten ermuntert. Am 23. Juni las in einer „Königlichen Sitzung“ („Lit de justice“) Großsiegelbewahrer Barentin im Namen Ludwigs XVI. den Abgeordneten die Leviten: Sie hätten sich ungesetzlich und daher unwirksam zur Nationalversammlung erklärt. Neuerungen könnten nur vom König eingeführt werden, und die Majestät sei willens, einiges wie Freiheit der Person und der Presse sowie Abstimmung nach Köpfen in bestimmten Fällen zu gewähren. Weitergehende Reformvorschläge Neckers, so allen Bürgern den Zugang zu öffentlichen Ämtern zu ermöglichen, waren verworfen worden. Der Reformminister war nicht mehr zur „Königlichen Sitzung“ gekommen. Er wußte, daß er nichts mehr in seinem Sinne bewegen konnte und reichte seinen Rücktritt ein.

Die Königin ließ Necker kommen und ging mit ihm zum König. Sie wollten auf den Finanzexperten nicht verzichten, der vielleicht als einziger den Staatsbankrott vermeiden könnte, und überredeten ihn, sein Entlassungsgesuch zurückzunehmen. Inzwischen war der Konflikt zwischen der Nationalversammlung und der Königsgewalt offen ausgebrochen. Ludwig XVI. verfiel in Apathie. Reformer wie Reaktionäre wandten sich an Marie Antoinette. Zunächst entschied sie sich weder für die einen noch für die anderen, dann aber verfing sie sich, wie Mercy berichtete, in dem gegen Necker gesponnenen Intrigennetz. Sie ließ den Minister fallen, von dem sie erwartet hatte, daß er die Monarchie stärken und sie nicht schwächen würde, es jedenfalls nicht begreifen konnte, daß er sie von Staatsbürgern tragen lassen und dadurch ihre Zukunft sichern wollte.

Die Entlassung Neckers am 11. Juli 1789 wurde am Hof wie im Volk als Signal verstanden, daß mit einer Evolution nicht mehr zu rechnen war und eine Revolution durch eine Gegenrevolution niedergeschlagen werden sollte. In Versailles und um Paris waren königliche Truppen aufmarschiert. In der Nationalversammlung, die sich als Verfassunggebende Versammlung konstituiert hatte, wurde befürchtet, daß sie mit Waffengewalt auseinandergetrieben werden würde. In der Hauptstadt zogen am 12. Juli mit Flinten, Piken und Heugabeln bewaffnete Pariser durch die Straßen und trugen, als ihre Idole, Wachsbüsten Neckers und des Herzogs von Orléans, die sie aus dem Wachsfigurenkabinett geholt hatten, vor sich her. „Philippe Égalité", wie der Vetter Ludwigs bald genannt werden sollte, war am 25. Juni aus dem Zweiten, dem Adelsstand, in die vom Dritten, dem Bürgerstand beherrschte Nationalversammlung übergetreten.

An scin Palais-Royal in Paris hatte das Haupt der wichtigsten Nebenlinie des Hauses Bourbon drei den Garten umschließende Gebäude anfügen lassen, mit Wohnungen, Läden und Lokalen, die er vermietete, und Galerien, in denen sich bald tout Paris einfand. Das Besitztum des Herzogs von Orléans durfte die Polizei des Königs von Frankreich nicht betreten. „Ich besah mir den Bau", erzählte der Marquis de Ferrières, „und betrat auch fünf oder sechs Kaffeehäuser. Es gibt keine Komödie von Molière, die uns Szenen von solcher Vielfalt zu bieten hätte: Hier hört man einen Menschen eine konstitutionelle Verfassung entwerfen; dort liest einer mit lauter Stimme eine Schmähschrift vor; von einem dritten wird einem Minister der Prozeß gemacht." Der Hausherr unterstützte Schriftsteller ohne Verleger und Rechtsanwälte ohne Mandanten und sammelte in diesem Forum der Agitation eine Vorhut der Revolution um sich.

Im Garten des Palais-Royal stieg am 12. Juli 1789 Camille Desmoulins, ein Advokat und Journalist, auf einen Tisch und rief der Menge zu: „Ich komme eben aus Versailles. Necker ist fortgejagt. Das ist das Zeichen für die Bartholomäusnacht gegen die Patrioten. Heute abend noch werden alle deutschen und Schweizer Regimenter vom Marsfeld ausrücken, um uns alle niederzumachen. Eine einzige Rettung bleibt uns: Zu den Waffen!" Zuhörer rissen Blätter von den Bäumen, formten daraus grüne Kokarden und hefteten sie an ihre Hüte. Eine Vorhut der Revolution setzte sich in Marsch, um den Freiheitsbaum zu pflanzen und ihn mit Blut zu düngen.

An diesem 12. Juli 1789 kam François-René Chateaubriand nach Versailles, erblickte Menschen, „die Gärten und Springbrunnen besichtigten, während Reiche einstürzten“, sah auch die Königin, die mit ihren Kindern an ihm vorbeiging und dem jungen Chevalier ein „anmutiges Lächeln“ schenkte. Am 13. Juli ließen sich der König und die Königin die Offiziere der eingetroffenen Ausländerregimenter vorstellen, und am Abend wurde ihnen ein Fest gegeben, an dem Marie Antoinette teilnahm.

Sie hörte nicht das Läuten der Sturmglocken in der Hauptstadt. An diesem Tag besetzten Pariser das Hôtel des Invalides und bemächtigten sich der dort gelagerten Waffen. Der mit der Aufrechterhaltung von Ruhe und Ordnung betraute Kommandant der königlichen Truppen griff nicht ein, zog sich nach Versailles zurück. Es war der Baron de Besenval, der am Hofe Marie Antoinettes den Salonhelden gespielt hatte und nun mit der Königin das Königtum im Stich ließ.

14. Juli 1789. Ludwig XVI. notierte in sein Tagebuch: „Nichts“. Dabei war viel, sehr viel geschehen. Pariser hatten die Bastille gestürmt und mit der Eroberung der Königsfestung ein Signal zur Befreiung des Volkes von der absoluten Monarchie gegeben.

Die im Spätmittelalter erbaute Bastille hatte als Zwingburg wie als Staatsgefängnis bereits ausgedient; es saßen nur noch vier Urkundenfälscher, zwei Geisteskranke und ein auf Veranlassung seiner Angehörigen eingesperrter Wüstling in den nicht unbequemen Zellen. Dennoch war die Bastille in den Augen von Parisern das Bollwerk der Despotie und ein Burgverlies für Patrioten geblieben. Die veraltete Festung, nur von 32 Schweizer Gardisten und 82 Invaliden verteidigt, war dem Ansturm der bewaffneten Volksmasse, der sich Sol-

14. Juli 1789: Sturm auf die Bastille.

daten unter Führung von Unteroffizieren angeschlossen hatten, nicht gewachsen. Der Kampf war kurz und blutig. Achtundneunzig Angreifer fielen, an die hundert wurden verletzt. Drei Offiziere der Besatzung, die sich ergeben hatten, wurden erschlagen, zwei Invaliden aufgehängt. Dem Gouverneur de Launay wurde der Kopf abgehauen, dieser auf eine Pike gesteckt und im Triumphzug durch die Stadt getragen.

In der Nacht vom 14. auf den 15. Juli 1789 weckte in Versailles der Herzog de Liancourt den König und berichtete vom Bastillesturm. „Das ist ja eine Revolte", sagte Ludwig XVI. und bekam zu hören: „Nein, Sire, das ist eine Revolution!" Eigentlich hatte sie bereits mit der Konstituierung der Nationalversammlung begonnen. Doch Nationalfeiertag wurde der 14. Juli, der Tag, an dem sich die Gewalt in Szene setzte, welche die Bühne im weiteren Verlauf in dramatischer Steigerung beherrschte.

Der König glaubte, er könne durch ein freilich nicht zu weit gehendes Entgegenkommen die Entwicklung in der Bahn von Gesetz und Ordnung halten. Er begab sich zu Fuß in die in Versailles tagende Nationalversammlung, sprach dort von Reformabsicht und Friedenswillen, versprach die königlichen Truppen zurückzuziehen. Viele Abgeordnete, die vom Gewaltausbruch in Paris kaum weniger alarmiert worden waren als der Monarch, begleiteten ihn zurück zum Schloß. Die Königin zeigte sich mit Sohn und Tochter auf dem großen Balkon. Dachte sie an ihre Mutter Maria Theresia, die 1741, als sie von Feinden ringsum bedrängt wurde, mit dem Thronfolger auf dem Arm vor die ihr treu gebliebenen Ungarn trat, die ihr versicherten, für ihre Königin kämpfen und sterben zu wollen? In Versailles hörte Marie Antoinette zwar noch die Rufe „Es lebe der König!“ aber das Murren gegen die Königin war unüberhörbar geworden.

Ludwig XVI. rief Necker zurück, der die Bastille abzureißen und an ihrer Stelle einen Volkspark anzulegen gedachte, mit einem Denkmal Ludwigs XVI., „des Befreiers“. Doch die Bastille wurde von den Parisern, die sie erobert hatten, dem Erdboden gleichgemacht, und selbst ein Reformminister wie Necker war in der Revolution nicht mehr gefragt. Der angebliche „Befreier“ trat am 17. Juli einen schweren Gang in die Hauptstadt an, wo er seinen guten Willen bezeigen und sich als Erneuerer empfehlen wollte. Marie Antoinette, die befürchtete, daß der König dort den Aufständischen in die Hände fallen würde, suchte ihn vergebens zurückzuhalten. Vor seiner Abfahrt empfing Ludwig die heiligen Sakramente und ernannte den Grafen von Provence zum Lieutnant général, der, falls der Monarch an der Ausübung der Regierungsgewalt gehindert werden sollte, diese zu übernehmen hätte.

Es kam nicht so schlimm wie befürchtet, aber es wurde auch nicht so gut wie erhofft. In Paris war ein Magistrat gewählt und zum Bürgermeister der erste Präsident der Nationalversammlung, Jean Sylvain Bailly, bestimmt worden. Er empfing den König mit den Worten. „Sire, ich überbringe Eurer Majestät die Schlüssel ihrer treuen Stadt Paris; es sind dieselben, die Heinrich IV. überreicht wurden; er hatte sein Volk zurückgewonnen, hier hat das Volk seinen König zurückgewonnen." Zwar steckte sich Ludwig XVI. die ihm überreichte dreifarbige Kokarde, „das Abzeichen der Franzosen" an den Hut, aber Paris war ihm nicht wie Heinrich IV. eine Messe, das heißt eine Konversion zur Konfession der Revolution wert. Die Rufe „Es lebe der König!" wurden von Rufen „Es lebe die Nation!" übertönt.

Marie Antoinette fiel ein Stein vom Herzen, als ihr Gemahl an diesem 17. Juli gegen 9 Uhr abends körperlich unversehrt, doch in seiner Herrscherwürde angeschlagen, nach Versailles zurückkam. Vorsorglich hatte die Königin eine Ansprache aufgesetzt, die sie im Falle der Festnahme des Königs in Paris an die Nationalversammlung in Versailles zu richten gedachte: „Messieurs, ich komme, um Ihren Händen die Gemahlin und die Familie Ihres Souveräns anzuvertrauen. Dulden Sie nicht, daß man auf Erden trenne, was im Himmel vereint worden ist."

Glücklicherweise sei kein Blut geflossen, sagte der König nach der Rückkehr aus der Hauptstadt. Wenige Tage später wurden der Intendant von Paris, Bertier de Sauvigny, und sein Schwiegervater Foullon bestialisch ermordet. „Ein Menschenhaufen begleitet triumphierend das Haupt und den Leib des Monsieur Foullon; der Kopf steckt auf einer Pike, während der Körper nackt über den Boden geschleift wird", entsetzte sich der Augenzeuge Governor Morris. „Die verstümmelten Reste des siebzigjährigen Greises werden zu seinem Schwiegersohn Bertier geschleppt, der ebenfalls getötet und in Stücke gehauen wird. Der Pöbel trägt die formlosen Körperteile in wilder Freude umher. Großer Gott! Was für ein Volk!"

In Versailles ging die Angst um. Auf den Kopf der Königin war von Radikalen eine Prämie ausgesetzt worden. Auf Proskriptionslisten standen unter anderen die Namen Polignac und Vermond. Diese Bedrohten emigrierten. Mit dem Abbé Vermond mußte Marie Antoinette einen Mentor, der sie freilich in letzter Zeit nicht mehr gut beraten hatte, ziehen lassen. Mit Madame de Polignac verlor sie eine Vertraute, der sie zwar zu mißtrauen begonnen hatte, die sie aber an die alte gute Zeit erinnerte, die nun dahinschwand und nie mehr wiederkehrte. „Adieu, zärtlichste der Freundinnen! Wie entsetzlich ist dieses Wort! Aber es ist notwendig. Adieu! Ich habe nicht die Kraft, Sie zu umarmen", stand auf dem Billet, das Marie Antoinette an Madame de Polignac zum Abschied schickte.

Am liebsten hätte sie selbst Versailles bei Nacht und Nebel verlassen und sich, wenn schon nicht ins Ausland, so doch an einen Grenzort, etwa in das sichere Metz, zurückgezogen. Sie drängte Ludwig dazu, verbrannte Papiere und packte ihren Schmuck ein. Aber in der Ratssitzung vom 16. Juli war die Mehrheit gegen eine Abreise. Sie fürchte, dieser Beschluß „könnte zu unser aller Unglück ausschlagen", sagte die Königin zu Madame Campan, und drei Jahre später sagte der König zu Fersen: „Ich habe den richtigen Augenblick versäumt und nachher nicht wieder gefunden."

Fersen war erneut zur Stelle. Seit Juni 1789 war er wieder bei seinem Regiment in Valenciennes, schrieb an Marie Antoinette, besuchte sie in Versailles und machte sich zunehmend Sorgen um die Königin und das Königreich. „Alle Bande sind zerrissen", berichtete er am 3. September 1789 seinem Vater. „Die Autorität des Königs gleich Null, die Nationalversammlung selbst zittert vor Paris, und Paris zittert vor 40000 bis 50000 in Montmartre oder im Palais-Royal lagernden Banditen und Vagabunden, die man von dort noch nicht hat vertreiben können, und die dort unaufhörlich Anträge stellen."

Die Revolution avancierte Zug um Zug, erreichte bereits im Sommer 1789 wichtige Etappen. In der Nacht vom 4. auf den 5. August beseitigte die Nationalversammlung das Feudalsystem, annullierte Feudallasten wie Frondienste und Kirchenzehnten und beschloß, daß alle Staatsbürger steuerpflichtig und vor Gericht gleich zu behandeln seien. Was dem Citoyen zustand, worauf er Anspruch hatte, wurde am 26. August in der Erklärung der Rechte des Menschen und des Bürgers verkündet: „Die Menschen werden frei und gleich geboren... Das Ziel jeder politischen Vereinigung ist die Erhaltung der natürlichen und unveräußerlichen Menschenrechte. Diese Rechte sind Freiheit, Eigentum, Sicherheit und Widerstand gegen Unterdrückung." Diese Deklaration war nach amerikanischem Vorbild vom Marquis de Lafayette mitformuliert worden, der sie nun an der Wand neben der amerikanischen Unabhängigkeitserklärung anbringen konnte.

Eine Verfassung war anvisiert: auf der Grundlage der Menschen- und Bürgerrechte, der Prinzipien der Volkssouveränität und der Gewaltenteilung wie in den Vereinigten Staaten von Amerika und, wie in England, mit einem Zweikammersystem und einem konstitutionellen Monarchen. Schon war Ludwig XVI. von der Nationalversammlung der Titel „Wiederhersteller der französischen Freiheit" verliehen worden. Aber dieser König verpaßte seine Chance, gemeinsam mit dem aufgeklärten Bürgertum die Zukunft Frankreichs zu gestalten. Er war blind für die Zeichen der Zeit, taub für die Signale der Nation, zu stolz, um sich mit der Rolle eines gekrönten Präsidenten zu begnügen, und zu lax, um monarchische Farbe zu bekennen. Durch seine halben Zugeständnisse und halben Verweigerungen enttäuschte er Royalisten, verprellte er gemäßigte Liberale und ermutigte demokratische Radikale.

Bei Marie Antoinette fand Ludwig keine Hilfe. Sie konnte sich nichts anderes als eine unbeschränkte Monarchie vorstellen, und als diese einzustürzen begann, gab sie sich der Untergangsstimmung hin. „Meine Gesundheit ist noch nicht angeschlagen", schrieb sie an Madame de Polignac, „aber meine Seele ist von Qualen, Kummer und Besorgnissen niedergedrückt. Jeden Tag erfahre ich neues Unglück." Von Politik, an der sie noch vor kurzem Gefallen gefunden hatte, wollte sie nun nichts mehr wissen. Sie habe das einzige getan, „was ihr zustand, nämlich: sehr zurückgezogen und ganz mit ihren Kindern beschäftigt zu leben", bemerkte Joseph II., der ihr Faible für Politik eher für eine augenblickliche Stimmung als ein echtes Anliegen gehalten hatte.

Aber wohin sollte sie sich zurückziehen? Das Schloß von Versailles wurde kaum mehr bewacht, stand offen für alle, vielleicht auch für einen Attentäter. Nach Klein-Trianon zog sie im Sommer 1789 nicht mehr um, weil sie dort zu sehr an Vergangenes und Vergehendes erinnert worden wäre. Nach Paris wollte sie nie und nimmer mehr gehen, dorthin, wo die Hölle los war und das revolutionäre Feuer mit Schmähschriften gegen die konterrevolutionärer Umtriebe wie sexueller Ausschweifungen bezichtigte Autrichienne geschürt wurde. Und die Stadt Versailles wurde ihr von Tag zu Tag widerwärtiger, nachdem dort die Verfassunggebende Nationalversammlung darangegangen war, selbst die beschränkte Autorität des konstitutionellen Königs noch weiter einzuschränken, indem sie ihm nur ein aufschiebendes Vetorecht zugestand. Auch ein Zweikammersystem, in dessen Oberhaus nach englischem Vorbild die Aristokratie ein Mitspracherecht gehabt hätte, kam nicht zustande; am 10. September 1789 wurde mit 849 gegen 89 Stimmen das Einkammersystem als Gesetzgebungsinstanz beschlossen.

Ludwig XVI., der sich immer noch weigerte, Beschlüsse der Nationalversammlung zu ratifizieren, beorderte das flandrische Regiment von Douai nach Versailles. Am 23. September trafen die 1100 Infanteristen ein und leisteten auf der Place d'Armes den Eid, der Nation, dem Gesetz und dem König die Treue zu halten. Die Königin empfing die Offiziere bei Hof. Der König wurde von der Leibgarde gebeten, für ein Bankett mit den flandrischen Kameraden den Opernsaal des Schlosses zur Verfügung zu stellen. Am 1. Oktober 1789 war die Festtafel zusätzlich für Offiziere der in Meudon in Garnison liegenden lothringischen Jäger und Dragoner, der Schweizer Garde sowie der Nationalgarde, der neuen Bürgermiliz, reich gedeckt.

Nach dem zweiten Gang, als die Stimmung gehoben war, wurde auf die Gesundheit des Königs, der Königin und des Dauphins angestoßen. Marie Antoinette, die sich in ihrem Appartement befand, wurde von einer Hofdame, die sich die Toasts nicht hatte entgehen lassen, dazu bewogen, sich mit dem Dauphin in den Opernsaal zu begeben. Der von der Jagd zurückkehrende Gemahl schloß sich an. Die Militärs, trunken von Wein und Royalismus, ließen das Königspaar in einem fort hochleben und geleiteten es in seine Gemächer zurück. Marie Antoinette fühlte sich in ihrem Schloß wieder einigermaßen geborgen.

Das Fest machte Furore. Anwesend waren auch Abgeordnete gewesen, die nicht nur den Ruf „Es lebe der König!" sondern auch den Ruf „Nieder mit der Nationalversammlung!" gehört haben wollten, jedenfalls statt der blau-weißroten Kokarde der Nation die weiße der Bourbonen gesehen hatten, die damals noch von der regulären Armee im Unterschied zur Nationalgarde getragen wurde. Man habe die Farben der Nation in den Staub getreten, wurde im patriotischen Paris behauptet, wo die monarchistische Kundgebung als konterrevolutionäre Demonstration angeprangert wurde. Das Volk müsse zu den Waffen greifen, nach Versailles marschieren, den König in die Hauptstadt holen und – wie der Radikalrevolutionär Marat forderte – „diese Österreicherin" ins Gefängnis stecken und dem Dauphin kein Abendessen mehr geben, „solange ihr kein Brot habt".

Am 4. Juli 1789 hatte der König, um Weizenmehl zu sparen, in seinem Haushalt angeordnet, daß nur noch Roggenbrot gegessen werden dürfe. Niemand wollte so recht daran glauben, daß diesem Befehl, der fast eine Kasteiung bedeutet hätte, nachgekommen worden wäre. Die Königin wurde sogar bezichtigt, auf eine Klage über den Brotmangel in Paris schnippisch entgegnet zu haben: Wenn sie kein Brot hätten, sollten sie doch Kuchen essen. Diese Unterstellung wie andere von Agitatoren verbreiteten Verleumdungen waren geeignet, die Gemüter der Hungernden in Wallung zu bringen. Dies wurde von Radikalen ausgenützt, die anstelle der sich abzeichnenden konstitutionellen Monarchie eine demokratische Republik haben wollten.

„Diejenigen, die den Aufstand leiteten", bemerkte der Deputierte Jean Joseph Mounier, „hielten es für nützlich, ihn durch die Frauen beginnen zu lassen; sie fühlten, daß deren Gegenwart weniger Besorgnis einflößen, daß man sich schwerer entschließen würde, sie mit Waffengewalt zurückzuwerfen, daß sie Verwirrung hervorrufen und daß dann die ihnen folgenden Männer weniger Gefahr laufen würden." Am 5. Oktober 1789, angeführt vom Bastillestürmer Stanislas Marie Maillard, zogen Tausende von Frauen und zahlreiche Männer von der Hauptstadt nach Versailles. Die Parole lautete: „Holt den

Bäcker und seine Frau mit dem kleinen Bäckerjungen nach Paris, und es wird auch hier an Brot nicht fehlen!"

Der „Bäcker", der König, war auf der Jagd, der „Bäckerjunge", der Dauphin, auf einer Spazierfahrt, und die „Bäckersfrau", die Königin, weilte in Klein-Trianon. Sie hatte sich, wie die kürzlich von ihr empfangene Lady Elizabeth Foster bemerkte, „arg verändert; ihr Leib ist ziemlich dick, und sie hat fast keine Haar mehr", und sie „wirke sehr niedergeschlagen". Die vierunddreißigjährige Marie Antoinette hatte sich in die unweit vom Belvedere gelegene Grotte zurückgezogen und hing düsteren Gedanken nach. Sie wurde mit der Nachricht vom Heranrücken der Pariser Frauen aufgeschreckt. Eiligst verließ sie ihr Klein-Trianon, um nie mehr zurückzukehren.

Im Schloß zu Versailles wurden die Tore geschlossen, in der Stadt läutete man die Sturmglocke. Im eiligst einberufenen Staatsrat plädierte der Comte de Saint-Priest dafür, den Heranziehenden durch Flanderninfanterie und Schweizer Garden den Weg zu versperren, die Königin und die Kinder nach Rambouillet in den Schutz der lothringischen Jäger zu bringen und den König an der Spitze seiner Leibgarde den Parisern entgegenzuschicken. Dagegen sprach sich der wiederberufene Minister Necker aus, der befürchtete, daß ein bewaffneter Zusammenstoß zum Bürgerkrieg führen würde. Um die aufgewühlten Gemüter zu besänftigen, meinte der Deputierte Mounier, müsse der König endlich die Erklärung der Menschen- und Bürgerrechte sowie die von der Nationalversammlung verabschiedeten Verfassungsartikel ratifizieren und sich dann in die Normandie zurückziehen.

Ludwig XVI. unterzeichnete die ihm von Mounier vorgelegten Dekrete und erließ eine Botschaft, in der er den Parisern eine hinreichende Versorgung mit Lebensmitteln zusicherte. Aber er wollte weder den anrückenden Parisern entgegentreten noch vor ihnen zurückweichen. Marie Antoinette wollte fort aus Versailles, freilich nicht ohne den Gemahl und die Kinder. Schließlich gab Ludwig nach und ließ die Kutschen anspannen. Aber es war zu spät. Die in den Schloßhof eingedrungene Menge spannte die Pferde wieder aus.

Marie Antoinette zog sich in ihr Appartement zurück. „Alle, sie ausgenommen, schienen mir bestürzt zu sein“, berichtete der im Schloß anwesende Monsieur de Frondeville, und Madame de Tourzel erinnerte sich. „Obschon sie sich über das, was sie zu fürchten hatte, keiner Täuschung hingeben konnte, vermochte niemand an ihr die leiseste Spur von Unruhe bemerken.“ Fühlte sie sich nach dem Eintreffen Lafayettes sicherer? Der Kommandant der Nationalgarde war mit Einheiten seiner Miliz in Versailles angelangt. Um zwei Uhr morgens ging sie zu Bett – an jenem 6. Oktober 1789, an dem geschah, was sie befürchtet haben mochte, aber sich nicht hatte anmerken lassen.

Gegen sechs Uhr morgens wurde sie durch Geräusche geweckt. Sie blieb im Bett, nachdem ihr Madame de Thibault gesagt hatte, im Schloßhof seien Pariser Frauen, die in Versailles kein Nachtquartier gefunden hätten. Kurz darauf wurde die Tür zum ersten Vorzimmer eingeschlagen und eine bewaffnete Horde drang mit Geschrei in die Gemächer der Königin ein: „Wir wollen ihr den Kopf abschlagen, ihr das Herz ausreißen, ihre Eingeweide zerhacken!“ Madame Thibault reichte der aufgeschreckten Königin rasch Unterrock und Strümpfe, warf ihr einen Umhang über und eilte mit ihr durch einen Verbindungsgang zu den Gemächern des Königs. Die Eindringlinge fanden nur noch das leere Bett vor, das sie zerfetzten.

Die königliche Familie versammelte sich beim König. Allen stand der Schrecken ins Gesicht geschrieben. Marie

Antoinette blickte traurig auf ihre Kinder; der Dauphin quengelte: „Mama, ich habe Hunger!“ Minister stürzten herbei, auch Lafayette, der das Schlimmste verhütete, das Vordringen der Menge zum Appartement des Königs verhinderte, aber zu spät gekommen war, um zwei Leibgardisten vor der Ermordung zu retten.

Die Menge im Schloßhof verlangte nicht nur den König, sondern auch die Königin zu sehen. Dies sei notwendig, um das Volk zu beruhigen, sagte ihr Lafayette. „In diesem Falle“, antwortete sie, „zaudere ich nicht, und müßte ich zur Hinrichtung gehen, ich komme.“ Sie nahm ihre beiden Kinder an die Hand und trat auf den Balkon. Blaß, mit aufgelösten Haaren und zusammengepreßten Lippen stand sie da, „zwei Minuten lang, die zwei Jahrhunderten glichen“, wie Madame de Staël erzählte, deren Eltern, Monsieur und Madame Necker, die Szene im Schloß miterlebt hatten.

„Nach Paris! Der König nach Paris!“ riefen die Pariser, die nach Versailles gekommen waren, um den Bäcker samt Bäckersfrau und Bäckerjungen in die Hauptstadt zu holen, damit sie den Hungernden Brot verschaffen und sie vom Volk überwacht werden könnten. Saint-Priest sagte zu Ludwig XVI., wenn er sich nach Paris führen lasse, werde er seine Krone verlieren. Lafayette erklärte, der konstitutionelle König dürfe nicht in Versailles, dem Symbol der absoluten Monarchie, bleiben, sondern müsse nach Paris, der Hauptstadt der Nation, gehen. Nach ihrer Meinung befragt, entgegnete die Königin dem Kommandanten der Nationalgarde, dessen Treueschwüren sie mißtraute: Sie wisse, was sie erwarte, aber sie sei bereit, „zu den Füßen des Königs und in den Armen meiner Kinder zu sterben“.

Mit Pathos und Larmoyanz gab Marie Antoinette vor, sich in ihr Schicksal zu ergeben. Dem, was sie wirklich fühlte und dachte, kam eine Äußerung näher, die Saint-Priest gehört haben wollte: Sie werde es nie und nimmer begreifen, „warum ich nicht gestern abend fortgegangen bin“. Nun müßte sie sich, wie sie meinte, als Gefangene der Revolutionäre nach Paris verfügen.

Am 6. Oktober 1789, kurz vor zwei Uhr nachmittags, wurde aufgebrochen. Dem Zug wurden die aufgespießten Köpfe der beiden ermordeten Leibgardisten vorangetragen. Es folgte ein Trupp ihrer Kameraden zu Fuß und ohne Waffen, die von ihren Besiegern bewacht und beschimpft wurden. In ihrer Kutsche saßen der König, die Königin, den Dauphin auf dem Schoß und die Tochter daneben, sowie der Graf von Provence und Madame Elisabeth. Männer mit Piken und – wie der Marquis de Ferrières, ein Deputierter, berichtete – „Weiber mit dreifarbenen Kokarden, die Pappelzweige trugen, und andere Weiber, die auf Kanonen ritten, umgaben die Karosse des Königs.“ Wüste Beleidigungen gegen die Königin wurden ausgestoßen. Frauen zeigten ihr einen Strick und schrien, man werde sie damit an einer Laterne der Hauptstadt aufknüpfen. Marie Antoinette verbarg ihr Gesicht in den Haaren ihres vierjährigen Jungen.

Endlich, nach über sechsstündiger Fahrt, war man an der Zollschranke von Chaillot, der Stadtgrenze, angekommen. Der König wurde von Bürgermeister Bailly begrüßt: „Welch schöner Tag, Sire, an dem die Pariser Eure Majestät und deren Familie in ihrer Stadt haben dürfen!“ Er hoffe, daß mit seinem Einzug Frieden, Eintracht und Befolgung der Gesetze in die Stadt zurückkehrten, antwortete Ludwig XVI.

Noch durfte er sich nicht, wie gewünscht, in das Tuilerien-Schloß zurückziehen, mußte sich mit den Seinen in das Hôtel de Ville begeben. Auf der Place de Grève stiegen sie aus der Karosse und gingen zu Fuß in das Rathaus, mitten durch eine Volksmenge, aus der „Es lebe der König!“ und „An die Laterne!“ gerufen wurde. Der erste Ruf galt Optimisten als

Die Königsfamilie wird von Versailles nach Paris gebracht.

Beweis, daß die Monarchie fortbestehen würde, wenn auch nicht mehr „par la grâce de Dieu!“, „von Gottes Gnaden“, sondern „par la volonté nationale“, „durch Volkes Willen“. Pessimisten befürchteten mit Joseph II., dem Bruder Marie Antoinettes: Der Pariser Pöbel werde der Despot von ganz Frankreich werden.

Vierzehntes Kapitel
Verpaßte Chancen

Marie Antoinette kam aus Versailles, wo die Lichter ausgingen, in Paris in ein Schloß, das im Dunkeln lag. Die Tuilerien, an denen Katharina von Medici, Heinrich IV. und Ludwig XIII. gebaut hatten, waren seit 1665 nicht mehr Königsresidenz gewesen, vom Versailles des Sonnenkönigs in den Schatten gestellt worden. In Möbeln hauste der Holzwurm, Tapeten waren zerschlissen, Türen nicht zu verschließen. „Sie wissen, daß ich nicht darauf gefaßt war, hierherzukommen", sagte die Königin zu ihren Damen, die über den Zustand der Tuilerien noch mehr entsetzt waren als ihre Herrin.

Eiligst richtete man sich einigermaßen standesgemäß ein. Räume wurden renoviert, für den König Zimmer im Parterre, im Mezzanin und in der Beletage, für die Königin Gemächer neben denen ihres Gemahls. Aus Versailles ließ man Möbel, Bilder, Teppiche und Tafelgeschirr kommen. Bereits eine Woche nach der Zwangsumsiedlung schrieb Madame Elisabeth an Madame de Bombelles: „Der Hof wird fast wie früher gehalten: alle Tage gibt es Gesellschaften. Am Sonntag, Dienstag und Donnerstag wird gespielt; Diners in großer Gesellschaft sonntags und donnerstags." Dies alles „mißfällt mir durchaus nicht. Sie wissen, daß ich mich so ziemlich an alles anpassen kann".

Auch Marie Antoinette schien sich in die Umstände zu fügen, sich jedenfalls zu bemühen, wie Schwägerin Elisabeth bemerkte, „Liebenswürdigkeit und Mut" zu zeigen. Schon einen Tag nach dem Umzug, am 7. Oktober, fühlte sie sich von der sie bedrückenden Last ein wenig befreit. Pariser kamen in die Tuilerien, weniger um sie als Gefangene zu mustern, als die sich nun in ihrer Mitte befindliche Königin zu begrüßen. „Ich spreche mit dem Volk, mit Milizmännern, mit Marktweibern; alle reichen mir die Hand, und ich gebe ihnen die meine", schrieb Marie Antoinette an Mercy. „Trotz der unfreundlichen Dinge, die man mir angetan hat, hoffe ich den gesunden, ehrlichen Teil des Bürgertums und des Volkes zurückzugewinnen."

Diese Königin, bemerkte der sie bewachende und beschützende Lafayette, besitze alles, um die Herzen der Pariser zu gewinnen, aber sie stoße sie immer wieder durch ihren Stolz und ihre Launen vor den Kopf. Noch am selben Tag, an dem sie Pariser für sich gewonnen zu haben glaubte, sorgte sie für Verstimmung durch ein Versprechen, das nicht umgehend einzulösen war: Sie wolle allen, die Stücke ihrer Habe versetzen mußten, Geld zu deren Auslösung zukommen lassen, bis zu einem Louisdor pro Person. Die Pfandleiher, die davon nichts wußten, wiesen die sich vor ihren Schaltern drängenden Leute zurück, die schließlich das Pfandhaus plünderten und nach den Tuilerien zogen, um die Königin nachdrücklich an ihre Zusage zu erinnern. Marie Antoinette flüchtete sich in das Arbeitszimmer des Königs, Lafayette sicherte der Menge die Erfüllung des Versprechens zu. 300 000 Livres wurden zur Verfügung gestellt.

Mit klingender Münze war verlorengegangenes Vertrauen nicht zurückzukaufen. Das Hosianna, das beim Einzug des Königspaares in Paris zu hören gewesen war, verstummte so rasch wie es angeklungen war. In die Tuilerien, vor denen nicht mehr Leibgardisten, sondern Nationalgardisten auf Posten standen, drangen Leute ein, die Ludwig XVI. und Marie Antoinette mit zu Beschimpfung ausartender Kritik konfrontierten.

Am 4. November 1789 wurde im Théâtre-Française eine Tragödie von Marie Joseph Chénier uraufgeführt: „Charles IX. ou l'école des rois". Darin wurde die verderbliche Rolle dieses schwächlichen Königs verurteilt – und mit ihm

Ludwig XVI. an den Pranger gestellt. „Dieses Stück“, bemerkte der Revolutionsredner Camille Desmoulins, „bringt unsere Geschäfte mehr voran als die Oktobertage“, und der Radikalrevolutionär Georges Danton erklärte nach der Premiere: „Wenn ‚Figaro‘ den Adel getötet hat, so wird ‚Charles IX.‘ das Königtum töten.“

Schon war Ludwig XVI. der traditionelle Titel „König von Frankreich und Navarra“ aberkannt und in „König der Franzosen“ umgeändert worden. Das war ein schwerer Schlag gegen das Majestätsbewußtsein des Monarchen, doch kaum weniger schwächlich als Karl IX. wagte er nicht, sich dagegen aufzulehnen, unternahm aber auch nichts, um sich, dem neuen Titel gemäß, als Volkskönig zu erweisen. Die „Königin der Franzosen“ war dazu noch weniger imstande. Sie konnte sich nicht aufraffen, die ihr angeborene Vorstellung von der unbeschränkten Monarchie aufzugeben und in den Franzosen Staatsbürger rund nicht Untertanen zu erblicken. Sie hörte nicht auf Élisée Loustallot, den Redakteur der seit dem 12. Juli 1789 erscheinenden Zeitung „Révolutions de Paris“, eines eher gemäßigten als radikalen Organs: Der Franzose müsse seine Königin lieben können, und um dies zu vermögen, habe sie in die Mitte des Volkes zu treten, ihren Patriotismus so vernehmlich zu verkünden, daß die alten Gewalten alle Hoffnung verlören, ihren Namen weiterhin zur Aufrechterhaltung beziehungsweise Wiedergewinnung ihrer Macht zu mißbrauchen.

Doch Marie Antoinette neigte dazu, in dem nach Loustallot „besten aller Völker“ Gute hauptsächlich in den Reihen der Aristokratie und Schlechte zuhauf in der Menge des Volkes zu sehen. Sie konnte die erschlagenen Verteidiger der Bastille, die in Versailles ermordeten Leibgardisten und den Bäcker François nicht vergessen, der am 21. Oktober 1789 nach der Plünderung seines Ladens an der Place de Grève

Marquis de Lafayette. Porträt von Danloux.

gelyncht worden war. Schon gar nicht konnte sie die Flut der Schmähschriften übersehen, die ständig anschwoll und ihr entgegenschlug.

Die „Essais historiques sur la vie de Marie Antoinette d'Autriche“, in denen auf 79 Seiten fast alle bisher erhobenen Vorwürfe gegen Lebenswandel und politische Ansichten der Königin zusammengefaßt waren, brachten es 1789 auf fünfzehn Auflagen. Nach wie vor wurden ihr sexuelle Ausschweifungen unterstellt, jetzt nicht mehr nur mit Hochadeligen und Hofdamen, sondern auch – entsprechend den neuen Verhältnissen – mit Männern aus dem Volke. In einem illustrierten Pamphlet war dargestellt, wie sie sich von einem Nationalgardisten umarmen läßt, wofür ihr das zweifelhafte Lob gespendet wurde: „Bravo! Bravo! La Reine se pénètre la patrie – Die Königin ist tief vom Vaterland durchdrungen.“

„Die Verleumdung“, sagte Marie Antoinette zu Madame Campan, „ist eine tödliche Waffe, mit der man mich umbringen wird.“ Gefährlicher als die ihr privates Benehmen betreffenden Verleumdungen wurden für sie jene, die auf ihr politisches Verhalten zielten. So wurde behauptet, sie habe Nachrichten über Unruhen in Paris mit den Worten kommentiert: „Wir werden ein Ende machen, indem wir sie aushungern.“

Im Schmähwort „L'Autrichienne“ klangen die privaten wie politischen Verleumdungen zusammen. Als „l'autre chienne“ wurde sie mit einer läufigen Hündin verglichen. Als „Autrichienne“ wurde sie beschuldigt, in der Außenpolitik die Interessen Österreichs mehr als jene Frankreichs verfolgt und in der Innenpolitik die reaktionäre Haltung Habsburgs vertreten zu haben. Als sie am 7. Oktober, dem kurzen Tag aufkeimender Beliebtheit, von einer Frau in Deutsch angesprochen wurde, antwortete sie, daß sie die Frage nicht verstehe, da sie, Französin geworden, ihre Muttersprache verlernt habe. Dieses Bekenntnis zur französischen Sprache und damit zum französischen Wesen machte so wenig nachhaltigen Eindruck wie der Nachweis von Genealogen, daß die „Autrichienne“ von Haus aus zu fünfzig Prozent Französin gewesen sei, einen französischen Großvater und eine französische Großmutter gehabt habe: Leopold von Lothringen und Elisabeth Charlotte von Orléans.

Nachdem es am 24. Oktober 1789 in den österreichischen Niederlanden zu einem Aufstand gegen Joseph II. gekommen war, schwollen mit den Sympathien für die revolutionären Brüder die Antipathien gegen die Schwester des reaktionären Kaisers an. Als er am 20. Februar 1790 starb, mischten sich in die Nachrufe auf den Österreicher Anklagen gegen die Österreicherin.

Die Königin, wurde nicht ohne Grund behauptet, habe sich beim König und dessen Ministern für außenpolitische Anliegen Josephs II. eingesetzt: so in der bayerischen Erbfolgefrage, in der Auseinandersetzung mit Holland um den freien Handelsverkehr auf der Schelde, beim Tauschprojekt Niederlande gegen Bayern. Aus der Luft gegriffen war die Unterstellung, sie habe Ambitionen ihres Bruders nicht nur mit diplomatischen, sondern auch mit finanziellen Mitteln unterstützt. „Ich bin, wie Du, betrübt gewesen“, schrieb Joseph am 8. Oktober 1789 seinem Bruder und Nachfolger Leopold, „über alle Abscheulichkeiten, die man gegen die Königin von Frankreich verbreitet hat; doch was soll man mit Unverschämten und Narren machen? Sie kommen nicht von der Vorstellung los, daß meine Schwester mir heimlich Millionen geschickt habe, während ich nicht weiß, warum und wie ich sie hätte von ihr verlangen oder sie mir dieselben hätte zukommen lassen können; ich habe nie einen Sou aus Frankreich gesehen.“

Heimliche Zuwendungen Ludwigs XV. und Ludwigs XVI. an Günstlinge waren in dem in rotes Maroquin gebundenen

„Livre rouge“ aufgelistet. Von der Gesamtsumme – 228 Millionen Livres – hatte auch Madame de Polignac und ihr Anhang nicht zu wenig abbekommen. Der rechtzeitig emigrierten Favoritin schrieb die auf ihrem Posten ausharrende Marie Antoinette: Sie werde von schwerer Last bedrückt, „und wenn mich mein Herz nicht mit so starken Banden an meinen Gatten, meine Kinder und meine Freunde fesselte, wünschte ich zu unterliegen“.

In der Gefahr hätte sich Marie Antoinette liebend gern an ihren Gemahl geklammert, wenn er ihr nur Halt geboten hätte. Aber Ludwig schwankte wie ein Rohr im Wind. Die Energien, die er nun nicht mehr auf der unmöglich gewordenen Jagd verbrauchte, setzte er weder für private Anliegen noch für politische Aufgaben ein. Erstatte man ihm Bericht, klagte ein Minister, habe man den Eindruck, als spräche man mit ihm über den Kaiser von China und nicht den König der Franzosen betreffende Dinge. In der Enge der Tuilerien kam sich das Königspaar näher, ohne daß das Ehepaar intimer geworden wäre.

Mit den Kindern hätte sie sich trösten können, wenn sie nicht über deren Zukunft besorgt gewesen wäre. Noch trauerte sie um den am 4. Juni 1789 gestorbenen ersten Dauphin, Louis Joseph. Der nun vierjährige zweite Dauphin, Louis Charles, schien zwar gesünder und begabter als sein verschiedener Bruder, als Kronprinz tauglicher zu sein, aber würde er noch auf den Thron gelangen? Trotzdem bemühte sich die Mutter, ihn wie einen künftigen König zu erziehen. Mit seiner Umgebung war sie nicht ganz zufrieden. Frau von Soucy habe „einen sehr schlimmen Ton“, Frau Lemoine sei „eine unerträgliche Klatschbase“, Herr Brunier, der Arzt, „ein Schwätzer“, und Abbé d'Avaux schien sich mehr um die Gouvernanten als um seinen Zögling zu kümmern.

Vertrauen setzte die Mutter in Madame de Tourzel, die Madame de Polignac als Obergouvernante abgelöst hatte.

Dennoch hielt es Marie Antoinette – wie einst Maria Theresia – für angezeigt, ihr eingehende Instruktionen zu erteilen. Noch habe der Dauphin „keinen Hoheitsgedanken in seinem Kopfe, und ich wünsche sehr, daß dies noch so fortdauere. Unsre Kinder lernen früh genug, was sie sind". Zunächst müsse sein Herz und dann sein Geist herangebildet werden, eher mit Strenge als mit Nachsicht. „Man darf nicht vergessen, daß wir ihn nicht für uns erziehen dürfen, sondern für das Land."

Noch war Louis Charles zu klein, um die Wolken zu erkennen, die sich über seinem Haus zusammenzogen. Dazu war die zwölfjährige Marie Thérèse Charlotte, Madame Royale genannt, schon eher in der Lage. Um sie abzulenken, wurden gleichaltrige Adelstöchter in die Tuilerien eingeladen, wo sie am liebsten Verstecken spielten. Der Pfarrer von Saint-Eustache bereitete Madame Royale auf die erste Kommunion vor, die am 31. März 1790 in der Kirche Saint-Germain-l'Auxerrois gefeiert wurde. Vorher war die Prinzessin von der Königin in das Zimmer des Königs geführt worden, der sie ermahnte, zu Gott zu beten, daß er das Königreich „gnädiglich in der Reinheit der Religion bewahren möge".

Das Königtum von Gottes Gnaden hätte dieses Beistandes dringend bedurft. Stützen des Throns brachen weg. Die Nationalversammlung, die am 19. Oktober 1789 von Versailles nach Paris übersiedelt war, gab sich nicht mit der Streichung von Standesprivilegien des Adels und der Klerus zufrieden. Am 2. November 1789 wurden die Kirchengüter verstaatlicht, am 13. Februar 1790 die religiösen Orden aufgehoben. Am 28. Februar fiel das Rangmonopol des Adels im Heer, und am 19. Juni wurde der erbliche Adel abgeschafft.

Marie Antoinette ging täglich zur Messe. Um in die Kapelle der Tuilerien zu gelangen, mußte sie über die große Schloßterrasse gehen und sich neugierigen und feindseligen Blicken aussetzen, bis sie durch eine aus Brettern errichtete Galerie davor geschützt wurde. Sie betete mehr als früher, mußte nicht wie ihre Tochter daran erinnert werden, daß die Religion „die Quelle des Glücks und unsre Stütze in den Widerwärtigkeiten des Lebens ist“.

Mehr denn je suchte sie Rat und Hilfe bei Freunden. Doch deren Zahl schmolz im Feuer der Revolution dahin. Abbé Vermond war emigriert, und der Gesandte Mercy hielt sich diplomatisch zurück. Fersen war in den Tuilerien zur Stelle gewesen, als Marie Antoinette dorthin gebracht wurde, aber Saint-Priest, der Minister, der weder ihr noch ihm gewogen war, ersuchte ihn, sich zurückzuziehen, damit er die Königin nicht kompromittiere. Aber ihr treuester Kavalier stellte sich bald wieder ein. „Endlich am 24.“ – am Heiligen Abend des Jahres 1789 – „hatte ich einen ganzen Tag mit ihr verbracht. Es war der erste. Sie werden sich meine Freude vorstellen können“, schrieb Fersen seiner Schwester Sophie, und fügte nach weiteren Zusammentreffen hinzu: „Sie ist das vollkommenste Wesen, das ich kenne... Sie ist sehr unglücklich, aber auch sehr tapfer... Ich suche sie zu trösten, so gut ich nur kann.“

Persönlichen Halt suchte sie bei Axel von Fersen, politische Unterstützung durch ihren Geheimsekretär Jacques Mathieu Augeard. Als die Generalstände in Versailles zusammentraten, hatte er die Königin vergebens beschworen, sich mit dem König nach Compiègne zurückzuziehen und sich dort unter den Schutz von 30 000 Soldaten zu stellen. Nachdem sie nach Paris geführt worden waren, ließ Marie Antoinette Augeard, der sich aufs Land zurückgezogen hatte, in die Tuilerien kommen. Er legte ihr nahe, den Habsburger als Schutzpatron der Bourbonen anzurufen und sich mit ihren Kindern heimlich auf österreichisches Gebiet und unter kaiserlichen Schirm zu begeben. Aber Marie Antoinette, die ihren Gemahl nicht allein in Paris zurücklassen wollte, verwarf am 19. Oktober 1789 Augeards Fluchtplan.

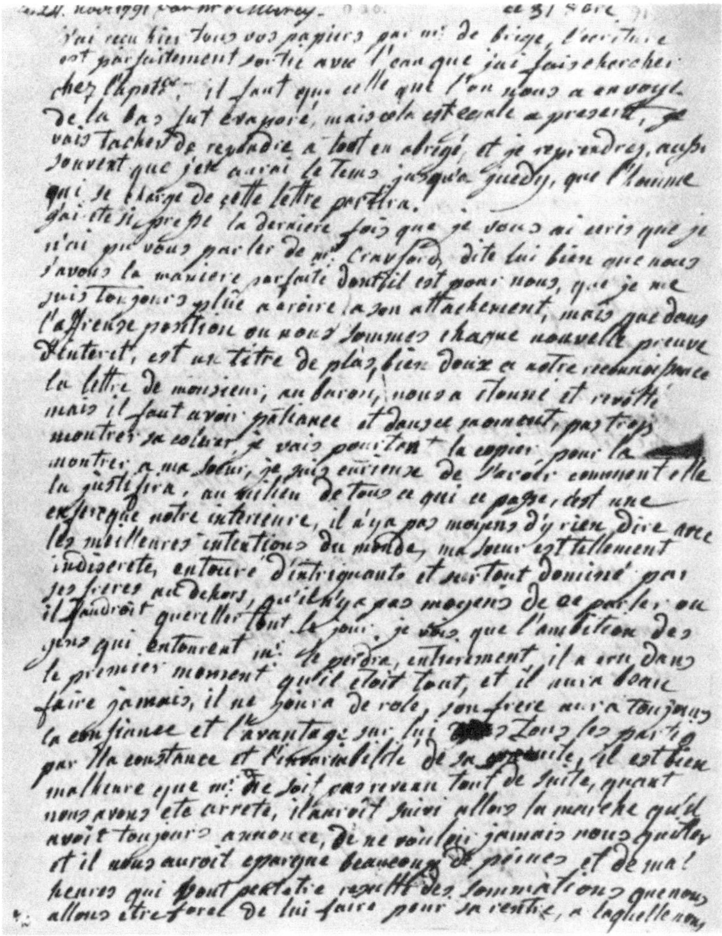

24. nov 1791 par mr ... ce 31 8bre 91

J'ai reçu hier tous vos papiers par mr de Brige, l'ecriture est parfaitement sortie avec l'eau que j'ai fais chercher chez l'apotre. il faut que celle que l'on vous a envoyé de la bas fut evaporé, mais cela est egale a present, je vais tacher de repondre a tout en abrégé, et je reprendrez aussi souvent que j'en aurai le tems jusqu'a jeudy, que l'homme qui se charge de cette lettre partira.
J'ai eté si pressé la derniere fois que je vous ai ecris que je n'ai pu vous parler de mr Crawford, dite lui bien que nous savons la maniere parfaite dont il est pour nous, que je me suis toujours plûe a croire a son attachement, mais que dans l'affreuse position ou nous sommes chaque nouvelle preuve d'interet, est un titre de plus bien doux a notre reconnoissance
la lettre de monsieur au baron, nous a etonné et revolté mais il faut avoir patiance et dans ce moment pas trop montrer sa colere, je vais pourtant la copier pour la montrer a ma soeur, je suis curieuse de savoir comment elle la justifiera, au milieu de tous ce qui ce passe, c'est une espece de notre interieure, il n'y a pas moyens d'y rien dire avec les meilleures intentions du monde, ma soeur est tellement indiscrete, entouré d'intrigants et surtout dominé par ses freres au dehors, qu'il n'y a pas moyens de se parler, ou il faudroit querreller tout le jour. je vois que l'ambition des gens qui entourent mr le perdra entierement, il a cru dans le premier moment qu'il etoit tout, et il aura beau faire jamais, il ne jouera de role, son frere aura toujours la confiance et l'avantage sur lui dans tous les partis par sa constance et l'invariabilité de sa conduite, il est bien malheureux que mr ne soit pas revenu tout de suite, quant nous avons eté arreté, il auroit suivi alors la marche qu'il avoit toujours annoncé, de ne vouloir jamais nous quitter et il nous auroit epargné beaucoup de peines et de malheures qui vont peutetre resulter des sommations que nous allons etre forcé de lui faire pour sa rentrée, a laquelle nous

Faksimile eines Briefes von Marie Antoinette an Fersen.

Es hänge von ihnen ab, „ob wir bleiben“, hatte sie vor zwölf Tagen den in die Tuilerien gekommenen Frauen und Männern aus dem Volke bedeutet. Denn „aller Haß muß ein Ende finden“, und wenn nicht, „würden wir uns beim kleinsten vergossenen Tropfen Blut entsetzt davonmachen“.

Doch der Haß schwoll an: der radikalen Revolutionäre gegen Monarchen und Aristokraten, und der reaktionären Royalisten gegen das Volk, das – wie Fersen bemerkte – zum Bewußtsein seiner Kraft gebracht, diese ungestüm gebrauche. In Klubs der Linken, der Jakobiner und der Cordeliers, wurde Haß gegen „die da oben“ gesät, in rechten Verbindungen, im Club des Impartiaux und im Salon Français die heftige Abneigung gegen „die da unten“ gepflegt. Es war abzusehen, daß es beim Zusammenstoß zwischen Revolutionären und Gegenrevolutionären nicht bei einem Tropfen Blut bleiben würde.

Die Königin, die vorerst mit dem König ausharren, nicht gleich davonlaufen wollte, fürchtete die Revolution und mißtraute einer Gegenrevolution. Diese suchte, vom Exil in Turin aus, der Graf von Artois zu initiieren, durch Agitation in Frankreich und durch eine Intervention konservativer Mächte. Der Bruder Ludwigs XVI. ersuchte den Habsburger, Schwester und Schwager wieder zu unbeschränkter Monarchenmacht zu verhelfen. Er stieß beim Kaiser in Wien auf Ablehnung und bei der Königin in den Tuilerien auf Mißbilligung. Dennoch wurde sie verdächtigt, die Machenschaften des Grafen von Artois unterstützt, wenn nicht gar angeregt zu haben.

Der in Paris gebliebene Graf von Provence dachte im Palais du Luxembourg darüber nach, wie er den König zwar retten, dabei aber in den Hintergrund drängen und sich selbst in den Vordergrund schieben könnte. Der Bruder Ludwigs XVI., der diesem von Anfang an die Krone mißgönnt hatte und seiner Schwägerin Marie Antoinette von jeher nicht gewogen gewesen war, spielte mit dem

Gedanken, die Königsfamilie aus Paris zu entfernen und sich in der Hauptstadt als Regent mit der Aussicht auf eine baldige Thronbesteigung zu installieren.

Dazu benötigte er Helfer und Geld und meinte, Thomas de Mahy, Marquis de Favras, könnte ihm beides verschaffen. Doch dessen Bonität war so windig wie sein Adelstitel, und er prahlte mit seiner Heldentat, bevor er sie ausgeführt hatte: einem Staatsstreich, durch den General Lafayette und Bürgermeister Bailly beseitigt, die Nationalversammlung aufgelöst, Ludwig XVI. zwar geschützt, aber politisch entmachtet werden und Monsieur, der Graf von Provence, an die Spitze gelangen sollte.

In der Nacht vom 24. auf den 25. Dezember 1789 wurde Favras verhaftet. Monsieur, der Anstifter des Komplotts, distanzierte sich von ihm, versicherte der Nationalversammlung und der Gemeinde von Paris seine Loyalität und erhielt Pardon – freilich nicht von Marie Antoinette, die ihn zu gut kannte, um ihm nicht das Schlimmste zuzutrauen. Favras, der den Grafen von Provence deckte, wurde am 19. Februar 1790 auf der Place de Grève gehenkt.

Jene Pariser, welche die Autrichienne für die Antreiberin aller gegenrevolutionären Umtriebe hielten, sahen in ihr die Protektorin des Marquis de Favras. Sie hatte mit ihm nichts zu tun gehabt, aber sie tat einiges dazu, diese Unterstellung glaubhafter zu machen. Sie verhehlte nicht ihr Entsetzen über Begleitumstände der Hinrichtung; die Menge auf der Place de Grève hatte den barfuß in Hemd unter dem Galgen Stehenden mit Hohn und Spott überschüttet und seine letzten Zuckungen mit Beifall bedacht. Marie Antoinette mochte der Meinung Madame Elisabeths zugestimmt haben: „Man mußte diejenigen abschrecken, die dem Könige dienen möchten; das Volk brauchte Blut und das Blut eines Mannes, dem man den Namen ‚Aristokrat' geben konnte."

Die Königin hatte Mitgefühl mit der Familie des Hingerichteten, als ihr aber Witwe und Sohn bei einem öffentlichen Diner in den Tuilerien von einem Royalisten vorgestellt wurden, war sie unangenehm berührt. „Man muß zugrunde gehen, wenn man von Leuten, die fähig zu jedem Verbrechen sind, angegriffen und von sehr achtungswerten Leuten verteidigt wird, die von unserer Lage nicht die richtige Vorstellung haben. Man hat mich gegenüber beiden Lagern bloßgestellt, indem man mir Favras' Witwe und Sohn vorstellte", sagte sie zu Madame Campan. Wenn sie frei in ihren Handlungen wäre, hätte sie das Kind eines Mannes, „der sich für uns geopfert hat, bei Tische zwischen mir und dem König sitzen lassen, aber von Leuten umgeben, die eben seinen Vater umgebracht hatten, habe ich mich nicht einmal getraut, es anzusehen. Die Royalisten werden mir vorwerfen, daß ich mich um das arme Kind nicht zu kümmern schien; die Revolutionäre werden empört sein, weil sie denken, man habe geglaubt mir zu gefallen, indem man es mir vorstellte".

Die Königin stand zwischen Revolutionären und Reaktionären. Hätte einen Ausweg nicht der Mittelweg einer konstitutionellen Monarchie geboten? Voraussetzung wäre die Anerkennung der bisherigen, noch gemäßigten Resultate der Revolution gewesen und die Zurücknahme der Monarchengewalt auf das Maß, mit dem sich der König von Großbritannien beschieden hatte und das dem Präsidenten der USA eingeräumt worden war. An diesen dachte General Lafayette, der seine Erfahrungen in Amerika gemacht hatte und an jenen der Abgeordnete Mirabeau, der das englische Beispiel vor Augen hatte. Doch die Bourbonen verpaßten ihre Chance, auch deshalb, weil Marie Antoinette Lafayette mißtraute und Mirabeau verabscheute.

„Wir werden niemals so unglücklich sein, glaube ich, daß wir den peinlichen Ausweg wählen müßten, bei Mirabeau Hilfe zu suchen“, sagte die Königin im September 1789 in Versailles zum Grafen von La Marck, Prinz von Arenberg. Der im französischen Flandern wie in den österreichischen Niederlanden begüterte Grandseigneur war vom Adel der Bailliage von Quesnoy in die Generalstände entsandt worden. Eine konstitutionelle Monarchie anvisierend, schloß er sich dem dasselbe Ziel anstrebenden Honoré Gabriel de Riqueti, Graf von Mirabeau an und suchte diesen redegewandten und wirkungsmächtigen Vertreter des Dritten Standes als Vermittler zwischen Nationalversammlung und Königshof einzuschalten.

„Lassen Sie doch im Schlosse wissen, daß ich mehr für als gegen sie gestimmt bin“, hatte der Graf von Mirabeau dem Grafen von La Marck bedeutet. Doch der König dachte nicht daran, sich mit dem Politiker, der in Schriften und Reden das Ancien Régime angegriffen hatte, zusammenzutun, und die Königin scheute davor zurück, sich mit dem übel beleumdeten Manne einzulassen.

Marie Antoinette, die eben anders war, als sie in Schmähschriften hingestellt wurde, konnte die Ausschweifungen des Grafen von Mirabeau, den sie für einen zweiten Marquis de Sade hielt, nicht verstehen und schon gar nicht verzeihen. Sein eigener Vater, selbst kein Ausbund an Tugend, hatte ihn erst auf der Insel Ré, dann im Château d'If und schließlich im Fort de Joux bei Pontarlier festsetzen lassen, aus dem der verheiratete Sohn mit der Frau des Marquis de Monnier nach Amsterdam floh. Wegen der Entführung zum Tode verurteilt und von Holland ausgeliefert, wurde er in Vincennes eingesperrt. Nach Aufhebung des Urteils ging Mirabeau nach London, wo er ein vorbildliches Regierungssystem entdeckte, und nach Berlin, wo er ein sich vom französischen nicht wesentlich unterscheidendes Ancien Régime erlebte.

Die Stunde des Neununddreißigjährigen schlug, als er zwar nicht von seinen Standesgenossen in seiner provenzalischen Heimat, aber vom Dritten Stand in Aix und Marseille als Abgeordneter zu den Generalständen entsandt wurde. Aus dem politischen Schriftsteller wurde ein parlamentarischer Redner, ein Wortführer der Assemblée constituante. Am 23. Juni 1789 forderte er die Abgeordneten auf, „nicht eher auseinanderzugehen, bis die Verfassung vollendet ist", wobei ihm die Verfassung einer konstitutionellen Monarchie vorschwebte.

Dieser Mittelweg zwischen absoluter Monarchie und absoluter Republik wäre, wie Mirabeau meinte, gangbar gewesen, wenn der König sich vom Ersten und Zweiten Stand gelöst und mit dem Dritten Stand, den zu Staatsbürgern werdenden Untertanen, verbündet hätte.

Darauf hatte bereits im Dezember 1788 Melchior Grimm, der gescheite Beobachter der französischen Bühne, aufmerksam gemacht. „Was haben die Notabeln 1787 getan? Sie haben ihre Privilegien gegen den Thron verteidigt. Was haben die Notabeln 1788 getan? Sie haben ihre Privilegien gegen das Volk verteidigt. Der Thron hat also nur das Volk zum Freunde und das Volk zum Freunde nur den Thron." Wenige Tage vor dem Bastillesturm hatte Mirabeau an Ludwig XVI. appelliert, dem Volke die von der konstituierenden Nationalversammlung geforderten Zugeständnisse zu machen, bevor das Volk sich diese – und mehr als diese – mit Gewalt ertrotze. „Haben sie aus der Geschichte aller Völker gelernt, wie Revolutionen begannen und wie sie durchgeführt wurden? Haben Sie beobachtet, durch welche düstere Verkettung von Umständen auch die Besonnensten aus den Grenzen der Mäßigung herausgeschleudert werden und was für eine entsetzliche Triebkraft ein berauschtes Volk in Ausschreitungen stürzt, vor denen es beim ersten Gedanken gezittert hätte?"

Doch Ludwig XVI. hatte aus der Vergangenheit nichts gelernt und die Zeichen der Gegenwart nicht verstanden, und

Mirabeau. Nach einem Gemälde von Bose.

Marie Antoinette war von ihrem Vorurteil gegen Mirabeau nicht abzubringen, dessen „ganze Existenz nichts als Täuschung, Arglist und Lüge gewesen ist". So fand Mirabeaus Denkschrift vom 15. Oktober 1789 nicht die Beachtung, die sie verdient und dem Königspaar manches erspart hätte. Darin wurde es beschworen, das unsichere Paris nicht heimlich, sondern vor aller Augen zu verlassen und sich nach Rouen in die königstreue Normandie zu begeben.

In der Hauptstadt sollte Ludwig XVI. eine Proklamation hinterlassen, in der er sich zur bürgerlichen Revolution und zur konstitutionellen Monarchie bekannte, deren Essentials in der Denkschrift dargelegt wurden: „Erbliche Königswürde in der Dynastie der Bourbonen. Periodisch gewählter und permanent tagender gesetzgebender Körper, dessen Befugnisse sich nur auf die Abfassung von Gesetzen erstrecken. Einheit und sehr große Freiheit der obersten Vollzugsgewalt, der Exekutive, die vom König auszuüben sei, unterstützt von Ministern aus den ‚volkstümlichen Parteien' und von einem

Premierminister." Dazu bot sich Mirabeau an, der mit der Macht, die er erstrebte, zu Reichtum, den er entbehrte, gelangen wollte.

„Ein Ministerium für Mirabeau? Niemals!" rief die Königin aus. „Geben Sie ihm so viel Geld, wie er haben will, aber kein Ministerium!" Dem tief in Schulden steckenden Mirabeau wurden fürs erste 50 000 Livres versprochen, von denen er 23 000 Livres als Anzahlung erhielt. Er gab sie zurück, weil er sich nicht abspeisen lassen wollte und darauf setzte, in einem Ministeramt weit mehr zu bekommen. Aber diese Ambition wurde nicht nur vom Hof, sondern auch von der Nationalversammlung durchkreuzt. Am 7. November 1789 beschloß die Volksvertretung mit großer Mehrheit, daß kein Abgeordneter Minister werden dürfe. Damit war der Weg zu einer parlamentarischen Monarchie und einem Ministerium Mirabeau verbaut.

Sie solle sich nicht seinetwegen sorgen, schrieb der Abgeblitzte seiner Schwester Caroline du Saillant, „sondern wegen des Staates und der Revolution". Jenen durch deren gemäßigte Resultate zu stärken, durch Gesetz und Ordnung zu bewahren, blieb sein Ziel, das er, wenn schon nicht als Minister, so doch als Berater des Hofs zu erreichen suchte. Den Winter über blieb dieser eisig, aber mit beginnendem Frühjahr begann er aufzutauen, sich Mirabeau zu nähern.

Die Initiative war von der Königin ausgegangen. Erschreckt über neue Unruhen im Lande, enttäuscht über das Ausbleiben jeglicher Unterstützung aus dem Ausland und beraten von Mercy begann sie in Mirabeau einen Nothelfer zu sehen. Der österreichische Gesandte und Mentor Marie Antoinettes schaltete La Marck, einen Untertanen des Kaisers und den Freund des Volkstribunen, als Mittelsmann ein, eröffnete ihm am 19. März 1790: „Der König und die Königin sind entschlossen, die Dienste des Grafen Mirabeau in

Anspruch zu nehmen." Anfang April kamen Mercy, La Marck und Mirabeau heimlich zusammen. Er habe von der Person wie von den Absichten des Volkstribunen einen guten Eindruck gewonnen, berichtete der österreichische Gesandte der Königin, die nun mit dem Vermittler La Marck in Verbindung treten wollte.

Marie Antoinette empfing La Marck in den Tuilerien und eröffnete ihm: Sie habe schon seit zwei Monaten mit dem König den Entschluß gefaßt, „sich dem Grafen Mirabeau anzunähern", aber sie habe gezögert, weil er von ihr als Mitverantwortlicher für die blutigen Oktobertage in Versailles angesehen worden sei. Als ihr La Marck versicherte, daß sein Freund nichts damit zu tun gehabt habe, erklärte sich die Königin und mit ihr der König bereit, sich an Mirabeau zu wenden, „damit er, falls möglich, die verhängnisvollen Folgen der Revolution aufhalte".

Was er dazu tun wollte, skizzierte Mirabeau am 10. Mai 1790 in einem Brief an Ludwig XVI., der an ihn über La Marck, Mercy und die Königin gelangte: „Ich verpflichte mich, dem wahren Vorteil des Königs mit meinem ganzen Einfluß zu dienen; damit diese Versicherung nicht allzu vage klingt, erkläre ich, daß ich eine Gegenrevolution für ebenso gefährlich und verbrecherisch halte, wie ich es für aberwitzig halte, in Frankreich auf irgendeine Regierung zu hoffen oder sie zu planen, die kein mit der nötigen Machtvollkommenheit ausgestattetes Oberhaupt besitzt, das zur Durchführung des Gesetzes die volle Staatsgewalt anwenden kann."

Womit man diesem Diener des Königs dienlich sein könnte, fragte Marie Antoinette La Marck, der auf die finanziellen Schwierigkeiten Mirabeaus verwies. Seine Schulden in Höhe von 208 000 Livres wurden beglichen, ihm ein Monatsgehalt von 6000 Livres angewiesen und eine Erfolgsprämie von einer Million Livres in Aussicht gestellt. Mirabeau, der wußte, wem er dies in erster Linie verdankte, lobte „Gemüt und Gesinnung der Tochter Maria Theresias“ und erklärte: „Der König hat nur einen Mann, und das ist seine Frau. Für sie gibt es keine Sicherheit als in der Wiederherstellung der königlichen Gewalt. Ich bin geneigt, zu glauben, daß sie kein Leben möchte ohne die Krone; aber dessen bin ich sicher, daß sie das Leben nicht behalten wird, wenn sie nicht ihre Krone behält.“

Für Gunst und Geld revanchierte sich Mirabeau mit Rat und Tat. In der Nationalversammlung setzte er es durch, daß ein Krieg nur auf ausdrücklichen Vorschlag des Königs von der Volksvertretung erklärt werden dürfe, also die Entscheidung über Krieg und Frieden Ludwig XVI. belassen wurde. In geheimen Noten an König und Königin gab er Hinweise, wie die Stellung des Monarchen weiter gesichert werden könnte. Dies müsse jedoch mit Zustimmung der Volksvertretung erfolgen, dürfe man sich nicht durch gegenrevolutionäre Aktionen erwarten, betonte Mirabeau, der sich nicht sicher war, ob seine schriftlichen Hinweise befolgt werden würden. Um ihnen Nachdruck zu verleihen, setzte er auf seine persönliche Überzeugungskraft und strebte eine Unterredung mit der Königin an. „Es wäre wesentlich“, schrieb er am 20. Juni an La Marck, „daß ich ihren Mann sehe und vor allem sie.“

Marie Antoinette, an die der Vermittler diesen Wunsch herantrug, widerstrebte es, dem Manne, der ihr immer noch nicht geheuer war, Auge in Auge gegenüberzustehen. Aber Mercy bewog sie, um der Vorteile willen, die ihr Mirabeau verschaffen könnte, ihre Abneigung gegen seine Person zu überwinden und einer Zusammenkunft zuzustimmen. Als Datum wurde der 3. Juli 1790 festgelegt, als Ort das Schloß Saint-Cloud, das die Nationalversammlung der königlichen Familie als Sommeraufenthalt zugewiesen hatte.

Dort war die Bewachung nicht so scharf wie in den Tuilerien, immerhin so streng, daß höchste Vorsicht geboten war. Die Begegnung der Königin mit dem Tribunen wurde so geheim gehalten, daß man noch heute nicht viel darüber weiß. Nicht einmal der genaue Ort der Unterredung ist bekannt. Fand sie im Appartement der Königin oder in einem Gartenhäuschen statt? La Marck erzählte, Marie Antoinette habe beim Anblick Mirabeaus eine „Regung des Schreckens" nicht unterdrücken können. Dies sei nicht unverständlich gewesen, meinte Mirabeau; denn er habe einen „entsetzlichen Schweinskopf". Madame de Staël bemerkte, sein „gewaltiger Haarschopf" erinnere an Samson und seine ganze Gestalt an „zügellose Kraft". Doch Marie Antoinette soll sich rasch gefaßt, ihm aufmerksam zugehört und – laut Madame Campan – ihm nach einer Dreiviertelstunde zum Abschied die Hand zum Kuß gereicht und die Versicherung erhalten haben: „Madame, die Monarchie ist gerettet."

Doch dies glaubten weder er noch sie. Bereits sechs Tage nach der Unterredung klagte Mirabeau, daß der König die mit der Königin abgemachten Beschlüsse nicht ausführe; wenn sie ihn nicht immer wieder dazu antreibe, würden sie sich mit ihren Kerkermeistern abzufinden haben und „stets dem Aufruhr, dem Ehrgeiz und der Demagogie preisgegeben sein". „Man muß einen Entschluß fassen", drängte er am 13. August; „ich will sagen, man muß sich auf die Ereignisse vorbereiten, indem man ihnen die Richtung gibt. In zwei Worten: Der Bürgerkrieg ist gewiß und vielleicht notwendig." Marie Antoinette erschrak. „Wie kann Mirabeau glauben", schrieb sie an Mercy, „daß je, aber besonders in diesem Augenblick, der Zeitpunkt gekommen sei, daß wir den Bürgerkrieg auslösen?" Hatte nicht eben, ein Jahr nach dem Sturm auf die Bastille, die Bundesfeier auf dem Marsfeld demonstriert, daß eine Versöhnung zwischen König und Volk und damit die Bewahrung von Ruhe und Ordnung möglich sei?

Freilich hatte Marie Antoinette wie Mirabeau diesem Ereignis mit Skepsis entgegengesehen, wenn auch aus unterschiedlichen Gründen. Bei einer Massendemonstration, meinte die Königin, vermöge man nicht vorauszusehen, wie sie enden würde; daher sei es nicht auszuschließen, daß sie das Gegenteil des gewünschten Ergebnisses erbrächte. Mirabeau hätte eine Verbrüderung zwischen dem Monarchen und der Nation, die er für notwendig hielt, begrüßen müssen. Aber er zweifelte an der Bereitschaft Ludwigs XVI., den emanzipierten Untertanen die Hand zu reichen, und es verdroß ihn, daß auf dem Nationalfest nicht er, sondern Lafayette die Hauptrolle spielen würde. Wie er trat auch der General für eine konstitutionelle Monarchie ein, aber „Kasper-Caesar", wie er den Rivalen abschätzig nannte, hatte Polizisten und Soldaten und damit reale Macht, über die der nicht Premierminister gewordene Mirabeau nicht verfügte. Überdies – und das war in Revolutionszeiten wesentlich – war der „Held zweier Welten" ein Idol der Menge, während der Tribun durch seine nicht geheim gebliebenen Pourparlers mit dem Hof im Volk an Kredit verlor.

Die 14 000 Menschen aus ganz Frankreich, die sich am 14. Juli 1790 zu der von allen Parteien organisierten und von den Nationalmilizen beschickten „Fête de la Fédération" versammelten, waren aus unterschiedlichen Gründen gekommen und verfolgten gegensätzliche Ziele. Radikale dachten an den endgültigen Triumph über ihre Feinde jeglicher Couleur; das Revolutionslied „Ça ira" wurde gesungen („Wer sich erniedrigt, den führt man hinan, und wer sich erhebt, den stellt man hintenan"), und eine Fahne trug die Inschrift: „Zittert, Aristokraten, hier sind die Metzgergesellen!" Reaktionäre, die es Überwindung gekostet hatte, sich unter das

Volk zu mischen, meinten mit Huldigungen für den Monarchen der Gegenrevolution zu dienen. Die Gemäßigten – die Mehrheit – schauten zu den 83 Masten mit den Fahnen der Départements auf, die zugleich die Vielheit der Teile wie die Einheit des Ganzen symbolisierten, und blickten auf den Altar mit der Inschrift: „Die Sterblichen sind sich einander gleich; nicht die Geburt, sondern bloß die Tugend macht einen Unterschied zwischen ihnen."

Die Messe auf dem Marsfeld zelebrierte der Bischof von Autun, Charles Maurice de Talleyrand, der von den Kirchenfarben zum Blau-Weiß-Rot der revolutionären Nation gewechselt war. Der Marquis de Lafayette, Oberbefehlshaber der Nationalgarde, der in goldstrotzender Uniform auf einem Schimmel angeritten kam, gebärdete sich als Hausmeier der Bourbonen. Von zwei Nationalgardisten zum Altar getragen, sprach er den Eid vor: „Wir schwören, der Nation, dem Gesetze und dem König auf ewig treu zu sein, die von der Nationalversammlung und dem König angenommene Verfassung zu schützen und mit allen Franzosen vereinigt zu bleiben durch das unlösbare Band der Brüderlichkeit." Dieser Eid, so Madame de Staël, „sowohl als der Name dessen, der ihn leistete, erweckten ein allgemeines, tiefes Gefühl des Vertrauens. Die Zuschauer waren geradezu trunken; denn König und Freiheit schienen miteinander vollkommen versöhnt zu sein. Eine beschränkte Monarchie ist von jeher der eigentliche Wunsch Frankreichs gewesen".

Die Tochter des Reformministers Necker sah das Föderationsfest in allzu rosigem Licht. Im Volk – auch unter Teilnehmern – wurde von vielen eine Republik anvisiert, und es gab nicht wenige, die sich nach der absoluten Monarchie zurücksehnten. Ludwig XVI. war von der ihm belassenen Rolle nicht angetan, weigerte sich, die ihm von Mirabeau aufgesetzte Rede zu halten, und er leistete den ihm von

Lafayette vorgesprochenen Eid nicht am Vaterlandsaltar, sondern von seinem Thronsessel aus. Die Königin war schlecht gelaunt und nicht allein des strömenden Regens wegen. Sie ärgerte sich, daß man zwar dem König, aber kaum ihr applaudierte, und wenn sie auf den in die Uniform der Nationalgarde gesteckten Dauphin blickte, bangte sie um die Zukunft der Monarchie.

Mirabeau spielte Kassandra, und nicht nur, weil er auf dem Bundesfest keine Hauptrolle spielen durfte. „Man hat den König bloßgestellt, ohne daß seine Herrschergewalt daraus einen Vorteil zog... Ich habe es vorhergesagt, ich habe es geahnt; meine Prophezeiungen, meine Ratschläge sind nutzlos gewesen... Man beschritt nicht den einzigen Weg, der zum Heil des Thrones und des Friedens im Staat noch offen steht."

Wenn der König aus dem Föderationsfest Nutzen gezogen hätte, wären wir verloren gewesen, meinte später Barnave, ein Gründer des Jakobinerklubs. Aber war der Weg zur konstitutionellen Monarchie, wie Mirabeau meinte, überhaupt noch offen? Kaum waren die Schwüre auf der Bundesfeier verklungen, wurde in Paris der Vaterlandsaltar auf dem Marsfeld von Radikalen verwüstet, wurden draußen im Land Schlösser geplündert und forderte Marat die Hinrichtung von fünf- bis sechshundert Aristokraten. Am 4. September 1790 verließ Minister Necker das Regierungsschiff, das – wie er meinte – durch administrative Reformen und das von der Nationalversammlung eingeführte Papiergeld nicht mehr flott zu machen wäre.

„Das Chaos wächst von Tag zu Tag, die Misere wird überall fühlbar. Das gemünzte Geld ist verschwunden; sein Ersatz – die Assignaten – hat wenig oder gar keinen Kredit", bemerkte Axel von Fersen. „Die Kaufleute verkaufen nichts mehr, die Fabriken verfallen, die Lebensmittel werden teurer, die Zahl der Armen nimmt erschreckend zu." Der Kavalier wäre Marie

Antoinette am liebsten nicht mehr von der Seite gewichen; er meinte, „die allgemeine Unzufriedenheit steuert langsam auf einen Wechsel der Dinge zu“ – auf eine Gegenrevolution, die er sich erhoffte, auf eine Eskalation der Revolution, wie er befürchtete. In jedem Fall wollte er der Königin beistehen, entweder sie auf einen stabilisierten Thron zurückführen oder sie vor einem entfesselten Plebs in Sicherheit bringen helfen.

„In den Tuilerien verhetzt eine pervertierte Königin einen schwachsinnigen König“, schimpfte Marat, der beide beseitigt sehen wollte, die Königin noch vor dem König. Lafayette hielt eine dauerhafte Versöhnung zwischen dem Monarchen und dem Volke nur für möglich, wenn sich Ludwig von Marie Antoinette trennte. Um es dahin zu bringen, würde man nicht davor zurückscheuen, ihr Ehebruch nachzuweisen, um eine Scheidung zu erzwingen, sagte Lafayette der Königin ins Gesicht, die Mühe hatte, ihre Selbstbeherrschung nicht zu verlieren, aber auch nicht den Mut aufbrachte, ihm die Tür zu weisen. Einem Prozeß gegen sie würde er sich nicht verschließen, sagte Justizminister Duport-Dutertre, einen Meuchelmord allerdings nicht billigen.

Was am 6. Oktober 1789 in Versailles mißlungen sei – Marie Antoinette umzubringen –, müsse baldigst erfolgen, war in Paris zu hören. Auch weniger drastische Maßnahmen zu ihrer Beseitigung wurden erörtert. In einer Schmähschrift hieß es, Ludwig XVI. habe gestanden, nicht der Vater der Kinder Marie Antoinettes zu sein, deshalb hätten „führende Prälaten, Generäle und hohe Adelspersonen“ dem König geraten, die Ehebrecherin zu verstoßen und mit den Bastarden nach Wien zurückzuschicken. Andere planten, berichtete der spanische Gesandte, „sie für den Rest ihrer Tage in ein Kloster zu sperren“.

Die Herzogin von Luynes, eine Freundin, redete ihr zu: Es wäre nicht unvorteilhaft, wenn sie sich für einige Zeit aus

Frankreich entfernte, um die Konstitution vollenden zu lassen und sie nicht beschuldigt werden könnte, sie verhindern zu wollen. Sie würde den König und die Kinder nie verlassen, antwortete die Königin; „sie würde, wenn sie sich allein als Zielscheibe des öffentlichen Hasses wüßte, augenblicklich das Opfer ihres Lebens bringen; man habe es aber auf den Thron abgesehen, und sie würde, wenn sie den König verlasse, nur einen Akt der Feigheit begehen, da sie ja darin nur den einen Vorteil sehe, ihr eigenes Leben zu retten".

Nach außen zeigte sie Standhaftigkeit, obschon sie nahe daran war, zusammenzubrechen und aufzugeben. „Ihre Freundin ist sehr unglücklich und wird sehr verkannt", schrieb der König an Madame de Polignac, „aber ich fühle, daß ihr eines Tages Gerechtigkeit widerfahren wird." Daran wollte Marie Antoinette nicht mehr glauben. Die Pamphlete gegen sie wurden immer unflätiger und mörderischer. Eine verschärfte Version von La Mottes „Memoiren" über die Halsbandaffäre kam in Umlauf. Marie Antoinette wurde als mannstoll wie lesbisch hingestellt. Sie habe, behauptete die Halbweltdame, „meine hervorstechenden Attraktionen" mit Küssen bedeckt und ihr gestanden, sie wäre „ein willkommener Ersatz" für „den plumpen, abstoßenden Körper" ihres Gemahls. Noch gefährlicher für die Königin war die Verleumdung, die Autrichienne habe Frankreich an Österreich verraten.

Diese „Schändlichkeiten und Hinterlistigkeiten" empörten Mirabeau, und er versuchte, „das erhabene und teilnahmswürdige Opfer" zu beschützen. Aber sein Stern war im sinken, beim Verlassen der Nationalversammlung wurde er als „Verräter" beschimpft, und der Jakobinerklub brach mit einem Mitglied, das beschuldigt wurde, die Sache der Revolution gegen einen Judaslohn verraten zu haben.

Die Anhänger einer konstitutionellen Monarchie nahmen ab, und die Verfechter einer demokratischen Republik nahmen zu. Ausschreitungen alarmierten die Königin. Am 13. November 1790 wurde in Paris das Haus des Herzogs von Castries geplündert, eines Royalisten, der sich mit dem Abgeordneten Charles de Lameth duelliert und ihn leicht verletzt hatte. Nachdem der Mob in der Rue de Varennes gewütet hatte, zog er mit geballten Fäusten und Beschimpfungen der Königin zu den Tuilerien. Der König flüchtete sich unter das Dach, die Königin ließ die Tore schließen und Nationalgardisten aufmarschieren, die – nicht unbeeindruckt von ihrer Haltung – die Aufrührer in das Palais-Royal zurückdrängten, von dem sie ausgezogen waren.

„Als Frau", bemerkte La Marck, „ist sie an ein tatenloses Wesen gebunden, als Königin sitzt sie auf einem recht schwankenden Thron." Dessen eine Stütze, die Aristokratie, war bereits weggebrochen, und nun geriet die andere, der Klerus, ins Wanken. Die Nationalversammlung dekretierte am 12. Juli 1790 eine Neuorganisation der Kirche in Frankreich: Die Diözesen wurden von 130 auf 83, entsprechend der Anzahl der Départements, verringert und die Geistlichen zu von den steuerzahlenden Bürgern – ob nun gläubig oder nicht – zu wählenden Staatsbeamten erklärt. Am 27. November 1790 verpflichtete man sie zum Eid auf die neue Kirchenverfassung; den Geistlichen, die ihn verweigerten und ihr Amt weiter ausübten, wurde als „Ruhestörern der öffentlichen Ordnung" Verfolgung angedroht. Von den 130 Bischöfen leisteten nur vier den Eid, darunter Talleyrand, der Bischof von Autun, und nicht einmal die Hälfte des niederen Klerus war dazu bereit. Der Papst in Rom erklärte die Zivilkonstitution für ungültig.

Ludwig XVI. hatte die revolutionäre Kirchenverfassung mit gemischten Gefühlen ratifiziert. Als Bourbonem steckte ihm der Gallikanismus im Blut, lag ihm der Gedanke an eine französische Nationalkirche nicht fern. Doch diese hätte er sich, wie seine Vorfahren, als Dienerin einer unbeschränkten Königsgewalt und nicht einer dem Absolutismus zustrebenden Volksherrschaft gewünscht. Ein Anzeichen dafür sah er im Dekret über die Eidesleistung des Klerus. Der König zögerte mit der Unterzeichnung des Dekrets der Nationalversammlung, unterschrieb erst nach der zweiten und dringenden Aufforderung am zweiten Weihnachtstag 1790 das Gesetz, das den Bund von Thron und Altar endgültig auflöste.

Die Sanktionierung dieser Trennung durch den Monarchen ließ Marie Antoinette das Schlimmste befürchten. Sie hing der römisch-katholischen Kirche, der Papstkirche, an, hielt die von der Nationalversammlung dekretierte Nationalkirche für eine Ausgeburt der Revolution und nahm sich vor, nur noch bei den Eid verweigernden Priestern zu beichten und zu kommunizieren. Jedoch wollte sie Mirabeau nicht folgen, der dem Königspaar vorschlug, das treue Kirchenvolk um sich zu scharen und gegen das Revolutionsvolk in Stellung zu bringen.

„Die Königin", bemerkte La Marck, „hat gewiß den Geist und die Festigkeit, die zu großen Dingen genügen können, aber man muß gestehen, daß sie sowohl bei den Geschäften als bei Besprechungen nicht immer jenen Grad von Aufmerksamkeit und jenen Gedankenzusammenhang festhält, die unerläßlich sind, um gründlich zu lernen, was man wissen muß, um Irrtümern vorzubeugen und den Erfolg zu sichern." Auf Ludwig XVI. traf nach wie vor zu, was der Graf von Provence zu La Marck gesagt hatte: „Wenn Sie sich eine Vorstellung von seinem Charakter machen wollen, denken Sie sich zwei geölte Billardkugeln, die sie vergeblich zusammenzuhalten suchen."

Der Mann, der König und Volk zusammenführen wollte und dies vielleicht auch vermocht hätte, der Graf von Mirabeau starb plötzlich am 2. April 1791. „Ich nehme die Trauer um die Monarchie mit mir; nach meinem Tod werden sich die Aufrührer um deren Trümmer streiten“, war eines der letzten Worte des Zweiundvierzigjährigen gewesen. Als Volkstribun war er immer noch so populär, daß er im Pantheon beigesetzt wurde, aber als Staatsmann, der die Revolution zu kanalisieren und eine konstitutionelle Monarchie zu installieren suchte, hatte er kein Fortune gehabt.

Die Schwierigkeit, eine Revolution zu dirigieren, bestehe nicht darin, sie vorangehen zu lassen, sondern sie anzuhalten, hatte Mirabeau geschrieben. Aber dies hatte nicht einmal der Herkules der Franzosen, wie ihn Goethe nannte, vermocht, und schon gar nicht hätten dies der König und die Königin, aber auch nicht der Hausmeier Lafayette fertiggebracht, der ein Mann der großen Gesten und der kleinen Taten blieb.

Marie Antoinette nahm an, man habe den Nothelfer der Krone vergiftet. Mirabeaus Tod ging ihr menschlich nahe, aber als eingefleischte Absolutistin schien sie über den Abgang des Vorkämpfers einer konstitutionellen Monarchie ähnlich zu denken wie die Schwester Ludwigs XVI. Vielen täte sein Tod leid, bemerkte Madame Elisabeth, aber was sie betreffe, so könne sie nicht umhin, „seinen Tod als einen Wink der Vorsehung für dieses Königreich zu betrachten. Ich glaube nicht, daß uns Gott durch grundsatz- und sittenlose Leute retten will“.

Aber hatte die Vorsehung nicht schon den König und die Königin aufgegeben? Als sie mit ihren Kindern am 18. April 1791, einen Tag nach Palmsonntag, von den Tuilerien nach Saint-Cloud fahren wollten, wurden sie von einer Volksmenge unter wüsten Beschimpfungen daran gehindert. Am Abend forderte ein Agitator den Volkshaufen auf, das Schloß zu stürmen und das am 6. Oktober 1789 in Versailles Versäumte nachzuholen: die Königin umzubringen. Dazu kam es nicht, noch nicht, aber Marie Antoinette ahnte, daß für sie die Karwoche angebrochen war.

Fünfzehntes Kapitel
Flucht ins Verhängnis

Jetzt sei offenkundig, „daß wir nicht mehr frei sind", sagte die Königin zu den Nationalgardisten, die sie am 18. April 1791 im Verein mit der Volksmenge an der Fahrt nach Saint-Cloud gehindert und in den Tuilerien festgehalten hatten. Lafayette, ihr Befehlshaber, konnte seine Soldaten nicht bewegen, der Königsfamilie einen Ausgang aus dem zum Gefängnis gewordenen Schloß zu gestatten. Am 28. Februar 1791 war es ihm gelungen, dreihundert mit Degen und Jagdwaffen versehene Royalisten, die König und Königin in den Tuilerien vor Übergriffen der aus den Vorstädten heranziehenden Haufen bewahren wollten, zu entwaffnen, aber er konnte nicht die Mißhandlung der Wehrlosen verhindern.

In Paris ging das Gespenst einer Gegenrevolution um. Was Revolutionäre zu sehen meinten, jedenfalls als Vorwand für Ausschreitungen ansahen, war eine Chimäre. Die „Ritter vom Dolch", wie die unzureichend Bewaffneten vom 28. Februar genannt wurden, erinnerten an Don Quichote. Draußen im Land, wo noch die Mehrheit der Franzosen zu König und Königin hielt, bäumten sich zwar hie und da Royalisten gegen die eskalierende Revolution auf, aber nicht so vehement und schon gar nicht so folgenschwer, daß eine Entwicklung aufgehalten worden wäre, die bereits die Etappe einer konstitutionellen Monarchie hinter sich zu lassen begann und dem Ziel einer Republik zustrebte.

Ernster zu nehmen waren die Umtriebe von Emigranten. Indessen waren sie zu wenige und zu schwach, um, allein auf sich gestellt, den Monarchisten dienlich und den Republikanern gefährlich werden zu können. Ihr Säbelrasseln war Ludwig XVI. nicht geheuer. Er versprach sich davon nichts, noch nichts, wollte seine Lage nicht noch mehr komplizieren.

Marie Antoinette schien vorerst auf Mirabeau zu hören, der einen Mittelweg vorschlug und sie überredete, den Geheimagenten Fontbrune nach Turin zum Grafen von Artois zu schicken, um ihn von Versuchen abzuhalten, den in Frankreich unter der Asche glühenden Royalismus zu konterrevolutionärem Feuer zu entfachen. Daran wollte der Bruder des Königs, wie die Schwägerin befürchtete, sein eigenes Süppchen kochen, als Anstifter eines erfolgreichen Aufruhrs sich selber die Krone verdienen.

Eine Gegenrevolution wäre, wenn überhaupt, nur durch eine Intervention europäischer Mächte, vor allem Spaniens und Österreichs, erfolgversprechend gewesen. Aber diese ließen sich mehr von ihrer Staatsräson als von konservativen Gefühlen leiten und beließen es bis auf weiteres bei Sympathiebezeugungen für den Vetter und die Base in Frankreich. Dies hatte Marie Antoinette bei ersten Sondierungen erfahren müssen. Der nach Madrid geschickte Geheimagent Fontbrune war von ihr beauftragt worden zu erkunden, ob König Karl IV., ein Bourbone, die Solidarität mit einem Monarchen im allgemeinen und mit dem Bourbonen in Paris im besonderen nicht nur mit Worten, sondern auch mit Taten zu beweisen gedächte. Ihr Vorschlag, einen europäischen Kongreß einzuberufen, wurde abgelehnt, ihre Bitte um finanzielle Hilfe nicht erfüllt. Vergebens schilderte sie dem spanischen Gesandten Fernan Nuñez „ihre traurige Lage“, anschaulich und „unter ständigen Tränen“.

Am meisten schmerzte es sie, daß Österreich die Autrichienne im Stich zu lassen schien. Joseph II., der aufgeklärte Monarch, verhehlte nicht seine Sympathien für die französischen Brüder im Geiste, und der Kaiser, der im römisch-deutschen Reich kaum Rückhalt hatte und im eigenen Machtbereich nicht über genügend Ressourcen verfügte, hielt sich zurück. Sein Nachfolger Leopold II., der sich in der Toskana als Reformer bewährt hatte, hielt es für angezeigt, daß sich in Frankreich Schwager und Schwester notwendigen Reformen nicht verschlössen. Leopold versicherte Marie Antoinette zwar sein „innigstes, zärtlichstes und aufrichtigstes Mitgefühl". Aber dies genüge nicht, schrieb sie ihm: Die Revolution komme in Riesenschritten voran, so daß es für alle Monarchen höchst bedrohlich sei, „ihr nichts entgegenzusetzen". Der Kaiser vertröstete die Königin auf günstigere Zeiten und Umstände. Aus der Ferne könne man leicht jemandem zum Abwarten raten, doch sie, die das Messer bereits an der Kehle habe, bedürfe unverzüglicher Hilfe, schrieb sie nach Wien.

Um dazu den Kaiser zu bewegen, suchte sie Mercy einzuschalten. Indessen konnte sie sich an ihren Mentor nicht mehr mündlich, nur noch schriftlich wenden. Der Gesandte war im Herbst 1790 aus Paris abberufen worden, um Statthalter der österreichischen Niederlande zu werden. Am 20. April 1791, zwei Tage nachdem ihre Gefangenschaft in den Tuilerien offenkundig geworden war, schrieb sie ihm: Ihr Leben sei nicht mehr sicher, ihre Lage verzweifelt, und es wäre höchste Zeit, daran etwas zu ändern. Zunächst dachte sie nicht an eine Gegenrevolution oder an ein „Eindringen mit Waffengewalt", sondern an diplomatische Demarchen zugunsten der Sicherheit der Königsfamilie. In Paris könne diese nicht gewährleistet werden, meinte Mercy und riet zur Flucht aus der Hauptstadt.

Der Ort, wohin sie fliehen könnten, bemerkte Fersen am 8. März 1791, „ist noch nicht gefunden; er müßte wirklich Sicherheit bieten". Mirabeau hatte einen Platz inmitten des Landes und loyaler Bevölkerung vorgeschlagen, von dem aus die konstitutionelle Monarchie proklamiert und stabilisiert werden könnte. Daran sei angesichts der fortgeschrittenen Revolution nicht mehr zu denken, meinte nun Marie Antoinette. In dieser Ansicht wurde sie von Fersen bestärkt. Nach dem Tode Mirabeaus, auf den sie ungern gehört und dem sie nicht immer gefolgt war, wurde Fersen, den sie als den Treuesten der Treuesten schätzte, der wichtigste Ratgeber der Königin und auch des Königs.

Ein konstitutionelles Königtum sei eine *contradictio in adjecto*, meinte der – nicht zuletzt Marie Antoinettes zuliebe – zum französischen Royalisten gewordene schwedische Graf. Wenn der König Würde und Macht zurückgewinnen wolle, müsse er sein Heil in der Flucht und in der Erwartung einer Intervention konservativer Mächte suchen. Diesen würde schließlich nichts anderes übrigbleiben, als mit der Autorität des Königs von Frankreich ihre eigene zu sichern. „Das böse Beispiel" der französischen Revolution könnte in anderen Ländern nachgeahmt werden, schrieb Fersen an Gustav III. von Schweden; deshalb hätten ihr alle Monarchen gemeinsam entgegenzutreten. „Sie müssen die schlechten Grundsätze, deren Erfolge schon durch ihre Schnelligkeit alarmieren, ausmerzen, sonst könnten diese weiter an Boden gewinnen."

Fersen legte Marie Antoinette und Ludwig XVI. eine heimliche Flucht aus Paris nahe und stellte sich als Fluchthelfer zur Verfügung. Die Königin zauderte: Ein weiteres Jahr im Gefängnis sei immer noch besser, als nach einer mißlungenen Flucht in dieses zu verschärfter Haft zurückgebracht zu werden. Der König hielt vorerst an seiner Meinung fest: Ein Monarch gehe, wenn überhaupt, nur bei hellem Tage fort. Doch nicht einmal die Tanten Ludwigs XVI. konnten dies unbehelligt tun. Als sie sich im Februar 1791 auf den Weg nach Rom machten, wurden sie in Arnay-le-Duc festgehalten. Die von der Nationalversammlung erteilte Erlaubnis zur Weiterfahrt löste Unruhen in Paris aus; eine Volksmenge zwang den Grafen von Provence aus dem Palais du Luxembourg in die besser bewachten Tuilerien umzuziehen.

Von der Unmöglichkeit, die Hauptstadt am hellichten Tage zu verlassen, zunehmend überzeugt, bereiteten sich der König und die Königin auf ein Davonschleichen bei Nacht und Nebel vor. „Nur zwei Personen sind ins Vertrauen gezogen", informierte Marie Antoinette ihren Bruder Leopold II. am 22. Mai 1791, „und eine dritte Person, die mit den Vorbereitungen zur Abreise betraut ist."

Die erste Person war Baron de Breteuil, der frühere Minister des königlichen Hauses, der im Exil die Vollmacht erhalten hatte, mit europäischen Höfen Geheimverhandlungen über Maßnahmen zur Wiederherstellung der königlichen Autorität in Frankreich zu führen. Die zweite, von Marie Antoinette erwähnte Person war der Marquis de Bouillé. Der Oberbefehlshaber in Lothringen hatte im September 1790 einen Soldatenaufstand in Nancy unterdrückt. Nun erklärte er sich bereit, mit Kavallerie die Flucht der Königsfamilie zu decken und sie in einem der festen Plätze im Nordosten Frankreichs aufzunehmen. Der General gab jedoch zu bedenken: Wenn der Kaiser nicht rund 10 000 Mann auf der österreichischen Seite der Grenze aufmarschieren lasse, um den Revolutionären zu demonstrieren, daß er gegebenenfalls den schwachen königlichen Truppen zu Hilfe käme, und wenn der König nicht die erforderlichen Mittel zur Finanzierung des Unternehmens auftriebe, „wäre jede Aktion ein Wahnsinn". Doch Leopold II. erwies sich als Fabius Cunctator, und die von Bouillé veranschlagten 15 Millionen Livres waren nicht aufzubringen.

Die dritte Person, die mit den Vorbereitungen zur Flucht betraut wurde, war Axel von Fersen, der – ungeachtet der Schwierigkeiten – auf eine baldige Abreise drängte. Sie wurde auf die Nacht vom 19. zum 20. Juni 1791 festgesetzt. Als Ziel markierte man die rund 300 Kilometer von Paris nahe der Grenze zum österreichischen Luxemburg gelegene Festung Montmédy. Dort eingetroffen, gestützt auf die Truppen Bouillés und nötigenfalls auf österreichische Hilfstruppen, sollte Ludwig XVI. die ihm „wegen absoluten Mangels an Freiheit“ abgepreßten Zugeständnisse an die Revolution widerrufen und an die Franzosen appellieren, mit ihm auf eine Konstitution hinzuwirken, die einem loyalen Volke gebe, was es verdiene, und seinem angestammten Könige beließe, was ihm zustünde.

Inzwischen beschaffte Fersen einen Reisewagen, der Platz für die gesamte Königsfamilie bot. Ein so großes Gefährt würde Verdacht erregen, befürchtete Bouillé und schlug eine Aufteilung auf zwei kleinere, weniger auffällige Kutschen vor, die eine für den König, seine dreizehnjährige Tochter und seine Schwester Elisabeth, die andere für die Königin und den sechsjährigen Dauphin. Marie Antoinette protestierte: Sie werde sich nicht von ihrem Gatten trennen; wenn man sie retten wolle, müsse man sie zusammen retten oder es bleiben lassen. Vielleicht befürchtete sie, wie Bouillé meinte, daß sie dem Haß, der die Autrichienne verfolgte, zum Opfer fallen könnte, wenn sie allein aufgehalten und festgenommen werden sollte.

Jedenfalls gedachte sie sich standesgemäß ausstaffiert auf die Reise zu begeben. Sie ließ sich Wäsche, Kleider, Négligés, Toilettengegenstände und einen silbernen Bettwärmer besorgen. Diese Anschaffungen gaben einer Kammerfrau zu denken. Sie sprach darüber mit ihrem Freund, einem Adjutanten Lafayettes, und auch mit Bailly, dem Bürgermeister von Paris. Doch diese waren daran gewöhnt, daß Marie Antoinette ständig ihre Garderobe wechselte und schienen keinen Verdacht geschöpft zu haben. Aber die Königin war hellhörig geworden. Die Abreise, die eigentlich auf die Nacht vom 19. zum 20. Juni festgesetzt worden war, wurde auf die Nacht vom 20. auf den 21. Juni verschoben. Marie Antoinette befürchtete, eine Kammerfrau, die am 19. Dienst hatte und die als eine Anhängerin Lafayettes galt, könnte die Wachen alarmieren. Diese Verzögerung erwies sich als verhängnisvoll.

„Alles hängt an der Schnelligkeit und an der Geheimhaltung", betonte Fersen. Einen Tag hatte man verloren, weil man nichts nach außen dringen lassen wollte, aber am Versteckspiel hielt man fest. Am 20. Juni gaben sich alle den Anschein, als sei dies ein Tag wie jeder andere. Die Königin ging zur Messe, ließ ihren Friseur Léonard rufen, nicht nur, um sich wie immer zurechtmachen zu lassen, sondern auch um ihn mit der geheimen Mission zu betrauen, ihre Juwelen in das Haus des jungen Herzogs Claude von Choiseul zu bringen. Am Nachmittag ging sie mit ihren Kindern in einem Garten an der Chaussée-d'Antin spazieren.

Der König war in seinem Arbeitszimmer, empfing Abgeordnete, unterhielt sich beim Coucher, dem üblichen Zeremoniell des Schlafengehens, mit Lafayette und Bailly. Nachdem sie gegangen waren, legte er sich zu Bett, stand jedoch, sobald sich der Diener zurückgezogen hatte, wieder auf und eilte über eine private Treppe in das Schlafzimmer der Königin, die ihn reisefertig, in braunem Kleid, schwarzem Mantel und schwarzem Hut mit Schleier erwartete. Der König schlüpfte in den von Fersen besorgten braunen Anzug und grünen Überzieher und stülpte einen runden schwarzen Hut über die graue Perücke. Die Kinder waren aus dem Schlaf gerissen, die Tochter wie der Sohn in Baumwollkleidchen gesteckt worden. Als man ihn als Mädchen verkleidete, meinte der Dauphin, man werde Theater spielen. Eine Tragikomödie begann, die als Trauerspiel endete.

Um sicherzugehen, verließ man die Tuilerien auf getrennten Wegen. Zuerst wurden die Kinder und die Gouvernante Madame de Tourzel durch ein seit längerem unbewohntes Appartement in den Cour des Princes geführt, wo sie Fersen mit einer Mietkutsche erwartete. Der als Kutscher verkleidete Graf fuhr mit ihnen, um die Aufmerksamkeit abzulenken, über Seinekais, kam durch die Rue Saint-Honoré und hielt am vereinbarten Treffpunkt an der Ecke des Petit Carrousel. Dort stellten sich Madame Elisabeth ein, dann, gegen Mitternacht, der König und schließlich die Königin.

Ludwig XVI. hatte das Schloß seiner Väter durch den Haupteingang verlassen. Chevalier de Coigny, ein Vertrauter, war vierzehn Tage lang denselben Weg in der gleichen Aufmachung gegangen, so daß sich die Posten an den Anblick des Herrn, den sie für einen Hofbediensteten hielten, gewöhnt hatten. Für diesen wurde der verkleidete König gehalten; er konnte ungehindert passieren. Etwas später gelangte Marie Antoinette durch jenes unbewohnte Appartement, durch das vorher die Kinder aus den Tuilerien gebracht worden waren, in den Prinzenhof. Sie erschrak fast zu Tode, als ihr, begleitet von Fackelträgern, die Kutsche Lafayettes entgegenkam. Sie drückte sich an die Mauer, wurde nicht bemerkt, war aber so durcheinander, daß sie sich in den umliegenden Gassen verlief und außer Atem zum Treffpunkt gelangte. „Wie bin ich froh, Sie endlich hier zu sehen", sagte Ludwig und drückte sie an sich.

Mit einer halben Stunde Verspätung fuhr Fersen um Mitternacht mit der Mietkutsche los. Man prägte sich Decknamen ein. Madame de Tourzel gab sich als russische Baronin Korff aus und den als Mädchen verkleideten Dauphin und seine Schwester als ihre Kinder Amélie und Aglaé. Die Königin spielte als Madame Rochet die Gouvernante der Kinder, der König den Kammerdiener Durand, und Madame Elisabeth die Gesellschaftsdame Rosalie.

„Wir erlebten mehrere kleine Zwischenfälle, die nur zu sehr bewiesen, daß die kleinsten Dinge oft Einfluß auf große Ereignisse haben", erinnerte sich Madame de Tourzel. Verspätet abgefahren, verlor man eine weitere halbe Stunde, weil Fersen, anstatt Paris auf schnellstem Wege zu verlassen, zuerst in die Rue de Clichy fuhr, um sich zu vergewissern, ob der damit betraute Leibgardist dort den großen Reisewagen abgeholt und mit ihm zur Stadtgrenze unterwegs war. Erst um 2 Uhr nachts passierte man, ohne aufgehalten zu werden, die Barriere von Saint-Martin und fand nach einigem Suchen das Reisegefährt, in das umgestiegen wurde. Fersen dirigierte es zur Poststation Bondy, wo sechs frische Pferde bereitstanden.

Der König – und das war ein weiterer Fehler – verabschiedete Fersen, der sich allein auf den Weg in Richtung Niederlande machte. Marie Antoinette ließ ihren Kavalier schweren Herzens ziehen, und Ludwig bereute es bald, daß er den in allen Sätteln gerechten Nothelfer weggeschickt hatte. Die verbliebenen drei Leibgardisten Moustiers, Malden und Valori waren der schwierigen Aufgabe nicht gewachsen. An ihrer Ergebenheit und ihrem Mut sei nicht zu zweifeln gewesen, bemerkte Madame de Tourzel, „da sie aber durch ihren Stand an unbedingten Gehorsam gewöhnt waren und niemals selbst Befehle erteilt hatten, ging ein solches Unternehmen über ihre Kräfte“. Sie wagten keine eigene Entscheidung und erwarteten genaue Anweisungen des Königs, die noch nie und erst recht nicht jetzt seine Stärke gewesen waren.

Zunächst schien alles glatt zu verlaufen. An der Poststation in Claye schloß sich dem großen Reisewagen eine Kutsche mit zwei Kammerfrauen Marie Antoinettes an. Die Königin mokierte sich bei der Vorstellung der langen Gesichter, die Lafayette und Bailly machen würden, wenn sie entdeckten, daß die Vögel ausgeflogen waren. Der König freute sich, daß er Paris, wo ihm so zugesetzt worden sei, hinter sich gelassen hatte und gab zu verstehen, daß er, wenn er erst einmal fest im Sattel säße, als Ritter ohne Furcht und Tadel für Königtum und Königreich reiten würde. Inzwischen machte er es sich auf dem Lederpolster des Reisewagens bequem, nahm eine Landkarte zur Hand und suchte zu berechnen, wie lange man bei einer Durchschnittsgeschwindigkeit von achtzehn Kilometern in der Stunde bräuchte, um Montmédy zu erreichen.

Da bisher alles so glattgegangen war, ließ man es an der gebotenen Vorsicht fehlen. Mit zunehmendem Tageslicht wuchs die Gefahr, daß sie sich trotz der Verkleidung verrieten. Dennoch zeigte sich der König am Fenster, stieg an Poststationen aus, plauderte mit Bediensteten, verteilte Almosen an Bettler, sprach mit Bauern, die ihr Heu einfuhren. In Chaintrix, der letzten Haltestelle vor Châlons-sur-Marne, wurden sie von Gabriel Vallet, dem Schwiegersohn des Postmeisters erkannt, von der ganzen Familie herzlich begrüßt und mit Bouillon bewirtet. Bei der Weiterfahrt stieß der Reisewagen an die steinernen Eckpfeiler einer schmalen Brücke. Die Reparatur der gerissenen Zugriemen dauerte eine halbe Stunde. Als sie Châlons passierten, wurden die hohen Herrschaften wiederum erkannt, jedoch keineswegs behelligt.

Wenn sie Châlons-sur-Marne hinter sich gelassen hätten, würden sie überhaupt nichts mehr zu befürchten haben, meinte der König; denn sie würden in den Kommandobereich Bouillés kommen und eine erste Einheit seiner Truppe vorfinden. Laut Fluchtplan sollten sie in dem 170 Kilometer von Paris entfernten Pont-de-Somme-Vesle eine Eskorte von vierzig Husaren unter dem Kommando des dreißigjährigen Herzogs Claude von Choiseul bekommen. Doch als sie nach achtzehnstündiger Fahrt mit dreistündiger Verspätung gegen 18 Uhr dort eintrafen, war kein einziger Husar zu sehen.

Was war geschehen? Choiseul, von dem sie planmäßig gegen 15 Uhr erwartet worden waren, hatte kurz nach 17 Uhr den Abmarsch befohlen. Der Herzog deutete die Verspätung als Fehlschlag der Flucht; überdies befürchtete er, wenn er noch länger wartete, einen Zusammenstoß mit Bauern, die ihm seine Erklärung, er stehe zur Sicherung eines Geldtransports bereit, nicht glaubten, sondern annahmen, die Husaren wollten den Pachtzins, den sie einer Grundbesitzerin schuldeten, mit Gewalt eintreiben.

„Wäre der Herzog von Choiseul weniger leichtfertig und im Auftreten sicherer gewesen, wäre die Verzögerung ohne Nachteil geblieben", meinte Madame de Tourzel. Aber er zog nicht nur seine Truppe ab, sondern ließ auch die an den nächsten Stationen postierten Detachements benachrichtigen, daß mit den Erwarteten und zu Beschützenden nicht mehr zu rechnen sei.

Das war die Peripetie des Dramas, der Wendepunkt im Schicksal Ludwigs und Marie Antoinettes; von da an ging es rapide abwärts, dem Ende entgegen. Sie fuhren ohne Eskorte weiter. In Orbeval, der nächsten Station, war kein Kavallerist zu sehen. In Sainte-Menehould waren zwar Dragoner zur Stelle, aber ihr Hauptmann d'Andoins ließ, nachdem er die Nachricht Choiseuls erhalten hatte, absitzen und absatteln. Er war erleichtert, denn er hatte einen Zusammenstoß mit der durch die Anwesenheit der Soldaten aufgeregten Bevölkerung befürchtet. Als dann die Reisegesellschaft doch noch eintraf, trat der Hauptmann an den von Neugierigen umringten Wagen heran und flüsterte hinein, daß alles mißglückt sei, worauf er sich abwandte, „um keinen Verdacht zu erregen".

Doch der Postmeister hatte Verdacht geschöpft. Jean Baptiste Drouet war als Dragoner im Regiment Condé der Königin begegnet und meinte sie nun, trotz Verkleidung, wiedererkannt zu haben. Auch an das Gesicht des angeblichen Kammerdieners glaubte er sich zu erinnern, und als er es mit dem Abbild auf einer Assignate verglich, war er sich fast sicher, den König gesehen zu haben. Während er sich noch überlegte, was zu tun wäre, fuhren die Wagen ab. „Ich war wütend“, berichtete Drouet, „lief durch den ganzen Ort und erzählte überall, ich glaube, es sei der König gewesen, der sich davonmache.“ Der benachrichtigte Stadtrat beauftragte den Postmeister Drouet und den Distriktbeamten Guillaume, einen ehemaligen Dragoner im Regiment der Königin, zu Pferd den Wagen nachzusetzen und sie anzuhalten.

Diese rumpelten über Clermont nach Varennes-en-Argonne, das sie am 21. Juni gegen 23 Uhr erreichten. Seit Mitternacht, also dreiundzwanzig Stunden unterwegs, waren die Reisenden todmüde. Dennoch wollten sie, die Angst im Nacken, unverzüglich zu dem nur noch 50 Kilometer entfernten Montmédy, ihrem Ziel, weiterfahren. Sie hielten am Rande der Oberstadt und versuchten ausgeruhte Pferde aufzutreiben. Vergebens klopften Ludwig und Marie Antoinette an Türen, um zu erfahren, wo welche zu bekommen wären. Als sie wieder in den Wagen stiegen, galoppierten zwei Reiter an ihnen vorbei. Es waren Drouet und Guillaume, die in Varennes Alarm schlugen. Als die Reisegesellschaft in die Unterstadt hinunterfuhr und am Torbogen Saint-Gengoult ankam, stellten sich ihr bewaffnete Bürger entgegen. Der Gemeindeprokurator Jean Baptiste Sauce verlangte die Pässe. Er schien sie für in Ordnung gehalten zu haben, aber Drouet behauptete steif und starr, es handele sich nicht um die Baronin Korff und deren Begleitung, sondern um die königliche Familie. Um Zeit zu gewinnen, ersuchte Sauce die Reisenden, in seinem Haus zu nächtigen und erst am Morgen weiterzufahren.

In einem Zimmer im Oberstock des Holzhauses wurden die Kinder zu Bett gebracht, in dem danebenliegenden setzte sich Marie Antoinette in eine dunkle Ecke und zog den Schleier über das Gesicht. Neugierige drangen in das Zimmer und musterten sie. Ludwig stand an der Wand vor seinem Porträt, das ihn im Königsmantel zeigte, „und so“ – erinnerte sich seine Tochter – „fixierte man abwechselnd ihn und dieses Bild". Schließlich wurde er von einem Mann, der in Versailles gelebt hatte, eindeutig identifiziert.

„Ja", gestand Ludwig, „ich bin der König" und erklärte: „In der Hauptstadt zwischen Dolche und Bajonette gestellt, komme ich, um in der Provinz inmitten meiner treuen Untertanen die Freiheit und den Frieden zu suchen." Im ersten von der Gemeinde Varennes aufgenommenen Protokoll hieß es weiter: „Die Rührung, die Ergriffenheit aller anwesenden Personen verbanden sich mit jener des Königs, und der Monarch und seine erhabene Familie hatten die Gnade, alle im Zimmer befindlichen Bürger in ihre Arme zu schließen und von ihnen dasselbe Zeichen lebhafter und vertraulicher Herzlichkeit zu empfangen." Diese ging jedoch nicht so weit, daß man die Königsfamilie nach Montmédy weiterfahren ließ; vielmehr wurde sie aufgefordert, nach Paris zurückzukehren. Angesichts der Gefahren, die ihm und den Seinen dort drohten, sträubte sich der König dagegen, hieß es im zweiten Protokoll der Gemeinde. „Die Königin, die seine Besorgnis teilte, drückte dieselben durch eine außerordentliche Aufregung aus."

Hoffnung keimte auf, als gegen ein Uhr morgens der Herzog Claude von Choiseul, der es in Pont-de-Somme-Vesle, und der Graf Charles von Damas, der es in Clermont versäumt hatte, der Königsfamilie sicheres Geleit zu geben, in Varennes auftauchten. Mit gezogenem Degen stürzten die beiden Offiziere in Sauces Haus. Marie Antoinette begrüßte sie überschwenglich. Ludwig blieb reserviert, lehnte das Angebot ab, ihnen Reitpferde zur Verfügung zu stellen, auf denen sie, eskortiert von ein paar Dutzend Husaren, nach Montmédy gelangen könnten. Der König hielt dies für zu riskant – und verpaßte damit die allerletzte Gelegenheit, sich und die Seinen in Sicherheit zu bringen.

Immer noch hoffte er, daß ihm General de Bouillé mit königlichen Truppen zu Hilfe käme. Statt dessen rückten

Festnahme der Königsfamilie in Varennes.

Milizen in Varennes ein; Straßensperren wurden errichtet, Karren aufgefahren. Im Morgengrauen sprachen zwei Männer beim König vor: Romeuf, ein Adjutant Lafayettes, und Bayon, ein Hauptmann der Nationalgarde. Sie gehörten zu den Kurieren, die nach der Entdeckung der Flucht von Paris ausgesandt worden waren, um die Ausgerissenen aufzuspüren, ihre Weiterfahrt zu unterbinden und die Rückbringung in die Hauptstadt zu veranlassen. Der König las das ihm überreichte Dekret der Nationalversammlung und seufzte: „In Frankreich gibt es keinen König mehr." Die Königin überflog das Papier und rief: „Diese frechen Kerle!" und warf es zu Boden. „Nach Paris! Nach Paris!" rief die Menge. Die Betroffenen suchten Zeit zu gewinnen: Man müsse die Kinder ausschlafen lassen, sagte Marie Antoinette und erklärte, sie dürfe ihre Kammerfrau, die einen Anfall simulierte, nicht allein lassen. Madame Sauce, die das Frühstück brachte, redete ihr zu: Wenn sie nicht in die Tuilerien zurückginge und die 25 Millionen, die ihr die Nation zahle, sausen ließe, wäre sie nicht ganz richtig im Kopf.

Ludwig XVI. gab auf, bestieg mit Familie und Begleitung die zur Rückfahrt bereitstehenden Wagen. An diesem 22. Juni 1791 notierte er in sein Tagebuch: „Abreise von Varennes um 5 oder 6 Uhr morgens, gefrühstückt in Sainte-Menehould, angekommen um 10 Uhr in Châlons, dort zu Abend gegessen und in der alten Intendantur übernachtet." Marie Antoinette war der Appetit vergangen, und sie fand keinen Schlaf. Sie erinnerte sich, daß sie vor 21 Jahren, als sie als Dauphine nach Frankreich gekommen war, in derselben Intendantur von Châlons-sur-Marne genächtigt und auch nicht im Traum daran gedacht hatte, daß sich die erwartete Königskrone schließlich als Dornenkrone erweisen sollte.

Wie ein Kreuzweg erschien Marie Antoinette der Rückweg nach Paris. An seinen Stationen erwarteten sie Kränkungen und Erniedrigungen.

In Sainte-Menehould mußte sie sich eine Rede des Bürgermeisters anhören, in der sie, kaum verhüllt, der versuchten Desertion beschuldigt wurde. Auf der Weiterfahrt wurde von Nationalgardisten, die den Monarchenwagen wie einen Gefängniswagen bewachten, der Graf von Dampierre, der dem Königspaar seine Ergebenheit bekunden wollte, vom Pferd gerissen und umgebracht. Am 23. Juni, dem Fronleichnamsfest, ging die Königsfamilie in Châlons zur Messe; beim „Sanctus" strömten „Patrioten" aus Reims in das Gotteshaus und erzwangen den Abbruch des Gottesdienstes. Beim hastigen Aufbruch aus der Stadt vergaß Ludwig XVI. eine Schatulle mit 1300 Louisdor, in die sein Bild geprägt war. In Chouilly wurde dem König ins Gesicht gespuckt, in Epernay der Königin von der sie umringenden Menge das Kleid zerrissen.

Endlich trafen die Kommissare der Nationalversammlung ein, von denen sich die Geängstigten Schutz vor Übergriffen versprachen. Sie kamen mit dem Auftrag, „den König nach

Paris zurückzuführen, über seine Sicherheit zu wachen und darauf zu achten, daß die Seiner Majestät schuldige Achtung aufrechterhalten werde". Entsandt wurden drei die Lager der Assemblée nationale vertretende Abgeordnete: Comte Marie Charles de Latour-Maubourg repräsentierte die Rechte, Antoine Barnave die Mitte und Jérôme Pétion die Linke. Der Aristokrat erklärte, er stehe fest zu König und Königin; die beiden anderen mußten erst für sie eingenommen werden. Latour-Maubourg stieg in den Wagen der beiden Kammerfrauen, Barnave und Pétion setzten sich in die Karosse zum Königspaar, den Kindern, Madame Elisabeth und Madame de Tourzel, so daß in ihr acht Personen zusammengedrängt waren. Sie schmorten in der Gluthitze, und wenn sie die Fenster aufmachten, drohten sie im Straßenstaub zu ersticken.

Auf dem Schoß der Mutter saß der Dauphin, der sich für die Messingknöpfe an Barnaves Rock interessierte und deren Inschrift laut buchstabierte: „Vivre libre ou mourir – frei leben oder sterben". An das erste dachte auch die sich als Gefangene fühlende Marie Antoinette, an das zweite noch nicht. Der neunundzwanzigjährige Barnave fand die fünfunddreißigjährige Königin ganz anders, als er sie sich vorgestellt hatte. Mehr noch als von ihrer noch nicht verblühten Schönheit war er von der in so widrigen Umständen bewahrten würdevollen Haltung angetan, und von der an Liebenswürdigkeit grenzenden Höflichkeit, mit der sie ihre Aufseher behandelte. Der fünfunddreißigjährige Pétion war nicht von seiner republikanischen Voreingenommenheit gegen Marie Antoinette abzubringen.

„Die Königin plauderte in geläufiger und familiärer Weise mit mir", berichtete Pétion. „Es dauerte aber nicht lange, bis ich merkte, daß alles, was sie sagte, völlig oberflächlich war. Sie äußerte keinen tiefsinnigen und eigenständigen Gedanken. In keiner Hinsicht besaß sie das Wesen oder die Haltung, die ihrer Stellung angemessen gewesen wären." Einmal hätte Pétion sein Vorurteil beinahe korrigiert. Als über Politik gesprochen wurde, „schien sie an dieser Diskussion den lebhaftesten Anteil zu nehmen; sie regte sie an, sie belebte sie, sie machte recht kluge und recht spitze Bemerkungen". Der König werde viel getadelt, erklärte sie, aber es werde kaum wahrgenommen, in welchem Dilemma er sich befinde. „Er erhält jeden Augenblick Berichte, die sich widersprechen, er weiß nicht, was er glauben soll; man gibt ihm Ratschläge, die sich widersprechen und einander aufheben, und er höre zunehmend von Mord und Totschlag." Dies alles habe ihn bestimmt, Paris, aber nicht das Land zu verlassen. „Sie können nicht leugnen", sagte sie zu Pétion, der sich als eines der Häupter der Republikaner bekannte, „daß es eine Partei gibt, die den König nicht will, und daß diese Partei von Tag zu Tag stärker wird."

In dieser Auffassung wurde sie mit jeder Meile, der man sich Paris näherte, bestätigt und bestärkt. In der Provinz schienen noch hinreichend Monarchisten vorhanden, aber schon in der Umgebung der Hauptstadt Republikaner in der Oberhand zu sein. In der Champagne war zwar kaum noch „Es lebe die Königin!" immerhin noch „Es lebe der König!" gerufen worden, doch nun bekam man zunehmend „Es lebe die Nation!" zu hören – die Nation, die daranging, den Monarchen nur mehr als Vollzugsbeamten der „Volonté générale" zu dulden, wenn nicht gar über kurz oder lang auch dieses Amtes zu entheben.

„Man muß Charakter zeigen", sagte Marie Antoinette, als ihr und ihrem Gemahl wachsende Feindseligkeit entgegenschlug. In Dormans, wo man am 23. Juni in einem schäbigen Gasthaus, das sich „Hôtel du Louvre" nannte, abgestiegen war, fanden die Erschöpften keinen Schlaf. „Unsere Fenster gingen auf die Straße hinaus, auf der die ganze Nacht der Pöbel lärmte und schreiend unsere Weiterfahrt forderte", erinnerte sich Madame Royale. Hinter Ferte-sous-Jouarre durchbrach ein Abgeordneter der Nationalversammlung, Augustin de Kervélégan den Kordon der Nationalgardisten, drängte sich an die Karosse heran und beschimpfte den König. Die Königin, bemerkte Pétion, schien Angst gehabt zu haben, doch sie äußerte nur: „Das ist ein grober Kerl." Vor Meaux wäre ein Priester, der an den Wagen heranzukommen suchte, von der Menge erschlagen worden, wenn nicht Barnave dazwischengetreten wäre. Zu ihm sagte am Abend des 24. Juni in der bischöflichen Residenz in Meaux die Königin: „Augenscheinlich sind wir über den wirklichen Zustand des öffentlichen Geistes in Frankreich getäuscht worden."

Wie dieser, jedenfalls um und in Paris, beschaffen war, mußte sie mit wachsender Besorgnis erleben. Die letzte Etappe am 25. Juni war die längste und aufreibendste. „Wir blieben ganze elf Stunden im Wagen, ohne einen Augenblick auszusteigen", berichtete Pétion. „Mich überraschte, daß die Königin, Madame Elisabeth und Madame de Tourzel nie ein Bedürfnis zu erkennen gaben." Im Wald von Bondy versuchten Pariser, die königliche Kutsche zu stürmen. „Es wäre für böswillige Leute leicht möglich gewesen, der Königin in diesem Aufruhr ein paar Bajonettstiche zu versetzen", bemerkte Pétion. „Bald darauf wurde geschrien: ‚Die Dirne! Die Hure! Es hilft ihr nichts, daß sie uns ihr Kind zeigt; jeder weiß, daß es nicht von Ludwig ist!' Der König hörte die Worte ganz deutlich. Der junge Prinz, erschreckt von dem Lärm und dem Waffengeklirr, schrie ein paarmal auf; die Königin hielt ihn fest, Tränen rollten aus ihren Augen."

Am frühen Abend kehrte sie mit den Ihren nach Paris zurück. Die Wagen nahmen nicht den kürzesten Weg durch die Porte Saint-Denis, sondern fuhren ein Stück die Mauer entlang und durch die Barrière de l'Étoile die Champs-Élysées hinab. Dies erfordere die Sicherheit, sagte der dafür verantwortliche Mathieu Dumas, ein Adjutant Lafayettes, zur Königin, die aufgeregt dem Wiedersehen mit Paris und den Parisern entgegensah. Nicht nur ihr kam der Einzug über die „Himmlischen Gefilde“ fast wie ein Leichenzug vor. Wie bei einem Begräbnis präsentierten die Spalier stehenden Nationalgardisten das Gewehr mit dem Kolben nach oben. Die Menschenmenge, die den Weg säumte, verharrte in Schweigen, das Marie Antoinette eher als Bedrohung denn als Mitgefühl empfand. Vielleicht befolgten die Pariser eine plakative Aufforderung: „Wer dem König akklamiert, bekommt Stockschläge, wer ihn insultiert, wird gehenkt.“ Jedenfalls behielten alle den Hut auf dem Kopf. Kaum war der Zug vorbei, wurde wieder gelästert und geschimpft.

Vor den Tuilerien kam es zu einem Zwischenfall. Die Menge suchte ihre Wut an den auf dem Kutschbock sitzenden drei Leibgardisten auszulassen, die dem Königspaar zur Flucht verholfen hatten. Aus der Reithalle des Schlosses, dem Sitzungssaal der Nationalversammlung herbeigeeilte Deputierte und der hoch zu Roß erscheinende Lafayette verhinderten, daß die Leibgardisten gelyncht wurden. Endlich konnten der König unter Schweigen und die Königin unter Murren den Wagen verlassen. Marie Antoinette war erregter als Ludwig, den nichts aus der an Stumpfsinn grenzenden Gelassenheit zu bringen schien. Aber sie nahm sich zusammen, kehrte erhobenen Hauptes in das Schloß zurück, das sie vor vier Tagen in aller Heimlichkeit und voller Hoffnung verlassen hatte.

Die Gitter schlossen sich hinter ihr. Schon vorher hatte sie sich in den Tuilerien wie im Gefängnis gefühlt, nun kamen sie ihr wie ein Zuchthaus vor. Die Bewachung wurde verstärkt, Nationalgardisten kampierten im Park, postierten sich auf dem Dach und unter den Fenstern. Im Schloß wurde die königliche Familie auf Schritt und Tritt von Wachen begleitet. Die Königin durfte ihre Schlafzimmertür nicht ab-

Das Tuilerienschloß.

schließen; selbst beim Ankleiden am Morgen und beim Auskleiden am Abend mußte diese stets halb offen bleiben, damit man die Gefangene nicht einen Moment aus den Augen verlor. Einmal setzte sich mitten in der Nacht ein Offizier zu ihr auf das Bett, um sich, wie er sagte, mit ihr zu unterhalten.

Als sich Marie Antoinette beschwerte, bedeutete ihr Lafayette, eine strenge Bewachung sei aus zwei Gründen notwendig: Einmal müsse eine zweite Flucht verhindert werden, zum anderen die königliche Familie vor Übergriffen des wegen ihrer ersten Flucht aufgeregten Volks geschützt werden. Dieses verunglückte Unternehmen habe „die Revolution aufs neue befestigt", ließ sich die Berliner „Vossische Zeitung" aus Paris berichten. „In einigen Blättern wird der König der ‚gewesene König' genannt. Die heftigsten Demokraten reden von Absetzung des Königs, aber der größte Teil der Nationalversammlung scheint zu gelinderen Maßregeln geneigt zu sein."

Noch waren die Anhänger einer konstitutionellen Monarchie in der Mehrzahl. Sie atmeten auf, als sie den dazu benötigten König wieder in der Hauptstadt hatten. Aber sie kamen nicht umhin, ihn bis auf weiteres zu suspendieren. Zur Entgegennahme einer Erklärung seines Verhaltens wurden drei Abgeordnete bestimmt, die bereits am 26. Juni Ludwig XVI. in den Tuilerien aufsuchten. Nein, er habe nicht die Absicht gehabt, sein Königreich zu verlassen, beteuerte der König, er wollte lediglich den ihm und seiner Familie in Paris drohenden Gefahren entgehen und von einem sicheren Ort aus das Ziel einer beschränkten Monarchie weiter verfolgen. Anschließend begaben sich die drei Abgeordneten zu den Gemächern der Königin, die sie jedoch, weil sie sich gerade in die Badewanne gesetzt hatte, nicht empfing. Als sie am nächsten Tage wieder vorsprachen, bekamen sie zu hören: Da der König mit seinen Kindern abzureisen beabsichtigte, hätte sie nichts in der Welt daran zu hindern vermocht, mit ihm zu gehen, überzeugt davon, daß er Frankreich und die Franzosen nicht verlassen würde.

Die Abgeordneten und mit ihnen die Mehrheit der Deputierten gaben sich mit diesen Erklärungen zufrieden. „Die Nationalversammlung wird Milde walten lassen", schrieb Marie Antoinette am 29. Juni an den außer Landes gegangenen Axel von Fersen. „Seien Sie unbesorgt, es wird mir nichts geschehen." Versuchte sie „den geliebtesten und liebevollsten aller Männer", wie sie ihn im Brief vom 4. Juli nannte, zu beruhigen. Ihr konnte jedoch nicht verborgen geblieben sein, daß die Flucht nach Varennes eine Flucht ins Verhängnis gewesen und fortan nicht nur der Thron, sondern auch ihr Leben gefährdet war.

Im Gegensatz zum König, der sich in das Schicksal ergeben zu haben schien, lehnte sich die Königin dagegen auf. Auf die Royalisten im Inland und die Emigranten im Ausland wollte sie sich nicht verlassen, schon eher auf die gemäßigten Monarchisten, die in der Nationalversammlung immer noch eine Mehrheit hatten. War sie nicht auf der langen Fahrt von Varennes nach Paris einem ihrer führenden Vertreter begegnet, Antoine Barnave, dem sie in dem engen Gefährt nähergekommen war und den sie für sich eingenommen hatte?

Gab es nicht noch Möglichkeiten, Briefe aus den Tuilerien hinaus- und hineinzuschmuggeln? Fersen war weit, Barnave nah, und so versuchte sie diesen als Nothelfer zu gewinnen.

Als Mittelsmann benützte sie den Chevalier de Jarjayes, den Gemahl einer ihrer Kammerfrauen. Diese überbrachte ihm Anfang Juli 1791 einen Brief Marie Antoinettes, den er an Barnave weiterleitete: Die Königin, hieß es darin, habe während der Tage, die sie zusammen in der Karosse verbracht hatten, den Charakter und die Freimütigkeit des Abgeordneten so sehr schätzen gelernt, daß sie Wert darauf lege, von ihm zu erfahren, „was wir in der gegenwärtigen Lage zu tun haben“. Daher möchte sie mit ihm korrespondieren, „wobei ich mir jedoch als Hauptbedingung das Recht vorbehalte, stets offen meine Meinung zu sagen“. Indes, fügte sie hinzu, werde sie „sich dem Gemeinwohl immer zu beugen wissen, wenn dies nötig ist“.

Antoine Barnave war nur zu gerne bereit, der Frau, zu der er sich hingezogen fühlte, wie der Politik, die er durchsetzen wollte, einen Dienst zu erweisen. In Absprache mit zwei gleichgesinnten Kollegen, Adrien Duport und Alexandre Lameth, ging er daran, die an die unbeschränkte Monarchie gewöhnte Königin für eine beschränkte Monarchie einzunehmen. Er legte ihr nahe, der neuen, fast vollendeten Verfassung in aller Öffentlichkeit zuzustimmen, sich von den Emigranten zu distanzieren und ihren Bruder Leopold II. zu bewegen, die neuen Verhältnisse in Frankreich anzuerkennen. Wenn sie von dieser Linie abweiche, würde sie „sich ins Verderben stürzen“.

Dies könnte eher der Fall sein, wenn sie sich auf den vorgeschlagenen Weg begebe, befürchtete Marie Antoinette. Vorsorglich ließ sie am 8. Juli ihren im Ausland tätigen Agenten Fersen wissen: König und Königin wünschten, daß europäische Monarchen, vornehmlich die mit ihnen verwandten, sich für sie in Verhandlungen einsetzten. „Selbstverständlich müssen diese durch eine eindrucksvolle Militärmacht unterstützt werden, die freilich insoweit im Hintergrund zu bleiben hat, daß sie keine Verbrechen oder Blutbäder auslöst."

Zwei Eisen wollte sie im Feuer behalten: eine diplomatische, gegebenenfalls auch eine bewaffnete Vermittlung des Auslands, und die Unterstützung durch die gemäßigten Kräfte im Lande. Am 9. Juli schrieb sie einen zweiten Brief an Barnave, der am 15. Juli in der Nationalversammlung erklärte: „Heute, meine Herren, muß jedermann erkennen, daß es im Interesse der Allgemeinheit ist, daß die Revolution einhält: Jene, die verloren haben, müssen einsehen, daß es unmöglich ist, sie rückgängig zu machen, und daß es nur noch darum gehen kann, die Revolution zu domestizieren."

Daran war der Mehrheit des Hauses gelegen, und deshalb bestand sie auf der Annahme, der König sei nicht „geflüchtet", sondern sei „entführt" worden. Man könne heutzutage nicht Könige wie Frauen entführen, entgegnete der Abgeordnete Maximilien de Robespierre, ein Führer der Jakobiner. „Der König ist unverletzlich, sagen Sie, er kann nicht bestraft werden... Sie desavoiren sich selbst; denn niemals haben sie bestimmt, daß irgendein Mensch über den Gesetzen stehen soll." Doch die Nationalversammlung erklärte den König für unantastbar, so wie es sich die Königin in ihrem zweiten Brief an Barnave vom 9. Juli gewünscht hatte.

Die Linke, die im Parlament keine Mehrheit hatte, begann die Straße gegen die Nationalversammlung zu mobilisieren. Jakobiner forderten die Absetzung Ludwigs XVI. und eine Regentschaft des Herzogs von Orléans, der als Philippe Égalité ihrem Klub beigetreten war. Im Klub der radikaleren Cordeliers, in dem Georges Danton und Jean Paul Marat den Ton angaben, wurde die Ausrufung der Republik verlangt. Das Volk von Paris, hieß es in der Petition der Cordeliers an die Volksvertretung, protestiere gegen deren Feststellung der

Schuldlosigkeit und Unverletzlichkeit des Königs, und gebe zu bedenken, „daß das Vergehen Ludwigs XVI. erwiesen ist“ und deshalb die alte durch eine neue Exekutivgewalt abzulösen sei, die dem Willen des Volks entspräche.

Diese Petition, die eigentlich kein Bittgesuch, sondern eine Aufforderung, fast schon ein Ultimatum war, sollte am 17. Juli 1791, zwei Jahre nach dem Bastillesturm und ein Jahr nach dem Föderationsfest auf dem Marsfeld auf dem damals dort errichteten Altar des Vaterlandes während einer Massendemonstration niedergelegt werden. Ein Invalide und ein junger Bursche, die sich aus ungeklärten Gründen am Heiligtum zu schaffen gemacht hatten, wurden umgebracht und ihre Köpfe, auf Piken gesteckt, unter dem Beifall der Menge herumgetragen. Als die Massenkundgebung immer bedrohlichere Ausmaße annahm, verlangte die Nationalversammlung die Wiederherstellung der Ordnung, verhängte Bürgermeister Bailly das Standrecht und ließ General Lafayette Nationalgardisten aufmarschieren. Sie wurden mit Steinwürfen empfangen. Erste Schüsse fielen, wobei unklar blieb, von welcher Seite sie abgegeben wurden. Entgegen dem Befehl Lafayettes feuerten Nationalgardisten in die Menge. Man zählte fünfzig Tote, darunter zwei Soldaten.

Die Ordnung schien wiederhergestellt zu sein. Die Nationalversammlung erließ ein Dekret gegen die Agitation, verbot die Verteilung aufrührerischer Schriften und leitete ein Verfahren gegen die Anstifter der Unruhen auf dem Marsfeld ein. Danton floh nach England, Marat tauchte unter. Aus dem Jakobinerklub traten gemäßigte Mitglieder aus und schlossen sich im Klub der Feuillants zusammen. Diese „Gesellschaft der Freunde der Verfassung“, einer konstitutionellen Monarchie, wurde von Lafayette, Barnave, Duport und Lameth dominiert.

„Ich habe mit Freude die Entschiedenheit und die Tapferkeit gesehen, womit die Personen, an die ich mich wende, für die Monarchie eingetreten sind", schrieb die Königin am 20. Juli an Barnave und erklärte sich bereit, die Politik der „Freunde der Verfassung" nach ihren Kräften und mit ihren Möglichkeiten zu unterstützen. Barnave blieb bei seinem Ceterum censeo: Die Königin müsse mithelfen, den König zur Anerkennung der Konstitution, die Emigranten zur Rückkehr zu bewegen und Leopold II. von einer militärischen Demonstration oder gar einer Invasion abzuhalten. Wenn sie bereit sei, diese Ratschläge „entschlossen und unbeirrt zu verfolgen", würden die Franzosen ihre Königin wieder schätzen lernen und das Königtum, zwar in seiner Gewalt beschränkt, aber vom Volk getragen, eine Zukunft haben.

Aber Marie Antoinette vermochte nicht über ihren Schatten zu springen, wollte sich nicht von der absoluten Monarchie verabschieden und eine konstitutionelle Monarchie hinnehmen. Wahrscheinlich war ihr von ihrer royalistischen Umgebung bedeutet worden, daß Lafayette und die Legalität auf dem Marsfeld einen Pyrrhussieg errungen hatten und daß man den Radikalrevolutionären zu Märtyrern verholfen hatte, die mit ihrem Blute die Sache des Republikanismus düngen würden. Blieb da nicht als Ultima ratio nur ein militärisches Eingreifen der europäischen Monarchen, um die volle Königsgewalt in Frankreich wiederherzustellen und Ruhe und Ordnung in ganz Europa zu gewährleisten? Bis die Mächte sich dazu aufrafften, „um Zeit zu gewinnen", meinte Marie Antoinette ein Doppelspiel treiben zu müssen: einerseits Barnave, Duport und Lameth glauben zu machen, daß sie in ihrem Sinne tätig sei – und andererseits an die auswärtigen Höfe, in erster Linie die Wiener Hofburg, zu appellieren, sie nicht im Stich zu lassen.

Am 30. Juli schrieb sie einen von Barnave entworfenen Brief an Leopold II.: „Die Männer, die am meisten Einfluß auf die Geschäfte haben, haben sich zusammengetan und sich offen für eine Erhaltung der Monarchie und des Königs und die Wiederherstellung der Ordnung ausgesprochen." Um diese durchaus erfolgversprechenden Absichten nicht zu durchkreuzen, müßten die Emigranten zurückgeschickt, die mit der Verfassung geschaffenen Zustände anerkannt und jegliche Eingriffe in die Angelegenheiten Frankreichs unterlassen werden.

Dies schrieb sie zur Befriedigung Barnaves dem Bruder nach Wien, aber schon am Tag darauf informierte sie Mercy in Brüssel: Ihrem Schreiben an Leopold II. sei keine Beachtung zu schenken, denn sie sehe sich in ihrer Lage genötigt, alles zu tun und zu schreiben, was die konstitutionellen Parteiführer von ihr verlangten. „Für mich ist es sehr wichtig", fügte sie einen Tag später hinzu, „daß sie wenigstens noch eine Zeitlang glauben, ich teile ganz ihre Meinung." In Wirklichkeit beharre sie weiterhin auf ihrem Wunsch, versicherte sie Mercy, „daß die Mächte mit einer Streitmacht im Rücken aktiv werden. Allerdings halte ich es für gefährlich, wenn sie den Anschein erwecken würden, ins Land einfallen zu wollen".

Noch setzte sie auf Einschüchterung und nicht auf Invasion. Aber könnte eine solche, wie die Dinge sich entwickelten, ein für allemal ausgeschlossen werden? Bereits Anfang August 1791 wurde ihr klar: Es gebe keine königliche Armee und deshalb keine französische Macht mehr, „den bewaffneten Pöbel zurückzuhalten".

Auch wenn sie Ratschläge der Konstitutionellen in den Wind schlug, so schien sie doch eine Voraussage Mirabeaus im Gedächtnis behalten zu haben: Dem ersten Stein, der ins Wasser geworfen worden sei, würden weitere und immer schwerere Steine folgen, so daß die zu Wasserwellen gewordenen Wasserkreise mit der Monarchie auch die ersten Steinwerfer hinwegspülen würden.

Sechzehntes Kapitel
Demontage der Monarchie

Paris sei Heinrich IV. eine Messe wert gewesen, hieß es, als der erste Bourbonenkönig 1593 von der reformierten zur katholischen Kirche übertrat, dadurch die Hauptstadt gewann und die Religionskriege beendete. Zwei Jahrhunderte später, am 14. September 1791, leistete Ludwig XVI. den Eid auf die von der Assemblée constituante am 3. September verabschiedete Verfassung. In Paris wie überall in Frankreich wurde dieser Schwur als Bekenntnis zur konstitutionellen Monarchie gewertet, als Zeichen für die Beendigung der Revolution angesehen und als Signal der Wiederherstellung von Ordnung und Frieden begrüßt. Wie seinerzeit durch Heinrich IV. schien nun unter Ludwig XVI. die Nation ihre Einheit wiedergefunden zu haben.

Das „Massaker auf dem Marsfeld" schien vergessen, die Erinnerung an das Verbrüderungsfest auf dem Champ de Mars wach geworden zu sein, als am 18. September 1791 die Konstitution vom Altar des Vaterlandes aus dem versammelten Volk kundgemacht wurde. Die Fahrt des Königs und der Königin in offener Kutsche über die Champs-Elysées glich nicht mehr, wie bei der Rückkehr von Varennes, einem Spießrutenlaufen, sondern eher einem Triumphzug; nicht allein Ludwig, auch Marie Antoinette bekam Hochrufe zu hören. Ein Ballon mit Verfassungssymbolen stieg in die Lüfte, in den siebten Himmel einer glücklichen Nation, wie applaudierende Zuschauer annahmen.

Ein neues, vielversprechendes Kapitel der französischen Geschichte schien aufgeschlagen worden zu sein. Die Konstitution gab dem Volke, was ihm zustand, ohne dem Monarchen alles zu nehmen, was ihm zugekommen war. Die Verfassung der konstitutionellen Monarchie basierte auf den

Prinzipien der Volkssouveränität und der Gewaltenteilung. Die Legislative wurde der aus einer Kammer bestehenden Nationalversammlung übertragen, die nach einem Besitzende und Gebildete begünstigenden Zensuswahlrecht zu bestimmen war. Die Exekutive wurde dem König der Franzosen zugesprochen, dessen Person für „unverletzlich und heilig" erklärt, dessen Regierungsgewalt jedoch eingeschränkt wurde; das ihm zugestandene Veto gegen Gesetze der Volksvertretung sollte nur aufschiebende Wirkung haben. Der Monarch durfte nicht mehr über die Staatseinkünfte verfügen, mußte sich mit einer Zivilliste begnügen; eine Hofhaltung à la Versailles war ausgeschlossen.

Die Verfassung der konstitutionellen Monarchie nahm dem König nicht so viel, wie er befürchtet hatte, beließ ihm jedoch – wie er und die Königin meinten – zu wenig, um sie nicht nur nach außen hin, sondern auch innerlich zu akzeptieren. Von Anfang an war das Königspaar nicht gewillt, seinen Part in der konstitutionellen Monarchie zu übernehmen und sie damit mit Leben zu erfüllen, die ihr – und auch ihnen – das Überleben ermöglicht hätte.

Kaum hatte er am 14. September den Eid auf die Konstitution geleistet und war er von der Volksvertretung als Volkskönig gefeiert worden, wurde Ludwig XVI. von Reue über sein Nachgeben und Furcht vor dessen Folgen übermannt. Zurück in den Tuilerien, wohin ihm Abgeordnete das Geleit gaben, warf er sich, wie Madame Campan berichtete, im Appartement der Königin in einen Fauteuil und schluchzte: „Alles ist verloren." Am 18. September, als das Königspaar von seiner Fahrt durch das illuminierte, in Glanz und Gloria erstrahlende Paris wieder im Schloß angekommen war, sagte Marie Antoinette zu Madame de Tourzel: „Wie traurig ist es, daß etwas so Schönes in unseren Herzen nur Traurigkeit und Besorgnis zurückläßt." Am 26. September wurde Marie Antoinette in der Comédie-Française als Volkskönigin gefeiert, woraus La Marck schloß, daß sie, wenn sie nur die Franzosen richtig zu nehmen, das heißt zu umschmeicheln wüßte, jenen Einfluß zurückgewänne, den sie verloren glaubte.

Aber an diesem 26. September 1791 schrieb Marie Antoinette an Axel von Fersen: „Sie würden nicht glauben, welche Überwindung mich das alles kostet, wie ich mich jetzt zu verhalten habe. Und dann diese widerwärtige Sorte von Menschen, die nur scheinbar ergeben sind und uns immer nur Böses angetan haben!“ Dennoch bemühte sie sich, gute Miene zu dem Spiel zu machen, das sie für ein böses Spiel hielt, absolvierte die Feierlichkeiten anläßlich des Inkrafttretens der Verfassung mit jener Würde, die sie sich schuldig zu sein meinte. Aber sie dachte sich wie Madame Elisabeth dabei: „Man muß sehen, wie lang dieser Enthusiasmus anhält.“

Die Begeisterung flammte noch einmal auf, nachdem der König der am 1. Oktober 1791 zusammengetretenen Gesetzgebenden Versammlung seine Sympathie bekundet hatte. Als Ludwig und Marie Antoinette in der Comédie-Italienne erschienen, wurde noch einmal „Es lebe der König!“ und „Es lebe die Königin!“ gerufen. Viele Franzosen glaubten, daß das Staatsschiff nach dem Sturm der Revolution in das ruhigere Fahrwasser einer Evolution gekommen war, und hofften, daß es einer guten Zukunft entgegenführe.

Die Mehrheit der Assemblée nationale législative werde vernünftig sein, meinte der schwedische Gesandte Baron de Staël. Auf den ersten Blick schien das ihre Zusammensetzung zu versprechen. Auf der Rechten der 745 Mitglieder zählenden Versammlung saßen 264 Feuillants, Anhänger der neuen Regierungsform, auf der Linken 136 Jakobiner, von denen die meisten lieber heute als morgen das Ende der Monarchie und den Beginn der Republik erlebt hätten, und in der Mitte

345 Unabhängige, meist Unentschlossene, die nicht wußten, ob sie sich nach rechts oder nach links neigen sollten.

Bei näherem Hinsehen war zu erkennen, daß die Gesetzgebende Versammlung vom Bürgertum beherrscht wurde, das die Revolution begonnen hatte und deren bis jetzt erreichten Errungenschaften weder mit der zurückgedrängten Oberschicht noch mit der nach oben strebenden Unterschicht zu teilen gedachte. Es war ein Parlament der Notabeln. Die meisten Mitglieder waren durch Wohlstand und Bildung zu Ansehen gelangt, ohne die politische Erfahrung gewonnen zu haben, die in dieser prekären Situation erforderlich gewesen wäre.

Da sich die Mitglieder der Verfassunggebenden Versammlung nicht zur Wahl stellen durften, fehlten in der Gesetzgebenden Versammlung die Persönlichkeiten, die sich in jener einen Namen gemacht und das Sagen gehabt hatten. Parteiführer wie Barnave auf der Rechten oder Robespierre auf der Linken konnten im Parlament nicht ihre Fraktionen leiten, vermochten nur von außen auf sie einzuwirken. So gerieten sie zunehmend in Versuchung, sich durch außerparlamentarische Aktionen Geltung zu verschaffen, vor allem die Radikalrevolutionäre, denen dafür das Pariser Proletariat zur Verfügung stand.

Vom Parlamentarismus englischer Art, der den Konstitutionellen vorschwebte, blieb man weit entfernt. Dennoch war die konstitutionelle Mehrheit in Frankreich nicht ohne Chance. Eine Voraussetzung für ihr Funktionieren wäre gewesen, daß der König die ihm in der Verfassung zugewiesene Aufgabe übernommen und erfüllt hätte. Aber Ludwig XVI. beharrte darauf, daß „konstitutionell“ ein Beiwort und „Monarchie“ das Hauptwort bleiben müßte.

Darin wurde er von Marie Antoinette bestärkt, die in ihren Briefen an Fersen auch aus ihrem politischen Herzen keine Mördergrube machte. Bis auf weiteres blieb ihr nichts anderes übrig, als mit den Wölfen zu heulen. „Wir stünden noch schlechter da, wenn ich mich nicht gleich in diese Rolle gefunden hätte. Wenigstens gewinnen wir auf diese Art Zeit, und das ist nötig. Welches Glück, wenn ich eines Tages wieder stark genug sein werde, um all diesen Lumpen zu zeigen, daß ich nicht ihre Närrin bin." Sie lasse sich nicht von den „Tollköpfen" einfangen und für deren Angelegenheiten einspannen, beteuerte sie Fersen, der argewöhnte, sie habe sich Barnave nicht nur politisch, sondern auch persönlich ergeben. „Wenn ich Beziehungen mit einigen von ihnen unterhalte", entgegnete sie, „so nur deshalb, um mich ihrer zu bedienen, aber ich verabscheue sie zu sehr, um mich jemals von ihnen vereinnahmen zu lassen."

Marie Antoinette täuschte Barnave, der es mit der Königin und der Monarchie gut meinte und immer wieder betonte: Der König und das Volk würden zusammenkommen und zusammenbleiben, wenn der Monarch das tue, was ihm die Verfassung gebiete und damit dem neuen System die Glaubwürdigkeit und Wirksamkeit verleihe, die es zum Überleben brauche. Doch die Königin half auf ihre Weise und mit ihren Möglichkeiten mit, die konstitutionelle Monarchie, die sie nicht als das kleinere Übel zu begreifen vermochte, zu diskreditieren und zu demontieren. Damit trug sie das Ihre bei, das für sie größere Übel, eine demokratische Republik, heraufzubeschwören.

Nur ein einziger Rat Barnaves fand ihr geneigtes Ohr: Die Warnung vor den Emigranten. Sie schürten die Furcht vor einer Gegenrevolution, indem sie Royalisten in Frankreich zum Widerstand aufriefen und europäische Monarchien zum Eingreifen aufforderten. Gegen ein solches, indessen durch Demarchen und nicht durch Einmarschieren, hätte die Königin nichts einzuwenden gehabt, wenn dessen Promotoren nicht die Brüder des Königs gewesen wären. Der Graf von Provence, dem 1791 die Flucht aus Frankreich geglückt war, hatte in Koblenz vom Grafen von Artois das Kommando über die Emigranten übernommen. Marie Antoinette wußte, daß er Ludwig den Thron mißgönnte und es ihr verübelte, daß sie einen Dauphin geboren und damit seine Hoffnung auf eine Thronfolge beeinträchtigt hatte.

Wenn die von ihm geführten Emigrantenverbände, gedeckt oder gar unterstützt von europäischen Mächten in Frankreich einfielen, ließ Marie Antoinette Wien wissen, wäre der konstitutionelle König genötigt, sich gegen sie zu stellen, ohne den Verdacht zerstreuen zu können, daß er in geheimem Einverständnis mit ihnen stünde. Dies würde das Volk aufbringen und König und Königin großen Gefahren aussetzen. Deshalb, betonte sie immer wieder, müsse ein europäischer Kongreß einberufen werden, der die Emigranten zurückhielte, in Frankreich den Radikalen ihre Grenzen aufzeigte und den Königstreuen neue Hoffnung gäbe.

„Man hält einen Kongreß für unnütz und unmöglich“, bedeutete ihr Mercy. Vergebens hatte sie, die weiterhin Post aus den bewachten Tuilerien in einer Geheimschrift mit unsichtbarer Tinte hinausschmuggelte, dafür nicht nur in Wien, sondern auch in Sankt Petersburg, Madrid und Lissabon geworben und durch den Agenten Breteuil in Berlin und Stockholm werben lassen. Überall stieß sie auf Ablehnung, weil die Höfe nicht bereit waren, mit einer Zunge zu sprechen, und weil sie Marie Antoinette der Doppelzüngigkeit verdächtigten. Es war ihnen nicht verborgen geblieben, daß sie einerseits den Konstitutionellen Avancen machte und sie andererseits zurückdrängen lassen wollte. „Was soll man von Leuten erwarten“, kritisierte Zarin Katharina II., „die unaufhörlich nach zwei vollkommen entgegengesetzten Richtungen handeln.“

In der Deklaration von Pillnitz vom 27. August 1791 hatten der Österreicher Leopold II. und der Preuße Friedrich Wilhelm II. zwar erklärt, sie wollten sich zugunsten einer „den Rechten des Souveräns und den Interessen der Nation gleichmäßig angemessenen monarchischen Regierung" verwenden. Da aber Ludwig XVI. inzwischen die Verfassung der konstitutionellen Monarchie sanktioniert hatte, waren nicht einmal mehr die Unterzeichner der Deklaration bereit, auch nur durch einen Kongreß auf die Entwicklung in Frankreich einzuwirken.

Wenn ihr Bruder, der Kaiser, ihre wiederholte Bitte auf Einberufung eines europäischen Kongresses erfüllt hätte, wären sie und ihr Gemahl jetzt „in einer anderen Lage", einer erträglicheren Situation, schrieb sie am 16. Dezember 1791 nach Wien. Auch jetzt noch könnte ein Kongreß von Nutzen sein, aber man dürfe seine Einberufung nicht hinausschieben. „Jetzt ist der Augenblick da, um uns dienlich zu sein; wenn man ihn ungenützt verstreichen läßt, ist alles vorbei, und der Kaiser wird sich angesichts der ganzen Welt den Vorwurf zu machen haben, seine Schwester, seinen Neffen und seinen Verbündeten der Erniedrigung preisgegeben zu haben."

Marie Antoinette sah sich von der ganzen Welt verlassen, auch von ihrem Bruder Leopold und selbst von Mercy, dem väterlichen Freund, dem sie klagte: „Ich sehe nur Unglück in der geringen Tatkraft der einen und im schlechten Willen der anderen." An Fersen, dem sie nach wie vor vertraute, schrieb sie: „Die Krisis rückt mit großen Schritten heran", und an Madame de Polignac: „Wir werden wie Verbrecher überwacht, und dieser Zwang ist wirklich kaum zu ertragen. Ohne Unterlaß für die Seinen fürchten zu müssen, und die armen Kinder nicht an die frische Luft führen zu können, ohne diese unschuldigen Kleinen Schmähungen auszusetzen – was für ein Zustand!"

In den Tuilerien wurden sie nach der Sanktionierung der Konstitution zwar nicht mehr so scharf bewacht wie unmittelbar nach der mißglückten Flucht, aber immer noch so streng, daß ihr das Schloß wie eine Haftanstalt vorkam. In der Nacht schliefen Nationalgardisten vor den Türen der königlichen Appartements. Einmal schloß ein Unteroffizier die Königin und den König zwei Tage lang von 9 Uhr abends bis 9 Uhr morgens in ihren Zimmern ein. In die Dienerschaft waren Spitzel eingeschleust worden, so daß man sich kaum noch ein offenes Wort erlauben konnte.

Ludwig, dem Widrigkeiten nicht den Appetit verschlagen hatten, getraute sich kaum, die an der Tafel servierten Gerichte anzurühren; er ließ sich von einem zuverlässigen Diener heimlich versorgen. Marie Antoinette begann Madame Elisabeth zu mißtrauen, die zwar in das Gejammer einstimmte, aber anklingen ließ, daß es nicht so weit gekommen wäre, wenn ihr Bruder Ludwig in Paris die royalistische Haltung eingenommen hätte, die ihre Brüder, der Graf von Provence und der Graf von Artois, in Koblenz an den Tag legten. Der Schwägerin verübelte sie das politische Techtelmechtel mit Barnave, das sie für anstößiger hielt als das persönliche mit Fersen.

„Unser Familienleben ist eine Hölle", schrieb Marie Antoinette ihrem schwedischen Kavalier, der in Wien kein Glück hatte, den Hof zu einem Engagement für die Autrichienne zu bewegen. In Koblenz, wo er auf der Rückreise nach Brüssel Station machte, mißfiel ihm das Treiben der Emigranten: „Wenn alle ihr Geld einmal aufgegessen haben, kann solche Menschenansammlung zu unvorstellbarem Wahnsinn führen; weit besser wären diese Leute in Frankreich geblieben."

Das hätte sich auch die Königin gewünscht, die sich lieber auf Royalisten gestützt hätte als auf Konstitutionelle angewiesen zu sein. Aber auch deren Zahl schmolz dahin. Barnave zog sich in die Dauphiné zurück. Bailly demissionierte als Bürgermeister von Paris. Lafayette, der das Kommando der Nationalgarde aufgeben mußte und in das Hôtel de Ville einziehen wollte, unterlag bei den Wahlen dem Jakobiner Pétion, der auf der Rückfahrt von Varennes nach Paris der Königin bedeutet hatte: Fast überall, auch in Frankreich, hätten die Könige die Menschen unglücklich gemacht, daher sei es angezeigt, daß die Monarchie einer Republik weiche.

Die Sicherheit in Paris habe abgenommen und „sie wird weiter abnehmen, wenn man sich an unsere Erniedrigung gewöhnt hat“, klagte die Königin. Die Drohungen gegen sie vermehrten und verschärften sich. In Louis Marie Prudhommes Wochenzeitung „Les Révolutions de Paris“ hieß es: „Antoinette, wir verlangen von Dir keine Bürgertugenden. Du bist nicht geboren, solche zu haben. Aber vermeide es wenigstens, ihnen zu schaden, und hülle Dich in Deinen Purpurmantel. Solange die Hyäne der Berge in ihrer Höhle bleibt, setzt man ihr nicht zu; sobald sie aber in die Ebene herabkommt, um dort zu wüten, wird die Bürgerkrone jenem Helden der Menschheit gebühren, der unter Gefahr seines Lebens sein Land von dieser reißenden Bestie befreien wird.“

Eine solche Anspielung war für Marie Antoinette ein Anzeichen der Verrohung der Sitten, die sie auf den Verfall der vom Königtum mit Hilfe der Aristokratie garantierten Staatsordnung und der von der Kirche gewährleisteten Werteordnung zurückführte. Deshalb war sie dafür, daß der König sein Veto gegen zwei von der Nationalversammlung verabschiedete Gesetze einlegte. Das erste, vom 9. November 1791, betraf die eine Stütze des Throns, den Adel: Den Emigranten wurde die Beschlagnahme ihrer Besitztümer und ihre Verurteilung zum Tode angedroht, wenn sie nicht umgehend nach Frankreich zurückkehrten. Das zweite Gesetz vom

29. November, gegen die andere Stütze, den Klerus, gerichtet, sprach den eidverweigernden Priestern Bürgerrechte und Pensionsbezüge ab und drohte ihnen Ausweisung an. „Ich habe so oft getan, was die anderen wollten, so daß ich einmal tun kann, was ich wünsche", sagte Ludwig XVI. und machte zweimal von dem ihm in der Konstitution zugestandenen Vetorecht Gebrauch.

Wenn schon nicht gegen den Buchstaben, so habe er doch gegen den Geist der Verfassung verstoßen, entgegneten ihm radikale und auch gemäßigte Abgeordnete. Im Parlament wie auf der Straße wurde gegen „Monsieur Véto" und die hinter ihm stehende „Madame Véto" agitiert. Die im September 1791 beschlossene konstitutionelle Monarchie war bereits zwei Monate später in Frage gestellt.

Im Zenit ihrer Macht und Schönheit war Marie Antoinette von Marie Louise Elisabeth Vigée-Lebrun porträtiert worden: 1778, mit dreiundzwanzig, noch als Rokokokönigin mit majestätischem Reifrock und einer Federkrone auf dem hochgetürmten Haar. 1783, mit achtundzwanzig, als Schönheitskönigin in einem die ansehnliche Figur hervorhebenden Musselinkleid und einem von aschblonden Locken umrahmten anmutigen Gesicht, ein Bild, das den Dichter Jean François La Harpe zu der Eloge hinriß: Der Himmel habe ihr das Königreich Frankreich gegeben, und Gesicht und Gestalt, die alle bewundern. Bei so viel Schönheit hätte sie kein Zepter gebraucht; durch ihre Tugenden habe sie sich die Herrschaft verdient.

Als diese Herrschaft in Frage gestellt wurde, verließ Madame Vigée-Lebrun im Oktober 1789 den Hof und das Land. Marie Antoinette hielt es weiterhin und nun erst recht für angebracht, in ikonengleichen Porträts den Franzosen ihre Königin vorzuführen.

Alexander Kucharski, ein in Paris lebender Pole, schien für diese Aufgabe geeignet zu sein. Ein erstes Porträt zeigte die Mitdreißigerin noch in majestätischer Haltung und mit hoheitsvollen Zügen, ein mit Bourbonenlilien geschmücktes Diadem im gestylten Haar und einen königsblauen, hermelinbesetzten Mantel um die linke Schulter. Aber schon ein weiteres Porträt, zu dem Marie Antoinette dem Maler in den Tuilerien Modell saß, kam ihrem wirklichen Zustand recht nahe: Schwermut in den Augen, ein zusammengekniffener Mund und statt einem königlichen Emblem nur noch Perlen im bleichenden Haar. Kucharski schuf dieses Porträt mit Pastellfarben auf rauhem Malgrund, als wollte er in den harten Zeiten der Revolution noch einmal die Pastellschönheit des Rokoko heraufbeschwören.

Ein zweites Pastellporträt der Königin begann Kucharski kurz vor der Flucht. Als sie aus Varennes zurückkam, holte er das angefangene Werk aus dem Versteck in den Tuilerien hervor, um daran weiterzuarbeiten. Marie Antoinette fand nicht mehr Zeit und Muße, dem Maler öfter und länger Modell zu sitzen, so daß das Porträt erst 1792 seiner Vollendung entgegenging. Nur noch das Gesicht interessierte den Maler: die von vielem Weinen gezeichneten Augen, ein Mund, den ein trauriges Lächeln umspielte, hektische Röte auf den Wangen.

Selbst dieses Bildnis fand die Sechsunddreißigjährige zu geschönt, wenn sie es mit ihrem Spiegelbild verglich. Sie sah eine abgemagerte Figur, ein bleiches, fast fahles Gesicht, blutleere Lippen, Augen, die ihr strahlendes Blau verloren hatten, ein weiß und schütter gewordenes Haar. Marie Antoinette war vorzeitig gealtert, und dieser persönliche Verfall bedrückte sie nicht minder als der Niedergang der Monarchie.

„Mein Gott", schrieb sie Mercy, „ist es möglich, daß ich, mit meinem angeborenen Charakter und mit dem Gefühle des Blutes, das in meinen Adern fließt, bestimmt sei, in einem solchen Jahrhundert und mit solchen Menschen meine Tage zu verbringen!“ In den widrigen Zeitläuften, bedroht von „Narren“ und „Schurken“ suchte sie persönlichen wie politischen Halt bei nahestehenden Personen.

Bei ihrem Gemahl, der in Apathie verfallen war, fand sie ihn nicht, und Fersen, der Freund, war weit weg. „Es ist absolut unmöglich, daß Sie jetzt hierher kommen, das hieße unser Glück aufs Spiel setzen, und wenn ich es sage, können Sie es glauben, denn ich habe den größten Wunsch, Sie zu sehen“, schrieb sie ihm am 7. Dezember 1791. Am 13. Februar 1792 kam er dann doch, im Auftrag seines Königs Gustav III. von Schweden, der nichts unversucht ließ, Ludwig XVI. und Marie Antoinette in Sicherheit zu bringen und damit den Fortbestand der Monarchie in Frankreich wie in ganz Europa zu gewährleisten.

Die Königsfamilie müsse baldmöglichst aus Paris gerettet werden, schrieb am 22. Dezember 1791 Gustav III. an Fersen, und am selben Tag an Marie Antoinette: „Ich sende dem König von Frankreich ein auf die derzeitigen Umstände bezügliches Memorandum. Ich bitte Eure Majestät es zu lesen, und, wenn es Ihnen nützlich erscheint, es zu unterstützen.“ Der Schwedenkönig, vom Mißlingen in Varennes nicht entmutigt, dachte an eine Flucht auf dem Seewege von der Kanalküste aus oder an eine solche auf dem Landweg in Richtung der Niederlande, diesmal, unter Vermeidung der Ortschaften, durch die dichten Wälder.

Das Memorandum und die Briefe erhielt Fersen in Brüssel, mit dem Auftrag, sie nach Paris zu bringen und in den Tuilerien mit Ludwig XVI. und Marie Antoinette zu erörtern. Der Graf übernahm gern die Rolle des Kuriers des Schwedenkönigs, die mit jener des Kavaliers der Franzosenkönigin verbunden war. „Die Königin hat eingewilligt, daß ich nach

Paris fahre", notierte er am 21. Januar 1792 in sein Tagebuch, und am 11. Februar: „Fuhr um 9 Uhr 30 ohne Diener mit Reutersvärd (einem schwedischen Offizier) im Kurierwagen ab. Wir hatten auf fingierte Namen ausgestellte Kurierpässe nach Portugal bei uns, dazu die Briefe und das Memorandum des Königs (von Schweden) an den König von Frankreich, adressiert an die Königin von Portugal."

Am 13. Februar 1792, gegen 17 Uhr 30, hatte Fersen unerkannt Paris erreicht. Zuerst begab er sich in der Rue Le Peletier zu François Goguelat, dem Sekretär der Königin, der ihn am Abend verkleidet in die Tuilerien brachte. „Ging auf meinem üblichen Wege zu *ihr*", notierte Fersen in sein Tagebuch. „Bin dort geblieben." Was bedeutete dieses „Resté là"? Hieß dies, daß er nicht nur die Nacht über in ihrem Appartement weilte, sondern auch mit einer anschmiegungsbedürftigen Marie Antoinette schlief? Oder suchte sie an ihm in ihrer verzweifelten Lage nur politischen Halt, besprach mit ihm – wozu ihn Gustav III. hergesandt hatte – die Möglichkeiten einer Flucht? War ihm, um nicht den Schloßwachen in die Hände zu fallen, nichts anderes übriggeblieben, als sich in ihren Gemächern zu verstecken?

Genaues weiß man nicht. Marie Antoinette schwieg sich aus, und Fersen äußerte sich widersprüchlich. Er habe am Abend seiner Ankunft in Paris das Königspaar gesehen, schrieb er seinem Freund Baron Taube, aber in seinem Tagebuch vermerkte er, daß er den König erst am darauffolgenden Abend gesehen habe. Sicher ist nur, daß Ludwig XVI. keine neue Flucht wagte, und Marie Antoinette, die vielleicht mit Fersen gerne auf- und davongegangen wäre, jedenfalls den in der Hauptstadt drohenden Gefahren zu entrinnen suchte, mußte dies hinnehmen und ihren Kavalier allein ziehen lassen. Am 14. Februar 1792, gegen 22 Uhr, schlich sich Fersen aus den Tuilerien, begab sich aber nicht, wie er ihr gesagt hatte, auf den Weg nach Spanien, sondern *stante pede* in die Rue de Clichy zu seiner Mâîtresse Eleonore Sullivan, die ihn im Hause Lord Crawfords, der sie aushielt, in einer Dachstube versteckte. Sieben Nächte und sechs Tage lang genoß sie die Anwesenheit ihres bevorzugten Liebhabers, und auch er wurde dort ohne Zweifel zufriedengestellt.

Über sein Zusammentreffen mit Marie Antoinette und Ludwig XVI. berichtete Fersen seinem Auftraggeber Gustav III.: Derzeit hielten die Majestäten – und auch er – eine Flucht für unmöglich. Indessen habe ihm die Königin versichert, „daß das Scheitern des ersten Versuches sie niemals von einem zweiten abschrecken würde“. Sie habe sich auch die Meinung des Schwedenkönigs „enthusiastisch zu eigen gemacht“, daß „jeder Vergleich mit den Rebellen nutzlos und unmöglich ist, und daß nur in der auswärtigen Hilfe das Mittel zur Wiederherstellung ihrer Autorität liegt“. Gustav III. war und blieb bemüht, eine europäische Koalition gegen die französische Revolution zustandezubringen, aber schon am 16. März 1792 wurde er auf einem Maskenball im Stockholmer Opernhaus durch ein Pistolenattentat tödlich verletzt.

„Das ist ein Schuß, der die Jakobiner freuen wird“, hatte der am 29. März seiner Wunde erliegende Gustav III. gesagt. In Paris jubelten Revolutionäre über den Tod des Gegenrevolutionärs. Die Königin, die um eine Hoffnung ärmer geworden war, sagte zu Madame de Tourzel: „Es ist unmöglich, nicht von Schmerz durchdrungen zu sein; aber man muß sich mit Mut waffnen, denn wer könnte verbürgen, nicht ein gleiches Schicksal zu erfahren?“

Bereits am 1. März 1792 war Kaiser Leopold II. eines natürlichen Todes gestorben. Seine Schwester meinte dennoch, er sei von Jakobinern vergiftet worden. Galt ihnen der Habsburger nicht als Inbegriff des Monarchismus und Feudalismus wie als Protektor der Autrichienne, hatte er sich nicht, nach langem Zögern, in allerjüngster Zeit mit dem Gedanken einer Intervention in Frankreich angefreundet? Jedenfalls wußte sie, was sie von ihm zu halten hatte und was von ihm zu erwarten war. Sein Nachfolger, der erst vierundzwanzigjährige Franz II., ihr Neffe, war für sie ein unbeschriebenes Blatt. Sofort schickte sie ihren Sekretär Goguelat nach Wien, um zu erfahren, wie er zu seiner Tante stünde und was er zu unternehmen gedächte, um ihr Thron und Leben zu erhalten. „Es gibt keine Zeit zu verlieren", drängte Marie Antoinette, „denn gegen uns verliert man keine."

Ihre Lage wurde mit jedem Tage kritischer. Für die Verschlechterung der Wirtschaftslage, den Verfall der Währung und die Verknappung der Lebensmittel wurden in erster Linie König und Königin verantwortlich gemacht. In einer Republik würde alles anders und besser werden, behaupteten Revolutionäre, die soziale Unruhen – Plünderungen von Lebensmittelgeschäften in Paris wie in der Provinz – für ihre politischen Zwecke auszunützen wußten.

Am 10. März 1792 erklärte Pierre Vergniaud, ein Sprecher der Partei der republikanischen Girondisten, in der in der Reithalle der Tuilerien tagenden Gesetzgebenden Versammlung: Von der Rednertribüne aus „sehe ich die Fenster des Schlosses, wo man die Gegenrevolution anzettelt, wo man auf die Mittel sinnt, um uns in die Greuel der Sklaverei zurückzuwerfen... Mögen alle jene, die dort wohnen, wissen, daß unsere Konstitution nur dem König die Unverletzlichkeit gewährt. Mögen sie wissen, daß das Gesetz ohne Unterschied die Schuldigen treffen, und daß es keinen einzigen als verbrecherisch entlarvten Kopf geben wird, der dem Schwerte entgehen kann".

Die Schloßbewohnerin Marie Antoinette hatte verstanden. Die Königin galt also nicht für „unverletzlich", die „Autrichienne" wurde für die Erzfeindin der Franzosen und „Madame Véto", die den König veranlaßt habe, von seinem Einspruchsrecht gegen Gesetze der Nationalversammlung Gebrauch zu machen, für die Hauptwidersacherin einer Volksherrschaft gehalten. Unter dem Schloßbalkon wurde ein aus Pappmaché gefertigter und auf eine Pike gespießter Kopf Leopolds II. hin- und hergetragen, und ein Journal kommentierte: „Leopold ist tot; aber der fürchterlichste unserer Feinde ist voll Leben und wohnt mitten unter uns. Der Verstorbene ist ins Grab gestiegen; er hinterläßt uns seine Schwester!"

Wenn man schon umkommen müsse, so sollte es doch wenigstens mit Ehren geschehen und ohne zu wanken, bis man sie beide auf den Boden ihrer Schloßgemächer niederstrecke, bedeutete die Königin dem König. Selbst eine solche Szene vermochte Ludwig nicht aus seiner Stumpfheit herauszureißen. Marie Antoinette, die zunächst auf eine diplomatische Demarche der europäischen Monarchien gesetzt hatte, erhoffte sich eine Rettung jetzt nur noch von einem militärischen Einmarsch. Dann – so ließ sie durch Goguelat in Wien ausrichten – würde sich ein großer Teil der Nation um den Thron scharen und die Invasoren als Befreier begrüßen.

Der Emissär fand offene Türen in Wien. Noch Leopold II. hatte sich in die von seiner Schwester gewünschte Richtung bewegt, obgleich Staatskanzler Kaunitz die Notrufe Marie Antoinettes als „Gemeinplätze" abgetan und zu bedenken gegeben hatte: Selbst wenn man die anderen Monarchien für ein gemeinsames Vorgehen gewinnen wollte, sei es fraglich, wann oder ob überhaupt eine Übereinstimmung erzielt werden könnte. Das Temporisieren und Finassieren der Diplomaten war nicht die Sache des jungen Kaisers Franz II., der am liebsten wie ein Husarenleutnant sofort den Säbel gezückt und Attacke geritten hätte.

Doch die europäischen Mächte glichen eher einer schweren Reiterei, die sich Zeit zum Aufsatteln und zum Antraben ließ. Französische Revolutionäre fackelten nicht lange. Bereits im Dezember 1791 hatte Jacques Pierre Brissot, ein Abgeordneter der auf der Linken tonangebend werdenden Girondisten, auf die Unvermeidlichkeit eines Krieges hingewiesen: „Ein Volk, das nach zehn Jahrhunderten der Sklaverei seine Freiheit errungen hat, braucht den Krieg; der Krieg ist notwendig, um die Freiheit zu festigen." Am 17. Januar 1792 forderte Brissot in der Nationalversammlung die Kriegserklärung an Österreich, um die Brutstätte der Gegenrevolution in der Hofburg und mit ihr das „österreichische Komitee" in den Tuilerien lahmzulegen.

Auch der am 15. März 1792 Außenminister gewordene Charles François Dumouriez, ein Girondist und General, war zum Krieg entschlossen. Die Königin mißtraute dem Revolutionär, der ihr die Hand küßte und ihr anbot, sich von ihm retten zu lassen. Doch nun erhoffte sie sich eine Rettung durch den Krieg, den der militante Minister gegen ihr Österreich beginnen wollte und von dem sie sich eine Niederlage der Revolutionsarmee und ein Wiedererstarken der Königsherrschaft erwartete: „Die Dummköpfe! Sie begreifen nicht, daß sie uns damit dienen!" schrieb Marie Antoinette an Fersen, und an Mercy: So kritisch auch die Möglichkeit eines Krieges zu bewerten sei, „mit ihr kann der Thron rascher und sicherer wieder aufgerichtet werden, als mit jeder anderen; und wenn kein Fehler gemacht wird, wenn man die Nation auf seine Seite bringt und sie an ihr zu behalten versteht, dann steht man auf festerem Boden als zuvor".

Ähnliche Gedanken gingen Ludwig XVI. durch den Kopf. Siegte Frankreich in dem von seinem König im Einvernehmen mit dem Parlament erklärten und von ihm „als oberstem Chef der Streitkräfte zu Wasser und zu Lande" geführten Krieg, würden sein Prestige und seine Position gefestigt werden. Siegte jedoch Österreich mit seinen Verbündeten – was er für wahrscheinlicher hielt und es ihm nicht unwillkommen gewesen wäre –, würde er sich der Beschränkungen seiner Autorität durch die Verfassung entledigen und wiederum die volle Monarchengewalt ausüben. Mögliche Gefahren übersah er nicht. Könnte nicht ein Krieg mit dem Nationalismus den mit ihm verbundenen Konstitutionalismus stärken, so daß bei einem französischen Sieg der Monarch noch schwächer werden würde? Könnte nicht nach einer französischen Niederlage der König, der auf die Feinde der Nation gesetzt hatte, über kurz oder lang seinen Thron verlieren?

Auch Marie Antoinette schwankte zwischen Hoffen und Bangen. Nach außen hin demonstrierte sie Unerschrockenheit. Der russische Gesandte Simolin, der sie auf Gefahren aufmerksam machte, die eine Intervention der Mächte für die Königsfamilie heraufbeschwören würde, bekam zu hören: „Ich will lieber alle Gefahren bestehen, als länger in dem Zustande der Herabwürdigung und des Unglücks leben, in dem ich mich befinde." Im Falle eines Krieges, den die Assemblée législative beginnen wolle und dem sich Österreich nicht entziehen könne, „braucht man sich wegen unserer Sicherheit nicht mehr zu beunruhigen", ließ sie Mercy wissen. „Es gibt nichts Schlimmeres als zu bleiben, wie wir sind; von der Zeit und im Innern ist keine Hilfe mehr zu erwarten. Der erste Augenblick wird hier schwierig zu überstehen sein, dazu wird eben große Geduld und Umsicht vonnöten sein."

Zuversicht zeigte sie nach außen, aber in ihr nagte der Zweifel, ob sie die mit einem Krieg verbundenen Gefahren unbeschädigt überstehen würde. Könnten nicht „Haß, Mißtrauen und Unverschämtheit", die ihr jetzt schon entgegenschlügen, gewaltig anschwellen und sie, ihre Familie und den Thron verschlingen? Ostern 1792 erschien ihr nicht als Ankündigung der Erlösung, sondern als Fortsetzung der Leidenszeit. Schon eine Woche später bekam sie ein „Crucifige" zu hören. Am 15. April, als sich die Kriegswolken zusammenballten, eskalierte in Paris eine Feier zur Freilassung der Soldaten vom Regiment Châteauvieux, die wegen Meuterei verurteilt worden waren, zu einer antimonarchischen Kundgebung.

„Le Père Duchesne", das Kampfblatt des Jakobiners Jacques René Hébert, hetzte gegen die Monarchie im allgemeinen und die Königin im besonderen: „Ich glaube sie hinter ihrer Jalousie zu bemerken, wie am Festtage Voltaires (dessen Gebeine auf Beschluß der Nationalversammlung am 11. Juli 1791 im Panthéon beigesetzt wurden); damals brüllte sie wie ein angeketteter Tiger, weil sie sich nicht an unserem Blute sättigen konnte... Zu den Piken, tapfere Sansculotten! Schärft sie, um die Aristokraten auszurotten, wenn sie sich heranwagen. Möge dieser schöne Tag der letzte ihrer Herrschaft sein! Wir werden keine Ruhe haben, als bis der letzte Aristokratenkopf abgeschlagen ist."

Die Sansculotten – Radikalrevolutionäre, die nicht, wie Aristokraten, Culottes, Kniehosen, sondern, wie Proletarier, lange Hosen trugen – waren auf dem Marsch in den Bürgerkrieg und in den Staatenkrieg. „Man will hier absolut den Krieg; um so besser, wenn das alle Welt mobilisieren kann, denn unsere Lage ist nicht mehr erträglich", schrieb Marie Antoinette am 15. April an Fersen, fügte am 19. April hinzu: Die Minister und die Girondisten „lassen den König morgen dem Hause Österreich den Krieg erklären".

Die französische Nation schreite „zur Verteidigung ihrer Freiheit und Unabhängigkeit", hieß es am 20. April 1792 in der Kriegserklärung „gegen den König von Ungarn und Böhmen". Defensive war angesagt, Offensive anvisiert, „ein Kreuzzug der Liberté", zu dem der mit den Girondisten marschierende Deputierte Condorcet in der „Chronique de

Paris" aufrief und die Parole ausgab: „Friede den Hütten, Krieg den Palästen!"

Marie Antoinette hoffte, daß der herausgeforderte Habsburger dem Bourbonen die Königsmacht und Frankreich den Frieden in der monarchischen Ordnung zurückbringen würde. Aber sie fürchtete, daß die Revolutionäre nicht nur der Hofburg in Wien, sondern auch den Tuilerien in Paris den Krieg erklärt hatten.

Siebzehntes Kapitel
Ende mit Schrecken

„Nicht länger straflos uns verhöhne/ Tyrannei und Feindesmacht“, tönte das Kriegslied der Revolution, die Marseillaise. „Zu den Waffen, Bürger, schließt die Reihen,/ mit Feindesblut laßt unsre Erde weihen!“ Das Kampflied richtete sich nicht nur gegen den äußeren Feind, Österreich und das mit ihm verbündete Preußen, sondern auch gegen den mit ihnen im gegenrevolutionären Geiste verbundenen inneren Feind: den König, die Königin, die Royalisten.

Marie Antoinette erkannte die Gefährlichkeit dieser Doppelstrategie für sich und die Ihren und warb für ein Auseinanderhalten des äußeren und des inneren Konflikts. „Der Krieg ist erklärt“, schrieb sie am 30. April 1792 in einem zur Weiterleitung bestimmten Brief an Mercy. Die Alliierten müßten „den Schein vermeiden, als wolle man sich von vornherein in die inneren Angelegenheiten mischen“ oder auch nur einen Ausgleich „zwischen allen unseren Parteien herstellen“. Freilich sei es zu wünschen, „daß der vom Wiener Hof eingeschlagene Weg die Franzosen dahin führe; aber diese Absicht muß sehr verborgen bleiben; denn ihre vorzeitige Verlautbarung würde ihre Ausführung unmöglich machen. Die Franzosen würden stets jede politische Intervention der Fremden in ihre Angelegenheiten zurückweisen, und der Nationalstolz hängt derart an dieser Idee, daß es dem König unmöglich ist, sie unberücksichtigt zu lassen, wenn er sein Königtum wiederherstellen will“.

Um dieser Auffassung Nachdruck zu verleihen, sandte Ludwig XVI. den Schriftsteller Jacques Mallet du Pan zu den Emigranten nach Koblenz mit der Aufforderung, „dem gegenwärtigen Kriege nicht durch eine feindselige und offensive Mitwirkung den Charakter eines auswärtigen, von Macht gegen Macht geführten Krieges zu nehmen". Den verbündeten Österreichern und Preußen sollte der Emissär nahelegen, den Franzosen zu erklären, daß man die Integrität Frankreichs nicht antasten und ihnen kein Regierungssystem auferlegen wolle, aber „daß man sich zur Wiederherstellung der Monarchie und der rechtmäßigen königlichen Autorität rüste, so wie sie Seine Majestät selbst zu umgrenzen gedenkt".

Um den Nationalismus der Franzosen nicht anzuheizen, sollten sich die Emigranten zurückhalten und die Mächte kundmachen, daß sie einen Staatenkrieg und keinen Interventionskrieg zu führen gedächten. Dies war Taktik, und das blieb die Strategie: die Wiederherstellung der Königsmacht, die zu begrenzen einzig und allein Sache des Monarchen sei. Doch diese Absicht wurde von allen durchkreuzt: von Emigranten, die unter dem Lilienbanner in Frankreich einmarschieren wollten, von Österreich und Preußen, die sich zu einem gegenrevolutionären Kreuzzug anschickten, und von Franzosen, die von einem Einverständnis ihres Monarchen mit dem Nationalfeind ausgingen und daher auch gegen den Intimfeind mobil machten.

Die ideologisch, aber nicht militärisch gerüstete Revolutionsarmee scheiterte bei ihrem ersten Vorstoß in die österreichischen Niederlande. Mehr als die Hälfte der königlichen Offiziere war emigriert, reguläre Truppen wie das Regiment Royal Allemand und die Husaren de Saxe zum Feind übergelaufen. Die Freiwilligen waren zunächst damit beschäftigt, mit Vorgesetzten abzurechnen; General Dillon wurde von seinen Soldaten umgebracht.

Verantwortlich für die Niederlage wurde vor allem Marie Antoinette gemacht, die ihre Genugtuung über den Erfolg der Österreicher kaum zu verbergen vermochte. Die Königin wurde verdächtigt, im geheimen Einvernehmen mit dem Feind zu stehen, ihm militärische Informationen zugehen zu lassen. Tatsächlich hatte sie bereits am 26. März Mercy unterrichtet, daß Dumouriez beabsichtige, gegen Lüttich vorzustoßen, und am 30. März an Fersen nach Brüssel geschrieben: „Es ist entscheidend wichtig, daß bei Lüttich Vorsichtsmaßnahmen ergriffen werden", und ihn am 5. Juni gewarnt: Ein Angriff stehe unmittelbar bevor.

Dies wußten ihre französischen Gegner nicht, aber sie trauten es ihr zu, und jede Nachricht eines Mißerfolgs der Revolutionsarmee fachte den Haß gegen die Autrichienne weiter an. Das „österreichische Komitee" in den Tuilerien bereite eine Bartholomäusnacht gegen die Patrioten vor, behauptete das Linksblatt „Annales patriotiques". In einer Schmähschrift wurden Marie Antoinette die Worte in den Mund gelegt: „Mein einziges Vergnügen wird es sein, zu sehen, wie Paris in seinem eigenen Blute ertrinkt." Ein in Frankreich lebender Grieche schrieb nach Hause: „Wundert Euch nicht, wenn ich Euch eines Tages die Ermordung des unglücklichen Königs und seiner Gemahlin melde."

Schon wurde von Demonstranten, die vor die Tuilerien zogen, der Kopf der Königin verlangt. Sie nahm einen Hund mit in ihr Schlafzimmer, der sie vor Eindringlingen warnen sollte. Im Brief vom 5. Juni 1792 an Fersen wagte sie nicht mehr in der Ichform zu schreiben, nur noch von „Freunden" zu sprechen, „die eine glückliche Wendung ihrer Verhältnisse für ausgeschlossen oder jedenfalls für weit entfernt halten. Wenn Sie es können, trösten Sie sie in dieser Beziehung, sie haben es nötig; ihre Lage wird von Tag zu Tag schrecklicher". Fersen schrieb zurück: „Mein Gott! Wie Ihre Lage mich quält und schmerzlich bewegt. Versuchen Sie, in Paris zu bleiben; man wird Ihnen zu Hilfe kommen. Der König von Preußen ist dazu entschlossen, damit können Sie rechnen."

Doch die Preußen schossen nicht so schnell, wie erwartet, und die Österreicher waren auf Zaudern abonniert. Zwar wurde der Marsch der verbündeten Streitkräfte unter dem Kommando des Herzogs Karl Ferdinand von Braunschweig auf Paris beschlossen, aber es dauerte und dauerte, bis sich der Heerwurm in Bewegung setzte und langsam in Richtung Nordostfrankreich kroch. Erst Ende Juli kamen 45 000 Preußen und 6000 Hessen am linken Rheinufer an, während ein österreichisches Korps an der belgischen Grenze und ein weiteres am Oberrhein zur Unterstützung des Hauptheeres aufmarschierte. 8000 Emigranten schlossen sich den Alliierten an.

Inzwischen hatte in Paris die Nationalversammlung politische Präventionsschläge gegen die Gegenrevolution unternommen. Am 27. Mai 1792 beschloß sie die Deportation jedes von zwanzig vollberechtigten Bürgern denunzierten eidverweigernden Priesters. Am 8. Juni dekretierte sie die Zusammenziehung von 20 000 Milizen aus allen Départements vor den Toren der Hauptstadt, um Druck auf den König zugunsten der Girondisten auszuüben. Einer ihrer Minister, die im Gegensatz zu Generälen den Krieg fortsetzen wollten, Jean Marie Roland de la Platière warnte Ludwig XVI.: Wenn er den Dekreten die Sanktion verweigere, er „das unversöhnliche Mißtrauen eines betrübten Volkes, das in seinem König nur mehr den Freund und Mitschuldigen der Verschwörer sähe“, erregen würde.

Das ging dem Monarchen zu weit. Bestärkt von der Königin, legte er sein Veto gegen die Dekrete vom 27. Mai und 8. Juni ein, entließ Roland und zwei weitere girondistische Minister. Nach der Demission von Dumouriez, der die militärische der politischen Front vorzog, bildete er ein Ministerium aus gemäßigten Feuillants. Die Empörung in Paris richtete sich in erster Linie gegen die Königin: „Madame Véto“, ereiferte sich „Père Duchesne“, tanze dem Volk auf der Nase herum; deshalb sei es höchste Zeit, „daß wir die Königin tanzen lassen“.

Die Nationalversammlung gedenke „20 000 Schufte“ vor Paris zu versammeln, die den König und die Königin „niedermetzeln“ könnten, befürchtete Marie Antoinette und begrüßte das Veto Ludwigs gegen das Dekret vom 8. Juni. Auch der Einspruch gegen jenes vom 27. Mai kam ihr sehr gelegen. Priestern, die den Eid auf die neue Kirchenverfassung verweigerten, gehörte ihre Sympathie. Priester, die den Eid auf die „Constitution civil du clergé“ geleistet hatten, erregten ihre Abscheu, auch der Pfarrer von Saint-Eustache, den sie nicht mehr als Beichtvater haben wollte.

Vergebens hatte sie ein Veto gegen das Dekret vom 29. Mai erwartet, das die Auflösung der Schutzgarde des Königs verfügte. Sie bestand zu einem Drittel aus Linientruppen und zu zwei Dritteln aus loyalen Nationalgardisten. Dies sei eine Avantgarde der Konterrevolution, erklärte der Jakobiner Claude Basire in der Nationalversammlung, beantragte deren Auflösung und setzte sich damit durch. Vergebens suchte einer der Kommandanten der Schutzgarde, Monsieur d’Hervilly, Ludwig XVI. zu einem Gegenschlag gegen die Radikalen zu überreden: „Die Schurken sind schwach, wenn man ihnen widersteht, und dieser Tag kann ein für die Verteidigung der königlichen Sache sehr kostbarer Tag sein.“ Die Königin sagte zu Madame de Tourzel: „Der Vorschlag von Monsieur d’Hervilly ist großartig und ehrenhaft; der König kann sich nicht entschließen, ihn anzunehmen, und in dieser Situation würde ich mir einen Vorwurf daraus machen, seinen Entschluß zu beeinflussen.“

Diese Zurückhaltung sollte sie bald bereuen. Am 20. Juni 1792, dem dritten Jahrestag des Ballhausschwurs in Versailles und dem ersten Jahrestag der Flucht der königlichen Familie aus Paris, versammelten sich im Faubourg Saint-Antoine beim Bierbrauer Antoine Joseph Santerre zum Gegenschlag gegen „Monsieur und Madame Véto“ entschlossene Republikaner. Tausende von bewaffneten Sansculotten zogen aus Vorstädten in die Innenstadt, zuerst zur Nationalversammlung, um ihr „Petitionen der Pariser Sektionen“ zu übergeben: „Die Exekutivgewalt“ – der König und seine Feuillantminister – „ist nicht im Einklang mit euch. Wir brauchen dafür keine weiteren Beweise: die Entlassung der patriotischen (girondistischen) Minister genügt. Soll also das Glück eines freien Volkes derart von der Laune eines Königs abhängen?... Wir beklagen uns über die Untätigkeit unserer Armeen. Wir fordern, daß die Ursache dafür erforscht wird. Liegt es an der Exekutivgewalt, dann hinweg mit dieser!“

In die Reithalle, das Plenum der Nationalversammlung, fand nur ein Teil der Demonstranten Einlaß. Das Gros ergoß sich in den Tuileriengarten und drang in das Schloß ein. Die königliche Familie, die sich in das Schlafzimmer Ludwigs XVI. zurückgezogen hatte, vernahm mit Entsetzen das Krachen der eingeschlagenen Türen und das Geschrei des immer näherkommenden Haufens. Die Königin und ihre Kinder wurden in das Zimmer des Dauphins gebracht, der König und Madame Elisabeth traten den Eindringlingen entgegen. „Nieder mit dem Veto!“ forderten sie. Er habe getan, was ihm die Verfassung gestatte, antwortete der König und weigerte sich, seine Einsprüche zurückzunehmen. Aber er konnte nicht umhin, sich eine rote Jakobinermütze aufzusetzen und aus einer Weinflasche auf das Wohl der Nation zu trinken.

Die Königin hatte versucht, sich an die Seite des Königs zu begeben, war jedoch von den sie umgebenden Getreuen zurückgehalten worden. Der Wut der Schloßstürmer, die „Madame Véto“ noch mehr als „Monsieur Véto“ haßten, konnte sie nicht entgehen. Nachdem sie ihre Gemächer verwüstet hatten, drangen sie bis zum Konferenzzimmer vor, in das sie sich geflüchtet hatte. Blaß und zitternd saß sie mit ihren Kindern in einer Fensternische, hinter dem großen Ratstisch, den treugebliebene Grenadiere als Barrikade vor sie geschoben hatten. Stundenlang mußte sie Verwünschungen und Drohungen über sich ergehen lassen. „Du bist eine ehrlose Person, wir werden dich aufhängen!“ wurde ihr zugerufen und ihr Miniaturgalgen und Miniaturguillotinen entgegengehalten.

Endlich räumten die Sansculotten das Schloß, um auf den Straßen und in den Kneipen ihre Heldentaten zu feiern. Marie Antoinette warf sich weinend in Ludwigs Arme. „Es ist ein Wunder, daß ich noch lebe. Der 20. Juni war schrecklich“, schrieb sie Fersen. „Ich sende einen Boten an Mercy; ich habe ihn sehr dringend ermahnt, zu insistieren, daß man endlich spricht und so auftritt, daß das hier Eindruck macht. Die Zeit drängt; man kann nicht länger warten.“

Die Alliierten waren noch weit, aber Lafayette kam. In einem letzten Versuch, die konstitutionelle Monarchie vor den vorwärtsstürmenden Radikalrevolutionären in Frankreich und den aus dem Ausland heranrückenden Gegenrevolutionären zu retten, verließ der General seine Ardennenarmee, deren Kommando er nach dem Verlust des Oberbefehls über die Nationalgarde und seiner Niederlage bei der Pariser Bürgermeisterwahl übernommen hatte. Lafayette traf am 27. Juni in Paris ein. Eine Chance für sein Vorhaben sah er in den Ergebenheitsadressen aus 70 Départements für den am 20. Juni insultierten Monarchen und einem von 20 000 Parisern unterschriebenen Bittgesuch um Verfolgung der Aufrührer. Am 28. Juni verlangte der General im Namen der Armee vor der Nationalversammlung die Bestrafung der Tuilerienstürmer, die Auflösung des Jakobinerklubs und Maßnahmen zur Verteidigung der verfassungsmäßigen Institutionen, der Volksvertretung wie des Königtums.

Die Nationalversammlung wollte sich vom General nichts diktieren und Marie Antoinette von Lafayette nicht schützen lassen. Sie verwarf sein Angebot, in Paris mit loyalen Truppen für Ordnung zu sorgen und das Königspaar nach Compiègne in Sicherheit zu bringen. Ludwig war nicht abgeneigt, aber die Königin wollte nach wie vor vom „Helden zweier Welten" nichts wissen, der amerikanische Zustände in Frankreich eingeführt und damit Demokraten und Republikanern Tür und Tor geöffnet habe. „Lieber untergehen als von Monsieur de Lafayette gerettet werden", sagte Marie Antoinette, die ihre Hoffnung auf eine Restauration des Ancien Régime durch die österreichischen und preußischen Truppen nicht aufgab.

An der Front, wohin der in der Hauptstadt abgeblitzte General zurückkehrte, mußte die Revolutionsarmee eine Niederlage nach der anderen einstecken. „Bürger, das Vaterland ist in Gefahr", erklärte am 11. Juli 1792 die Nationalversammlung – nicht deshalb, wie der Girondist Brissot kommentierte, „weil es an Männern fehlt, die Waffen tragen können, nicht weil unsere Festungen in schlechtem Zustand wären, sondern weil man unsere Kraft gelähmt hat; und wem verdanken wir diese unheilvolle Lethargie? Einem einzigen Mann, den die Nation zu ihrem Oberhaupt gemacht hat und den niederträchtige Höflinge zum Feind der Nation gemacht haben."

„Es ist mehr als Zeit, daß die Mächte ein kräftiges Wort sprechen", schrieb die Königin, gegen die am meisten gehetzt wurde, an Mercy, und an Fersen: „Mit Unruhe sieht man dem Föderationsfest entgegen, man fürchtet, daß dieses religiöse und patriotische Fest nur einem Angriff auf die Tuilerien zum Vorwand dienen soll." Am 14. Juli 1790, dem ersten Jahrestag des Bastillesturms, hatten sich König und Volk am Altar des Vaterlandes vereinigt. Am dritten Jahrestag, befürchtete Marie Antoinette, würde sich das Volk endgültig vom König trennen.

Die Nationalversammlung hatte das Veto des Monarchen gegen eine Zusammenziehung von 20 000 Milizen vor Paris für unwirksam erklärt. So zogen „Fédérés", meist Jakobiner, aus den Départements heran, hielten nicht vor den Toren der Hauptstadt inne, sondern verstärkten in ihr die republikanischen Kader.

Die Königin, die mit dem König am 14. Juli am Föderationsfest teilzunehmen hatte, bangte um ihr Leben und um das ihres Gemahls. Sie ließ ihm einen Brustpanzer anfertigen. „Sie werden mich nicht meucheln, sie werden mich auf andere Weise sterben lassen", meinte Ludwig, und Marie Antoinette sagte: „Ich fange an, einen Prozeß gegen den König zu befürchten. Ich bin Ausländerin, mich werden sie morden."

Noch einmal legte Ludwig XVI. vor dem Altar des Vaterlandes auf dem Marsfeld den Eid auf die Verfassung ab. Für einen Meineid hielten dies die meisten der Zuschauer. „Den Gesichtsausdruck der Königin", schrieb Madame de Staël, „werde ich nie vergessen. Ihre Augen schwammen in Tränen; der Glanz ihrer Toilette, ihre würdevolle Haltung kontrastierten mit ihrer Umgebung. Nur einige Nationalgardisten trennten sie vom Pöbel."

Zum Aufatmen bestand kein Anlaß. „Paris ist beständig in Aufregung", schrieb Marie Antoinette am Tag darauf an Fersen, den sie auf dem laufenden hielt. 24. Juli: „Jeden Tag ändert sich die Szene, und immer ist man auf Vernichtung des Königs und seiner Familie aus... Die Truppe der Mörder wächst unaufhörlich." Fédérés, die zum Föderationsfest gekommen waren, blieben da. Am 30. Juli zogen 600 Marseiller in Paris ein, sangen das „Allons, enfants, de la patrie" und „Aux armes, citoyens!" das in Straßburg entstandene Kriegslied, das als „Marseillaise" populär wurde. Die Zahl der auswärtigen Sansculotten, die von Anführern der Jakobiner und Girondisten, die bisher nur über die Haufen der Vorstädte verfügt hatten, dirigiert wurden, wuchs auf über 5000 an.

„Man erwartet eine baldige Katastrophe", schrieb Marie Antoinette am 1. August 1792. Wenn man ihr und den Ihren nicht baldigst von außen zu Hilfe komme, sei mit der Königsfamilie das Königtum verloren. Die Österreicher und Preußen waren noch weit weg, aber ihr Oberkommandierender, der Herzog von Braunschweig, schickte ein Manifest voraus, bei dem ihm ein Emigrant – und auch Fersen – die Feder geführt hatten, und in dem die Kriegsziele der Alliierten verkündet wurden: Erstens, Restauration der unbeschränkten Monarchie. Zweitens, Bestrafung der Aufrührer. Drittens, der österreichische Kaiser und der preußische König erklären: Wenn die Tuilerien gestürmt oder sonst beschädigt werden, „wenn die mindeste Beleidigung dem König, der Königin und der ganzen königlichen Familie zugefügt, nicht unmittelbar für ihre Sicherheit, ihr Leben und ihre Freiheit gesorgt wird, sie eine beispiellose und für alle Zeiten denkwürdige Rache nehmen und die Stadt Paris einer militärischen Exekution und einem gänzlichen Ruine preisgeben, die Verbrecher selbst aber dem verdienten Tode überliefern werden".

Das am 25. Juli 1792 erlassene Manifest wurde Ende des Monats in Paris bekannt. Die Königin schöpfte neue Hoffnung. Sie hatte auf ein solches, in harter Sprache abgefaßtes Manifest gedrängt, „da es dem König natürlich viele aus seiner Umgebung zurückgewinnen und ihm selbst Sicherheit bringen wird". Das Gegenteil war der Fall. Das Manifest vermehrte in Frankreich die Angst vor der Gegenrevolution und festigte die Entschlossenheit der Radikalrevolutionäre, mit dem Blut der äußeren wie der inneren Gegner „unsere Erde zu weihen", wie die Marseillaise tönte. „Es ist Zeit", erklärte Danton, „dem Volke zu sagen, daß es sich in Massen auf den Feind stürze!"

„Der Träger der Exekutivgewalt ist das erste Glied in der Kette der Gegenrevolution", hieß es in der Petition, die Bürgermeister Pétion im Namen einer Deputation der Versammlung von 47 der 48 Pariser Sektionen am 3. August der Nationalversammlung vorlegte: „Weit entfernt, sich durch irgendeinen offiziellen Schritt dem äußeren und inneren Feind zu widersetzen, ist sein Verhalten ein förmlicher Akt permanenter Mißachtung der Verfassung. Solange wir einen solchen König haben, kann die Freiheit sich nicht festigen... Ludwig XVI. beruft sich unablässig auf die Verfassung; wir berufen uns unsererseits auf sie und fordern seine Absetzung." Um dieser Forderung Nachdruck zu geben, bewaffneten sich die Sektionen, traten an die Seite der kampfbereiten Föderierten und der zu ihnen überlaufenden Nationalgardisten.

Nur die Flucht aus Paris könnte das Leben Ludwigs XVI. und der Seinen noch retten und eine Chance bieten, den Thron mit Hilfe der heranrückenden Alliierten zu erhalten, bedeuteten Vertraute dem König und der Königin. Madame de Staël wollte die königliche Familie auf dem Landgut Lamotte bei Dieppe verstecken. Die Royalisten Moleville, Montmorin und Malouet dachten an Schloß Gaillon in der Normandie, von wo aus die Küste und England zu erreichen wären. Der König, bestärkt von der Königin, verwarf die Fluchtpläne: Wenn überhaupt, dann wolle er sich erst im allerletzten Moment absetzen. Vergebens hatte Malouet gewarnt: „Man muß zu einem Entschluß kommen; wir werden alle niedergemetzelt werden, und es wird nicht mehr lange dauern."

„Madame Véto gab das Versprechen,/ Ganz Paris zu erstechen", wurde vor den Tuilerien geschrien und gedroht, daß man ihr zuvorkommen würde. Marie Antoinette traute sich nicht mehr auf die Schloßterrasse, zog aus dem Erdgeschoß, wo sie allein gewohnt hatte, in den ersten Stock. Sie probierte einen Brustpanzer aus, überzeugte sich, daß ihn ein Dolch nicht durchstoßen könnte. „Im Augenblick gilt es, den Dolchen der Verschwörer auszuweichen und ihr Werk zu verei-

5. August 1792. Die Königsfamilie bei der letzten Messe in den Tuilerien.

teln", schrieb sie am 1. August an Fersen, doch an ein Gelingen glaubte sie nicht mehr.

Am Sonntag, dem 5. August 1792, ging die Königsfamilie zur Messe in die Kapelle der Tuilerien – zum letzten Mal. Auf dem Weg dorthin, in der Galerie, riefen Nationalgardisten: „Es lebe der König!" aber andere überschrien sie mit „Kein König mehr! Nieder mit dem Veto!" Bei der Vesper betonten die Sänger fortissimo den Vers: „Deposuit potentes de sede – die Mächtigen hat er vom Throne gestoßen." Fünf Tage später war es so weit.

Kurz vor Mitternacht, am 9. August 1792, stand Marie Antoinette, die keinen Schlaf fand, am Fenster und schaute auf die Hauptstadt, in der sich Unheil zusammenbraute. Am Nachmittag war der König gewarnt worden, mit einem Sturm auf die Tuilerien sei in Kürze zu rechnen. Die Stadtbehörden hatten 5000 Patronen verteilt, Kommissare der Sektionen die revolutionäre Kommune von Paris gebildet.

Marat rief zum letzten Gefecht gegen die Monarchie auf, und Danton gab das Signal zum Angriff.

Gegen 23 Uhr 45 wurde Marie Antoinette durch das Läuten der großen Glocke des ehemaligen Cordeliers-Klosters erschreckt, in das eine Sturmglocke nach der anderen einfiel. Trommeln schlugen den Generalmarsch, gaben das Signal zum Sammeln der Sansculotten in den Vorstädten und in den Quartieren der Föderierten. Die Königin ertrug den Lärm nicht mehr, trat vom Fenster zurück und setzte sich auf einen Hocker. „Die Etikette war aufgehoben", berichtete Pierre Louis Roederer, der Generalprokurator von Paris, der sich neben ihr auf einem Hocker niederließ. „Wann werden die Marseiller aufbrechen?" fragte sie ihn, und als er eine beruhigende Antwort gab, legte sie sich für eine Weile hin. Flintenschüsse ließen sie auffahren. In der Morgendämmerung des 10. August trat sie neben Madame Elisabeth an das offene Fenster: „Schauen Sie doch, wie die Morgenröte aufgeht", sagte die Schwägerin. „Die Sonnenscheibe tritt blutrot hervor."

Roederer wurde um Rat gebeten. Die königliche Familie solle sich unter den Schutz der Nationalversammlung stellen, empfahl er, „aber die Königin sagte darauf in einem sehr entschiedenen Ton zu mir: ‚Monsieur, es sind Streitkräfte da; es ist Zeit zu erfahren, wer den Sieg davontragen wird: der König und die Verfassung oder die Partei'." In und um die Tuilerien standen nur 900 Schweizer Gardisten sowie 900 Gendarmen und 2000 Nationalgardisten, auf die jedoch kein Verlaß war. Die 200 Edelleute, die ihren Willen bekundeten, ihren Monarchen zu verteidigen, waren unzureichend bewaffnet. „Wir sprachen in Gegenwart der Königin den Stand der Dinge noch einmal durch, als vom Garten her Geschrei und Pfiffe ertönten", berichtete Roederer. „Die Königin vergoß jetzt Tränen, ohne ein einziges Wort zu sprechen; sie wischte sich mehrmals die Augen."

Sie faßte sich rasch wieder und bewog ihren Gemahl, vor die Verteidiger der Tuilerien zu treten und ihnen Mut zuzusprechen. Ludwigs derangierte Frisur – die Perücke war nicht gepudert und auf einer Seite zerdrückt – entsprach seiner inneren Verfassung. Teilnahmslosigkeit stand ihm ins Gesicht geschrieben, als er gegen sechs Uhr morgens an den Schweizern vorbeischritt, die ihn mit „Es lebe der König!" begrüßten, Widerwille, als ihm Nationalgardisten „Es lebe die Nation!" und Resignation, als ihm Kanoniere „Verräter!" und „Dickes Schwein!" entgegenriefen.

„Blaß, mit hängenden Schultern und wie erloschen kehrte er in das Schloß zurück", erinnerte sich der Augenzeuge François de La Rochefoucauld-Liancourt. Er hatte die Zähne nicht auseinander gebracht, kein aufmunterndes Wort war über seine Lippen gekommen. Der König, sagte die Königin zu Madame Campan, habe keinerlei Tatkraft bewiesen; „diese Truppenrevue hat mehr Schlimmes als Gutes gebracht".

Nach außen hin suchte Marie Antoinette Gleichmut zu zeigen. „Die Königin", notierte La Rochefoucauld-Liancourt, „legte in dieser verhängnisvollen Nacht weder Bestürzung noch übertriebenen Heroismus an den Tag. Ich bemerkte an ihr weder Zorn noch Verzweiflung, noch irgendein Zeichen von Haß." In höchster Gefahr, „zwischen Furcht und Hoffnung", habe sie stets die Haltung bewahrt.

Gegen sieben Uhr morgens war die Vorhut der rund 10000 zählenden Aufständischen auf dem Carrousel-Platz vor dem Schloß angelangt. „Absetzung oder Tod!" wurde gerufen. „Eure Majestät haben keine fünf Minuten mehr zu verlieren; es gibt für Sie nur Sicherheit in der Nationalversammlung", drängte Roederer den König. „Aber wir haben doch hier eine Streitmacht", warf die Königin ein. Gegen ganz Paris, das im Anmarsch sei, bekam sie zu hören, sei Widerstand zwecklos. „Der König", berichtete Roederer, „hob den Kopf, sah mich einige Sekunden fest an und sagte dann, sich zur Königin wendend: ‚Gehen wir!'" Vergebens gab Marie Antoinette zu bedenken: Man könne doch die Menschen, die zur Verteidigung des Königs in den Tuilerien bereitstünden, nicht im Stich lassen.

Kurz nach acht Uhr begann der Auszug der Königsfamilie aus den Tuilerien. „Wir werden wiederkommen", tröstete Marie Antoinette einen Höfling. Hinter dem König ging die Königin mit dem Dauphin, es folgten Schwester und Tochter Ludwigs XVI. Dabei waren einige Getreue, darunter La Rochefoucauld-Liancourt, der notierte: „Der Königin liefen die Tränen über die Wangen, die sie von Zeit zu Zeit wegwischte und durch ein Lächeln wegzutäuschen suchte." Aber sie zitterte. „Die kleine Madame Royal weinte fürchterlich. Madame de Lamballe flüsterte mir zu: ‚Es gibt keinen Weg mehr zurück ins Schloß'!"

Vom Schloß zur Reithalle, dem Versammlungsort der Nationalversammlung, waren es kaum zweihundert Meter. Der Weg durch den Garten war mit Laub bedeckt. „Das sind viele Blätter", sagte der König, „sie fallen heuer frühzeitig ab." Erinnerte er sich, daß der Jakobiner Louis Pierre Manuel wenige Tage vorher in einem Journal geschrieben hatte: Die Monarchie werde das Abfallen der Blätter nicht überleben?

Der „Leichenzug der Monarchie", wie ihn Madame de Tourzel nannte, wurde vor der Reithalle von einer wütenden Menschenmenge angehalten, die nur den König, aber nicht die Königin in die Nationalversammlung einlassen wollte. Nach zehn Minuten gab sie den Weg frei. Ludwig XVI. setzte sich neben den Präsidenten und Marie Antoinette auf eine Ministerbank. Der kleine Dauphin wurde von einem Grenadier auf den Schreibtisch der Sekretäre gestellt. Das Kind wollte zu seiner Mutter. Nein, schrie ein Abgeordneter, der Kronprinz gehöre der Nation, nicht der des Vertrauens des Volkes unwürdigen Österreicherin.

10. August 1792: Sturm auf die Tuilerien. Zeichnung von Prieur.

10. August 1792: Einnahme der Tuilerien. Zeichnung von Prieur.

„Ich bin hierher gekommen, um ein großes Verbrechen zu verhindern, und ich denke, ich könnte nirgendwo mehr in Sicherheit sein als in ihrer Mitte", erklärte der König. Der Präsident, der Girondist Vergniaud, versicherte ihm, er könne auf die zur Verteidigung der konstitutionellen Autoritäten entschlossene Nationalversammlung zählen. Laut Verfassung dürfe die Legislative nicht in Anwesenheit des obersten Exekutivbeamten beraten, gab ein Deputierter zu bedenken. Dem König und seiner Familie wurde ein Platz hinter der Präsidententribüne angewiesen, wo gewöhnlich die Stenographen saßen. In dem winzigen, niedrigen und vergitterten Verschlag wurde die Königsfamilie samt einigen Begleitern in der Augusthitze zusammengepfercht.

Kaum waren sie dort untergebracht, als Gewehrsalven und Kanonendonner den Sturm auf die Tuilerien ankündigten. Der erste Angriff wurde von der Schweizer Garde zurückgeschlagen. Fliehende Aufständische stürzten in die Nationalversammlung, beschuldigten die Verteidiger, das Feuer eröffnet zu haben und verlangten die Absetzung des Königs. Ludwig XVI., entsetzt über das Blutvergießen und gedrängt von der Versammlung, schickte Monsieur d'Hervilly mit dem schriftlichen Befehl an die Schweizer, das Feuer einzustellen und das Schloß zu räumen. Es war seine letzte Amtshandlung.

Die Garde gehorchte und starb. Die niedergemetzelten Schweizer wurden entkleidet, und man steckte die Fetzen der Uniformen auf Piken und Bajonette. „Den Offizieren wurden die Eingeweide und das Herz aus dem Leibe gerissen", ließ sich die „Vossische Zeitung" aus Paris berichten. „Als der rasende Haufe in das Schloß eindrang, wurde alles, was königliche Livree hatte, alle Pagen, Hofbediensteten, Ludwigsritter und Hofleute ermordet… Sobald nichts mehr zu morden war, machten die Sieger sich über die Möbel und

Fenster des Schlosses her. Es blieb kein Spiegel, keine Fensterscheibe ganz. Die Betten wurden aufgerissen und die Federn aus den Fenstern geschüttet... Betrunkene Weiber zogen die Kleider der Königin und der Madame Elisabeth an."

Nicht nur im Schloß, auch im Tuileriengarten und den angrenzenden Straßen wurde gefeiert, gewütet und gemordet. „Ich sah gut angezogene Frauen", berichtete ein junger Artillerieoffizier namens Napoleon Bonaparte, „die sich an den Leichen der Schweizer Garde zu den letzten Unanständigkeiten hinreißen ließen. Ich war gegen jene, welche die Republik mittels des Pöbels begründen wollten." Dem Terror fielen mehr als tausend Menschen zum Opfer; der Sturm auf die Tuilerien hatte mindestens hundert Angreifern das Leben gekostet.

Während der Kampf tobte, saß die Königsfamilie in ihrem einer Gefängniszelle gleichenden Verschlag in der Nationalversammlung. Sie hörte den Lärm der Schlacht, sah Sieger in den Saal stürzen, die Geplündertes aus den Tuilerien herzeigten, die Absetzung Ludwigs XVI. und die Verfolgung der Bourbonen forderten, die solche Schätze angehäuft hatten.

Die Abgeordneten – von 750 waren nur 300 in die Reithalle gekommen – debattierten unter dem Druck der Straße, der von der revolutionären Kommune in Paris ausging, über den Fortgang der Revolution und das Schicksal der Königsfamilie. Noch an diesem 10. August 1792 dekretierte die Assemblée législative: „Das französische Volk wird aufgefordert, einen Nationalkonvent zu bilden... Der Träger der Exekutivgewalt, der König, wird vorübergehend seiner Befugnisse enthoben, bis der Nationalkonvent über die Maßnahmen entschieden hat, die er zur Sicherung der Volkssouveränität und Durchsetzung von Freiheit und Gleichheit für notwendig erachtet."

Der Aufstand vom 10. August 1792 habe gegenüber dem vom 14. Juli 1789 „Vorzüge, die erkennen lassen, wie die Aufklärung seit jener ersten Epoche der Revolution fortgeschritten ist", erklärte Robespierre. Nach der ersten, der liberalen Revolution, die eine konstitutionelle Monarchie anstrebte, hatte die zweite, die egalitäre Revolution begonnen, die mit sozialer Gleichheit eine demokratische Republik anvisierte. Die Kommune von Paris dekretierte ihre Akte nicht mehr mit „im Jahre IV der Liberté", sondern mit „im Jahre I der Égalité".

„Vor allem haltet den König, seine Frau und seinen Sohn in Gewahrsam", forderte Marat. Die Nationalversammlung bestimmte: „Der König und seine Familie bleiben, bis die Ruhe in Paris wiederhergestellt ist, im Schoß der Gesetzgebenden Gewalt." Im Verschlag der Reithalle konnten sie nicht ständig bleiben. Nach vierzehn qualvoll verbrachten Stunden wurden sie in Zellen des neben der Reithalle gelegenen Klosters der Feuillants eingeliefert, die seit mehr als zwei Jahren nicht mehr bewohnt worden waren. In jener Marie Antoinettes blätterte die verblaßte grüne Tapete ab, und die Mönchspritsche war hart und feucht. „Wir sind verloren", sagte die Königin zu Madame Campan, die ihr frische Wäsche und Kleider besorgte. „Jedermann hat zu unserem Verderben beigetragen." Nach wie vor war sie sich nicht bewußt, daß das Königspaar einen Anteil daran hatte: Ihr Gemahl, der sich mit der Rolle eines konstitutionellen Monarchen nicht abgefunden, und sie selbst, die auf die Wiederherstellung einer unbeschränkten Monarchie gesetzt hatte.

Drei Nächte mußten sie in den Zellen und drei Tage in dem Verschlag in der Reithalle verbringen und sich die Anschuldigungen der von der Kommune gesteuerten „Petitionäre" anhören, denen die Legislative, die eben ihre Ersetzung durch einen Nationalkonvent beschlossen hatte, kaum mehr zu widersprechen wagte. Zwar hatte sie beabsichtigt, die Königsfamilie im Palais du Luxembourg unterzubringen, aber sie beugte sich der aus dem Hôtel de Ville kommenden Forderung, den abzusetzenden König und die Seinen im Temple festzusetzen.

Der Temple war Sitz des geistlichen Ritterordens der Tempelherren in Paris gewesen. Nach dessen gewaltsamer Auflösung im Jahre 1307 zogen die Johanniter und Malteser ein. Im Palais des Großpriors residierte zuletzt der Graf von Artois, der Schwager Marie Antoinettes, die dort des öfteren zu Gast gewesen war. Aus dem Mittelalter waren zwei Türme übriggeblieben: der kleinere mit der Wohnung des Konservators des Temple-Archivs, und der größere, 50 Meter hoch, in dem – wie Marie Antoinette ahnte – die königliche Familie gefangengehalten werden sollte. „Sie werden sehen, daß sie uns in den Turm werfen und einen wirklichen Kerker daraus machen werden", sagte sie zu Madame de Tourzel. „Ich habe immer einen solchen Schauer vor diesem Turm gehabt, daß ich den Grafen von Artois gebeten habe, ihn abreißen zu lassen."

Am 13. August 1792, gegen 17 Uhr, fuhren zwei Hofwagen – die letzten, die Marie Antoinette zu Gesicht bekam – vor dem Kloster der Feuillants vor. In den ersten stiegen die Königsfamilie sowie Pétion, der Bürgermeister, und Manuel, der Prokurator der Kommune, die sich die Genugtuung nicht entgehen ließen, den Monarchen persönlich ins Gefängnis zu bringen. In der zweiten Kutsche nahm das zusammengeschrumpfte Gefolge des Königspaares Platz. Es war gezwungen worden, alle nicht zur Dienerschaft gehörenden Personen zu entlassen. Karl I., der unglückliche König von England, sei glücklicher als er gewesen; man habe ihm seine Freunde bis zum Schafott gelassen, sagte Ludwig XVI., und Marie Antoinette, zu den sich verabschiedenden Hofkavalieren gewandt: „Durch Ihre Gegenwart und Ihre Ergebenheit ließen Sie uns die schlimme Lage leichter ertragen; nun beraubt man uns dieses letzten Trostes."

Auf Umwegen wurden die Inhaftierten vom Kloster zum Temple gebracht, als wollte man sie möglichst lange den Flüchen der die Straßen säumenden Pariser aussetzen und ihnen vorführen, wie in der Hauptstadt damit begonnen worden war, Symbole der Königsherrschaft zu beseitigen. Auf der Place Vendôme sollten sie sehen, daß das Standbild Ludwigs XIV. vom Sockel gestürzt worden war. So behandle das Volk seine Könige, sagte Manuel zu Ludwig XVI., der erwiderte: „Es ist ein Glück für dasselbe, daß es seine Wut nur an leblosen Gegenständen ausläßt." Aber er und noch mehr Marie Antoinette befürchteten, daß sich das Volk schon bald an den Lebendigen vergreifen würde.

Nach zweistündiger Spießrutenfahrt war endlich der Temple erreicht. Wie eine Henkersmahlzeit kam Marie Antoinette das Souper vor, das ihnen im Palais serviert wurde. Anschließend wurde sie mit den Ihren in den kleinen Turm geführt, in dem sie so lange verbleiben sollten, bis der große Turm als Gefängnis instand gesetzt worden war.

Das Appartement des ausquartierten Archivars war nicht unwohnlich. Monsieur Barthélemy hatte es mit Geschmack eingerichtet und eine Bibliothek von über tausend Bänden dagelassen. Wenn die Königsfamilie am Nachmittag im Garten spazierenging, konnte sie Arbeiten am großen Turm beobachten. Die ihn umgebenden Mauern wurden erhöht, Gräben gezogen, die in seiner Nähe stehenden Bäume gefällt und die Fenster maskiert, durch die man über die Umfriedung hinausblicken konnte. Im Innern wurden in den zwei oberen der vier Stockwerke die Säle mit den gotischen Spitzbogengewölben durch hölzerne Zwischenwände und mit Leinwandplafonds in je vier Räume geteilt.

Die Arbeiten wurden von Pierre François Palloy geleitet, einem Bauunternehmer, der die Bastille miterobert hatte und mit deren Abbruch beauftragt worden war. Nun baute er im Temple an einer neuen Bastille, einem Gefängnis nicht mehr für Gegner der Monarchie, sondern für Ludwig XVI. und Marie Antoinette, die zu Feinden des Volkes erklärt worden waren.

„Madame steigt auf ihren Turm;/Weiß nicht, wann sie herabsteigen wird", grölten Sansculotten im Garten des Temple. Vor ihr mußten ihn andere verlassen: Zuerst Diener der Königsfamilie, dann Madame de Tourzel, die Gouvernante des Dauphin, und die Prinzessin von Lamballe, die Freundin Marie Antoinettes, die in das Gefängnis de la Force eingeliefert wurden. Die Verbliebenen suchten sich zunächst im kleinen Turm einzurichten und durch einen geregelten Tagesablauf sich das triste Dasein erträglicher zu machen.

Um sechs Uhr stand Ludwig in seinem Zimmer auf, Marie Antoinette in ihrem um sieben Uhr. Um neun Uhr wurde beim König gefrühstückt, um zehn Uhr versammelte sich die Familie bei der Königin im früheren Salon des Herrn Barthélemy. „Wir verbrachten den Tag gemeinsam", erinnerte sich Madame Royale, die damals vierzehnjährige Tochter. „Mein Vater unterrichtete meinen Bruder in Geographie, meine Mutter unterrichtete ihn in Geschichte und ließ ihn Gedichte lernen; meine Tante gab Unterricht im Rechnen. Mein Vater hatte zum Glück eine Bibliothek vorgefunden. Meine Mutter arbeitete an einer Stickerei."

Mittags vertauschten Marie Antoinette, Madame Elisabeth und Madame Royale ihre weißen mit braunen, kleingeblumten Kleidern. In Begleitung von Kommissaren der Kommune und einem Offizier der Nationalgarde gingen sie im Garten spazieren; der siebenjährige Dauphin spielte mit dem

Ball. Am Pförtchen des Turms stand der Schließer Rocher, der sich brüstete: „Marie Antoinette spielte die Stolze, aber ich habe sie gezwungen, sich herabzulassen. Ihre Tochter und Elisabeth machen vor mir gegen ihren Willen die Reverenz; das Pförtchen ist so niedrig, daß sie, um es zu passieren, sich wohl vor mir verbeugen müssen. Jedesmal blase ich dieser Elisabeth eine Rauchwolke aus meiner Pfeife ins Gesicht."

Nach dem Mittagessen, um 14 Uhr, wurde Karten gespielt, Ludwig machte ein Schläfchen, und Marie Antoinette widmete sich Handarbeiten; auch den dem König einzig verbliebenen Rock hatte sie auszubessern. Am Abend versammelte sich die Familie um einen Tisch, die Damen wechselten sich beim Vorlesen ab, der Herr gab Rätsel zum Lösen auf. Um 20 Uhr wurde der Dauphin zu Bett gebracht. Nach dem Souper um 21 Uhr verabschiedete sich Ludwig von Frau, Schwester und Tochter, und alle wurden in ihren Zimmern eingeschlossen.

Ständig wurden sie überwacht. Tagsüber ließen sie Kommissare der Kommune nicht aus den Augen, nachts blieb einer von ihnen in dem zwischen den Zimmern der Frauen gelegenen Gemach. Dem Dauphin durfte schon bald Arithmetik nicht mehr gelehrt werden, weil das als eine Hieroglyphensprache galt, die zu chiffrierten Mitteilungen hätte benutzt werden können. Alles, was man in den Turm brachte, wurde streng kontrolliert, das Brot aufgeschnitten und von den Speisen gekostet. Zeitungen waren nicht zugelassen; Neuigkeiten suchte der verbliebene Diener François Hue dadurch zu erfahren, indem er heimlich ein Fenster öffnete und auf die Straßenausrufe horchte.

Mit Ereignissen des 2. und 3. September 1792 wurden sie drastisch bekanntgemacht. Auf Betreiben Dantons und der Kommune, welche die Erregung der Pariser über das Eindringen der Invasionsarmee in Nordostfrankreich für eine

Die Königsfamilie im Garten des Temple.

Radikalisierung auszunützen gedachten, wurden Plakate angeschlagen. „Das Volk muß sich selbst Gerechtigkeit verschaffen. Bevor wir an die Grenze eilen, wollen wir die schlechten Bürger richten“ – in erster Linie Aristokraten und Kleriker, die inhaftiert worden waren. Die Sturmglocken wurden geläutet, Sansculotten fielen in die Gefängnisse ein, um „Volksjustiz“ zu üben. Weit über tausend Menschen wurden niedergemetzelt.

Unter den Opfern war auch die Prinzessin von Lamballe. Im Gefängnis de la Force, in das sie nach der Trennung von der Königsfamilie eingeliefert worden war, spielte sich Hébert, der Redakteur des „Père Duchesne“, als „Volksrichter“ auf. Wer vor ihn geführt wurde, hatte keine Chance, am Leben zu bleiben. Das Todesurteil sprach er mit einem zynischen „Élargissez-le – gebt ihn frei“ aus. Der Angeklagte, der annahm, entlassen worden zu sein, wurde beim Verlassen des Gefängnisses mit Säbelhieben, Pikenstößen oder Gewehrkolbenschlägen umgebracht. So erging es auch am Morgen des 3. September der dreiundvierzigjährigen Marie Thérèse von Savoyen-Carignan, Prinzessin von Lamballe. Dem Leichnam wurde der Leib aufgeschlitzt, die Brüste abgeschnitten, das Herz herausgerissen und der abgehackte Kopf auf eine Pike gesteckt und von einem johlenden Haufen zum Temple getragen, um ihn Marie Antoinette zu zeigen.

Gegen 15 Uhr, als König und Königin in ihrem Turm eine Partie Tricktrack spielten, stürzte Jean Baptiste Cléry, der Diener Ludwigs, schreckensbleich ins Zimmer. Er wagte nicht zu melden, was er eben im Hof gesehen hatte. An seiner Stelle entgegnete ein Nationalgardist auf die Frage des Königs, was denn geschehen sei: „Nun, mein Herr, weil Sie es wissen wollen, man will Ihnen den Kopf Frau von Lamballes zeigen.“ Die Königin, die es mit angehört hatte, fiel in Ohnmacht. „Das war der einzige Augenblick“, erinnerte sich ihre

Der Dauphin Louis Charles (Ludwig XVII.) im Temple.

Tochter, „da ihre Festigkeit sie verlassen hat." Den abgeschlagenen Kopf ihrer Freundin bekam sie nicht zu Gesicht. Sie dachte daran, daß sie ihr einen Ring geschenkt hatte, in dessen Kapsel sich eine Strähne ihres grauen Haares befand, „durch das Unglück ergraut", wie die Inschrift lautete.

Inzwischen waren die Haare der Sechsunddreißigjährigen weiß geworden. Der Tod der Prinzessin von Lamballe, bedeutete einer der Wächter der Königin, solle ihr zeigen, wie sich das Volk an Tyrannen zu rächen wisse. „Eines Abends", erinnerte sich ihre Tochter, „war ein Soldat der Stadtwache da, der tausend Beleidigungen ausstieß, als er eintrat; unter anderem sagte er, wir alle würden umkommen, wenn die Feinde sich näherten, und nur mein Bruder tue ihm leid; aber da er der Sohn eines Tyrannen sei, müsse auch er sterben."

Die äußeren Feinde hatten erste Erfolge erzielt. Am 19. August 1792 war Lafayette, der nach dem Sturm auf die Tuilerien die Hoffnung auf eine Erhaltung der konstitutionellen Monarchie aufgegeben hatte, auf dem Weg ins Exil nach Nordamerika in Flandern von den Österreichern verhaftet worden. Die Invasionsarmee hatte die Grenze überschritten; am 23. August war Longwy, am 2. September Verdun gefallen. Am 20. September begann sich das Blatt zu wenden. Nach der Kanonade von Valmy in der Champagne traten die Preußen den Rückzug an, verzichteten vorerst auf eine Gegenrevolution und überließen Ludwig XVI. und seine Familie ihrem Schicksal. „Von hier und heute", bemerkte Goethe, der bei Valmy dabeigewesen war, „geht eine neue Epoche der Weltgeschichte aus."

Am selben Tag wurde ein neues Kapitel in der Geschichte Frankreichs aufgeschlagen. Der nach allgemeinem Wahlrecht, aber indirekt gewählte Nationalkonvent zog in den freigewordenen Königspalast der Tuilerien ein. Unter den 750 Abgeordneten waren keine Royalisten, nicht einmal mehr Anhänger einer konstitutionellen Monarchie zu finden. Im Halbrund des Sitzungssaals rückten die 160 Girondisten nach rechts. Ihnen gegenüber, auf den obersten Rängen der linken Seite saßen die Montagnards, 140 Mitglieder der aus Jakobinern und Cordeliers bestehenden Bergpartei, unter ihnen Danton, Marat, Robespierre und Saint-Just. In der Mitte, in der „Plaine“ (Ebene) war der Platz der Abgeordneten, die zunächst zu den Girondisten neigten, doch zunehmend mit den Montagnards zusammenwirkten.

Der radikale Nationalkonvent, der die Gesetzgebende Versammlung abgelöst hatte, dekretierte am 21. September 1792, in seiner ersten öffentlichen Sitzung, einstimmig die Abschaffung des Königtums in Frankreich. Am nächsten Tag führte er eine neue Zeitrechnung ein, welche die Jahre nicht mehr von Christi Geburt an, sondern ab dem 22. September 1792 zählte – dem ersten Tag im ersten Jahr der Französischen Republik.

Die Abschaffung der Monarchie wurde am 21. September, gegen 16 Uhr, von einem Kommissar der Kommune unter den Fenstern des Temple-Turms so lauthals verkündet, daß es die Inhaftierten nicht überhören konnten. Sie waren niedergeschmettert, versuchten jedoch Haltung zu bewahren, weil sie von Hébert, der an diesem Tage die Wache hatte, beobachtet wurden. Ludwig habe so getan, als lese er in seinem Buche weiter, berichtete der Diener Cléry, und auch die Königin habe Festigkeit gezeigt. „Es entstand ein heilloses Durcheinander in dem Zimmer, in dem sich die Véto-Sippe aufhielt“, schrieb Hébert in seinem „Père Duchesne“. Als „der dicke Schurke“ vernahm, daß er abgesetzt worden sei, „ließ er sich zwar nichts anmerken, aber er erstickte beinahe vor Wut. Die Österreicherin behauptete, ihr sei unwohl, um ihren Gram zu verbergen“. Ludwig habe beim Abendessen tüchtig zugelangt, „Madame Véto jedoch hatte sich schon vorher hingelegt, nachdem sie statt der Suppe nur ein Glas Wasser zu sich genommen hatte“.

Das Dekret vom 21. September war für sie ein schwerer Schlag, ein fast noch schwererer die Nachricht vom Rückzug der Invasionsarmee, die sie am nächsten Tag vornahm. Sie mußte die Hoffnung fahren lassen, daß der „äußere Freund" sie von den „inneren Feinden" befreien würde, die sie von nun an nicht mehr wie eine Internierte, sondern wie eine Strafgefangene behandelten.

Am 29. September wurde allen „Papier, Tinte, Federn, Bleistifte und auch beschriebenes Papier" weggenommen und „Ludwig der Letzte", wie er in dem Beschluß der Kommune genannt wurde, in den großen Turm des Temple überführt. Der Umbau zu einem Gefängnis war noch nicht ganz abgeschlossen; er fand außer einem Bett keine Möbel vor. Nur sein Diener Cléry durfte ihn begleiten. „Als sie am 10. August das Volk mordeten, da weinten Sie nicht", sagte der zum Kommissar der Kommune aufgestiegene Schuster Antoine Simon zu Marie Antoinette, die ihrem Schmerz über die Trennung von ihrem Gemahl freien Lauf ließ. Zu Simon sagte sie: „Das Volk täuscht sich über unsere Gesinnung."

Ihre Tränen hatten die Bewacher, selbst den Schuster Simon, für einen Augenblick derart gerührt, daß die Familie bis auf weiteres ihre Mahlzeiten gemeinsam beim König einnehmen durfte. Am 26. Oktober mußte auch Marie Antoinette mit den Kindern und Madame Elisabeth in den Gefängnisturm umziehen. Der Dauphin wurde, wie die Aufsichtsbehörde verfügte, „den Händen der Frauen entzogen, um seinem Vater übergeben zu werden, bei dem er Tag und Nacht zu bleiben hat". In das im dritten Stockwerk gelegene Zimmer des Königs gelangte man durch eine Türe aus eisenbeschlagenem Holz und eine zweite aus Eisen in einen Vorraum, an dessen Wand die „Erklärung der Rechte des Menschen und des Bürgers" angeschlagen war, deren Artikel 8 lautete: „Niemand kann auf Grund eines Gesetzes bestraft werden, das nicht vor Begehung der Tat erlassen, verkündet und gesetzlich angewandt worden ist."

Die drei Frauen wurden im vierten Stockwerk untergebracht. Im Zimmer Marie Antoinettes, das sie mit ihrer Tochter teilte, stand auf dem Kamin eine Uhr mit einer Fortuna samt Rad. Die Römer hatten zwischen einer guten, Glück verheißenden, und einer bösen, Unheil bringenden Schicksalsgöttin unterschieden. Je länger Marie Antoinette die Fortuna auf ihrer Uhr betrachtete, um so eindringlicher wurde ihr bewußt, daß sie der Fortuna mala ausgeliefert war.

Eine Truppe von 287 Mann, unter dem Befehl eines Generals, bewachte den Temple. Im Innern des Turms beaufsichtigten acht sich abwechselnde Kommissare der Kommune die Gefangenen; tagsüber hielt sich einer ständig im Zimmer des Königs, ein anderer im Zimmer der Königin auf. Auch ohne eine so strenge Bewachung hätten die Inhaftierten kaum entkommen können, und eine Befreiung von außen war undenkbar geworden. Die Revolutionstruppen waren zum Gegenangriff übergegangen, nahmen noch im September 1792 Speyer, im Oktober Basel, Worms, Mainz und Frankfurt. Anfang November siegte Dumouriez bei Jemappes und begann die österreichischen Niederlande zu erobern.

„Wir werden nicht ruhen, bis Europa, und zwar das ganze Europa in Flammen steht", erklärte der Girondist Brissot im Konvent, der an die Bevölkerung der eroberten Gebiete appellierte: „Wir sind gekommen, um eure Tyrannen zu verjagen... Die Französische Republik schafft in eurem Lande jeden Adels-, Priester- und sonstigen Stand ab sowie alle der Gleichheit zuwiderlaufenden Privilegien. Ihr seid von diesem Augenblick an Brüder und Freunde, seid alle Bürger!"

Nun, da sie nicht mehr die vom Herzog von Braunschweig angedrohte Vergeltung, die Befreiung der Königsfamilie und eine Restauration der Monarchie zu befürchten hatten, begannen Radikalrevolutionäre in Frankreich *Tabula rasa* zu machen. Die Inhaftierten im großen Temple-Turm wurden zunehmend schikaniert. Am 2. November 1792, am siebenunddreißigsten Geburtstag Marie Antoinettes, rotteten sich Sansculotten unter ihrem Fenster zusammen und verlangten den Kopf ihres Mannes und auch den ihren. An Wänden ihres Gefängnisses waren Graffiti zu lesen wie „Louis, die Guillotine wartet auf dich!" oder „Auf zum Tanz, Madame Véto!"

Robespierre beantragte, den Exkönig ohne Gerichtsverfahren an derselben Stelle, „an welcher am 10. August die Märtyrer der Freiheit starben", vom Leben zum Tode zu befördern. Doch der Nationalkonvent bestand auf einem Prozeß vor der Volksvertretung, berief sich auf die am 20. November in den Tuilerien in einer Geheimschatulle gefundenen Dokumente, die Ludwigs XVI. Verbindungen mit Mirabeau, Emigranten und Monarchen bewiesen.

„Louis Capet wird vor das Gericht des Nationalkonvents zitiert", wurde ihm am 11. Dezember 1792 eröffnet. „Ich heiße nicht Capet", bemerkte er. „So hieß einer meiner Vorfahren." Hugo Capet war 987 der erste König von Frankreich geworden; wenn sie nun dem Bourbonen diesen Namen gaben, so wollten sie ihm bedeuten, daß er der letzte König von Frankreich gewesen war. Vom Temple vor den in den Tuilerien tagenden Nationalkonvent geführt, wurde er einer „Unzahl von Verbrechen" beschuldigt, die er begangen habe, um seine Tyrannei zu sichern. Dazu wurde auch die Inanspruchnahme des ihm in der Verfassung eingeräumten Vetorechts gezählt.

In den Temple zurückgeführt, durfte er seine Familie nicht sehen und sprechen. Der Sohn war vom Vater getrennt und zur Mutter gebracht worden. „Er hatte kein Bett", erinnerte sich die Schwester des Dauphins, die Mutter „gab ihm das ihre und blieb die ganze Nacht auf in einem so tiefen und stummen Schmerz, daß wir sie nicht verlassen wollten, aber sie nötigte meine Tante und mich, schlafen zu gehen". Über den Fortgang des Prozesses erfuhr Marie Antoinette nur wenig. Sie blieb vom Angeklagten getrennt, Zeitungen blieben ihr vorenthalten, nur ab und zu vermochte ihr der Diener Cléry die eine oder andere Nachricht zukommen zu lassen.

Weihnachten 1792 schrieb Ludwig im Turm des Temple sein Testament. „Ich vertraue meine Kinder meiner Frau an, an deren mütterlicher Zärtlichkeit ich keinen Augenblick zweifle. Möge sie sie zu guten Christen und ehrlichen Menschen erziehen, die lernen, Macht und Reichtum dieser Welt als das zu betrachten, was sie sind: gefährliche und vergängliche Güter, und ihre Blicke auf das Unvergängliche richten... Ich bitte meine Gemahlin, mir die Mühen und die Kümmernisse zu verzeihen, die sie für mich oder während unserer Ehe durch mich hat erleiden müssen, wie sie auch gewiß sein kann, daß ich ihr nichts nachtrage, falls sie glaubt, daß sie sich etwas vorzuwerfen habe."

Am 26. Dezember 1792 wurde „Louis Capet" ein zweites Mal vor den Konvent geführt. Sein Verteidiger, Rechtsanwalt Romain de Sèze, verwies auf die Ungesetzlichkeit des Prozesses und die Unzulässigkeit der Anklagen, da der König seit drei Jahren nicht mehr die Macht gehabt habe, die ihm angelasteten Verbrechen zu begehen. „Während ich vielleicht zum letzten Male zu Ihnen spreche", fügte der Angeklagte hinzu, „erkläre ich Ihnen, daß mein Gewissen mir nichts vorwirft und daß mein Verteidiger Ihnen nur die Wahrheit gesagt hat." Am Tag darauf wurde Marie Antoinette ein Exemplar von Sèzes Plädoyer zugespielt. Sie las es, ohne Hoffnung, daß die Argumente vom Konvent akzeptiert werden würden.

„Louis muß sterben, damit Frankreich lebt", erklärte Robespierre. Am 17. Januar 1793 verhängte der Nationalkonvent über „Louis Capet" die Todesstrafe. 361 Abgeordnete, darunter der sich Philippe Égalité nennende Herzog von Orléans, stimmten „für sofortigen, bedingungslosen Tod“, 360 dagegen. Diese Abgeordneten waren teils für Verbannung, Gefängnis oder für die Todesstrafe mit Aufschub eingetreten. Ein solcher wurde dann mit 380 gegen 310 Stimmen abgelehnt. Das Strafgesetzbuch verlangte für ein Todesurteil dreiviertel der Stimmen des Gerichts. Juristische Bedenken wies Danton zurück: „Wir wollen den König nicht richten, sondern töten.“

Am Abend des 17. Januar begab sich Malesherbes schweren Herzens in den Temple. Der zweite Verteidiger Ludwigs war Mitte der siebziger Jahre Mitglied des Kabinetts Turgot gewesen, der Ludwig XVI. gemahnt hatte, nie zu vergessen, daß Karl I. von England „den Kopf wegen seiner Schwäche auf den Richtblock legen mußte“. Weil der König von Frankreich mehr auf die Privilegierten als auf die Reformer hörte, war Turgot entlassen worden und Malesherbes zurückgetreten. 1787 erneut zum Minister berufen, resignierte Malesherbes schon im Jahr darauf. Nun hatte er freiwillig die Verteidigung des Exmonarchen mit übernommen, ohne große Hoffnung, ihn vor dem Schlimmsten bewahren zu können.

Als Malesherbes im Turmzimmer eintrat, saß Ludwig im Dunkel, die Ellbogen auf den Tisch gestützt, das Gesicht mit den Händen bedeckt. Die Nachricht von seiner Verurteilung nahm er mit Fassung entgegen. „Ich fürchte den Tod nicht, doch frage ich mich mit Schrecken, was meiner Familie, der Königin und unseren unglücklichen Kindern noch bevorstehen mag.“ Diese erfuhren erst am 20. Januar, einem Sonntag, die Schreckenskunde. Am Morgen wurden Ausrufe von Zeitungsverkäufern aus der Rue de la Cordonnerie im Temple-Turm vernommen: Louis Capet werde am nächsten Tage hingerichtet werden. Am Abend wurde der Familie erlaubt, von ihm Abschied zu nehmen.

Der Abschied des zum Tode verurteilten „Louis Capet" von seiner Familie.

„Wir eilten zu ihm und fanden ihn sehr verändert; er weinte über unseren Schmerz, nicht über das Todesurteil", erinnerte sich seine Tochter. Sein geistlicher Beistand, Abbé Edgeworth de Firmont, berichtete: „Um 20 Uhr ging die Tür auf, und als erste erschien die Königin, die den Dauphin an der Hand führte, nach ihr Madame Royale und Madame Elisabeth. Sie stürzten sich alle weinend in die Arme des Königs, und lange konnte keiner von ihnen auch nur ein Wort hervorbringen. Nur von Zeit zu Zeit wurde die Stille durch ihr herzzerreißendes Schluchzen unterbrochen, und ich hörte sie lange miteinander flüstern."

Um 22 Uhr 15 mußte die Familie in ihre Turm-Zimmer zurückkehren. Ludwig versprach ihnen, um sie zu trösten, ein Wiedersehen am nächsten Morgen. Marie Antoinette legte sich angekleidet auf das Bett, um keine Minute zu versäumen, wenn man sie zu ihm riefe. Sie sah ihn nicht mehr. Ihr Gemahl stand am 21. Januar 1793 um fünf Uhr morgens auf, zog weiße Seidenstrümpfe, graue Beinkleider, eine weiße

Weste und einen rostfarbenen Gehrock an, hörte, auf dem Boden kniend, die Messe, bat Cléry, sein Siegel dem Sohn und seiner Frau den Ehering zu bringen und den Seinen auszurichten: „Ich habe ihnen versprochen, sie noch einmal zu sehen, aber ich habe ihnen den furchtbaren letzten Abschied ersparen wollen."

Marie Antoinette wurde durch Trommelwirbel aufgeschreckt, der den letzten Gang Ludwigs ankündigte. Als er durch den Garten des Temple schritt, schaute er zweimal zu den vergitterten Fenstern im vierten Stock hinauf, hinter denen er seine Familie wußte. In einer zweispännigen Kutsche, eskortiert von Kavallerie und Artillerie, wurde er über die Boulevards zur Place de la Révolution (der früheren Place Louis XV. und heutigen Place de la Concorde) gefahren, auf dem 20 000 Soldaten und Tausende von Schaulustigen um das Blutgerüst standen, auf dem die Guillotine auf ihn wartete.

Ein Modell der von dem Pariser Arzt Guillotin angeregten Köpfmaschine war im vorigen Jahr Ludwig XVI. vorgeführt und von ihm das Gesetz über ihre Einführung zur Vollstreckung der Todesstrafe bestätigt worden. Als erster wurde mit der Guillotine am 27. Mai 1792 der Straßenräuber Pelletier hingerichtet. Am 21. Januar 1793 wurde der Exkönig ihr prominentestes Opfer.

Dem Achtunddreißigjährigen wurden die Hände auf dem Rücken gebunden, Henker Sanson schnitt ihm die Haare. Ludwigs Ruf: „Franzosen! Ich sterbe unschuldig!" wurde vom Trommelwirbel übertönt. Die Henkersknechte banden ihn auf das Brett, das Fallbeil sauste herab, und um 10 Uhr 22 fiel sein Kopf in den Korb. Sanson zog ihn an den Haaren hervor und zeigte ihn der Menge. Der Ruf: „Vive la nation!" erscholl, und Kanonen schossen Salut für die Republik.

Als Marie Antoinette im Temple den Kanonendonner hörte, wußte sie, daß sie Witwe geworden war. „Der Schmerz

Hinrichtung Ludwigs XVI. am 21. Januar 1793.

erstickte sie fast", bemerkte der Wärter Louis François Turgy. „Von Schluchzen geschüttelt, warf sie sich auf ihr Bett. Dann kniete sie vor ihrem Sohn nieder, um ihn als den neuen König zu begrüßen." Aber sie glaubte nicht daran, daß er als Ludwig XVII. auf den Thron gelangen würde.

Achtzehntes Kapitel
Vor dem Revolutionstribunal

Die „Witwe Capet", wie die Witwe Ludwigs XVI. genannt wurde, bat die Kommune um Trauerkleidung. Als sie nach einer Woche geliefert wurde, paßte sie nicht; denn sie war inzwischen noch mehr abgemagert. „Nichts war imstande, ihr die Angst zu nehmen", bemerkte ihre Tochter; „keinerlei Hoffnung konnte man mehr in ihr Herz graben."

Noch gab es Menschen, die ihr zur Flucht aus dem Temple verhelfen wollten. Dazu gehörten zwei Beamte der Kommune, Toulan und Lepître, die Mitleid mit der Witwe hatten und nicht unbeeindruckt waren, wie sie ihren Schmerz in Würde zu ertragen suchte. Sie zählten auf Royalisten in Paris, zum Beispiel den Chevalier de Jarjayes, den Gemahl einer ihrer ehemaligen Kammerfrauen. Mit Toulan und Lepître hegte er einen Fluchtplan aus. Marie Antoinette und ihre Schwägerin Elisabeth sollten in Uniformen der Stadtwache, der Sohn in einem Wäschekorb und die Tochter in armseligem Kleid aus dem Temple geschmuggelt werden, in drei Cabriolets an die Küste der Normandie und von dort per Schiff nach England gebracht werden.

Der Plan war nicht auszuführen. Nach Rückschlägen an der Front wurden die Wachen an der Stadtgrenze verstärkt und keine Passierscheine mehr ausgestellt, die Lepître besorgen sollte. Trotzdem wollten die Getreuen den Versuch wagen, wenn schon nicht die ganze Familie, so doch die in Lebensgefahr schwebende Königin zu retten. Marie Antoinette lehnte ab. „Mein Vertrauen in Sie hat keine Grenzen", ließ sie Jarjayes wissen. „Sie werden bei mir immer Charakter und Mut finden; doch mich leitet einzig und allein das Interesse meines Sohnes. Wie groß auch immer mein Glück gewesen wäre, von hier fort zu sein, ich kann mich nicht entschließen, mich von ihm zu trennen."

Die „Witwe Capet" im Temple. Porträt von Kucharski.

Jarjayes wurde von ihr gebeten, Siegel und Ring Ludwigs XVI. dem Grafen von Provence im Ausland auszuhändigen und dem Grafen von Fersen mitzuteilen, wie es um sie stünde. „Ich wage nicht zu schreiben, doch hier ist ein Siegelabdruck meiner Devise, die nie größere Gültigkeit gehabt hat als jetzt." Die Devise Marie Antoinettes zeigte eine Taube im Flug und darunter die Worte: „Tutto a te mi guida – Alles führt mich zu dir." Es war ihr letzter Gruß an Fersen, der seiner Schwester Sophie geschrieben hatte: „Ihr angebetetes Bild wird für alle Ewigkeit in meinem Gedächtnis bleiben."

Fersen bemühte sich vergebens, die Österreicher zu einer Rettungsaktion für die Autrichienne zu bewegen. Bei allem Bedauern über ihr Schicksal hatte für sie anderes Vorrang. Aufgeschreckt durch das Vorhaben der Revolutionäre, den „Krieg gegen die Paläste" nach Europa hineinzutragen, zumindest Frankreichs „natürliche Grenze" zu erreichen, also das linke Rheinufer des Reichs und die österreichischen Niederlande zu besetzen, betrieben sie die Ausweitung der österreichisch-preußischen Koalition. Ihr traten England, Holland, Spanien, Portugal, Sardinien, Neapel und das römisch-deutsche Reich bei. Mercy nannte als Kriegsziel die Ausrottung der Revolutionäre und schien dabei in Kauf zu nehmen, daß sie vorher Marie Antoinette und ihre Kinder umbringen könnten.

In Frankreich wurde ein weiterer Rettungsversuch der Hinterbliebenen Ludwigs XVI. gewagt. Baron Jean Pierre Batz plante die Befreiung der Königin, nachdem ihm jene des Königs mißglückt war. Durch Bestechung gewann er den Gefängnisdirektor Michonis, mit dessen Hilfe dreißig als Nationalgardisten verkleidete Royalisten in den Temple eingeschleust und Marie Antoinette samt Sohn, in Uniformmäntel gehüllt, hinausgeschmuggelt werden sollten. Doch in der Nacht vom 21. auf den 22. Juni 1793, als Batz und Michonis bereits im Turm waren, schlug der Kommunekommissar Simon Alarm, nachdem ihm eine anonyme Warnung zugesteckt worden war. Batz entkam, Michonis redete sich heraus, und Marie Antoinette klammerte sich an den Strohhalm einer allerletzten Hoffnung: daß die Koalitionsarmee noch rechtzeitig in Paris erscheinen oder wenigstens die in Bedrängnis geratene Revolutionsregierung sich auf einen Handel über ihre Auslieferung einlassen würde.

An der Front schien sich das Blatt gewendet zu haben. Die Österreicher siegten am 18. März 1793 bei Neerwinden, gewannen Belgien zurück und eroberten Condé und Valenciennes in Nordfrankreich. Die Preußen belagerten das von den Franzosen besetzte Mainz, das nicht zu halten war. General Charles François Dumouriez, der als Außenminister Österreich den Krieg erklärt hatte, lief zu den Österreichern über.

In Frankreich schien die Revolution an Boden zu verlieren. Die proklamierte „eine und unteilbare Nation“ begann sich zu spalten. In der Vendée, in der Bretagne und in Lyon kam es zu Aufständen gegen den Nationalkonvent, wurde anstelle der Trikolore wieder das Lilienbanner aufgepflanzt. Im ganzen Land wuchs die Unzufriedenheit. Die Ungleichheit zwischen Reichen und Armen war kaum geringer geworden. Die Wirtschaft stagnierte, und die Inflation galoppierte; der Wert des Papiergelds sank auf 43 Prozent seines Nominalwerts. Der Brotpreis stieg, in der Hauptstadt wurde gehungert, das Aufbegehren von Parisern war nur mühsam zu unterdrücken.

Gegen die von außen wie im Innern drohende Gegenrevolution ergriff der Konvent Gegenmaßnahmen. Am 10. März wurde das Revolutionstribunal als außerordentlicher Gerichtshof zur Verurteilung von „Verdächtigen“ eingesetzt; gegen seine Verdikte war keine Berufung möglich. Am

6. April trat der Wohlfahrtsausschuß als Exekutivorgan des Konvents in Aktion. Der Vorsitzende Danton rief zum Kampf gegen die Girondisten auf, „jene ruchlose Sekte, die man bald auslöschen wird". Am 2. Juni erzwang ein von der Pariser Kommune geleiteter Aufstand die Verhaftung von 29 Abgeordneten der Girondisten und der Minister Clavière und Lebrun. Die neue Verfassung vom 24. Juni 1793 versprach zwar das „allgemeine Glück", dem Menschen „den Genuß seiner natürlichen und unveräußerlichen Rechte", nämlich „Gleichheit, Freiheit, Sicherheit, Eigentum", und ein Recht des Volks auf Widerstand, falls diese Rechte von der Regierung verletzt würden. Aber diese demokratische Verfassung trat nie in Kraft.

Es sei an der Zeit, daß die Patrioten jenen Haß wiederaufleben ließen, „der sie einst gegenüber allen Königen beseelte", forderte Robespierre am 27. März 1793 im Konvent und zielte damit auf Marie Antoinette. Nach der „Bestrafung eines Tyrannen" – Ludwig XVI. war gemeint – sollte „ein nicht weniger schuldiges, nicht weniger von der Nation angeklagtes Individuum", das man bis heute verschont habe, an die Reihe kommen. Die Autrichienne müsse vor das Revolutionstribunal gestellt werden, weil sie „am Anschlag auf die Freiheit und die Sicherheit des Staates beteiligt" gewesen sei.

Noch war es nicht so weit, aber die Gefangenen im Temple wurden zunehmend schikaniert. Am 1. April beschloß die Kommune, „daß die diensthabenden Kommissare mit den gefangenen Personen keinerlei Verkehr unterhalten noch für sie irgendeinen Auftrag übernehmen dürfen". Am 20. April, kurz vor 23 Uhr, wurden die Inhaftierten aus dem Schlaf gerissen. Jacques René Hébert, der in seinem „Père Duchesne" gegen die Königsfamilie hetzte, durchsuchte im Auftrag der Kommune die Räume. Als verdächtig beschlagnahmte er Marie Antoinettes Portefeuille aus rotem Maroquin, das einige Adressen enthielt, und nahm ihrer Tochter ein „Gebet für Frankreich“ weg, das lautete: „Wir weihen Dir alle Herzen dieses Königreiches, vom Herzen unseres erhabenen Königs bis zu dem geringsten seiner Untertanen“, das ganze Vaterland und alle seine Kinder, „segne sie, heilige sie, dann wird ganz Frankreich gerettet werden und die heilige Religion wieder aufleben“.

Der achtjährige Prinz, welcher der Mutter als Ludwig XVII. galt und dem sie bei Tisch den Ehrenplatz einräumte, erkrankte Anfang Mai. Sie bat die Wärter, den Hausarzt Dr. Brunier zu holen, aber sie ließen nur einen Gefängnisarzt zu, „in Anbetracht, daß es die Gleichheit verletzen hieße, ihm einen anderen zu schicken“. Das Fieber hielt an, der Junge mußte im Bett bleiben. Die Mutter las ihm aus der „Histoire de Gil Blas de Santillane“ von Alain René Lesage vor, die Geschichte des Jungen, der den Räubern, die ihn gefangen hatten, entkommen konnte.

Ludwig XVII. – auf ihn setzten nicht nur seine Mutter und seine Tante, sondern die Royalisten in Frankreich wie im Ausland. Graf Arthur Dillon, ein Engländer, der französischer General geworden war und zu den konstitutionellen Monarchisten gehört hatte, geriet in Verdacht, den Sohn Marie Antoinettes aus dem Temple entführen und zum König proklamieren zu wollen. Der alarmierte Wohlfahrtsausschuß beschloß, den kleinen Louis Capet der Witwe Capet wegzunehmen und ihn an einem sicheren Ort im Temple von einem zuverlässigen Revolutionär umerziehen zu lassen.

Am 3. Juli 1793, gegen zehn Uhr abends – Marie Antoinette und Madame Elisabeth saßen mit Handarbeiten am Bett des schlafenden Jungen – drangen sechs Abgesandte der Kommune in das Zimmer ein. „Wir kommen“, erklärte der Wortführer, „den Befehl bekanntzugeben, der die Trennung von Capets Sohn von seiner Mutter und seiner Familie verfügt." Marie Antoinette, die als Königin so viel über sich hatte ergehen lassen, wollte als Mutter dies nicht hinnehmen. Sie stellte sich vor das Bett des Kindes, ließ die Häscher nicht heran. „Diese drohten, Gewalt anzuwenden", erinnerte sich die Tochter. „Eine Stunde verging mit Verhandeln, Beschimpfungen und Drohungen der Kommissare, mit Abwehr und Tränen von uns."

Dann war der Widerstand gebrochen. „Mit der Trennung von ihrem Sohn glaubte meine Mutter, den Höhepunkt ihres Unglücks erreicht zu haben. Dabei war sie in dem Glauben, er befände sich in den Händen eines gebildeten und anständigen Mannes; ihre Trostlosigkeit war grenzenlos, als sie erfuhr, daß Simon, der Schuster, den sie als Soldaten der Stadtwache kennengelernt hatte, beauftragt war, sich des unglücklichen Kindes anzunehmen."

Der siebenundfünfzigjähre Antoine Simon war nicht so schrecklich, wie seine ungeschlachte Art und sein ungeschliffenes Benehmen vermuten ließen. Die gefangene Königsfamilie hatte er mit jener Verachtung behandelt, die er sich als Anhänger Marats und Robespierres schuldig zu sein glaubte. Das ihm und seiner Frau in ihrer Wohnung im Untergeschoß des Temple-Turms anvertraute Kind suchte er die Trennung von Mutter und Schwester vergessen zu lassen; er spielte mit ihm, besorgte ihm Singvögel und Blumen, eine Badewanne und die ärztlich verordneten Medikamente. Mit der Erziehung des Königskindes zu einem jakobinischen Citoyen war der ungebildete Mann überfordert. Er begnügte sich damit, dem Achtjährigen revolutionäre Lieder wie die Marseillaise und die Carmagnole beizubringen, in der es hieß: Antoinette „avait mal au coeur/ de se voir sans honneur".

Wenn dies die im selben Turm untergebrachte Mutter zu hören bekam, hätte sie sich am liebsten die Ohren zugehalten. Wenn sie ihr Kind, das ab und zu auf die Plattform des

Turms stieg, durch einen Spalt sehen konnte, gewahrte sie mit Entsetzen die Verwandlung ihres Musterknaben in einen Gassenjungen. Den Mann hatte sie verloren, und der Sohn wurde ihr entfremdet. „Selbst Gott hat mich verlassen“, klagte sie Madame Elisabeth. „Ich wage nicht mehr zu beten.“

Mit Tochter und Schwägerin blieb Marie Antoinette hinter Schloß und Riegel. Die Wärter, die sich bislang in ihren Zimmern aufgehalten hatten, wurden abgezogen und kamen nur noch, um die Mahlzeiten zu bringen und die Gitter vor den Fenstern zu überprüfen. Die neuen Machthaber waren nervös geworden. Die Koalitionsarmee kam voran, in der Vendée siegten Royalisten über Republikaner, und in mehreren Regionen erhoben sich Girondisten gegen die Diktatur der Montagnards in Paris. Am 13. Juli 1793 wurde der fünfundzwanzigjährige Marat in der Badewanne von Charlotte Corday erstochen, die – bevor sie vier Tage später guillotiniert wurde – einen Aufruf an „Freunde des Gesetzes und des Friedens“ richtete: „Einige Ungeheuer, die sich an eurem Blut vollgetrunken haben, leiten die abscheulichen Komplotte der Montagnards und führen uns auf tausend verschiedenen Wegen zum Abgrund.“

„Die Zerstörung der Vendée, die Bestrafung der Verräter, die Auslöschung des Royalismus“ sei notwendig, erklärte am 1. August 1793 Bertrand Barère im Namen des Wohlfahrtsausschusses vor dem Konvent. Dieser beschloß, nur verbrannte Erde in den aufrührerischen Départements zu hinterlassen und billigte die Schändung der Gräber der französischen Könige und Königinnen in der ehemaligen Abteikirche von Saint-Denis.

Das Königtum müsse mit seinen Wurzeln ausgerissen werden, erklärte Barère. Die Revolutionäre selber hätten der Gegenrevolution im In- und Ausland genützt, indem sie die Hoffnung am Leben ließen, in Frankreich könnte die Monarchie restauriert werden. Zu lange habe man „einzelne Mitglieder der Familie des ehemaligen Tyrannen“ geschont, viel zu lange „die Verbrechen der Autrichienne vergessen“. Das ließ sich der Konvent nicht zweimal sagen. So wurde beschlossen, Marie Antoinette aus dem Temple, sozusagen der Festungshaft, in das Zuchthaus der Conciergerie, den Wartesaal der Guillotine, zu überstellen.

Am 2. August 1793, um zwei Uhr nachts, riß man die im Temple Gefangenen aus dem Schlaf. Der Witwe Capet wurde eröffnet, daß sie unverzüglich in die Conciergerie einzuliefern sei. Sie zog vor den sie nicht aus den Augen lassenden Überbringern der Hiobsbotschaft ihr Trauergewand an. Habseligkeiten wurden beschlagnahmt; ein Taschentuch zum Tränentrocknen und ein Riechfläschchen, um einer Ohnmacht vorzubeugen, wurden ihr gelassen. Nachdem sie Tochter und Schwägerin noch einmal umarmt hatte, stieß sie beim Verlassen des Temple-Turms mit dem Kopf an einen Türbalken. Auf die Frage, ob sie sich wehgetan habe, erwiderte sie: „Ach nein, mir kann nichts mehr wehtun.“

Um drei Uhr morgens kam sie in einem von Gendarmerie begleiteten Wagen in der Conciergerie an, dem düsteren Bau, der im Fackelschein gespenstisch erschien. Philipp der Schöne hatte ihn als Teil des Königspalastes auf der Cité-Insel für den Concierge, den Schloßvogt, errichten lassen. Das war im Mittelalter gewesen, das die Aufklärer als „dunkel“ bezeichneten und endgültig überwinden wollten. Nun beschworen Revolutionäre, die sich auf sie beriefen, eine wirklich dunkle Zeit herauf: die Schreckensherrschaft. In der „Grand' Chambre“ der Conciergerie, nun „Salle de Liberté“ genannt, tagte das Revolutionstribunal; in deren Verliesen des Untergeschosses erwarteten bis zum Ende des Terrors 2700 Inhaftierte auf ihr Todesurteil und ihre Hinrichtung.

Nachdem sich die Tore hinter Marie Antoinette geschlossen hatten, wurde sie durch einen langen, düsteren Gang, in dem die Schritte hallten, in ihre Zelle geführt. Der Raum hatte nicht mehr als 3 Meter 50 Seitenlänge. Der unter dem Niveau des Hofs gelegene Fußboden war mit Ziegelsteinen gepflastert. Die Wände waren feucht; Wasser rieselte an ihnen herab, wenn die Seine hochging. Durch ein kleines, vergittertes Fenster, das zum Innenhof ging, drang kaum Licht herein. In der Zelle standen ein Gurtbett mit zwei Matratzen und einer leichten Decke, ein kleiner Tisch, zwei Stühle mit Strohgeflecht und ein Nachtstuhl.

„Ich bemerkte die Schweißtropfen, die der Königin vom Gesicht rannen“, erzählte Rosalie Lamorlière, die als Bedienerin in die Zelle kam. „Sie wischte sie zwei- oder dreimal mit dem Taschentuch ab. Ihre Augen betrachteten mit Erstaunen die entsetzliche Kahlheit des Zimmers.“ Marie Antoinette hängte die goldene Taschenuhr an einen Nagel. (Wenige Tage später wurde ihr das Geschenk ihrer Mutter Maria Theresia weggenommen.) Als sie sich zu entkleiden begann, bot ihr Rosalie Hilfe an. „Ich danke Dir“, sagte die Exkönigin, „seitdem ich niemanden mehr habe, bediene ich mich selbst.“

In das Register der Conciergerie war eingetragen worden: „Capet, zweihundertachtzigste Gefangene, der Konspiration gegen Frankreich angeklagt.“ Strenge Bewachung war angeordnet. In der engen Zelle waren ständig, nur von einem halbhohen Paravent getrennt, zwei Gendarmen anwesend. Sie rauchten billigen Tabak, tranken Fusel, knallten beim Kartenspiel die Trümpfe auf den Tisch und warfen ab und zu einen Blick auf die Gefangene, auch wenn sie sich auskleidete oder ihre Notdurft verrichtete.

Um sieben Uhr morgens stand sie auf und zog sich an. Zunächst hatte sie nur ihr Trauerkleid, das ausgebessert werden mußte, da es „unter beiden Armen zerschlissen“ und „am unteren Teil abgenützt war“. Ein Billet, in dem sie ihre Tochter im

Temple um zusätzliche Kleidung bat, wurde beschlagnahmt. Aber man besorgte ihr ein weißes Hauskleid, Hemden, Strümpfe, Schultertücher und Schuhe. „Ihre Frisur war ganz schlicht", erzählte Rosalie. „Sie teilte das Haar über der Stirn, nachdem sie ein wenig wohlriechenden Puder daraufgestäubt hatte." Darüber stülpte sie die Witwenhaube aus Linon, die so groß war, daß sie daraus zwei Hauben machen ließ.

Der Tag verlief in bedrückender Eintönigkeit. Von den am Mittag und am Abend auf Zinngeschirr servierten Speisen aß sie wenig Fleisch und viel Gemüse, trank nur Wasser. Da ihr Stricknadeln vorenthalten wurden, konnte sie sich nicht mit Handarbeiten zerstreuen. Bevor ihr die beiden Diamantringe weggenommen wurden, spielte sie manchmal versonnen mit ihnen, indem sie sie von den Fingern abzog und wieder ansteckte oder von einer Hand in die andere gleiten ließ. Nie durfte sie sich, wie die anderen Gefangenen, im Gefängnishof ergehen. Sie versuchte in den Reisebüchern zu lesen, die man ihr erlaubt hatte, „Die Reisen des Kapitäns Cook", „Die Reise des jungen Anacharsis in Griechenland", „Eine Reise nach Venedig", „Die Geschichte der bekanntesten Schiffbrüche".

„Der Kummer, die schlechte Luft und der Mangel an Körperbewegung griffen die Gesundheit der Königin an", erzählte Rosalie. „Sie litt unter starken Blutungen. Ich wußte davon, weil sie mich heimlich um Leinenlappen bat." Ihr Kummer wurde verstärkt, als Madame Richard, die Frau des Concierge, einmal ihr jüngstes Kind mit in die Zelle brachte. „Als die Königin den hübschen kleinen Jungen sah, fing sie an zu zittern; sie nahm ihn in die Arme, bedeckte sein Gesicht mit Küssen, liebkoste ihn und begann zu weinen. Sie sprach dabei vom Dauphin, der ungefähr in gleichem Alter war; sie dachte Tag und Nacht an ihn." In ihrem Mieder versteckt trug sie, in einen Kinderhandschuh gewickelt, ein Miniaturporträt und eine Haarlocke ihres Sohnes. „Man konnte mit ihr über alles, auch über ihre unglückliche Lage sprechen, ohne daß sie Erregung oder Niedergeschlagenheit zeigte. Nur die Erwähnung ihrer Kinder ließ ihre Tränen ohne Unterlaß fließen."

Das Los der Unglücklichen suchten der Concierge Richard und seine Frau durch kleine Gefälligkeiten zu erleichtern; sie büßten ihr Mitgefühl mit Kerkerhaft. Gefängnisdirektor Michonis, der die Königin vergebens aus dem Temple zu befreien versucht hatte, dachte an eine neue Fluchtmöglichkeit. Am 28. August kam er mit dem Chevalier de Rougeville in ihre Zelle. Marie Antoinette erkannte in ihm den Ludwigsritter, der sie beim ersten Angriff auf die Tuilerien in Sicherheit gebracht hatte. War er nun gekommen, um sie wiederum zu retten? Er ließ eine Nelke, die er im Knopfloch getragen hatte, zu Boden fallen und flüsterte ihr zu, er habe ihr durch die Blume eine Nachricht zukommen lassen. Sie hob heimlich die Nelke auf und fand zwischen ihrem Blütenstand ein zusammengefaltetes Zettelchen: „Wir haben Männer und Geld zu Ihrer Verfügung. Ich werde am Freitag wiederkommen." Marie Antoinette zerriß das Zettelchen, nahm – da sie weder Feder noch Stift hatte – eine Haarnadel und stach in ein Stückchen Papier ihre Antwort ein: „Ich bin ständig bewacht. Ich spreche mit niemandem. Ich vertraue mich Ihnen an. Ich werde kommen."

Die von den Fluchtplanern bestochenen Gendarmen Gilbert und Dufresne erklärten sich zur Fluchthilfe bereit. Am 2. September, dem erwähnten Freitag, holte Michonis gegen 23 Uhr die Gefangene ab. Rougeville wartete mit einer Kutsche vor dem Haupttor. Im letzten Moment wollte Gilbert, der Angst vor seiner Courage bekommen hatte, nicht mehr mitmachen. Michonis gab auf und brachte Marie Antoinette in die Zelle zurück.

Michonis wurde verhaftet und zum Tode verurteilt. Rougeville gelang die Flucht aus Frankreich; sein abenteuerliches

Leben schilderte Alexandre Dumas der Ältere im Roman „Le Chevalier de Maison Rouge". Marie Antoinette, die ihre Verwicklung in das „Nelkenkomplott" gestanden hatte, wurde in einer anderen, als sicherer geltenden Zelle in Isolierhaft genommen. Ein Gendarm wurde vor der Tür zum Korridor postiert, ein anderer vor dem halb zugemauerten und vergitterten Fenster, das auf den Innenhof hinausging. „Nach dem Vorfall mit der Nelke schien mir die Königin beunruhigt und um vieles ängstlicher zu sein", bemerkte Rosalie Lamorlière. „Wenn sie in ihrer Zelle hin und her ging, grübelte sie und seufzte."

Die Nachricht vom „Nelkenkomplett" steigerte die Aufregung in der Hauptstadt und bestärkte die Machthaber, der Gefahr einer Gegenrevolution mit harten Maßnahmen zu begegnen. Robespierre, Mitglied des Wohlfahrtsausschusses und Präsident des Nationalkonvents, begann eine sich zunehmend verschärfende Diktatur auszuüben. Um den äußeren Feind zurückzuwerfen, wurde die „Levée en masse", eine allgemeine militärische Dienstpflicht für junge, unverheiratete Männer beschlossen. Um die inneren Feinde auszuschalten, wurde die „Loi des suspects" erlassen, die den Kreis der „Verdächtigen" weiter ausdehnte.

„Jeden Tag muß ein Aristokrat, ein Verbrecher für seine Freveltaten mit seinem Kopfe zahlen", erklärte Danton, und Hébert forderte namentlich den Kopf der Autrichienne, den er den Parisern versprochen habe, „und wenn man weiterhin zögert, werde ich ihn ihr eigenhändig abhacken". Eingaben aus Paris und der Provinz verlangten die Tötung der „neuen Messalina", „der von barbarischen Trieben beherrschten ruchlosen Frau", die Befreiung der Nation „von der österreichischen Wölfin".

„Die Verurteilung der Königin wäre ein sinnloses Verbrechen", entgegnete Madame de Staël in ihrer Schrift „Rettet die Königin!" Die Tochter des Reformministers Necker, der sich in die Schweiz zurückgezogen hatte, appellierte an die Franzosen: „Wenn ihr auf eurer Grausamkeit beharrt, wenn ihr die Königin opfert, brandmarkt ihr eure eigenen Erfolge“, und wandte sich an die Französinnen: „Verteidigt die Königin mit allen Waffen, die euch die Natur gegeben hat!“

Fersen hielt nichts von solchen „Phrasen“, verlangte Taten, beschwor Mercy, die Koalition zu bewegen, unverzüglich ein Kavalleriekorps nach Paris in Marsch zu setzen, um Marie Antoinette aus der Conciergerie zu befreien. In Fersens Alarmruf stimmte La Marck ein: Es wäre mißlich für Wien, „wenn die Geschichte berichten könnte, daß vierzig Wegstunden von der gewaltigen und siegreichen österreichischen Armee die erhabene Tochter Maria Theresias auf dem Schafott umgekommen ist, ohne daß man einen Versuch gemacht hätte, sie zu retten“.

Doch Mercy, der seine Österreicher und auch die Franzosen kannte, erkannte die Unmöglichkeit eines solchen Unternehmens. Zwar legte er, um dem Drängen nachzugeben und sein Gewissen zu entlasten, dem Oberkommandierenden der Koalitionsarmee brieflich eine militärische Aktion nahe und schickte zwei Vertrauensleute nach Paris, um über eine Freilassung Marie Antoinettes zu verhandeln, gegebenenfalls ein Lösegeld anzubieten. Aber er glaubte nicht an einen Erfolg. „Ich zittere um die Königin“, sagte Mercy, davon überzeugt, daß die Radikalrevolutionäre nichts, aber schon gar nichts davon abhalten könnte, ein Exempel zu statuieren und die Exkönigin zu liquidieren.

„Dieses Weib, die Schande der Menschheit und ihres Geschlechtes, soll endlich für ihre Verbrechen büßen“, forderte am 3. Oktober 1793 Billaud-Varenne, Mitglied des Wohlfahrtsausschusses. „Das Revolutionstribunal muß sich sofort mit dem Prozeß und der Aburteilung des Weibes Capet befassen.“ Vergebens gab im Konvent der Abgeordnete Cambon zu bedenken, daß man an Friedensverhandlungen mit Wien und Berlin interessiert sei und daher eine Aufschiebung des Verfahrens gegen die Autrichienne vorteilhaft wäre; sie sei ein Faustpfand, das man nicht aus der Hand geben dürfe. Cambon wurde überstimmt, und noch am selben Tag beschloß der Konvent, die Witwe Capet sogleich vor das Revolutionstribunal zu stellen.

Der Stab war über Marie Antoinette bereits gebrochen, aber es mußte ihr noch pro forma der Prozeß gemacht werden. Das Urteil des Revolutionstribunals stand von vornherein fest. Aber – wie es das Dekret über die Errichtung des „außerordentlichen Kriminalgerichtes" erforderte – waren der „Verschwörung und Verbrechen gegen die Nation" Verdächtige vom Accusateur public anzuklagen, von den Geschworenen schuldig zu sprechen und von den Richtern zu verurteilen.

Ausschlaggebend war der öffentliche Ankläger, der ermächtigt war, jeden Angezeigten „verhaften zu lassen, unter Anklage zu stellen und abzuurteilen". Dazu hatte man den richtigen Mann an den richtigen Platz gestellt: Antoine Quentin Fouquier-Tinville. Der Vetter von Desmoulins und Protegee Dantons und Robespierres war entschlossen, jeden als Gegenrevolutionär Verdächtigten, der ihm vorgeführt wurde, der Guillotine auszuliefern; zwischen April 1793 und Juli 1794 ließ er über 2000 Köpfe rollen. Als Jurist, der ein Legalist war, meinte er dies nicht ohne Gerichtsverfahren tun zu dürfen, auch wenn er für Geschworene und Richter sorgte, „auf die man sich verlassen kann". Formal meinte er Beweise vorlegen zu müssen, auch wenn diese auf ungewöhnliche Weise ermittelt wurden oder gar nur Scheinbeweise waren.

„Seit Tagen sieht sich der Gerichtshof von Blättern und Rednern angegriffen, weil er sich noch immer nicht mit der

Angelegenheit der vormaligen Königin befaßt hat", hatte Fouquier-Tinville bereits am 25. August 1793 an den Wohlfahrtsausschuß geschrieben. Nachdem der von diesem gelenkte Konvent am 3. Oktober beschlossen hatte, die Witwe Capet vor das Revolutionstribunal zu stellen, mußte der öffentliche Ankläger zwei Tage später eingestehen, daß in seinen Akten kein ausreichendes Material für eine Anklageschrift vorhanden sei.

Das Verhör, dem Marie Antoinette nach Aufdeckung des „Nelkenkomplotts" unterzogen worden war, hatte kaum Belastendes erbracht. Die beiden damit vom Wohlfahrtsausschuß beauftragten Deputierten, Jean Pierre Amar und Joseph Marie Sevestre, hatten sich zwar alle Mühe gegeben, der Verdächtigten das zu entlocken, was sie zu hören wünschten. Marie Antoinette verfing sich jedoch in keiner der ausgelegten Schlingen. Auf die Frage, ob sie heimlich Beziehungen nach außen unterhalte, verwies sie auf die strenge Überwachung in der Conciergerie. Ob sie an militärischen Erfolgen der Koalition interessiert sei? Nein, nur an Erfolgen Frankreichs, der Nation ihres Sohnes, die sie sich groß und glücklich wünsche, ob nun mit oder ohne einen König.

Dies genügte nicht für eine Anklageschrift. Belastendes mußte gesucht und gefunden werden. Fouquier-Tinville scheute nicht davor zurück, die Aussagen in Betracht zu ziehen, die eine Kommission der Kommune von Paris am 6. Oktober im Temple aus dem achtjährigen Sohn der Beschuldigten, dem Zögling des Schusters Simon, herausgepreßt hatte: In den Tuilerien habe sich seine Mutter mit Männern wie Bailly und Lafayette „geheimnisvoll betragen", und sich im Temple mit Männern wie Toulan, Lepître und Michonis „vertraulich unterhalten". Damit war nicht viel anzufangen, mehr schon mit anderen Behauptungen des kleinen Jungen: Mutter und Tante hätten ihm das Onanieren beigebracht und ihm dabei oft zugesehen, wenn er zwischen ihnen liegen durfte. „Durch die Art und Weise, wie sich das Kind ausdrückte, gab es uns zu verstehen, daß seine Mutter ihn dazu brachte, sich ihr zu nähern und daß dies zu einer Kopulation führte“, die des öfteren wiederholt worden sei, hieß es im Protokoll des Verhörs.

Am nächsten Tag, dem 7. Oktober, kam die Kommission wieder in den Temple, in der Erwartung, durch eine Vernehmung der Tochter und der Schwägerin Marie Antoinettes den Vorwurf des Inzests erhärten und Beweise einer Verschwörung finden zu können. Auf die Frage, ob ihre Mutter und Tante ihren Bruder zu sich ins Bett geholt hätten, habe die Vierzehnjährige mit „Nein“ geantwortet. Geheime Verbindungen mit im Temple eingesetzten Stadtbeamten seien von ihr bestritten worden. Mehr versprach sich die Kommission von der Vernehmung Madame Elisabeths, aber von ihr war nichts Belastendes zu erfahren. Als man ihr die Aussage ihres Neffen „bezüglich der erwähnten Schamlosigkeiten“ vorlas, geriet die neunundzwanzigjährige Jungfer außer sich: „Eine derartige Verleumdung vermöge sie nicht zu fassen“, aber sie könne sagen, daß der Junge schon seit einiger Zeit onaniert habe und daß ihn „sie und seine Mutter deswegen mehrfach gescholten hätten“. Der Bub blieb bei seiner Aussage; Simon schien dem Achtjährigen nicht nur die Carmagnole, sondern auch die Beschuldigung seiner Mutter eingetrichtert zu haben.

Am 12. Oktober wurde Marie Antoinette verhört. Am Nachmittag hatte sie sich, unter heftigen Blutungen leidend und vor Kälte zitternd, auf ihre Pritsche gelegt, ohne unter der einzigen Decke – eine zweite hatte ihr Fouquier-Tinville verweigert – einigermaßen warm zu werden. Gegen 18 Uhr wurde sie durch das Klirren von Schlüsseln und das Quietschen der sich öffnenden Kerkertüren aufgeschreckt. Ein

Gerichtsdiener und vier Gendarmen führten sie aus der Zelle in den Saal des Revolutionsgerichts, in dem früher das Pariser Parlament getagt hatte. An der Wand waren Bourbonenlilien von einer Tafel mit der „Erklärung der Rechte des Menschen und des Bürgers" von 1789 verdeckt, deren Artikel 9 lautete: „Da jeder Mensch so lange für unschuldig gehalten wird, bis er für schuldig erklärt worden ist, soll, wenn seine Verhaftung für unumgänglich gehalten wird, jede Härte, die nicht notwendig ist, um sich seiner Person zu versichern, durch Gesetz streng vermieden werden."

Marie Antoinette war bereits für schuldig befunden worden, bevor die Gerichtsverhandlung begonnen hatte. Nur um den Schein der Legalität zu wahren, wurde der Prozeß begonnen und mit einem Verhör eingeleitet. Im Gerichtssaal, den ein paar Kerzen in gespenstisches Licht tauchten, mußte die Exkönigin zwischen zwei Gendarmen auf einer eisernen Bank Platz nehmen. Ihr gegenüber saßen Fouquier-Tinville, der öffentlicher Ankläger *de jure* und oberster Richter *de facto* war, Martial Joseph Herman, der von Robespierre bestellte Präsident des Revolutionstribunals, und der Gerichtsschreiber Fabricius. Das nicht öffentliche Verhör begann, wie vorgeschrieben, mit der Feststellung der Personalien der Beschuldigten.

„Mein Name ist Marie Antoinette von Österreich-Lothringen, fast achtunddreißig Jahre alt, Witwe des Königs von Frankreich." Dann wurden der Witwe des Louis Capet, wie sie angesprochen wurde, Fragen gestellt, die bereits Anklagen waren und die sie entschieden zurückwies.

„Sie haben Louis Capet jene Verstellungskunst beigebracht, mit der er das französische Volk so lange getäuscht hat, das nicht ahnte, daß man die Ruchlosigkeit und Hinterlist so weit treiben könne." – „Ja, das Volk ist getäuscht worden, grausam getäuscht worden, aber weder durch meinen Ehemann noch durch mich." – „Sie sind die Hauptanstifterin des Verrats Louis Capets gewesen; infolge Ihrer Ratschläge und Ihres Drängens wollte er aus Frankreich fliehen, um sich an die Spitze der Wüteriche zu stellen, die das Vaterland zerreißen wollten." – „Mein Gemahl hat nie aus Frankreich fliehen wollen; ich bin ihm überallhin gefolgt; hätte er aber aus seinem Lande fliehen wollen, so hätte ich alle Mittel eingesetzt, um ihn davon abzubringen." – „Sie haben nicht einen Augenblick aufgehört, die Freiheit zerstören zu wollen. Sie wollten um jeden Preis herrschen und über die Leichen der Patrioten wieder auf den Thron steigen." – „Wir brauchten nicht auf den Thron zu steigen, weil wir ja ohnehin auf dem Thron saßen. Wir haben immer nur das Glück Frankreichs gewünscht."

Auch die Anklage, sie habe durch ihre Beziehungen zu Österreich den Interessen Frankreichs geschadet, wies sie zurück. Nein, sie habe dem Kaiser nie Geld zukommen lassen, erklärte sie der Wahrheit gemäß, von der sie mit der Behauptung abwich: Sie habe seit dem Beginn der Revolution keine Briefe mehr ins Ausland geschickt, auch keine Agenten dorthin entsandt, sich keiner gegenrevolutionären Umtriebe schuldig gemacht. Sie log, weil sie wußte, daß ein solches Eingeständnis die Anklage des Hochverrats untermauert hätte.

Das Revolutionstribunal bestellte zwei Pflichtverteidiger: Tronçon-Ducoudray und Chauveau-Lagarde. Sie begaben sich am 13. Oktober, einen Tag nach dem Verhör Marie Antoinettes, in die Conciergerie. Da der Beginn des Prozesses schon auf den nächsten Tag angesetzt war, bewogen sie ihre Mandantin, um Aufschub zu bitten, damit sie sich mit der von Fouquier-Tinville bereits fertiggestellten Anklageschrift eingehend befassen könnten. Das Gesuch wurde nicht beantwortet.

Am 14. Oktober 1793, um acht Uhr morgens, wurde die Witwe Capet in den Gerichtssaal geführt. „Sie hat sich sehr verändert", bemerkte der Korrespondent des Amtsblattes

Marie Antoinette vor dem Revolutionstribunal.

„Moniteur“. Das abgetragene schwarze Kleid schlotterte um ihre abgemagerte Figur, die Haare waren weiß, die Wangen eingefallen, die Augen gerötet, der Körper durch Entbehrungen und Blutungen so geschwächt, daß jeden Moment eine Ohnmacht zu erwarten war. Aus der schönen Frau und stattlichen Königin war eine hinfällige Greisin geworden.

Sie war krampfhaft bemüht, aufrecht zu gehen, jene Würde zu wahren, die sie sich auch und gerade im Unglück schuldig zu sein glaubte. Der Platz der Angeklagten war gegenüber der Bank des Anklägers und der Richter. Die Geschworenen waren so „zuverlässig“, wie es sich Fouquier-Tinville gewünscht hatte. Unter ihnen befand sich Pierre Antoine Antonelle, der den Schandfleck, als Marquis geboren worden zu sein, mit ätzenden Insulten gegen alle Aristokraten zu beseitigen suchte, und ein Schreiner namens Trinchard, der danach gierte, „das Raubtier, das einen Teil der Republik verschlungen hat“, die Autrichienne, umbringen zu lassen. Das

Todesurteil konnten auch die Zuschauer auf der anderen Seite der Schranke kaum erwarten, vor allem die Tricoteuses, jene Frauen aus den unteren Schichten, die Prozesse gegen „die da oben“ strickend und kreischend begleiteten und danach lechzten, ihre Taschentücher in das Blut der Geköpften zu tauchen.

Alle waren auf einen kurzen Prozeß eingestellt, auch die Angeklagte, die wußte, was ihr bevorstand. Unbewegt, wie teilnahmslos ließ sie die Injurien der Anklage über sich ergehen. „Nach Prüfung aller dem öffentlichen Ankläger vorgelegten Akten ist festzustellen, daß nach Art Messalinas, Brunhildens, Fredegundens und der Medicis, die man ehemals als Königinnen von Frankreich bezeichnete und deren Namen, auf ewig verhaßt, in den Annalen der Geschichte verzeichnet bleiben, Marie Antoinette, Witwe des Louis Capet, seit Beginn ihres Aufenthaltes in Frankreich die Geißel und Blutsaugerin der Franzosen gewesen ist.“

Als besonders infam mußte die Angeklagte die Beschuldigung des Inzests mit ihrem Sohn empfinden, und als absurd die Behauptung, sie habe die Pamphlete, in denen sie als Sexualbestie hingestellt worden war, selbst veranlaßt und verbreitet, um den Eindruck einer schlechten Behandlung in Frankreich zu erwecken.

Fouquier-Tinville faßte die Anklage in drei Hauptpunkten zusammen. Marie Antoinette wurde beschuldigt: „Erstens, boshafter Weise und absichtlich im Einverständnis mit den Brüdern des Louis Capet und dem früheren Minister Calonne auf furchtbare Weise die Finanzen Frankreichs verschleudert und unberechenbare Summen dem Kaiser zukommen lassen und so den Nationalschatz erschöpft zu haben. Zweitens, sowohl selbst als durch ihre gegenrevolutionären Agenten Verbindungen und Briefwechsel mit den Feinden der Republik unterhalten und die besagten Feinde über die im

Rate beschlossenen Angriffs- und Feldzugspläne unterrichtet zu haben. Drittens, durch ihre Intrigen und Umtriebe und die ihrer Agenten Verschwörungen und Komplotte gegen die innere und äußere Sicherheit Frankreichs angezettelt, zu diesem Zwecke an verschiedenen Punkten der Republik den Bürgerkrieg entzündet und die Bürger gegeneinander bewaffnet und dadurch das Blut einer unberechenbaren Zahl von Bürgern vergossen zu haben."

Einundvierzig Zeugen waren aufgeboten worden. Aber ihre Aussagen am 14. und 15. Oktober erbrachten keine Beweise für die Punkte der Anklage. Nicht einmal die Einvernahme von zwei wichtigen Zeugen schaffte eindeutig Belastendes herbei. Der ehemalige Kriegsminister La Tour du Pin gab an, die Königin über „den genauen Zustand der französischen Streitkräfte" unterrichtet zu haben. Der Deputierte Valazé sagte aus, er habe unter den Geheimpapieren Ludwigs XVI. eine Notiz gesehen, worin der König den zuständigen Minister angewiesen habe, die Königin über die Feldzugspläne zu informieren.

Die meisten Zeugen konnten nur Vermutungen, keine Tatsachen vorbringen. So wollte ein Angestellter im Justizministerium namens Terrasson bemerkt haben, daß die Königin nach der Rückkehr von Varennes den Nationalgardisten „rachsüchtige Blicke" zugeworfen habe. Der Wundarzt Roussillon sagte aus, er habe nach dem Sturm auf die Tuilerien unter dem Bett der Königin Weinflaschen gefunden, die dafür bestimmt gewesen seien, die das Schloß verteidigenden Schweizer Gardisten durch Räusche in Rage zu versetzen. Reine Millot, ein Hausmädchen, behauptete, Marie Antoinette habe eines Tages zwei Pistolen bei sich gehabt, um den Herzog von Orléans zu erschießen.

Der Zeuge Hébert wiederholte die Beschuldigung der Blutschande. Ein Geschworener, dessen Name, aus welchen

Gründen auch immer, im „Bulletin du Tribunal révolutionnaire" nicht vermerkt ist, wandte sich an den Präsidenten: Er möge der Angeklagten vorhalten, „daß sie auf die Tatsache nicht geantwortet hat, von der Bürger Hébert gesprochen, betreffs dessen, was zwischen ihr und ihrem Sohne vorgegangen ist". Marie Antoinette, die bisher Ruhe bewahrt hatte, richtete sich mit einem Ruck auf und sagte mit vor Entrüstung bebender Stimme: „Wenn ich nicht geantwortet habe, so deshalb, weil die Natur sich sträubt, auf eine derartige Beschuldigung gegen eine Mutter zu antworten." Zum Publikum gewandt, unter dem viele Frauen saßen, fuhr sie fort: „Ich berufe mich auf alle hier anwesenden Mütter!" Selbst Tricoteusen, berichteten zwei Augenzeugen, die Frères Humbert, seien ergriffen gewesen und hätten beinahe applaudiert.

„Habe ich mit zu viel Würde geantwortet?" flüsterte Marie Antoinette ihrem Verteidiger zu. Sie sei stutzig geworden, als sie eine Frau im Zuschauerraum sagen hörte: „Schau, wie stolz sie ist!" Sie solle so bleiben, wie sie sei, antwortete Chauveau-Lagarde. Am 14. Oktober, gegen 15 Uhr, wurde die um acht Uhr begonnene Verhandlung unterbrochen. Auf dem Weg zurück in die Zelle sprach ihr der Verteidiger Mut zu: Die Zeugen hätten keine Beweise, nicht einmal das geringste Indiz vorzulegen vermocht.

Gegen 17 Uhr wurde die Zeugenvernehmung ohne konkrete Ergebnisse fortgesetzt. Um 23 Uhr schloß der Präsident den ersten Sitzungstag. Dreizehn Stunden lang hatte Marie Antoinette Beschuldigungen und Verleumdungen über sich ergehen lassen müssen, sich immer wieder aufgerafft, diese nach bestem Wissen und mit gutem Gewissen zu widerlegen, und dabei immer Maß gezeigt und Würde bewahrt.

Am Morgen des 15. Oktober, um neun Uhr, wurde der Schauprozeß fortgesetzt. Wiederum sah sich Marie Antoinette, wie Chauveau-Lagarde feststellte, „wie in der Arena einer Meute blutrünstiger Gegner ausgesetzt". Auch die weiteren Zeugenaussagen vermochten sie nicht konkret zu belasten. Gegen 16 Uhr 30 wurde die Sitzung unterbrochen. Die treue Rosalie Lamorlière wollte der Erschöpften, die seit dem frühen Morgen nichts mehr zu sich genommen hatte, Suppe bringen. „Als ich gerade zu ihr in den Saal treten wollte, riß mir einer der Polizeioffiziere mit Namen Labuzière, ein kleiner und stumpfnasiger Mann, die Suppenschüssel aus den Händen, gab sie seiner herausgeputzten Freundin und sagte zu mir: ‚Diese junge Frau hat große Lust, die Witwe Capet zu sehen, und das ist eine charmante Gelegenheit für sie!' Die Frau entfernte sich sogleich und nahm die Suppe mit, die halb verschüttet war... Was mußte die Königin denken, als sie die Schüssel aus den Händen dieser unbekannten Person erhielt!"

Um 17 Uhr wurde die Verhandlung wieder aufgenommen. Letzte Zeugen wurden zitiert, darunter Dr. Brunier, der Arzt der Kinder Marie Antoinettes. Als er nichts Belastendes aussagen konnte und ihm vorgeworfen wurde, er habe sich im Temple der Familie Capet mit der Unterwürfigkeit eines Höflings des Ancien Régime genähert, entgegnete er: „Das war Wohlanständigkeit und nicht Erniedrigung." Nach Beendigung der Zeugenvernehmung fragte der Präsident die Angeklagte, ob sie noch etwas vorzubringen habe. „Gestern", erwiderte sie, „habe ich die Zeugen noch nicht gekannt, und ich wußte nicht, was sie aussagen würden. Nun, kein einziger hat irgendeine begründete Tatsache gegen mich vorgebracht. Ich habe nichts mehr zu bemerken, als daß ich die Frau Ludwigs XVI. war und ich mich daher seinem Willen zu fügen hatte."

In seinem Plädoyer prangerte der öffentliche Ankläger die Exkönigin als „erklärte Feindin der französischen Nation" an, „als eine der Hauptanstifterinnen der Wirren, die Frankreich seit vier Jahren heimsuchen und denen Tausende von Franzosen zum Opfer gefallen sind". Die Verteidiger bekamen das Wort. Gegen Mitternacht waren sie verständigt worden, daß das Beweisverfahren zu Ende gehe und daß ihnen eine Viertelstunde zur Vorbereitung ihrer Plädoyers bliebe. Chauveau-Lagarde wies die Anklage, die vormalige Königin habe mit den ausländischen Mächten konspiriert, mit der Begründung zurück, daß dafür kein Beweis vorgebracht worden sei, ebenso wie für die Beschuldigung einer „angeblichen Verschwörung mit den Feinden im Innern", wie Tronçon-Ducoudray anfügte. Beide Verteidiger wurden noch im Gerichtssaal verhaftet.

Nichts war ihr nachzuweisen, vor allem konnte sie nicht des Hochverrats überführt werden. Die von ihr geführte Korrespondenz mit „Gegenrevolutionären" wurde erst Jahrzehnte später entdeckt. Doch den Rechtsgrundsatz „in dubio pro reo – im Zweifelsfalle muß zugunsten des Angeklagten entschieden werden" ließ man 1793 nicht für Marie Antoinette gelten, deren Verurteilung die Revolutionsräson verlangte und die daher von vornherein feststand. Im „Namen unserer infolge der Machenschaften der modernen Medicis erwürgten Brüder" spielte Präsident Herman in seiner Schlußrede nicht die Rolle des Richters, sondern des Anklägers, beschuldigte die Exkönigin, „die Komplizin oder vielmehr die Anstifterin der meisten Verbrechen" gewesen zu sein, die „der letzte Tyrann Frankreichs" begangen habe. Ludwig XVI. – das war die Schlußfolgerung – sei dafür bereits auf das Schafott geschickt worden, und nun sei Marie Antoinette an der Reihe.

Vier Fragen legte der Gerichtspräsident den Geschworenen vor: „Erstens, ist es erwiesen, daß Machenschaften und Verständigungen mit den fremden Mächten und anderen äußeren Feinden der Republik bestanden haben, die darauf abzielten, ihnen finanzielle Hilfe zukommen zu lassen, ihnen Zutritt nach Frankreich zu verschaffen und den Erfolg ihrer Waffen zu erleichtern? Zweitens, ist Marie Antoinette, die Witwe Louis Capets, überführt, an solchen Machenschaften beteiligt gewesen zu sein und solche Verbindungen unterhalten zu haben? Drittens, ist es erwiesen, daß ein Komplott und eine Verschwörung existiert haben, um den Bürgerkrieg im Innern der Republik zu entfachen? Viertens, ist Marie Antoinette, die Witwe Louis Capets, überführt, an diesem Komplott und dieser Verschwörung teilgenommen zu haben?"

Alle vier Fragen beantworteten die Geschworenen einstimmig mit Ja. Die Angeklagte, die in einem Nebenraum wartete, wurde in den Gerichtssaal zurückgeführt. Es war vier Uhr morgens, am 16. Oktober 1793. Fouquier-Tinville beantragte wegen Hochverrates die Todesstrafe, Herman verkündete das Todesurteil und den Beschluß, es noch am selben Tag auf der Place de la Révolution zu vollstrecken. Bei der Urteilsverkündung habe sich die Witwe Capet „nicht die geringste Aufgeregtheit gestattet", berichtete der „Moniteur". „Sie ging aus dem Saal, ohne ein Wort an die Richter oder das Publikum zu richten. Es war am 25. des ersten Monats des An II (am 16. Oktober 1793 alten Stils) gegen halb fünf Uhr morgens; Marie Antoinette wurde im Gefängnis der Conciergerie in die Zelle für die Verurteilten gebracht."

„Ich sehe nicht mehr, ich kann nicht mehr, ich kann nicht gehen", sagte sie zum Gendarmerieoffizier De Busne, der ihr, den Hut in der Hand, den Arm reichte, sie die schlüpfrigen Stufen zur Todeszelle hinabführte und ihr ein Glas Wasser reichte. Am nächsten Tag wurde er, der sich der Ehrerbietung gegenüber der Exkönigin und des Mitleids mit der Verurteilten schuldig gemacht hatte, ins Gefängnis geworfen.

Neunzehntes Kapitel
Der Tod der Witwe Capet

„Mein Gott, erbarme dich meiner. Es bleiben mir keine Tränen mehr, um über das Schicksal meiner armen Kinder zu weinen; adieu, adieu!" schrieb Marie Antoinette am „16. oct. 4 1/2 morgens" in ihr Gebetbuch. Als Rosalie Lamorlière gegen sieben Uhr in die Zelle kam, fand sie Madame in Schwarz auf dem Gurtbett liegend vor. Das Angebot, ihr eine Bouillon zu bringen, lehnte sie mit dem Seufzer ab: „Ich brauche nichts mehr, für mich ist alles zu Ende." Als sie dem Drängen nachgegeben hatte, vermochte sie nur ein paar Löffel Suppe zu sich zu nehmen.

Gegen acht Uhr half ihr Rosalie beim Umkleiden. Sie bat das Mädchen, sich vor sie zu stellen, damit der im Raum anwesende Wachhabende nicht sähe, wie sie ihr durch die ständigen Blutungen beflecktes Hemd wechselte. Der Gendarm, der auf seinen Befehl verwies, sie nicht aus den Augen lassen zu dürfen, trat näher und sah ihr zu, wie sie sich „ihre Wäsche mit aller nur möglichen Vorsicht und Schamhaftigkeit überzog", das Kleid aus weißem Piqué anlegte, ein Musselintuch um die Schultern schlang, die weiße Linonhaube aufsetzte und in das einzige Paar Schuhe schlüpfte, das ihr verblieben war.

Ein Pfarrer im Laiengewand, Abbé Girard, trat in die Zelle, um ihr geistlichen Beistand anzubieten. Fest entschlossen, in der „römischen, katholischen und apostolischen Religion, dem Glauben meiner Väter, in dem ich erzogen worden bin und zu dem ich mich stets bekannt habe", zu sterben, weigerte sie sich, bei einem Geistlichen, der den Eid auf die revolutionäre Zivilverfassung des Klerus geleistet hatte und den sie als eine Abtrünnigen ansah, zu beichten und zu kommunizieren. Was würde man sagen, wenn man erführe, daß sie

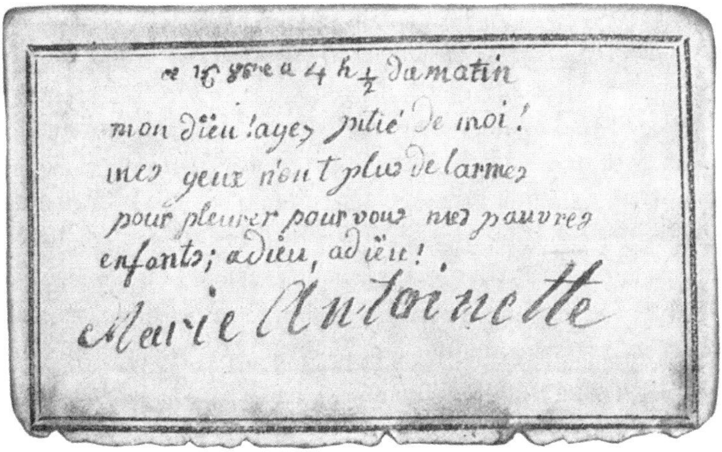
ce 16 8bre à 4 h ½ du matin
mon dieu! ayez pitié de moi!
mes yeux n'ont plus de larmes
pour pleurer pour vous mes pauvres
enfants; adieu, adieu!
Marie Antoinette

Eintrag Marie Antoinettes in ihr Gebetbuch vor der Hinrichtung.

in ihrer letzten Stunde die Tröstungen ihrer Religion abgelehnt habe? fragte Girard, und Marie Antoinette antwortete: „Gott hat vorgesorgt." Jahre später sagte Abbé Magnin, der seiner Kirche treu geblieben war, unter Eid aus, er habe Gelegenheit gefunden, in den ersten Oktobertagen 1793 in der Conciergerie der Königin die heilige Kommunion zu reichen.

Gegen zehn Uhr, als Marie Antoinette kniend betete, erschienen Gerichtspräsident Herman, zwei Richter und der Schreiber, um ihr noch einmal das Todesurteil zu verkünden. Unmittelbar danach trat Henri Sanson, der Scharfrichter ein. „Streckt eure Hände her", fuhr er sie an. Sie erschrak: „Wollt ihr mir die Hände binden? Ludwig XVI. hat man sie nicht gebunden." Er habe seine Pflicht zu tun, befahl Herman dem Scharfrichter: „O mein Gott!" rief sie aus. „Bei diesen Worten", berichtete der Schließer Louis Larivière, „packte Henri die Hände der Königin und schnürte sie fest auf ihrem Rücken zusammen". Dann riß er ihr die Haube vom Kopf und schnitt ihr die Haare ab; der Nacken war für das Fallbeil bloßgelegt. Von Sanson an einem langen Strick gehalten, trat sie, um elf Uhr, ihren letzten Gang an.

Vor dem Gefängnis, in der Cour du Mai, wartete der Schinderkarren. Als sie ihn erblickte, „verspürte sie", wie der Gendarm Leger zu Protokoll gab, „ein dringendes Bedürfnis, dem sie in einer dunklen Ecke des Justizpalastes, die man ‚La Souricière' (Die Mausefalle) nennt, nachkommen mußte, nachdem man ihre Hände noch einmal losgebunden hatte". Wieder gefesselt, mußte sie auf den Karren steigen, sich auf das Brett setzen, mit dem Rücken gegen den Gaul. Die Fahrt zu der auf der Place de la Révolution wartenden Guillotine begann.

Zum letzten Mal sah sie die Sonne, eine matte Herbstsonne. Die Gardisten und Gendarmen, die den Weg säumten, schien sie nicht zu bemerken, die Rufe der Menge: „Es lebe die Republik! Nieder mit den Tyrannen!" nicht zu hören. „Auf dem ganzen Weg bewahrte sie durchaus dieselbe Gefaßtheit", bemerkte der Journalist Prudhomme in seinem Blatt „Les Révolutions de Paris". Sie mag so ausgesehen haben, wie sie der Maler David, auch er ein fanatischer Revolutionär, von einem Fenster in der Rue Saint-Honoré aus betrachtete und zeichnete: mit gestrafftem Rücken auf dem Karren sitzend, die Hände auf dem Rücken festgebunden, auf dem Kopf die verrutschte Haube, unter der Büschel des grob abgeschnittenen Haares hervorschauten, eingefallene Wangen, zusammengekniffene Lippen und die Augen niedergeschlagen, als wollte sie nichts mehr von der Welt sehen, die sie verlassen mußte.

Der Karren rumpelte langsam dahin, die Fahrt wurde absichtlich in die Länge gezogen; denn die Verurteilte sollte, wie der Journalist Audoin im „Journal universel" schrieb, „lange an dem Tode trinken". Nach einer Stunde, ein paar

Marie Antoinette auf dem Henkerskarren. Zeichnung von David.

Minuten nach zwölf Uhr mittags, war die Place de la Révolution erreicht. Das Schafott stand bei der Statue der Freiheit. „O Freiheit, wie viele Verbrechen begeht man in deinem Namen!“ seufzte Madame Roland, die Girondistin, die dreiundzwanzig Tage später an derselben Stelle wie die ihr verhaßte Königin hingerichtet wurde.

Blickte auch Marie Antoinette auf die Statue der Liberté und dachte auch sie an die Diskrepanz zwischen der Parole und der Realität der Revolution? Schaute sie noch einmal zu den Tuilerien hinüber, dem Königsschloß, aus dem sie am 10. August 1792 verjagt worden war? Erinnerte sie sich an den 8. Juni 1773, als die Kronprinzessin bei ihrem Einzug in Paris begeistert begrüßt wurde, von „zweihunderttausend Liebhabern Ihrer Person“, wie ihr der Gouverneur der Hauptstadt schmeichelte? Nun standen auf der früheren Place Louis XV., der jetzigen Place de la Révolution, um das Blutgerüst Tausende von Parisern, die es kaum erwarten konnten, daß sie vom Leben zum Tod befördert würde.

Auch sie schien es eilig zu haben, alles hinter sich zu bringen. Sie stieg so rasch die Treppe hinauf, daß sie dabei einen Schuh verlor. Es dauerte noch vier Minuten, bis sie auf das Brett geschnallt war und das Fallbeil herabsauste – am 16. Oktober 1793, ein Viertel nach zwölf Uhr mittags. „Ihr vom Körper getrennter Kopf“, berichtete der „Hamburgische Correspondent“, „ward von dem Scharfrichter von allen vier Seiten des Schafotts, was bei anderen Hinrichtungen nur von einer Seite des Schafotts geschieht, dem Volke gezeigt, das mit Gefühllosigkeit ‚Es lebe die Republik!‘ rief.“

Die sterblichen Überreste der Frau, deren Leben so glanzvoll begonnen und so schmachvoll geendet hatte, wurden auf den nahegelegenen Friedhof der Madeleine gekarrt – dorthin, wo bereits ihr Gemahl verscharrt worden war. Für sie war kein Sarg zur Stelle und kein Grab ausgehoben. Die Henkers-

Hinrichtung Marie Antoinettes am 16. Oktober 1793.

knechte, die nicht schnell genug zum Mittagessen kommen konnten, warfen den Leichnam, das Haupt zwischen den Beinen, ins Gras. Wie lange blieb er unbeerdigt liegen? Der Totengräber Joly reichte seine Rechnung erst am 1. November 1793 ein: 6 Livres für den Sarg, 15 Livres und 35 Sous für die Totengräber und das Grab der Witwe Capet.

„Ich habe den Kopf der Véto in den Korb fallen sehen“, triumphierte Jacques René Hébert im „Père Duchesne“. „Aber ich muß zugeben: das Aas war bis zum Ende kühn und frech.“ „Das erste Verbrechen der Revolution war der Tod des Königs, aber das entsetzlichste war der Tod der Königin“, sagte der Schriftsteller François René de Chateaubriand, der sich dem Terreur als Emigrant entzog. Napoleon Bonaparte meinte: Die Hinrichtung der Königin sei ein schlimmeres Verbrechen als die Hinrichtung des Königs gewesen: ein grundloses Verbrechen, weil es keinen Vorwand als Entschuldigung gegeben habe; ein unpolitisches Verbrechen, weil es „eine ausländische Prinzessin, ein unverletzliches Unterpfand“ getroffen habe; ein feiges Verbrechen, weil dessen Opfer eine Frau war, „die Ehren ohne Macht gehabt hatte“.

Napoleon schloß den Krater der Revolution, ohne sich deren Errungenschaften zu verschließen. Diese waren von Marie Antoinette abgelehnt, jedenfalls nicht verstanden worden, und die Eruptionen der Revolution hatten sie verschlungen. Die weiteren Eskalationen erlebte sie nicht mehr.

Dem Terreur, den Robespierre mit den Instrumenten des Wohlfahrtsausschusses und des Sicherheitsausschusses ausübte, fielen Franzosen zum Opfer, die ihre regionale Eigenständigkeit nicht aufgeben, sich nicht in die „Nation une et indivisible“ einfügen wollten; Katholiken – Priester, Mönche, Nonnen und Laien, die ihrer Kirche ergeben blieben; Aristokraten, die *per se* als Gegenrevolutionäre galten; Bürger und Bauern, die sich auf die in der Verfassung versprochenen

Rechte auf Freiheit, Sicherheit und Eigentum beriefen; kleine Leute, die gegen die planwirtschaftlichen Gesetze verstießen.

In Paris wurde ein achtzehnjähriges Straßenmädchen namens Egle als angebliche Komplizin Marie Antoinettes zum Tode verurteilt. „Ich Mitverschworene von der, die ihr die Witwe Capet nennt und die doch die Königin war!" rief sie den Richtern zu. „Ich, ein armes Ding, das an den Straßenecken sein Brot verdiente und das nicht einmal gewagt hätte, einen ihrer Küchenjungen anzusprechen!"

Die genaue Zahl der Opfer des Terreurs konnte nicht ermittelt werden. Von März 1793 bis August 1794, wurde geschätzt, seien an die 17000 Menschen hingerichtet worden. Dazu kamen noch Tausende, die in überfüllten Gefängnissen an Seuchen und Hunger starben und bei Massenhinrichtungen getötet wurden. Da die Guillotine zu langsam war, wurden – so in Lyon – „Feinde der Freiheit und der Nation" mit Kanonen niedergeschossen oder – wie in der Vendée – in der Loire ertränkt. Bei der Niederschlagung des Aufstandes in der Vendée, die an Kirche, König und ihrer Eigenständigkeit festzuhalten suchte, kamen über 100000 Menschen ums Leben.

„Keine Freiheit für die Feinde der Freiheit", verlangte Robespierre. Der Diktator und seine Komplizen dehnten den Kreis der Feinde der Liberté und Égalité immer weiter aus. Einbezogen und beseitigt wurden Patrioten der ersten, liberaldemokratischen Phase der Revolution, Verfechter einer konstitutionellen Monarchie wie Bailly und Barnave; Mirabeau entging der Hinrichtung durch einen frühzeitigen Tod, und Lafayette durch eine rechtzeitige Flucht. „Wie Saturn verschlingt die Revolution ihre eigenen Kinder", sagte Vergniaud, der wie Brissot und andere Girondisten guillotiniert wurde. Dann waren Radikalrevolutionäre wie Danton, Desmoulins, Hébert, Saint-Just und schließlich Robespierre selbst an der Reihe.

Auch viele der am Prozeß gegen Marie Antoinette Beteiligten kamen nicht davon: Fouquier-Tinville, der öffentliche Ankläger, Herman, der Präsident des Revolutionstribunals, drei Richter, elf Geschworene und vierzehn Zeugen, darunter Simon, der Umerzieher des Sohnes der Exkönigin. Henker Sanson wurde weiterhin gebraucht.

Das revolutionäre System müsse sich als despotisches System gegen die Tyrannei von gestern bewähren, hatte Robespierre gefordert und zur Verfolgung von Teilhabern und Nutznießern des Ancien Régime aufgerufen. So fielen die Köpfe der Madame Dubarry, der Mätresse Ludwigs XV., die der Dauphine Marie Antoinette das Leben erschwert hatte, des Herzogs von Lauzun, der noch die Zeit gefunden hatte, die Königin in seinen Memoiren zu verleumden, und des Herzog von Orléans, des Intimfeinds der Autrichienne, der sich als Philippe Égalité vergebens den Revolutionären anzubiedern versucht hatte.

„Für die an- und abwesenden Freunde zittern zu müssen, das ist eine zu schwere Last", hatte Marie Antoinette Ende 1791 an die Herzogin von Polignac geschrieben, die im Juli 1789 emigriert war. Die „zärtlichste der Freundinnen" starb im Dezember 1793 nach kurzer und schwerer Krankheit in Wien. Graf Mercy-Argenteau, der Mentor Marie Antoinettes, der 1790 den Posten des österreichischen Gesandten in Frankreich mit dem des Gouverneurs in den österreichischen Niederlanden vertauscht hatte, starb 1794 in London, kurz nach seiner Berufung zum österreichischen Gesandten in England.

Den Siegelabdruck mit dem Motto „Tutto a te mi guida – Alles führt mich zu Dir", den Marie Antoinette aus dem Temple an Fersen übersandt hatte, erhielt der Graf erst am 21. Januar 1794, ein Vierteljahr nach ihrem Tod, den er beklagt hatte: „Alles ist für mich zu Ende. Warum durfte ich nicht an ihrer Seite sterben?" Er starb allein eines gewaltsamen Todes. Am 20. Juni 1810 wurde er in Stockholm von einer Volksmenge gelyncht, die ihn grundlos bezichtigte, den vom Schlag getroffenen Thronfolger Christian August vergiftet zu haben.

„Liebe gute Schwägerin, die Du aus Freundschaft alles geopfert hast, um bei uns zu bleiben, in welcher Lage lasse ich Dich zurück!" hieß es in dem von Marie Antoinette in der Todeszelle geschriebenen Brief, der Madame Elisabeth im Temple nicht erreichte. Am 9. Mai 1794 wurde die unverheiratete Schwester Ludwigs XVI. in die Conciergerie eingeliefert, unter der Anklage, mit dem Grafen von Artois, ihrem emigrierten Bruder, korrespondiert zu haben; sie wurde vor das Revolutionstribunal gestellt und zum Tode verurteilt. Die Dreißigjährige starb am Tag darauf unter der Guillotine, nachdem sie die Hinrichtung der vierundzwanzig mit ihr zum Schafott Geführten hatte mitansehen müssen.

„Ich heiße Elisabeth von Frankreich und bin die Tante des Königs", hatte sie den Richtern getrotzt. Doch einen Ludwig XVII. gab es nicht und sollte es nie geben. In den drei Jahren Gefangenschaft im Turm des Temple, in den kaum ein Sonnenstrahl fiel, verschlimmerte sich die Knochentuberkulose des Sohnes Marie Antoinettes. Schließlich kam das Kind in Einzelhaft. Sechs Monate lang wurde ihm die karge Kost durch eine Klappe in der zugesperrten Tür in die Zelle geschoben, deren Fenster stets geschlossen blieb. Der zehnjährige Louis Charles, der nur noch ein Schatten seiner selbst war, starb am 8. Juni 1795 und wurde in einem Armengrab auf dem Friedhof von Sainte-Marguerite beerdigt.

Erst 1851 starb Marie Thérèse Charlotte, die Madame Royale genannte Tochter Marie Antoinettes. Nach dem Tod der Mutter war die fünfzehnjährige Doppelwaise im Temple eingesperrt geblieben, bis sie 1795 gegen Gefangene der

Österreicher, darunter Jan Baptiste Drouet, dem zum Deputierten aufgestiegenen Postmeister, der 1791 die Flucht der Königsfamilie vereitelt hatte, ausgetauscht wurde. Im Exil heiratete sie den Herzog von Angoulême, den ältesten Sohn des Grafen von Artois, ihren Cousin. „Diese Herzogin ist der einzige Mann der Familie Bourbon", sagte Napoleon über diese Frau, die auch die weiteren Schicksalsschläge standhaft ertrug. Mit ihrem Onkel, König Ludwig XVIII., dem vormaligen Grafen von Provence, 1814 nach Paris zurückgekehrt, mußte sie, von dem aus Elba zurückkehrenden Napoleon vertrieben, wieder ins Exil, und erneut nach der Julirevolution 1830, durch die ihr Schwiegervater, König Karl X., der vormalige Graf von Artois, gestürzt wurde. Im österreichischen Görz ging ihr bewegtes Leben zu Ende.

Die Tochter Marie Antoinettes und Ludwigs XVI. stand in der Restaurationszeit in der ersten Reihe de Royalisten, die sich – ohne nachhaltigen Erfolg – eifrig bemühten, vorrevolutionäre Zustände wiederherzustellen: das Bündnis zwischen Monarchie und Aristokratie, den Bund von Thron und Altar. Als Blutzeugen galten die Opfer der Revolution, in erster Linie der König und die Königin.

Ihre Gebeine wurden auf dem Friedhof der Madeleine entdeckt und in die Grablege der französischen Könige in Saint-Denis überführt. An der Stelle, wo man sie nach der Hinrichtung verscharrt hatte, wurde von 1816 bis 1826 die Sühnekapelle errichtet. Im Innern des einer antiken Grabstätte nachempfundenen Baus, neben dem Altar, wurden zwei Marmorgruppen aufgestellt: Ludwig XVI., dem ein Engel den Weg nach oben weist, und Marie Antoinette, die sich an der Statue der Religion aufrichtet, die Züge ihrer Schwägerin Elisabeth trägt.

„Der Körper der Königin, schön und edel gestaltet, beugt sich halb kniend rückwärts, den königlichen Mantel von sich abgleiten lassend", bemerkte Theodor Mundt, ein Schriftsteller des „Jungen Deutschland", der im Zweiten Kaiserreich die Chapelle Expiatoire besuchte. „Dies wunderbare Denkmal erscheint als ein sehr schmerzlich beredter Ankläger der Revolution und der Ideen von 1789, aber keine Folge-Revolution hat es zu zerstören gewagt. Versteckt und beschwiegen" ist es in seiner Verlassenheit „mitten in den Lebensstrudeln von Paris stehen geblieben".

Noch heute wird die Sühnekapelle durch einen kleinen Park von der Geschäftigkeit des Boulevard Haussmann abgeschirmt. Ihr Tor ist meist verschlossen, als ob all jene ausgesperrt bleiben sollten, die überzeugt sind, daß Marie Antoinette im Leben viel Unbill und im Nachleben viel Ungerechtigkeit widerfuhr, und die der in Frankreich immer noch von vielen Ungeliebten ihr Mitgefühl bezeigen möchten.

Zeittafel

1755 2. November: Marie Antoinette wird als Erzherzogin Maria Antonia in Wien geboren, Tochter der Habsburgerin Maria Theresia und des römisch-deutschen Kaisers Franz I.

1756 Österreich verbündet sich mit Frankreich. Beginn des Siebenjährigen Krieges mit Preußen (bis 1763).

1765 Franz I. stirbt, Joseph II., Bruder Maria Antonias, wird Kaiser.

1768 Abbé Vermond Erzieher der Erzherzogin in Wien (dann Berater der Dauphine und Königin in Versailles).

1770 Marie Antoinette wird mit dem Dauphin, dem künftigen König Ludwig XVI. von Frankreich, verheiratet.

1774 Ludwig XV. stirbt, Ludwig XVI. wird König, Marie Antoinette Königin. – Der Monarch schenkt ihr Klein-Trianon. – Der Reformer Turgot wird Finanzminister (1776 entlassen). – Erste Begegnung Marie Antoinettes mit dem schwedischen Grafen Axel von Fersen.

1775 Salbung und Krönung Ludwigs XVI. in Reims. – Die Prinzessin von Lamballe wird Oberintendantin des Hofstaats der Königin.

1777 Der Bankier Necker wird Leiter des Finanzwesens des Königreichs (bis 1781). – Kaiser Joseph II. besucht Frankreich. – Marie Antoinette meldet der Mutter Maria Theresia den endlichen Vollzug ihrer Ehe.

1778 Geburt der Tochter Marie Thérèse Charlotte, genannt Madame Royale. – Marie Antoinette wirbt um die Vermittlung Frankreichs im Konflikt zwischen Österreich und Preußen in der bayerischen

Erbfolgefrage. – Frankreich tritt in den amerikanischen Unabhängigkeitskrieg gegen England ein.

1779 Marie Antoinette stellt eine Laientruppe im „Theater der Königin" in Klein-Trianon zusammen (erster Auftritt 1780).

1780 Maria Theresia stirbt in Wien.

1781 Besuch Kaiser Josephs II. in Versailles. – Geburt des Dauphins Louis Joseph (gestorben 1789).

1782 Die Herzogin von Polignac, Freundin Marie Antoinettes, wird „Gouvernante der Kinder Frankreichs".

1783 Vergennes wird leitender Minister, Calonne Finanzminister (bis 1787). – Die Friedensverträge von Paris und Versailles beenden den amerikanischen Unabhängigkeitskrieg und den französisch-englischen Krieg.

1784 Beginn der Halsbandaffäre (bis 1786). – Uraufführung der „Hochzeit des Figaro" von Beaumarchais in der Comédie-Française.

1785 Marie Antoinette spielt in Klein-Trianon die Rosine im „Barbier von Sevilla" von Beaumarchais. – Die Königin kauft Schloß Saint-Cloud. – Geburt des Dauphins Louis Charles (Ludwig XVII.), gestorben 1795.

1786 Geburt von Marie Antoinettes Tochter Sophie Hélène Béatrice (gestorben 1787).

1787 Notabelnversammlung in Versailles. – Finanzminister Calonne wird durch Loménie de Brienne ersetzt.

1788 Der Staatsbankrott droht. – Necker wird als Finanzminister wiederberufen. – Zweite Notabelnversammlung in Versailles. – Unruhen in Frankreich.

1789 Generalstände in Versailles. – Der Dritte Stand konstituiert sich als Nationalversammlung. – Entlassung Neckers. – 14. Juli: Sturm auf die Bastille. – Abschaffung des Feudalsystems. – Erklärung der „Rechte des Menschen und des Bürgers". – 6. Oktober: Die Königsfamilie wird von Versailles in die Tuilerien nach Paris geführt.

1790 Joseph II. stirbt, Leopold II., Bruder Marie Antoinettes, wird Kaiser. – Abschaffung des Adels – Zivilverfassung des Klerus. – Marie Antoinette trifft Mirabeau. – 14. Juli: Föderationsfest auf dem Marsfeld. – Mercy-Argenteau, der als österreichischer Gesandter die Dauphine und Königin beraten hatte, wird Statthalter der österreichischen Niederlande.

1791 Mirabeau stirbt. – 20.–25. Juni: Flucht der Königsfamilie und Rückführung aus Varennes nach Paris. – Lafayette läßt durch die Nationalgarde Antimonarchisten mit Gewalt vom Marsfeld vertreiben. – Die Königin korrespondiert mit dem Abgeordneten Barnave. – Schwur des Königs auf die Verfassung der konstitutionellen Monarchie. – Gesetzgebende Versammlung.

1792 13./14. Februar: Fersen zum letzten Mal in den Tuilerien. – Leopold II. stirbt, Franz II., Neffe Marie Antoinettes, wird Kaiser. – Kriegserklärung Frankreichs an Österreich. – 20. Juni: Eine Volksmenge dringt in die Tuilerien ein. – 10. August: Sturm auf die Tuilerien. – Die Königsfamilie im Temple. – Septembermorde. – Nationalkonvent. – Kanonade von Valmy. – 21. September: Frankreich wird Republik.

1793 21. Januar: Hinrichtung Ludwigs XVI. – Revolutionstribunal. – Wohlfahrtsausschuß. – Beginn des Terreurs. – Trennung des Sohns von Marie Antoinette. – Überführung der Exkönigin in die Conciergerie. – Prozeß vor dem Revolutionstribunal. – 16. Oktober: Hinrichtung der „Witwe Capet" auf der Place de la Révolution (Place de la Concorde).

Bibliographie

Diese auf dem gegenwärtigen Forschungsstand basierende Biographie ist für einen breiteren Leserkreis geschrieben. Sie enthält keinen wissenschaftlichen Apparat, doch wird im folgenden auf einschlägige, vom Autor herangezogene und weiterführende Quellen und Literatur verwiesen.

Marie Antoinette

Lettres de Marie-Antoinette. Recueil de lettres authentiques de la reine. Hrsg. von Maxime de la Rocheterie und Marquis de Beaucourt. 2 Bde. Paris 1895–1896. – Maria Theresia und Marie Antoinette. Ihr Briefwechsel. Hrsg. von Alfred von Arneth. Wien 1866. – Marie Antoinette. Correspondance secrète entre Marie-Thérèse et la comte de Mercy-Argenteau. Avec les lettres de Marie-Thérèse et de Marie Antoinette. Hrsg. von Alfred von Arneth und Mathieu Auguste Geffroy. 3 Bde. Paris 1873–1874. – Correspondance entre Marie-Antoinette et Marie-Thérèse. Hrsg. von Georges Girard. Paris 1933. – Maria Theresia. Geheimer Briefwechsel mit Marie Antoinette. Hrsg. von Paul Christoph. Wien 1980.

Marie Antoinette, Joseph II. und Leopold II. Ihr Briefwechsel. Hrsg. von Alfred von Arneth. Wien 1866. – Marie-Antoinette et Barnave. Correspondance secrète. Hrsg. von Alma Söderhjelm. Paris 1934. – Le comte de Fersen et la Cour de France, extraits des papiers. Hrsg. von R. M. von Klinckowström. 2 Bde. Paris 1877. – Journal intime et correspondance du comte Axel de Fersen. Hrsg. von Alma Söderhjelm. Paris 1930. – Fersen, Axel von: Rettet die Königin. Revolutionstagebuch 1789–1793. Hrsg. von Anni Carlsson. München 1989.

Nolhac, Pierre de: Marie-Antoinette dauphine. Paris 1897. – Ders.: La reine Marie-Antoinette. Paris 1890. – Rocheterie, Maxime de la: Marie Antoinette, Königin von Frankreich. 2 Bde. Wien 1893 (Französisch: Paris 1889). – Zweig, Stefan: Marie Antoinette. Leipzig 1932 und Wien 1938. – Kunstler, Charles: La vie privée de Marie-Antoinette. Paris 1938. – Webster, Nesta: Marie-Antoinette intime. Paris 1952. – Castelot, André: Marie Antoinette. Wien 1955 (Französisch 1953). – Chalon, Jean: Chère Marie-Antoinette. Paris 1988. – Lever, Évelyne: Marie Antoinette. Zürich 1992 (Französisch: Paris 1991). – Erickson, Carolly: To the scaffold. The life of Marie Antoinette. London 1992. – Dufour, Hortense: Marie Antoinette, la mal-aimée. Paris 2001.

Herre, Franz: Maria Theresia. Köln 1994. – Tapié, Victor Lucien: Maria Theresia. Graz 1980 (Französisch: Paris 1973). – Pangels, Charlotte: Die Kinder Maria Theresias. München 1980. – Weissensteiner, Friedrich: Die Töchter Maria Theresias. Wien 1994. – Wachter, Friederike: Die Erziehung der Kinder Maria Theresias. Diss. Wien 1968. – Perrig, Severin (Hrsg.): „Aus mütterlicher Wohlmeinung“. Kaiserin Maria Theresia und ihre Kinder. Eine Korrespondenz. Weimar 1999. – Schmid, Alois: Franz I. Stephan von Habsburg-Lothringen. Regensburg 1991. – Schreiber, Georg: Franz I. Stephan. Graz 1986.

Arnaud-Bouteloup, Jeanne: Le rôle politique de Marie-Antoinette. Paris 1924. – Girault de Coursac, Paul et Pierrette: Marie Antoinette et la scandale de Guines. Paris 1962. – Campardon, Émile: Marie-Antoinette et le procès du collier. Paris 1863. – Funck-Brentano, Franz: Marie Antoinette et l’énigme du collier. Paris 1926. – Girault de Coursac, Paul et Pierrette: Le secret de la reine. La politique personelle de Marie-Antoinette pendant la Révolution. Paris 1996. – Leclercq, Dom H.: La fuite du roi. Paris 1936. – Girault de

Bailly, Jean Sylvain: Mémoires. 4 Bde. Paris 1804.

Barnave, Antoine Pierre Joseph Marie: Introduction à la Révolution française. Paris 1960 (Deutsch: München 1972). – Chevallier, Jean Jacques: Barnave ou les deux faces de la Révolution. Paris 1936.

Beaumarchais – Grendel, Frédéric: Beaumarchais. Frankfurt 1977 (Französisch: Paris 1973). – Pomeau, René: Beaumarchais. Paris 1987. – Petitfrère, Claude: Le scandale du „Mariage de Figaro". Brüssel 1989.

Besenval, Pierre Victor, baron de: Mémoires. 2 Bde. Paris 1821.

Bombelles, Marc, Marquis de: Journal du marquis de Bombelles. 2 Bde. Genf 1977–1982.

Calonne – Lacour-Gayet, Georges: Calonne. Financier, réformateur, contre-révolutionnaire. Paris 1963.

Campan, Jeanne Louise Henriette Genest: Mémoires sur la vie privée de Marie Antoinette. 2 Bde. Paris 1823. Neuausgabe 1928.

Chateaubriand, François René, vicomte de: Erinnerungen. Mémoires d'outre-tombe. Hrsg. von Sigrid von Massenbach. München 1968 (Französisch: Paris 1949).

Choiseul – Butler, Rohan: Choiseul. Father and Son. Oxford 1980.

Cléry, Jean Baptiste: Journal de ce qui s'est passé à la Tour du Temple pendant la captivité de Louis XVI. London 1798.

Croÿ, Emmanuel, duc de: Journal inédit. 1718–1784. 4 Bde. Paris 1906–1907.

Danton – Bluche, Frédéric: Danton. Stuttgart 1988 (Französisch: Paris 1984).

Ferrières, Charles Elie, Marquis de: Mémoires. Paris 1822.

Fersen – Kermina, Françoise: Hans-Axel de Fersen. Paris 1985.

Grimm, Melchior, Freiherr von: Correspondance littéraire, philosophique et critique. 16 Bde. Paris 1877–1882. Auszug in deutsch, hrsg. von Kurt Schneller und Rolf Müller: Paris zündet die Lichter an. Literarische Korrespondenz. München 1977.

Gustav III. – Nordmann, Claude: Gustav III. Paris 1986.

Hue, François: Dernières années du règne et de la vie de Louis XVI. Paris 1860.

Joseph II. – Gutkas, Karl: Kaiser Joseph II. Wien 1989. – Magenschab, Hans: Josef II. Graz 1979.

Lafayette – La Fayette, Gilbert Motier, Marquis de: Mémoires, correspondances et manuscrits. 6 Bde. Paris 1837. – Taillemite, Étienne: La Fayette. Paris 1989. – Bernier, Olivier: La Fayette. Paris 1988.

La Marck, Auguste, prince d'Arenberg, comte de: Correspondance entre le comte de Mirabeau et le comte de La Marck pendant les années 1789, 1790, 1791. 3 Bde., 1851.

Lamballe: Decker, Michel de: La princesse de Lamballe. Paris 1979.

Lauzun, Armand Louis de Gontaut, duc de Biron et Duc de: Mémoires. Paris 1880. – Maugras, Gaston: Le Duc de Lauzun et la cour de Marie Antoinette. Paris 1909.

Leopold II. – Wandruszka, Adam: Leopold II. 2 Bde. Wien 1963–1965.

Ligne, Charles Joseph, Prince de: Fragments de l'histoire de ma vie. Paris 1928. – Literat und Feldmarschall. Briefe und Erinnerungen des Fürsten de Ligne. Hrsg. von Günther Elbin. Stuttgart 1979.

Mercy – Pimodan, Claude Emmanuel Henri Marie, Comte de: Le comte de Mercy-Argenteau. Paris 1911.

Mirabeau – Chaussinand-Nogaret, Guy: Mirabeau entre le roi et la Révolution. Paris 1986 (Deutsch: Stuttgart 1989). – Duc de Castries: Mirabeau. Stuttgart 1963 (Französisch: Paris 1960).

Morris, Governor: Journal pendant les années 1789, 1790, 1791, 1792. Paris 1901.

Necker: Oppenheimer, W.: Necker. Finanzminister am Vorabend der Französischen Revolution. Stuttgart 1989. – Diesbach, Ghislain de: Necker. Paris 1987. – Égret, Jean: Necker. Paris 1975.

Oberkirch, Baronne d': Mémoires sur la cour de Louis XVI. et la société française avant 1789. Paris 1970.

Orléans – Lamarle, Hubert: Philippe – Égalité. Paris 1989.

Robespierre – Sieburg, Friedrich: Robespierre. Stuttgart 1958.

Roederer, Pierre Louis, Comte de: Chronique de cinquante jours du 20 juin au 10 août 1792. Paris 1832.

Saint-Priest, François Emmanuel Guignard, Comte de: Mémoires. 2 Bde. Paris 1929.

Staël, Germaine de: Considerations sur les principaux événements de la Révolution française. Paris 1843. – Herold Christopher: Madame de Staël. München 1980. – Diesbach, Ghislain de: Madame de Staël. Paris 1983.

Tourzel, Louise Félicité de Croÿ d'Havre, Marquise, dann Duchesse: Mémoires. Paris 1883.

Turgot – Faure, Edgar: La disgrâce de Turgot. Paris 1961. – Foncin, Pierre: Essai sur le ministère de Turgot. Paris 1989.

Vergennes – Labourdette, Jean François: Vergennes. Paris 1990.

Véri, Joseph Alphonse, Abbé de: Journal. 2 Bde. Paris 1928.

Vigée-Lebrun, Marie Louise Élisabeth: Souvernirs. 3 Bde. Paris 1835–1836.

Walpole, Horace: Letters. London 1857.

Young, Arthur: Travels in France during the years 1787, 1788, 1789. Cambridge 1929.

Ancien Régime

Herre, Franz (Text) und Erich Lessing (Bild): Die Geschichte Frankreichs. München 1989. – Meyer, Jean: Frankreich im Zeitalter des Absolutismus. 1515–1789. In: Geschichte Frankreichs, hrsg. von Jean Favier, Bd. 3. Stuttgart 1990 (Französisch: Paris 1985). – Méthivier, Hubert: L'Ancien Régime en France XVIe, XVIIe, XVIIIe siècles. Paris 1981. – Voss, Jürgen: Von der frühzeitlichen Monarchie zur Ersten Republik. 1500–1800. In: Geschichte Frankreichs. Bd. 2. München 1980. – Mager, Wolfgang: Frankreich vom Ancien Régime zur Moderne. 1630–1830. Stuttgart 1980. – Goubert, Pierre: L'Ancien Régime. 2 Bde. Paris 1969.

Viguerie, Jean de: Histoire et Dictionnaire du temps des Lumières. Paris 1995. – Salles, Catherine: Le siècle des Lumières. 1715–1789. Paris 1987. – Hazard, Paul: Die Herrschaft der Vernunft. Hamburg 1949 (Französisch: Paris 1946).– Roche, Daniel: La France des Lumières. Paris 1993. – Boehn, Max von: Rokoko. Frankreich im XVIII. Jahrhundert. Berlin 1929. – Bluche, François: Frankreich zur Zeit Ludwigs XVI. Stuttgart 1989 (Französisch: Paris 1980). – Delpierre, Madeleine et Françoise Tétart-Vittu: Se vêtir au XVIIIe siècle. Paris 1996.

Bluche, François: Le despotisme éclairé. Paris 1985. – Antoine, Michel: Le dur métier de roi. Paris 1986. – Chaussinand-Nogaret, Guy: La noblesse au XVIIIe siècle. Paris 1976. – Schmitt, Eberhard: Repräsentation und Revolution. 1760–1789. München 1969. – Marion, Michel: Histoire financière de la France. Bd. 1: 1715–1789. Paris 1914. – Labrousse, Ernest: Les derniers temps de l'âge seigneurial aux préludes de l'âge industriel. In. Histoire économique et sociale de la France, hrsg. von Fernand Braudel und Ernest Labrousse, Bd. 2. Paris 1970. – Léon, Pierre: Économies et sociétés pré-industrielles. 2 Bde. Paris 1970. – Malettke, K. (Hrsg.): Soziale und politische Konflikte im Frankreich des Ancien Régime. Berlin 1982. – Labrousse, Ernest: La crise de l'économie française à la fin de l'Ancien Régime et au début de la Révolution. Paris 1944.

Méthivier, Hubert: La fin de l'Ancien Régime. Paris 1989. – Égret, Jean: La Pré-Révolution française. 1787–1789. Paris 1962. – Vovelle, Michel: La chute de la monarchie. 1787–1792. Paris 1972. – Hinrichs, E., Schmitt, E. und R. Vierhaus (Hrsg.): Vom Ancien Régime zur Französischen Revolution. Göttingen 1978. – Tocqueville, Alexis de: L'Ancien Régime et la Révolution. Paris 1856 (Deutsch: Reinbek 1969).

Französische Revolution

Histoire et dictionnaire de la Révolution française 1789–1799. Hrsg. von Jean Tulard, Jean François Fayard et Alfred Fierro. Paris 1987. – Tulard, Jean: Frankreich im Zeitalter der Revolutionen. 1789–1851. In: Geschichte Frankreichs, hrsg. von Jean Favier. Bd. 4. Stuttgart 1989 (Französisch: Paris 1985). – Schulin, Ernst: Die Französische Revolution. München 1988. – Gaxotte, Pierre: Die Französische Revolution. München 1949 (Französisch: Paris 1928). – Lefebvre, Georges: La Révolution Française. Paris 1930. – Soboul, Albert: Die Große Französische Revolution. Frankfurt 1976 (Französisch: Paris 1962). – Furet, François und Denis Richet: Die Französische Revolution. Frankfurt 1968 (Französisch: Paris 1965). – Furet, François: La Révolution (1770–1814) de Turgot à Napoléon. Paris 1988. – Castelot, André: Die Französische Revolution. Gernsbach 1988 (Französisch: Paris 1987). – Schmitt, Eberhard (Hrsg.): Die Französische Revolution. Köln 1976.

Grab, Walter (Hrsg.): Die Französische Revolution. Eine Dokumentation. München 1973. – Pernoud, Georges und Sabine Flaissier (Hrsg.): Die Französische Revolution in Augenzeugenberichten. Düsseldorf 1962 (Französisch: Paris 1959). – Jakoby, Ruth und Frank Baasner (Hrsg.): Paris 1789. Baden-Baden 1988. – Kirchberger, Joe H.: Die Französische Revolution. Eine Chronik. Bergisch Gladbach 1988. – Kröger, Alfred (Hrsg.): Ça ira! Die Französische Revolution in Tatsachenberichten deutscher Zeitungen. Berlin 1939.

Mercier, Louis Sébastien: Tableau de Paris. 12 Bde., Amsterdam 1782–1788. – Ders.: Paris pendant la Révolution. 1789–1798. 2 Bde. Paris 1862. – Tulard, Jean: Nouvelle histoire de Paris: la Révolution. Paris 1989. – Willms, Johannes: Paris. 1789–1914. München 1988. – Mundt, Theodor: Paris und Louis Napoleon (darin: Sühnekapelle). Bd. 1. Berlin 1858. – Erlende-Brandenburg, Alain: L'église abbatiale de Saint-Denis. Les tombeaux royaux. Paris 1990.

Personenregister

Bildnachweis

Archiv für Kunst und Geschichte, Berlin S. 209, 393
Archives photographiques S. 161
Bildarchiv Marburg S. 49
Bulloz S. 251
Graphische Sammlung Albertina Wien S. 67
Kunsthistorisches Museum, Wien S. 11, 27, 75, 127
Louvre Museum, Paris S. 391
Museum Versailles S. 119, 165
Photothéque des Presses de la Cité et Jérôme da Cunha S. 141, 239, 299, 337, 349
Prinz von Hessen und bei Rhein S. 181
Staatsbibliothek Berlin, Bildarchiv S. 361